Moi pour toi

Lettres d'amour

Édith Piaf, Marcel Cerdan

Moi pour toi

Lettres d'amour

J'AI LU

Le 17 mars 1948, Édith Piaf et Marcel Cerdan descendent de l'avion qui les ramène des États-Unis. La chanteuse est rayonnante.

Quelques dates

7 juillet 1946 : Cerdan assiste au spectacle de Piaf au Club des Cinq, après son combat contre l'Américain Williams. Ce sera leur première rencontre.

14 janvier au 10 mars 1948 : Édith chante au « Versailles » à New York. Au cours de cette période débute leur relation amoureuse.

11 au 16 mars : Ils séjournent à New York. Édith assiste au combat Cerdan-Roach.

17 mars : Retour du couple à Paris.

18 mars : Édith et Marcel s'installent à Paris à l'hôtel Claridge.

10 au 11 juillet : Le couple part pour Bruxelles : lui, pour un combat ; elle, pour des enregistrements.

14 au 20 août : Le couple part pour Anet (Eure-et-Loir) où Marcel s'entraîne.

21 au 23 août : Marcel s'installe chez Édith, rue Leconte-de-Lisle à Paris.

24 et 26 août : Départ de Marcel puis d'Édith pour les États-Unis.

28 août au 3 septembre : Édith est « incognito » à Loch Sheldrake où Marcel s'entraîne.

30 septembre : Départ de Marcel pour Paris.

19 novembre : Arrivée de Marcel à New York où il retrouve Édith qui poursuit ses récitals au Versailles.

16 décembre : Le couple rentre à Paris.

12 janvier 1949 : Début du tournage du film *L'Homme aux mains d'argile* dans lequel joue Cerdan.

29 mars : Édith assiste à Londres au combat Cerdan-Turpin.

19 mai : Marcel part à Loch Sheldrake aux États-Unis pour préparer son combat contre l'Américain La Motta.

15 juin au 4 juillet : Édith chante au « Copacabana » à Paris.

16 juin : Cerdan perd son combat contre La Motta.

19 juin : Retour de Marcel chez Piaf où il passe quelques jours.

22 au 28 juillet : Tournée de Piaf en Afrique du Nord.

4 au 11 août : Le couple se retrouve sur la Côte d'Azur où Édith poursuit sa tournée d'été.

13 au 24 août : Édith et Marcel voyagent sur le paquebot *Île-de-France* vers New York où ils séjournent quelques jours.

25 août : Cerdan part s'entraîner à Loch Sheldrake. Édith l'y retrouvera parfois.

14 septembre : Édith débute ses spectacles au Versailles.

2 octobre : Retour de Marcel à Paris.

27 octobre : Départ de Cerdan pour New York où il va retrouver Édith. L'avion s'écrase.

Pour Toi ÉDITH
Tout moi T'appartient
Marcel Cerdan
27/9/48

Note de l'éditeur

Édith Piaf et Marcel Cerdan, deux grands mythes du XXe siècle, la chanteuse des rues et le boxeur le plus populaire, rien ne les conduisait à se rencontrer si ce n'est leur origine modeste et la gloire. Une série de hasards les porte pourtant à se croiser, à s'apercevoir puis à se rejoindre et s'aimer. C'est la magie d'une rencontre. Bientôt, elle ne vit plus que pour lui. Elle choisit ses vêtements, organise son temps selon les disponibilités de Marcel Cerdan et elle le suit dans ses déplacements. Lui ne voit plus que par elle. Il refuse des contrats qui le contraignent à la quitter, puis il va habiter dans son appartement.

Des nécessités professionnelles les obligent pourtant à s'éloigner l'un de l'autre et chaque séparation est une véritable épreuve. Alors ils s'écrivent des lettres dans lesquelles ils se racontent et se confient leur amour. Véritable romance. Parfois ils se querellent et se blessent mais c'est pour mieux se retrouver. De New York à Paris,

Marcel Cerdan a dédicacé une photographie
à Édith Piaf quelques mois après le début de leur liaison.

de Paris à Casablanca, cette correspondance écrite dans les six derniers mois de la vie de Marcel Cerdan, dit l'absence et le désir de l'autre. Elle projette un éclairage nouveau sur des événements méconnus. De nombreux auteurs ont essayé de raconter leur histoire, mais rien ne remplace la parole des deux amants qui ont vécu en cachette leur folle passion. Le roman Piaf-Cerdan ne peut se résumer à une quelconque histoire d'amour, les lettres illustrent en effet combien leur corps, leurs paroles et leur destin sont enchaînés. Une passion violente les lie l'un à l'autre et les rend insouciants. Leur histoire s'arrête pourtant, quelque part dans le ciel, entre Paris et New York. La mort de Marcel Cerdan est une tragédie et provoque la lente agonie d'Édith Piaf.

La veille de l'accident, Édith supplie Marcel de la rejoindre le plus vite possible. Il choisit l'avion plutôt que le paquebot comme il était prévu. Et c'est le crash. Les amis d'Édith hésitent un moment avant de l'informer. En apprenant la disparition de Marcel Cerdan, elle réagit violemment : elle se sent coupable de la mort de l'homme qui pendant presque deux ans a donné un sens à sa vie. Le soir, elle n'annulera pas son spectacle mais ses rêves sont partis en poussière. L'atroce douleur ne trouve plus de mots. Pour lui, elle décide de chanter quand même. Prisonnière du cercle lumineux d'un projecteur, la frêle silhouette est seule. Mais sa voix, puissante et tragique traverse l'espace.

Si un jour, la vie t'arrache à moi,
Si tu meurs, que tu sois loin de moi.
Peu m'importe si tu m'aimes,
Car moi, je mourrai aussi.

En interprétant cet « Hymne à l'amour » qu'elle a écrit pour Marcel Cerdan, elle chante avec une douleur insupportable. Édith Piaf souffre terriblement. Elle est prise alors d'un malaise et ne pourra terminer son spectacle.

Ces lettres retrouvées sont toutes inédites et apportent sur ce couple un éclairage émouvant où la passion met en lumière « ce merveilleux amour ». Les citations au début de chaque lettre ont été extraites de la correspondance par l'éditeur. La numérotation due aux auteurs a été reproduite fidèlement et si elle est parfois absente, c'est en conformité avec la version originale.

Dis-moi que rien au monde ne compte en dehors de toi pour moi !

Mon adoré,

Sais-tu ce que c'est qu'une maison vide de toi [1] ?... Eh bien, c'est atroce et c'est aussi parce que je le sais que je suis si lâche au moment de tes départs ! Oh chéri, je me demande à chaque fois comment je fais pour continuer à vivre quand tu n'es pas là... Mais je ne vis pas et c'est surtout pour ça que c'est atroce, une vie sans vie, voilà. Mon amour, je n'ai pas voulu t'écrire hier au soir, ma lettre t'aurait fait mal, j'étais à la fois découragée et révoltée, j'aurais aimé que tout le monde souffre autant que moi. Et toi mon petit, mon gosse, mon amant chéri ? Quel déchirement cet avion qui décolle en emportant mon cœur, ma raison, mon souffle : je voulais crier tant que je souffrais.

As-tu fait un bon voyage ? N'es-tu pas trop fatigué ? Travaille bien mon amour, qu'au moins tous ces sacrifices servent à quelque chose. Que penses-tu de New York ? N'oublie pas de numéroter tes lettres, que l'on sache si elles arrivent toutes. Tu feras mes amitiés à ton frère [2] et à Jo [3] ! Quel retour à la maison, hier ! Jacqueline [4] et moi, nous n'arrivions pas à parler, il y avait des silences mortels, moi je n'avais qu'une envie, celle de fermer les yeux pour m'en aller avec toi, toi, toi ! C'est drôle, je suis sans réflexe, sans idée, sans rien, j'ai l'air d'attendre un événement. À la place de mon cœur il y a l'angoisse, le chagrin. Petit, mon tout petit, comme je t'aime, c'est fou et inquiétant ! Je devais répéter aujourd'hui mais je n'en ai pas le courage. Je préfère rester seule. J'ai décommandé tout le monde parce que les gens parlent et m'empêchent d'être avec toi. Peut-être que la semaine prochaine, ça ira mieux. Pour le moment, je ne veux entendre parler de rien d'autre que de toi !

À demain, mon amour. Sois fort pour deux, j'en ai besoin. Je t'aime déraisonnablement, anormalement, follement et je n'y puis rien. C'est de ta faute, tu es magnifique. Serre-moi par la pensée dans tes bras et dis-toi que rien au monde ne compte en dehors de toi pour moi !

ÉDITH PIAF [5]

Édith Piaf et Marcel Cerdan posent au Versailles
à New York en septembre 1948.

---

1. La veille, Marcel Cerdan est parti aux États-Unis, à Loch Sheldrake chez les Evans. Il prépare son combat avec Jack La Motta qui doit avoir lieu le 16 juin au Bridds Stadium de Detroit.

2. Armand Cerdan.

3. Jo Longman est le manager de Marcel Cerdan.

4. Jacqueline Longman est l'épouse de Jo.

5. Pour plus de discrétion, Édith Piaf et Marcel Cerdan ne signaient pas leurs lettres. Nous avons choisi d'indiquer chaque fois l'auteur de la lettre, pour une meilleure compréhension.

Je t'aime, mon amour, comme un vrai fou.

Ma chérie,

Tu vois, je commence à t'écrire déjà. Je m'étais habitué à te voir toujours et je ne pensais pas que tu pouvais un jour me quitter. C'est terrible, tu sais, tu m'avais habitué à cette vie insupportable pour toi mais agréable pour moi, puisque je pouvais te voir quand je voulais. Et maintenant, voilà, je suis seul avec toutes ces petites choses qui me rappellent ton passage ici [2], et, crois-moi, j'ai souvent un serrement au cœur terrible. Pourquoi je t'aime comme cela, chérie, et dire que tu crois le contraire, oh, chérie !

Mais chérie, il faut avoir du courage et surtout gagner beaucoup d'argent pour pouvoir profiter après. Chérie, mange bien, dors bien et travaille un peu aussi car il faut que tu en foutes un bon coup cette année. Pense, chérie, que l'année prochaine, nous allons passer une année formidable alors, ça vaut le coup de souffrir un peu (je dis des bêtises). Écris-moi un mot, chérie. Je t'aime, mon amour, comme un vrai fou, moi, qui me serre bien fort contre toi. Mes amitiés à la vieille [3].

MARCEL CERDAN

---

1. Supposition car la date n'est pas mentionnée sur la lettre manuscrite.

2. L'année précédente, avant son récital au Versailles, Édith Piaf avait rejoint Marcel Cerdan à Loch Sheldrake. Elle s'était fait passer pour la sœur de Jo Rizzo, son chauffeur, et était restée enfermée une semaine, du 28 août au 3 septembre, dans le bungalow voisin de celui de Cerdan.

3. Simone Berteaut est une amie d'enfance et de misère. Contrairement à ce que « Momone » a souvent prétendu, elle n'était pas la demi-sœur de Piaf.

Dis ? Pourquoi les hommes sont si insignifiants à côté de toi.

Mon adoré,

Hier avant de me coucher, j'ai rayé un jour, un long et à la fois tout petit jour. J'ai reçu tes deux télégrammes, ainsi je sais que ton voyage s'est bien passé et c'est déjà un poids de moins pour mon cœur. Comment es-tu ? Bien j'espère ! Moi, j'essaie de prendre le dessus mais j'ai beaucoup de mal, je n'ai envie de rien sauf de ta présence. Soigne-toi bien et surtout sois en forme. Il te faut à la fois épater les Américains et les Français. Si tu savais comme je voudrais être un mois plus tard [1] !!! L'Amérique plaît-elle à Armand ? La maison est remplie de toi, ton odeur traîne dans les draps, je sens tes mains sur moi. Tes photos ont l'air de me surveiller et mon cœur se couche vingt-quatre heures sur vingt-quatre dans les bras de la tristesse. Quant à mes pensées, elles forment déjà des projets pour ton retour !

Solange entasse conneries sur conneries. Simone[2] est toujours aussi con et tout le reste va de même, y compris moi. Est-ce que tu sais que je t'aime ! Cet après-midi, je vais écrire à Vincent[3]. Hier, j'ai visité deux hôtels particuliers aussi moches l'un que l'autre. Puis, j'ai été à l'église pour changer un peu. Ensuite, Marguerite[4], Yvette Giraud[5], Jacques Jansen[6] et Paul[7] sont venus, je comptais sur tout ce petit monde pour me distraire un peu mais... je t'en fous. D'ailleurs je les avais décommandés et puis je les ai recommandés et puis j'aurais mieux fait de m'en tenir à ma première idée. Aujourd'hui, visite encore de deux hôtels[8] toujours aussi moches. Voilà, les jours sont affreusement longs.

Je t'aime mon gosse adoré, je t'aime. Oh Dieu ! que je t'aime. Qu'est-ce que je donnerais pour entendre ta voix ou voir tes beaux yeux, mon amour ! Dis ? Pourquoi les hommes sont si insignifiants à côté de toi. Je t'aime. Reviens vite, je t'aime, t'aime. Moi.

ÉDITH PIAF

Bonjour à Armand
et à Jo Longman[9] !

Paris fait un accueil triomphal à Marcel Cerdan.
Il rentre des États-Unis, champion du monde des poids moyens.

---

1. Marcel Cerdan doit rentrer à Paris après son match.
2. Simone Berteaut.
3. Il s'agit probablement du frère de Marcel Cerdan qu'il a retrouvé lors de son match contre Tony Zale en septembre 1948, après quinze ans de séparation. Vincent, de dix ans son aîné, a d'abord été boxeur puis, marié, il s'est installé en Argentine.
4. Marguerite Monnot, compositrice.
5. Yvette Giraud, chanteuse.
6. Jacques Jansen, comédien.
7. Paul Péri, chanteur. Il deviendra l'époux de Marguerite Monnot.
8. Édith Piaf cherche un hôtel où elle pourra vivre avec Marcel Cerdan. Elle trouvera celui du 5, rue Gambetta à Boulogne à l'orée du Bois.
9. Griffonné à l'envers en haut de la lettre.

Quelle douleur lancinante que celle de vivre sans toi.

Toi, mon adoré,

Trois jours seulement de passés, et je t'aime, t'aime, t'aime, oh, mon Dieu que je t'aime ! J'ai une nouvelle qui va te faire bien du plaisir : un des principaux responsables des articles dans « Samedi soir » vient d'avoir sa carte de journaliste retirée à vie ! Pas mal, hein ? Tu vois qu'il ne faut jamais s'attaquer à nous ! « Samedi soir » va perdre son procès, c'est plus que sûr car il y a un grand magistrat qui s'occupe lui-même de l'affaire.

Bob Dalban [1] m'a lu un scénario pour nous formidable. C'est simple, j'ai pleuré. Aussi peut-être pourrions-nous envisager de tourner ce film en mars, qu'en penses-tu ? Ce matin, je suis allée à la messe comme chaque dimanche, puis nous avons été avec Simone faire une heure de marche au Bois. Nous sommes rentrées et avons déjeuné et maintenant je t'écris sur la terrasse car il fait un soleil merveilleux. À trois heures,

Édith Piaf et les Compagnons de la chanson chantent « Les Trois Cloches » depuis leur loge au gala de l'Union des artistes, au Cirque d'Hiver, le 11 avril 1948.

Robert[2] et Marguerite viennent pour répéter jusqu'à six heures, ensuite je vais faire quelques leçons d'anglais environ deux heures, puis je dînerai sûrement avec les Breton[3] qui doivent rentrer aujourd'hui. Nous regarderons la télévision, puis je me coucherai, je lirai un peu, j'éteindrai la lumière et là je m'en irai avec toi dans le ciel

Edith Piaf prendra l'avion de Paris le 15 pour rentrer avec Cerdan

Edith Piaf devait s'embarquer, le 12 mars, sur le "Queen-Elizabeth", avec les Compagnons de la Chanson de retour en France.

Edith Piaf assistant au match de Marcel Cerdan.

Mais Cerdan a réussi à la retenir à New-York pour son match contre Roach qui a eu lieu cette nuit. Edith était très tentée d'assister à cet événement pugilistique et d'encourager le Français par sa présence et seul son peu d'enthousiasme pour la traversée atlantique en avion la retenait encore.

Séparés depuis plusieurs semaines par leur travail, séparés par le voyage, Piaf et les Compagnons se retrouveront sur la piste des Ambassadeurs où ils feront ensemble leur grande rentrée parisienne à partir du 25 mars.

Cette décision de rentrer soudainement à Paris a été prise en quelques heures par la vedette et ses boys. Edith Piaf avait d'abord presque accepté d'aller chanter au Ciro's d'Hollywood puis de faire Chicago et San-Francisco. Mais elle a subitement pensé que les marronniers parisiens allaient être en fleur et le mal du pays l'a prise. Pour elle, "il n'y a pas de printemps" loin des Champs-Elysées.

Elle a signé pour revenir faire son tour de chant à partir du 13 octobre au "Versailles", à New-York, où elle vient de faire la conquête définitive du public américain. Et cette nuit, au Madison Square Garden, elle a donné toute sa voix pour encourager Marcel...

M.M. *Le Matin* 13 mars 48

Article du *Matin* du 13 mars 1948.

de l'amour, là où je peux t'aimer comme j'en ai envie. Hier au soir, j'ai dîné avec Dalban et Claveau [4] et nous sommes allés écouter Gilles, l'auteur des « Trois Cloches [5] ». Je te dis tout ce que je fais. Et toi ? Penses-tu à moi ? Mon amour, je ne vis plus, quelle douleur lancinante que celle de vivre sans toi mais quand tu vas revenir... Je t'aime. Moi.

ÉDITH PIAF

Je t'aime,
t'aime
t'aime
t'aime [6].

1. Robert Dalban, comédien. Il épousera, quelques années plus tard, Madeleine Robinson.

2. Robert Chauvigny, compositeur, arrangeur, pianiste et chef d'orchestre d'Édith Piaf.

3. Raoul et Rachel Breton, responsables des éditions musicales Raoul Breton.

4. André Claveau, chanteur.

5. Le musicien Jean Villard appelé Gilles, lui a proposé la chanson « Les Trois Cloches » qu'elle a chantée avec les Compagnons de la chanson. La création a eu lieu le 11 mai 1946, au Club des Cinq. Ce fut un véritable succès.

6. Griffonné dans le coin gauche de la lettre.

Je dois t'aimer et beaucoup car c'est la première fois que je ressens cela.

Chérie,

Hier, je suis arrivé à l'hôtel Evans et tu ne peux pas savoir l'effet que ça me fait, j'ai le même bungalow et l'autre c'est mon frère qui y est [1]. J'ai vraiment eu mal au cœur quand je suis arrivé et surtout quand je suis rentré dans le bungalow. C'est vrai, chérie, je dois t'aimer et beaucoup car c'est la première fois que je ressens cela. Et puis ici, je crois que tous les Français sont au courant de notre histoire car quand j'arrive dans un restaurant français, il y a aussitôt la chanson « La Vie en rose [2] » qui s'élève et je crois qu'on doit voir à la gueule que je fais, que ça doit me faire quelque chose [3]. Oui, je crois que je joue bien la comédie et que

Marcel Cerdan joue au football à l'hôtel Evans (Loch Sheldrake).

HOTEL EVANS
LOCH SHELDRAKE NY

je sais cacher mon jeu. Chérie, je t'aime et je ne sais quoi te dire que je t'aime. Je suis un peu dans le cirage et je ne fais que penser à toi. Le jour de mon arrivée, je suis allé au Madison pour assister au match Villemain[4]-Pete Mead et je crois qu'il ne fait pas beaucoup de recette car il n'y avait presque personne. Villemain a gagné mais tu sais, entre nous, ce n'est pas le futur champion et puis comme prétention, lui et son manager, ils ont une bonne couche et je t'assure, il n'y a pas de quoi l'être, enfin, laissons-les.

Je t'aime, chérie, qu'est-ce que tu m'as fait aussi pour que je sois comme ça ? Pourquoi tu es gentille comme ça ? Oh, fais-moi mal ! Sors beaucoup et amuse-toi et bois, fais la bringue, peut-être qu'en sachant cela, je m'en irais ou je te t..., je ne sais pas mais fais quelque chose.

Je dois aller à Detroit pour signer les contrats, demain, mais je reviendrai le jour même à Evans et je continuerai mon entraînement. Juste une semaine avant le combat, je dois aller à Detroit pour finir sur place. Enfin, chérie, je te quitte pour aujourd'hui. Une grosse bise à Simone, mes amitiés à Loulou[5] et à tous tes amis et toi, chérie, je te serre bien fort dans mes bras et te dis doucement à l'oreille, je t'aime comme un c...

Remarque que j'écris tout petit.

Tu as les amitiés de Jo et de mon frère.

Voici l'adresse :
Hôtel Evans
Loch Sheldrake
N.Y.

MARCEL CERDAN

---

1. Armand Cerdan, le frère de Marcel, a loué le bungalow qu'occupaient Édith et Ginette Richer l'année précédente.

2. « La Vie en rose », chanson célèbre d'Édith Piaf.

3. Allusion à un passage de la chanson « La Vie en rose » : « Il me dit des mots d'amour / Des mots de tous les jours / Et ça me fait quelque chose ».

4. Robert Villemain, boxeur français.

5. Louis Barrier, comptable, agent mais aussi confident d'Édith Piaf de novembre 1945 à la mort, en 1963, de la chanteuse.

Paris, lundi 23 mai 1949

Je suis à toi de toute mon âme.

Mon bel amour,

Quelle joie ce matin... Une lettre de toi, mon adoré, de toi, toi que j'adore, oh oui..., J'espère que tu boxeras le 15 juin [1] pour me revenir vite, très vite. Cet après-midi, je vais visiter un hôtel particulier mais j'en ai assez car jamais je ne trouve un truc qui me plaise. Je voudrais tellement te faire un nid doré pour toi tout seul. Pouvoir te gâter comme j'en ai envie, mon beau seigneur que j'aime tant, mais j'y arriverai, ça, je me le suis juré. Je recommence à répéter sérieusement et demain, je chante dans un cinéma à la place d'Italie [2] et j'espère que tout ira bien. Mon amour, tu ne peux savoir comme c'est dur, les jours n'en finissent pas, je raye, chaque soir à minuit, un jour mais ça ne va pas très vite. Enfin, ce qui m'aide à supporter tout ça, c'est ton amour que je sais sincère, je sais que tu penses à moi autant que je pense à toi.

Marcel Cerdan rencontre l'Américain Tony Zale
au Roosevelt Stadium de New Jersey.
Celui-ci, durement éprouvé par les directs de son adversaire,
est prêt à s'effondrer.

Je n'en reviens pas que tu aies écrit aussi rapidement, vrai, tu fais de drôles de progrès, c'est simple tu vas bientôt être parfait. Quatrième lettre, quatrième jour, c'est toujours ça de passé, hein ? Tout de même c'est terriblement dur. Est-ce qu'on te soigne bien ? Est-ce que l'on veille bien sur toi ? J'ai très confiance en Jo et en Armand. Fais-leur mes amitiés. Simone va t'écrire, elle était heureuse comme une reine de savoir que tu lui envoyais la grosse bise. Je n'ai pas encore vu Loulou. Voilà, mon les jours n'en finissent pas, je raye chaque soir a minuit un jour mais ça ne va pas très vite, enfin, ce qui m'aide a supporté tous ça c'est ton amour que je sais sincère je sais que tu penses a moi autant que je pense a toi. Je n'en reviens pas que tu es ecris aussi rapidement, vrai, tu fais de drôle de progrès, c'est simple, tu vas bientôt être parfait! 4e lettre 4ème jours, c'est toujours ça de passé hein? bout de même c'est terriblement dure. Est ce qu'on te soigne bien? Est ce que l'on veille bien sur toi? J'ai très confiance a Yo et en Armand, fais leurs mes amitiés. Simone va t'écrire, elle était heureuse comme une reine de savoir que tu lui envoyais la grosse bise. Je n'ai pas encore vu Loulou. Voila mon adoré. Mon amour est plus fort que jamais et n'espère plus qu'en tes bras ta bouche tes mains tes yeux et je suis a toi de toute mon âme bonsoir!

adoré… Mon amour est plus fort que jamais et n'espère plus qu'en tes bras, ta bouche, tes mains, tes yeux et je suis à toi de toute mon âme. Toi moi !

ÉDITH PIAF

---

1. Il s'agit en fait du 16 juin aux États-Unis, mais du 15 juin en France.

2. Le Saint-Marcel à Paris dans le 5e arrondissement.

Je me couche avec toi et je me réveille avec toi.

Édith chérie,

Me voici de retour à l'hôtel Evans où j'ai eu la grande joie d'avoir deux lettres de toi. Tu sais, chérie, que ça me fait le même effet. [Moi] aussi je ne vis plus, je ne dors presque pas, je n'ai qu'une chose en tête, toi, toi, toi. Et ça devient très dangereux, je me couche avec toi et je me réveille avec toi. Ici, on se moque un peu de moi, on me demande ce qu'il m'arrive. Mais je suis très heureux parce que j'ai quelque chose que beaucoup voudraient avoir. Aimer et être aimé, mais c'est merveilleux et c'est à toi, chérie, que je dois cela. Je te dois tellement de choses que je prie le bon Dieu de ne pas te décevoir ni de te faire du mal. Mais si je le fais, chérie, c'est sûrement indépendamment de moi

Après avoir battu son adversaire Tony Zale par K-O technique au onzième round, Marcel Cerdan répond aux acclamations de la foule. Derrière lui, son manager Lucien Roupp.

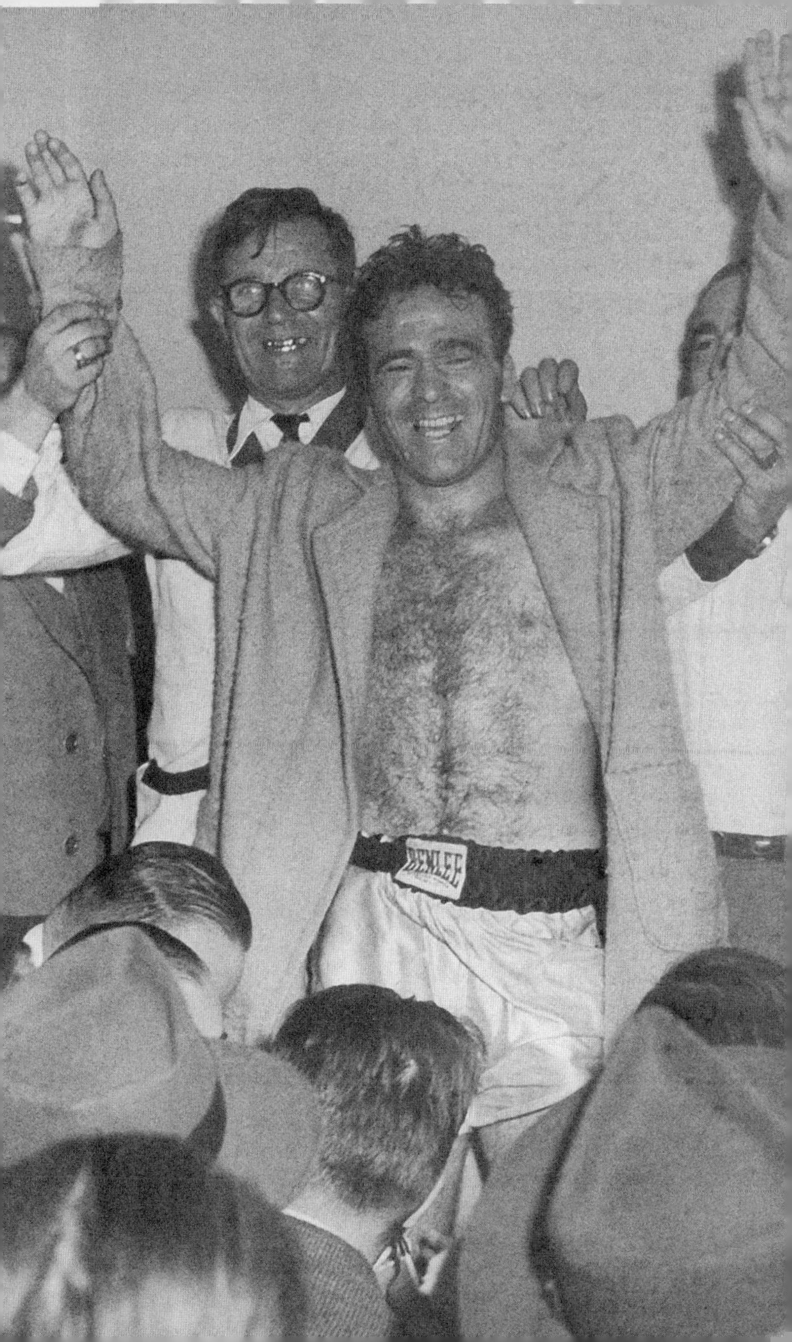
BENLEE

parce que je t'aime tant, chérie, que je ne saurais pas te faire du mal. À moins que comme l'a dit, un jour, Roupp [1], je sois un cruel par ma gentillesse ou bien qu'au fond de moi-même, il y a un démon mais que ma nature jusqu'à présent essayait de cacher. J'espère que tout cela est faux.

Chérie, j'ai voulu aller au Versailles [2] quand je suis arrivé mais je n'ai pas eu le courage. J'ai eu trop mal mais j'irai après le combat ou la veille de mon départ. Comme cela, j'aurai moins mal puisque le lendemain je serai avec toi. Au fond, je suis un lâche, n'est-ce pas chérie. Mon frère se plaît assez ici, il est un peu perdu, mais il va sûrement prendre confiance. Je crois qu'il t'a écrit ce matin. Excuse-le s'il est un peu timide ou bien s'il dit des bêtises. Tu sais ce que c'est parce que moi aussi j'en dis. Chérie, mets-toi dans ta petite tête que je t'aime et que pour que je continue à t'aimer, il faut que tu travailles dur et que je puisse être fier d'être avec toi comme je fais moi-même. Chérie, je travaillerai dur pour ne pas te décevoir, fais de même, chérie. Tu sais que ça ne me fait pas plaisir quand j'apprends que tu délaisses un peu ton métier. Allons, chérie, je suis à toi, complètement à toi, tu le sais, alors ne te laisse pas abattre. Pense à mon retour, comment je vais te serrer dans mes bras, je vais te broyer. Je serre les dents en t'écrivant cela. Sûr que je vais te fatiguer, alors prends des forces pour pouvoir tenir le coup. Mes amitiés à Loulou, une bise à cette con de Simone ainsi qu'à Solange. Tu as les amitiés des Jo [3] et toi, je te serre très fort dans mes bras à te faire du mal.

MARCEL CERDAN

1. Lucien Roupp, manager de Marcel Cerdan de juillet 1937 au 17 février 1949.

2. L'année précédente en septembre, alors qu'ils étaient tous deux aux États-Unis, Cerdan passait la voir au Versailles lors de son tour de chant.

3. Jo Longman et Jo Rizzo.

5ème lettre

Paris le 24 mai 1949

Mon adoré

Cinq jours... crois-tu que c'est long, quand je pense à ce qui nous reste encore à attendre, c'est à devenir fou... enfin en ce qui me concerne ! Chéri, comme je supporte mal cette absence, si tu pouvais savoir les pincements que je reçois dans une journée en plein cœur, et toi petit chéri ? souffres-tu autant que moi ? ce soir je vais chanter Place d'Italie dans un cinéma "Le St-Marcel" coïncidence ? hazard ? ou un signe du ciel ! chaque jour je vais à l'église faire une dizaine à Sainte Thérèse et une dizaine à Jésus, puis ~~je mets~~ j'allume un cierge à chacun pour que tous les deux te protège, c'est fou comme tu me rapproche de Dieu et j'en suis heureuse, je sens que je me purifie chaque jour davantage et je deviens sans tache.

Je t'aime à m'en couper le souffle.

Mon adoré,

Cinq jours… Crois-tu que c'est long, quand je pense à ce qui nous reste encore à attendre, c'est à devenir fou… enfin, en ce qui me concerne. Chéri, comme je supporte mal cette absence, si tu pouvais savoir les pincements que je reçois dans une journée en plein cœur. Et toi petit chéri ? Souffres-tu autant que moi ? Ce soir, je vais chanter Place d'Italie dans un cinéma, le « Saint-Marcel ». Coïncidence ? Hasard ? Ou un signe du ciel ? Chaque jour, je vais à l'église faire une dizaine à sainte Thérèse et une dizaine à Jésus, puis j'allume un cierge à chacun pour que tous les deux te protègent [1]. C'est fou comme tu me rapproches de Dieu et j'en suis heureuse. Je sens que je me purifie chaque jour davantage et je deviens sans tache. Voilà ce que tu as fait de moi, une autre femme… Je t'en remercie, mon amour, car maintenant je regarde la vie en face et sans peur.

J'ai commencé une petite barboteuse pour ton petit Paul [2] et c'est la première fois de ma vie que je me sens devenir femme d'intérieur, ça aussi je te le dois. C'est simple, mon cœur t'attendait et n'a commencé à vivre que le jour où je t'ai aimé. Voilà, mon adoré, dors sur ta tranquillité, je suis à toi et ne vois que par toi et de plus, je vois loin très loin et toujours avec toi, toi, toi ! Comment es-tu ? Bien, surtout... Oh oui, il le faut ! Les gens commencent à dire que tu n'as jamais fait de si beaux combats suivis depuis que tu me connais. Peut-être suis-je ton double et que je t'aide à te compléter. Il paraît que, pour une union merveilleuse, Dieu a dit qu'il fallait rencontrer son double. C'est peut-être idiot ce que je t'écris mais c'est mon cœur que je mets à nu. Je t'aime, mon amour, tu ne peux savoir à quel point. Amitiés à Jo et Armand. Demain soir, je dîne avec Jacqueline[3] et peut-être irons-

Édith Piaf se promène aux abords du Bois de Boulogne.

nous au cinéma. Au revoir mon tout chéri, pense à moi. Momone t'embrasse et moi, je t'aime à m'en couper le souffle. Je t'aime, t'aime, t'aime.

Moi pour toi.

ÉDITH PIAF

---

1. Dans sa jeunesse, Piaf a souffert d'une cécité due à une infection. Un médecin l'a soignée mais Édith Piaf a toujours cru à un miracle. Depuis, elle prie sainte Thérèse dans les moments importants de sa vie. Du voyage qu'elle a fait avec Marcel Cerdan à Lisieux, le 19 août 1948, elle a ramené une belle statue de la sainte qui ne quittera plus sa table de chevet jusqu'à sa mort.

2. Paul est le dernier fils de Marcel Cerdan et de son épouse Marinette. Il est né en octobre 1947.

3. Jacqueline Longman.

Je voudrais tellement te dire de belles choses mais je ne sais pas très bien les dire.

Édith chérie,

Aujourd'hui mercredi, je viens de faire mon footing et je viens bavarder un peu avec toi. Hier, je n'ai pas eu de lettre peut-être parce que le dimanche il n'y a pas de courrier. Peut-être, mais j'espère que cet après-midi j'en aurai. Je t'aime, chérie, je dis cela comme ça en passant, parce que je voudrais tellement te dire de belles choses mais je ne sais pas très bien les dire, n'est-ce pas chérie ?

Ici au camp, tout va bien mais de temps en temps, il y a quelques petites prises de gueule mais heureusement, ça ne dure pas très longtemps. C'est toujours avec Jo Rizzo [1] et tu as raison, il est vraiment con et bête comme ses

Marcel Cerdan s'entraîne au camp de Loch Sheldrake.

MARCEL CERDAN
EVANS

pieds. C'est peut-être pour cela qu'il est avec nous parce que c'est notre tête de Turc et au fond, il me fait passer le temps. Et toi, chérie, comment tu passes ton temps ? Je voudrais savoir ton emploi du temps et si tu travailles bien. Comment va ta petite santé ? J'espère que tu prends des forces et que tu réagis très bien et que la vie devient à peu près potable. Mais tout ce que je voudrais, c'est que tu travailles dur, que tu fermes la gueule à plusieurs cons qui seraient heureux de te voir te casser les reins. Et puis, tu sais, chérie, je t'aime parce que tu es ma grande chanteuse, je ne sais si je t'aimerais si tu n'étais plus rien. Enfin, ne sois pas trop méchante dans ta prochaine lettre à cause de cela. Je rigole, je t'aime comme un con. Vraiment, c'est terrible ce que ça peut me faire quand je te quitte. Je m'habitue à toi et ça devient vraiment terrible. J'espère que Simone ne fait pas trop la con et Solange ne fait pas trop de conneries. Tu sais que ma femme [2] a reçu une lettre comme celle que j'ai reçue [3], mais je ne sais rien, j'attends des nouvelles pour savoir, enfin. Tant pis, maintenant elle sait et puis les ennuis vont recommencer. Enfin du nouveau dans la vie, ça devenait trop calme. Chic, tu vas être aussi embêtée que moi. Enfin, chérie, ne pensons pas à ça, pensons plutôt à mon retour. Comme il va être bon ce baiser, ces milliers de baisers que je vais te donner et comme je vais te serrer dans mes bras. Oh, comme je vais te faire du mal, quand je vais te serrer, oh oui, mais très, très fort. I LOVE YOU.

MARCEL CERDAN

---

1. Jo Rizzo, Américain d'origine basque. Il est le chauffeur et l'attaché de presse de Marcel Cerdan aux États-Unis.

2. Marcel Cerdan s'est marié avec Marinette Lopez, le 23 janvier 1943.

3. Une lettre anonyme a été envoyée à Marinette au sujet de la liaison amoureuse de son mari avec Édith Piaf.

Sentir ton parfum et toucher cette peau qui m'attire terriblement.

Édith chérie,

Comme je l'avais pensé, j'ai reçu tes deux lettres l'après-midi et j'ai vraiment beaucoup de joie de voir que tu as eu du courage. Là, je te reconnais pleine de volonté et de courage pour bien travailler et j'espère qu'à mon retour, je pourrai entendre un répertoire terrible et [une] mise en scène de tes nouvelles chansons. Fais-le pour moi, chérie, j'aime tellement entendre ta voix. Et aussi je suis heureux quand, dans les coulisses, je vois la gueule des gens en admiration devant toi et qui poussent des « oh ! oh ! » formidables. Tu comprends, chérie, puisque tu me l'as déjà dit pour moi-même. Nous sommes à peu près dans le même cas, seulement pour toi c'est un peu plus dur, parce qu'il y a des mauvaises langues qui peuvent te faire beaucoup de mal et te foutre par terre, mais toi, c'est autre chose.

Est-ce que tu sais que je t'aime, oui, bien sûr, tu me le dis dans ta lettre, eh oui, c'est vrai, je t'aime comme un pauvre type, mais moi aussi, je sais que tu m'aimes ou bien alors tu joues bien la comédie.

J'espère que tu prends des forces et que tu es en bonne santé [1], que tu ne t'ennuies pas trop avec Simone et Solange. Remarque avec les deux, tu as de quoi t'amuser et j'espère que tu n'attrapes pas trop de crises de nerfs. Je viens de terminer un peu de footing et c'est le quart d'heure d'écriture. Après nous allons faire une partie de jacquet et puis nous irons manger, une promenade, après, une partie de ping-pong, etc., l'entraînement vers cinq heures puis après, une bonne friction à l'eau de lavande, un bon repos, dîner et coucher vers dix heures. Voilà, chérie, mon emploi du temps. Puis je pars vers toi et là, je te serre bien fort contre moi, je t'embrasse bien amoureusement et je pense surtout à ce retour en France où je vais être contre toi, sentir ton parfum et toucher cette peau qui m'attire terriblement. Moi.

MARCEL CERDAN

---

1. Édith Piaf, épuisée, se repose. Au mois d'avril, elle n'a pu mener à bien son tour de chant à l'ABC. Le 10, aphone, elle ne chante que trois chansons ; du 19 au 22, elle se fait remplacer par Saint Granier et les Compagnons de la chanson ; le 25, elle s'évanouit avant d'entrer en scène, elle chante cinq chansons puis a un nouveau malaise. Elle est finalement remplacée par Yves Montand.

Édith Piaf, Marcel Blistène et Marcel Cerdan
sont réunis en 1948.

Tu es toute ma vie entière.

Mon tout chéri,

Comment es-tu mon adoré ? En forme, hein ? Pas de blague, il faut que tu sois magnifique… comme toujours ! Paris est tout gris, tout pluvieux et tout triste. Il est un peu comme mon cœur lorsque tu n'es pas là, même Paris te reste fidèle. Solange est malade, nous attendons le docteur mais j'espère que ce ne sera rien ! Émile [2] repasse son linge. Simone attend ma lettre pour la mettre à la poste et moi je continue à t'aimer comme une folle. J'aimerais bien que tu me parles un peu de toi, je veux savoir comment tu te sens ! Je continue à coudre la barboteuse pour ton fils, ornée de broderies plus que superbes, je suis décidément merveilleuse. Sept jours de passés, sept lettres écrites mais combien de jours encore à attendre et combien de lettres à écrire ? Comme c'est long, grand Dieu, comme c'est long.

La petite Josette [3] vient d'arriver et elle attend sagement que j'aie terminé ma lettre. Oh, le jour où tu seras de retour. Je me demande toujours lorsque nous sommes séparés si le retour arrivera. C'est tellement dur et tellement long, si au moins Simone pouvait imiter Bourvil, cela me ferait peut-être rire autant que toi mais... Je t'aime, je t'adore, je suis folle de toi, rien ne m'est plus cher que toi. Tu es toute ma vie entière. Je t'aime, mon adoré. Moi.

ÉDITH PIAF

---

1. La sixième lettre de Piaf, datée du 25 mai 1949, n'a pas été retrouvée.

2. Émile, chauffeur d'Édith Piaf.

3. Josette, jeune fille qui aidait aux tâches ménagères et dont Édith Piaf s'était prise d'affection.

6 pour que il y a Toi. qu'il n'y aura que toi. et toujours Toi! | 27/5/49

Édith Adorée

hier pas de lettres ce matin non plus mais cet apres midi j'espere que oui, que elle joie de te lire et ces belles phrases que tu sais me faire, tu est un ange, ici toujou la meme chose, footing, ecriture ping-pong, dejeuner, jacquet, entrainement Rami et slypping vers 10½ Voila Cherie ma Vie au camp d'Evans qui est Vide jusqu'a present mais demain surement qu'il y aurras du monde pour le Wick.en pour ma part ça vas a part que je pense de trop j'en parle aussi de trop ça devient une maladie, tu te marrerai si tu nous ecouterais parler avec jo de vous deux, et alors elle me dit ceci, a ce moment je ferais cela, je prendrais ça, elle doit faire ceci a cette heure les enfin se tourne le crane nous memes et le plus drole cest que on est heureux quand on se raconte tout ça.

Tout moi t'appartient.

Édith adorée,

Hier, pas de lettre, ce matin non plus mais cet après-midi, j'espère que oui. Quelle joie de te lire et ces belles phrases que tu sais me faire, tu es un ange. Ici [c'est] toujours la même chose, footing, écriture, ping-pong, déjeuner, jacquet, entraînement, rami et sleeping vers dix heures et demie. Voilà, chérie, ma vie au camp d'Evans qui est vide jusqu'à présent mais demain sûrement qu'il y aura du monde pour le week-end. Pour ma part, ça va à part que je pense de trop, j'en parle aussi de trop, ça devient une maladie. Tu te marrerais si tu nous écoutais parler avec Jo de vous deux : et alors, elle me dit ceci, à ce moment, je ferais cela, je prendrais ça, elle doit faire ceci à cette heure-là. Enfin [on] se bourre le crâne nous-mêmes et le plus drôle, c'est qu'on est heureux quand on se raconte tout ça.

Je t'aime, chérie, et je me demande où ça va aller. Remarque que c'est un peu trop tard pour penser à cela, mais je deviens mauvais, jaloux, vraiment un sale type. Je vais empoisonner ton existence, chérie. Tu n'aurais jamais dû venir à la campagne, tant pis pour toi. Oh chérie, quoi te dire de plus sinon que je suis fou, ça, tu le sais, et que je pense à ce beau retour. Comme il va être bon le moment où on va se revoir et tomber dans les bras l'un de l'autre. Sentir ta peau contre moi, te serrer bien fort et sentir ton cœur et ta poitrine contre la mienne. Je m'arrête parce que je vais être malade tout à l'heure.

Donne une grosse bise à Simone, j'ai mis son pull, il est vraiment beau, tout le monde l'admire, et je fais un boum terrible avec mes blousons. Il paraît que je ne suis pas si mal que ça, mais c'est à toi, tout moi t'appartient. Demande à Loulou qu'il te donne l'adresse pour acheter des films et fais-lui mes amitiés. Une bise à la Marquise et à Raoul [1], et toi, chérie, je te serre dans mes bras autant que je t'aime. Moi.

MARCEL CERDAN

Pense qu'il y a toi,
qu'il n'y aura que toi
et toujours TOI [2].

1. Il s'agit de Rachel Breton, surnommée la Marquise dans le milieu artistique, et de son époux Raoul Breton.

2. Griffonné à l'envers en haut à gauche de la lettre.

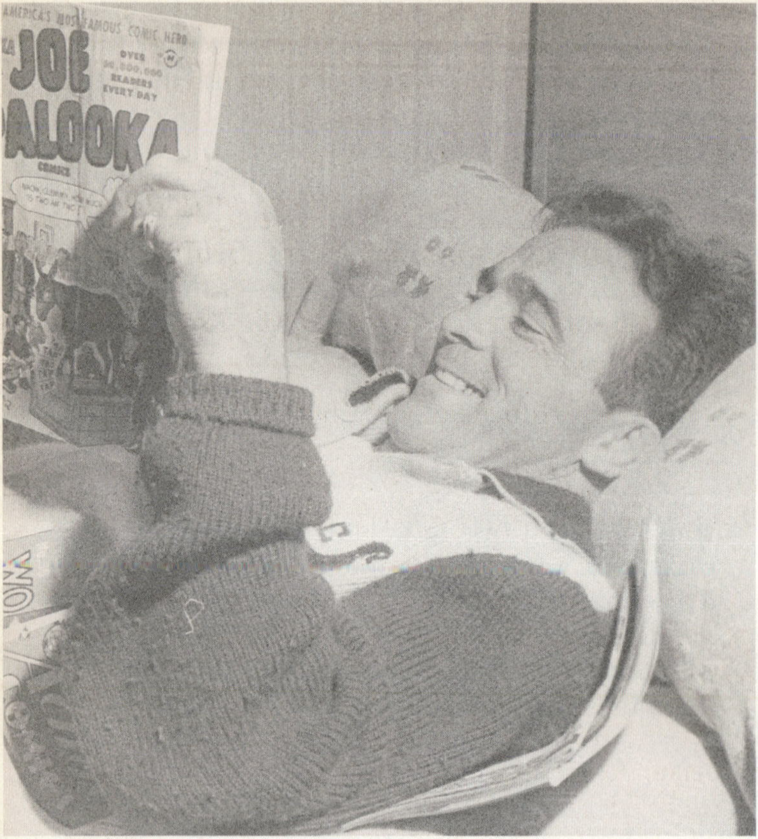

Même si Édith Piaf essaie de lui faire lire de « grands auteurs »,
Marcel Cerdan reste passionné de bandes dessinées.

8e lettre *Paris, vendredi 27 mai 1949*

Je voudrais me mettre à tes genoux et passer mon temps à t'admirer.

Mon Seigneur que j'aime,

Je reviens de Télé Paris, et les gens étaient sidérés d'entendre ma voix, toutes les petites copines m'avaient déjà enterrée. J'ai eu tour à tour une angine tuberculeuse, décalcification de la moelle épinière, un odule [1]. Enfin, on m'a attribué toutes les maladics, navrée vraiment de les décevoir mais ma voix est là et bien là ! Je t'en raconterai de bonnes en ce qui me concerne. Roberta [2] a dit à un journaliste en Égypte ceci : « Pauvre Piaf, elle ne chantera plus jamais, elle a une angine tuberculeuse. » Elle a dit ça, paraît-il, avec une joie sadique, c'est un journaliste qui l'a écrit à Loulou tant il était scandalisé. D'ailleurs j'ai la lettre et te la ferai voir. Tu comprends pourquoi j'ai eu, un jour, une telle réaction quand j'ai cru comprendre que c'était elle la dame du « Pigalle », vraiment, c'est une méchante femme. Enfin, le principal est que ma voix va bien [3] mais il y a une chose qui compte encore plus pour moi, c'est ton amour. Ça, j'y tiens plus que tout au monde, chéri. Cette nuit, je ne pouvais dormir tant tu étais présent à ma mémoire, c'était si fort comme impression que j'avais la nette sensation que je n'avais qu'à étendre ma main pour te sentir là tout près. Mon amour, tu ne pourras jamais imaginer avec quelle force je t'aime. Dieu que je t'aime, mon adoré ! Je voudrais me mettre à tes genoux et passer mon temps à t'admirer, à te servir, à t'aimer, à n'être qu'à toi et n'avoir que toi devant mes yeux, ne toucher que toi, ne vivre que par toi que j'aime, toi mon amour. Moi.

ÉDITH PIAF

1. Il s'agit sans doute d'un « nodule ».

2. Roberta, chanteuse.

3. Piaf a dû interrompre son tour de chant pour un mois par la faute d'un enrouement tenace et d'une très grande fatigue.

8ème Lettre   Paris le 27 mai 1949

Mon Seigneur que j'aime

Je reviens de Télé Paris, et les gens étaient sidéré d'entendre ma voix, toutes les petites copines m'avaient déjà enterré j'ai eu tour à tour une angine tuberculeuse, décalcification de la moëlle épinière, etc., enfin on m'a attribué toutes les maladies, j'avais vraiment de les décevoir mais ma voix est là et bien là ! je t'en raconterai de bonnes en ce qui me concerne. Roberta a dit à un journaliste en Égypte ceci (Pauvre Piaf, elle ne chantera plus jamais elle a une angine tuberculeuse) elle a dit ça parrait-il avec une joie sadique, c'est un journaliste qui l'a écrit à Loulou tant il était scandalisé, d'ailleurs j'ai la lettre

Je t'aime, t'aime, t'aime, oui, je t'aime.

Mon amour chéri,

Ce matin, une lettre après mon footing, celle du 24, elle a mis quatre jours, mais j'espère que cet après-midi je vais en recevoir une autre. Dans celle-ci, tu me dis que, tout au long de la journée, tu reçois des chocs au cœur mais tu n'es pas la seule, chérie, moi à chaque instant, il y a toujours quelque [chose] qui me rappelle toi. Mon frère loge dans ton bungalow, imagine-toi les coups que je peux recevoir. Et puis, quand je vais dîner, je m'habille, alors je me dis, il faut que je m'habille comme cela parce qu'elle m'a choisi cela ou bien ça [1]. Enfin, à chaque instant, je suis avec toi. Crois-moi, chérie, tu es la première et ça devient terrible.

Tu me dis aussi dans celle-ci que tu te purifies et que tu es ou que tu deviens sans tache,

Édith Piaf chante « L'Accordéoniste ».

alors tu te rends compte toi-même de l'effet que ça peut me faire quand [quelqu'un] ou quelque chose me rappelle ton passé. Je reconnais que c'est bête, c'est aussi mon imagination qui me fait beaucoup de mal, mais bientôt comme tu le dis si bien, bientôt je serai un homme parfait. Mais, pour l'amour du ciel, cache ton passé et garde tes souvenirs pour toi toute seule. Pense que tu m'as raconté tellement de choses qui ne me touchaient pas parce que je ne t'aimais pas trop. Peut-être que tu me les as racontées dans les mêmes conditions mais maintenant, je t'aime et ça fait très mal. Enfin, chérie, je t'aime et tu as raison de dire que c'est le bon Dieu qui a voulu cela parce qu'il savait que j'avais besoin de toi et je l'en remercie.

Fais-moi confiance pour le combat, je n'ai jamais travaillé avec autant de courage. Une grosse bise à Momone, mes amitiés à Loulou et toi, chérie, je t'embrasse bien amoureusement et te serre très très fort dans mes bras à te faire mal. Je t'aime, t'aime, t'aime, oui, je t'aime. Mes amitiés aux Breton. Moi aussi pour toi.

MARCEL CERDAN

---

1. Édith Piaf prend plaisir à choisir et à acheter des vêtements pour Marcel Cerdan.

Cordial Souvenir
Marcel Cerdan

9ème lettre

[illegible]

Paris le 28 mai 49

j'enverrai demain à ton frère la photographie qu'il m'a demandée!

Mon bel amour

Hier vraiment c'était un jour de fête, j'ai reçu deux lettres et une carte de toi puis une lettre de ton frère, tu ne peux savoir à quel point cela m'a rendue heureuse. Allons bon, voilà que l'on me remet encore une lettre de toi mon bel adoré, oh tu es un petit ange, tu écris tous les jours et je t'assure que cela m'aide terriblement. Sois sans crainte mon bel amour, ma voix est complètement revenue et quand tu reviendras je te chanterai tout ce que tu voudras toi mon spectateur préféré. Tu sais, j'ai beaucoup de courage, je veux être belle à ton retour, je veux que tu sois fière de moi. J'espère mon tout petit chéri que tu

Je veux être belle à ton retour.

Mon bel amour,

Hier vraiment, c'était un jour de fête, j'ai reçu deux lettres et une carte de toi, puis une lettre de ton frère, tu ne peux savoir à quel point cela m'a rendue heureuse. Allons bon, voilà que l'on me remet encore une lettre de toi, mon bel adoré. Oh, tu es un petit ange, tu écris tous les jours et je t'assure que cela m'aide terriblement. Sois sans crainte, mon bel amour, ma voix est complètement revenue et quand tu reviendras, je te chanterai tout ce que tu voudras, toi mon spectateur préféré. Tu sais, j'ai beaucoup de courage, je veux être belle à ton retour, je veux que tu sois fier de moi.

J'espère, mon tout petit chéri, que tu n'as pas trop d'ennuis avec ta femme. Au fond, tu ne crains pas grand-chose, il n'y a pas de preuves, tant qu'elle n'a pas une lettre entre les mains prouvant qu'elle t'est bien adressée ou que l'on ne te trouve pas dans un lit avec moi. Tu peux être rassuré, surtout une lettre anonyme, et puis pourquoi croirait-elle plus la lettre anonyme que toi et tous ceux qui garantiront que tu habites chez eux tels que Rizzo et Jo, au besoin Paul [1] dirait aussi que tu couches chez eux [2]. Alors tu sais, je crois quand même que tu peux avoir confiance, on ne divorce pas aussi facilement quand on a trois gosses [3], ce serait trop facile. Mon adoré, je t'aime tant, je voudrais que jamais tu n'aies le moindre souci ni la moindre peine et surtout pas à cause de moi. Tu es toute ma vie entière, je t'appartiens pour toujours, oui mon chéri, pour toujours. Je suis ta petite, ta toute petite tienne. Moi.

ÉDITH PIAF

Simone est sage et t'embrasse fort.
Loulou te fait ses amitiés ainsi que Solange
Moi pour toi [4] !

J'écrirai demain à ton frère.
Embrase-le ainsi que Jo [5] !

---

1. Paul Genser, ami de Marcel, qui possède un bistrot rue d'Orsel.
2. Marcel Cerdan avait gîte et couvert chez son ami Paul Genser lorsqu'il était à Paris. Mais le 19 mars 1948, Émile, le chauffeur, déménage ses affaires chez Édith Piaf, 7, rue Leconte-de-Lisle. Le couple Genser en sera très peiné.
3. Le couple Cerdan a trois enfants : Marcel, René et Paul.
4. Griffonné à l'envers en haut à gauche de la lettre.
5. Griffonné à l'envers en haut à droite de la lettre.

n'as pas trop d'ennuis avec ta femme, au fond
tu ne crains pas grand chose, il n'y a pas
de preuves, tant qu'elle n'a pas une lettre
entre les mains prouvant qu'elle t'est
bien adressée ou que l'on ne te trouve pas
dans un lit avec moi tu peux être rassuré
surtout une lettre anonyme et puis pourquoi
quoi croirait elle plus la lettre anonyme
que toi et tous ceux qui garentiroient que
tu habite chez eux tel que Rizzo et Jo,
au besoin Paul dirait aussi que tu
couche chez eux, alors tu sais, je crois
quand même que tu peux avoir confiance,
on ne divorce pas aussi facilement quand
on a trois gosses, ce serait trop facile.
Mon adoré, je t'aime tant, je voudrais que
jamais tu est le moindre souci ni la moindre
peine et surtout pas à cause de moi. Tu es
toute ma vie entière, je t'appartiens pour
toujours oui mon chéri pour toujours.
Je suis ta petite ta toute petite Ticane
moi

Oh, ta peau, chérie !

Mon amour,

Aujourd'hui, j'ai reçu deux lettres de toi et tu ne peux t'imaginer quel doping sont pour moi tes lettres. Je suis très content que tu aies passé une agréable soirée avec les Breton, Dalban [2], Jansen [3], etc., et que tu ailles au cinéma. Ça te donne du courage et le temps passe plus vite. Chérie, je suis surtout très très heureux de savoir que tu as retrouvé ta voix que tu avais oubliée comme tu me le dis si bien. Mais il ne faut pas t'arrêter là, il faut continuer à travailler, chérie. Il faut comme je te l'ai dit dans une autre lettre, fermer la gueule à plusieurs cons qu'il y a dans ton métier et les méchantes personnes qui aiment voir les gens se casser la gueule, c'est pour ceux-là et surtout pour ceux qui t'aiment et qui t'admirent qu'il faut travailler. Et il y a moi, chérie, qui suis si heureux, quand on me dit « elle est formidable », et tu l'es formidable, et en tout, chérie. Pour ma part, chérie, je ne me décourage pas parce que j'ai tes lettres qui m'aident à tenir le coup, car moi aussi j'ai le

En 1949, le couple assiste à une soirée.

cafard de temps en temps, mais tes lettres le font passer. Je t'aime, chérie, même de trop et c'est terrible. Le soir quand je me couche, je me revois avec toi dans cette belle chambre, dans les beaux draps bleus et toi contre moi qui me lis quelque chose, puis un verre de thé et ce rami qui te faisait mettre en colère. Mais cela, je l'efface vite parce que je veux avoir ton visage d'ange devant [moi] et non en colère. Je t'aime, chérie, et je suis fou de toi. Je n'ai fait aucun café à New York où j'allais avec toi. Je t'embrasse comme je t'aime et te serre très fort contre moi (oh, ta peau, chérie !) Moi [1].

MARCEL CERDAN

1. Marcel Cerdan fait une erreur. Il s'agit soit du dimanche 29 soit du lundi 30 mai 1949. Édith le remarquera et l'interrogera à ce sujet dans sa lettre du 2 juin.

2. Robert Dalban.

3. Jacques Jansen.

Marcel Cerdan et Lucien Roupp se promènent dans les rues de New York.

Je suis avec toi vingt-quatre heures sur vingt-quatre.

Toi que j'adore,

Moi aussi, je fais du footing tous les matins, une heure de marche. D'abord, je me réveille vers dix heures, je déjeune et flâne un peu au lit pendant un petit quart d'heure. Ensuite, je me lève, je fais ma toilette et après, ma prière. Vers onze heures, nous quittons avec Simone la maison, nous allons à l'église, je fais dix prières à sainte Thérèse et dix à Jésus pour qu'ils t'aident à être vainqueur. Je mets un cierge à chacun et le cœur libre, tranquille et soulagé, je vais au Bois pendant une heure. Nous revenons et nous déjeunons et après, je t'écris. Quand la lettre est terminée, Simone va la poster. Pendant ce temps, je fais les comptes de la maison. Depuis que je m'occupe personnellement de ce travail, je fais environ cinquante pour cent d'économie. Et après tout ça, je travaille environ deux heures à ma petite barboteuse pour ton fils. À cinq

10ième lettre

Paris le 29 mai 69

Toi que j'adore

Moi aussi je fais du footing tous les matins, une heure de marche, dabord je me réveille vers dix heures, je déjeune et flâne un peu au lit pendant un petit quart d'heure, ensuite je me lève, je fais ma toilette et après ma prière, vers onze heures nous quittons avec Simone la maison, nous allons a l'église, je fais 10 prières a sainte Thérèse et 10 a Jésus pour qu'ils t'aident a être vainqueur je mets un cierge a chacun et le cœur libre tranquille et soulagé je vais au bois pendant une heure, nous revenons et nous déjeunons et après je t'écris, quand ta lettre est terminée Simone va la poster, pendant ce temps je fais les comptes de la maison, depuis que je m'occupe personnellement de ce travail je fais environ cinquante pour cent d'économie, après tout ça je travaille environs deux heures

Si tu savais comme j'ai envie d'être contre toi et sentir ta peau.

Le soir nous dînions avec Jaqueline nous parlons de vous.-

Moi. Monique t'embrasse et elle va t'écrire. Je t'aime mon amour heures, je répète avec Robert [1] et Marcel [2] jusqu'à sept heures, puis nous dînons et selon les invités qui se composent des Breton et Jacqueline ainsi que Geneviève [3], nous allons soit au cinéma ou au music-hall ou encore au théâtre mais très peu, car sans toi je n'éprouve aucun plaisir. Je vois donc les choses qui sont en rapport direct avec mon travail. Voilà mon amour, l'emploi de mes journées. Quand j'aurai fini ma barboteuse, je remplacerai cela par deux heures d'anglais. Je me couche vers les minuit et demi et m'endors vers une heure. Tu ne devineras jamais avec qui je suis pendant la demi-heure qui me sépare de mon sommeil… Je sens dans tes yeux que tu as deviné, je suis avec toi vingt-quatre heures sur vingt-quatre. Je suis de plus en plus folle de toi. Je t'aime ma raison de vivre, je t'adore mon amant chéri. J'ai tant de tendresse pour le gosse que tu es et tant d'amour pour l'homme merveilleux qui est toi. Moi.

ÉDITH PIAF

Amitiés à Jo.
Momone t'embrasse et elle va t'écrire
Je t'aime mon amour. Moi [4].

Si tu savais comme j'ai envie d'être contre toi et sentir ta peau [5].

Ce soir, nous dînons avec Jacqueline, nous parlerons de vous [6] !

1. Robert Chauvigny.
2. Marc Bonel, son accordéoniste.
3. Geneviève Lévitan, l'épouse du chroniqueur sportif, Félix Lévitan.
4. Griffonné à l'envers en haut à gauche de la lettre.
5. Griffonné à l'envers en haut au milieu de la lettre.
6. Griffonné à l'envers en haut à droite de la lettre.

9 ce que j'ai écris compte tenu de

30/5/49

Mon amour Chérie

Comme je t'aime et combien tes lettres me font plaisir c'est formidable, je dois être fou ou tu as du me mettre quelque choses dans le café ou ailleurs car je ne peux qu'a toi je ne vit qu'avec toi, mais bon dieu qu'esce que tu m'a fais, je le sais oui tu est trop gentille avec moi et tu m'aime voila ça doit être cela qui me fais t'aimer comme ça, oh oui que je t'aime, j'ai reçu ta 9me lettre ou tu me racon ce que cette vache de Roberta a dit sur toi, mais tu sais Chérie que elle va le payer, elle ne sait pas que si elle t'attaquait c'est elle qui allait payer sur, et tu croyais que j'etais capable t'aimer une fille comme elle, non ce n'es pas possible je ne suis pas si bete que ça mon Chérie.

9ᵉ *Lundi 30 mai 1949*
Je crois que j'ai perdu le compte.

J'ai la chance,
moi, pauvre brute de boxeur,
d'être aimé.

Mon amour chéri,

Comme je t'aime et combien tes lettres me font plaisir, c'est formidable. Je dois être fou ou tu as dû me mettre quelque chose dans le café ou ailleurs car je ne pense qu'à toi, je ne vis qu'avec toi. Mais bon Dieu, qu'est-ce que tu m'as fait ? Je le sais, oui, tu es trop gentille avec moi et tu m'aimes. Voilà, ça doit être cela qui me fait t'aimer comme ça, oh oui, que je t'aime.

J'ai reçu ta huitième lettre où tu me racontes ce que cette vache de Roberta a dit sur toi, mais tu sais chérie, qu'elle va le payer, elle ne savait pas que si elle t'attaquait, c'est elle qui allait payer, sûr. Et tu croyais que j'étais capable d'aimer une fille comme elle, non ce n'est pas possible, je ne suis pas si bête que ça, non, chérie.

C'est bien que tu puisses chanter comme avant et que tu aies confiance en toi. Oui chérie, elles vont toutes crever de jalousie tes petites amies. Sois quand même grande dame, oublie-les, elles ne sont pas intéressantes. Il y a une ÉDITH PIAF et j'ai la chance, moi, pauvre brute de boxeur, d'être aimé par elle. Mais c'est merveilleux, je vis un rêve. Chérie, c'est avec moi que tu rentres le soir et qui couches là contre moi. C'est moi qui [ai] tes caresses le soir et je me contente de cela. C'est moi qui [ai] la vraie Piaf, celle qui me lit, le soir, avant de m'endormir, qui m'embrasse les yeux, les mains et tout. Enfin, c'est moi qui ai la meilleure part, les autres ils ont les sourires, peut-être l'admiration de Piaf. Mais je ne me plains pas, chérie, je t'adore, je t'aime et ne pense qu'au jour de notre rentrée à la maison où je vais te prendre et te serrer bien fort dans mes bras et t'embrasser amoureusement. Oh, chérie, comme je t'aime ! Moi.

MARCEL CERDAN

Paris, lundi 30 mai 1949

Je t'aime tant que cet amour me fait peur.

Mon tout chéri,

J'en ai gros sur la patate, il paraît que tu vas déjeuner avec Mae West [1] et qu'elle veut tourner un film avec toi. J'ai horreur de ça. Tu vois, je t'ai fait trop beau, maintenant on s'aperçoit que tu es un beau gars. C'est peut-être idiot mais ça m'a foutu le cafard. Moi qui n'allais pas trop mal, me voilà partie à me faire des tas d'idées. Surtout que tu ne m'en as pas parlé, c'est donc que tu ne tenais pas à ce que je le sache.

Hier, j'ai dîné avec Jacqueline, nous avons été au théâtre voir « La Soif [2] », formidable, ensuite nous avons été prendre un verre chez Carrère [3] en compagnie de Gabin, sa femme [4], Berneim [5], sa femme, Jacqueline, Geneviève, Simone, un peintre Bernard Lamotte, il va à New York bientôt et va aller te voir, et moi. Nous avons bavardé longtemps sans nous en rendre compte puis nous avons été souper au

Club des Artistes et ensuite nous avons été nous coucher évidemment. La femme de Gabin est enceinte et tu ne peux savoir comme cet homme a changé. Sa femme est un amour et ils s'adorent. Quand tu reviendras, nous dînerons ensemble et je suis sûre que tu vas les adorer. Ils sont merveilleux et ils s'aiment autant que nous, enfin, comme nous nous aimions avant l'arrivée dans ta vie de Mae West ! Je plaisante mais cette histoire me fait mal, et je ne me trompe pas souvent sur mon instinct et sur les réactions de mon cœur. Pourquoi ne m'as-tu rien dit ? Je t'aime trop et un rien me fout par terre. Enfin, l'avenir verra ! Ne me trouve pas trop bête mais je t'aime tant, mon amour, tant que cet amour me fait peur, je serais capable de n'importe quoi ! Je t'adore mon amour. Moi.

ÉDITH PIAF

---

1. Mae West, célèbre actrice américaine, réputée pour ses conquêtes masculines.

2. Pièce d'Henry Bernstein dans laquelle jouent son amie Madeleine Robinson et Claude Dauphin.

3. Cabaret parisien des Champs-Élysées. C'est chez Carrère que le 16 mai 1948, Édith Piaf a été présentée à la future Elizabeth II d'Angleterre et à Philip d'Édimbourg, le prince consort.

Amitiés à Jo et Armand et toi que j'aime,
je t'appartiens corps et âme [6] !

Tout le monde t'embrasse [7] !

---

4. Jean Gabin joue dans *La Soif* d'Henry Bernstein. C'est au cours des répétitions qu'il rencontre sa femme, Christiane Fournier, dite Dominique.

5. Il pourrait s'agir d'Henry Bernstein, dont le nom est mal orthographié par Piaf.

6. Griffonné à l'envers en haut à gauche de la lettre.

7. Griffonné à l'envers en haut à droite de la lettre.

Marcel Cerdan
avec quelques admiratrices américaines.

Je suis si heureuse de t'aimer que j'aime tout le monde.

Mon ange brun adoré,

D'abord si tu n'es pas assis... assieds-toi ! Sais-tu la lettre que je viens de recevoir ? De la compagnie de ton film [1] pour me donner le rôle féminin à tes côtés ! Qu'en dis-tu ? Avoue que Dieu s'efforce ou nous oblige à nous réunir coûte que coûte ! Je ne sais pas encore si le rôle me conviendra ou si ce projet va se réaliser. Mais avoue que c'est drôle, on aurait voulu le faire exprès que nous n'aurions [pas] pu y arriver. Il faut surtout que ça ne te fasse pas d'ennuis chez toi et si cela doit être un souci pour toi, je refuserais évidemment ! Tu es un homme merveilleux, tu écris tous les jours, et tu ne peux savoir le courage que tu me donnes et tu vas être étonné de voir ma mine et d'entendre ma voix. Je suis sage, tu sais, je travaille dur pour ne pas te décevoir puisque tu m'aimes pour ma voix *seulement*. Ne le prends pas mal... je plaisante, ah... Une nouvelle sensationnelle... Je t'aime, tu

19ième Lettre

Paris le 31 mai 1949

Chéri......
[illegible]

Moumou au Brésil
Loulou t'envoie ses
amitiés ainsi
que les
Brefou

Mon ange brun adoré

Dabord si tu n'es pas assis... assies toi! fais tu la lettre que je viens de recevoir. De la compagnie de ton film pour me donner le rôle feminin a tes cotés! Qu'en dis tu? avoue que Dieu s'efforce où nous oblige a nous réunir coute que coute! je ne sais pas encore si le rôle me conviendra ou si ce projet va se réaler mais avoue que c'est drole, on n'aurais voulue le faire exprès que nous n'aurions pu y arriver, il faut surtout que ça ne te fasse pas d'ennuis chez toi et si cela doit être un souci pour toi je refuserai évidement! tu es un homme merveilleux, tu écris tous les jours, et tu ne peux savoir le courage que tu me donne et tu vas être étonné de voir ma mine et d'entendre ma voisc, je suis sage tu sais, je travaille dur, pour ne pas te decevoir puisque tu m'aimes pour ma voisc seulement! Ne le prends pas mal --- je plaisante. ah---.

t'en doutais, hein ? Mon adoré, tu ne peux pas savoir à quel point je t'aime et comme je t'ai dans la peau, tu m'as eue encore plus que tu ne le penses ! Comme tu es gentil de m'écrire tous les jours et des longues lettres, tu es le plus merveilleux des hommes et je bénis le ciel tous les jours de t'aimer et d'être aimée de toi, vrai, j'en ai de la chance.

Ce soir, je dîne avec les Paul [2] et je les emmène à Montrouge où je chante. Ils sont tout plein gentils et je les aime beaucoup. D'abord, je suis si heureuse de t'aimer que j'aime tout le monde, sauf toi que j'adore. Je suis contente de savoir que ton moral est bon et que tu vas bien, il faut que tu sois magnifique. Quand tu vas revenir, gare à ta bouche, à tes mains, à tes beaux yeux, à tes cheveux, à ton corps, à ton… etc. Je te préviens que, enfin, tu verras… !!! Je t'aime, mon adoré, je t'aime. Vivement que tes mains chéries se posent sur moi, et que tes bras me serrent fort à mourir. Donne ta bouche, mon amour. Moi.

ÉDITH PIAF

---

1. Il s'agit du film, *Au diable la célébrité !* de Mario Monicelli, que Cerdan doit tourner à Rome en juillet.
2. Le couple Genser.

Momone t'embrasse.
Loulou t'envoie ses amitiés
ainsi que les Breton [3].

Chéri… Je t'aime [4].

3. Griffonné à l'envers en haut à gauche de la lettre.
4. Griffonné à l'envers en haut à droite de la lettre.

Il n'y a que toi qui me fais oublier tout et qui m'aides à tenir le coup.

Mon amour chéri,

Pas de lettre aujourd'hui parce qu'il n'y a pas de levée le dimanche, mais peut-être cet après-midi, j'en aurai. Comment vas-tu, chérie ? Bien, je l'espère. Tu m'aimes toujours, oui, hein, parce que moi, je suis fou de plus en plus de toi. Ici pour le week-end, il y a eu beaucoup de monde et tout le monde [a] admiré ma montre [1]. C'est formidable l'effet qu'elle a fait sur tout le monde, et puis les blousons que je mets aussi sont formidables. Tout le monde me demande l'adresse de Dominique France [2] et je crois qu'ils ont commandé quelques-uns de ses tricots. Chérie, je voudrais que tu me dises ce que tu as besoin d'ici, parce que j'ai un ami d'Air France qui peut prendre ce que je veux et qui est très gentil. Mais fais-moi confiance, je ne te présenterai personne. Je te le ferai déposer quelque part, c'est plus sûr. Non que je n'aie pas confiance en toi, non chérie, j'ai confiance mais tu es tellement gentille et les hommes sont tellement méchants qu'il peut arriver des choses sans s'en apercevoir. Enfin, il vaut mieux pas penser à cela, ça me fait très mal. Dis-moi ce que je peux t'envoyer, ne te gêne pas, chéri. De toute façon, je dois t'apporter quelque chose, alors il vaut mieux que ce soit quelque chose qui te plaise, n'est-ce pas, chérie. L'autre jour, est venu ici l'imprésario de Mae West qui veut me faire signer un contrat pour Hollywood pour sept ans, à raison de deux films par an. D'ailleurs, nous déjeunons ensemble lundi, mais ne crains rien, elle a soixante ans, et même chérie, il n'y a que toi qui comptes, et qui as toutes mes pensées, chérie, mais toutes. Il n'y a que toi qui me fais oublier tout et qui m'aides à tenir le coup car l'autre ne me fait rien mais rien alors, mais peut-être qu'elle le payera. D'ailleurs, jc tc jure que ça ne me fait rien, il n'y a que toi qui comptes et je t'aime de plus en plus et te serre très très fort contre moi, chérie. Moi.

MARCEL CERDAN

---

1. La montre Cartier de Cerdan lui a été offerte par Édith Piaf.
2. Sur les conseils d'Édith Piaf, Marcel Cerdan fait faire ses chemises sur mesure dans la boutique Dominique France, rue Pierre-Charron à Paris.

Mon amour qui est grand, plus grand que l'immensité.

Mon adoré,

Enfin, cet interminable mois de mai est terminé, un triste commencement de juin ouvre l'œil pour se terminer merveilleusement bien puisque tu seras là [1]. Mais tu sais, c'est horriblement long et par moments je désespère. J'ai des coups de cafard qui m'attrapent, et je suis obligée de lutter contre moi pour ne pas me laisser aller. Surtout des jours comme aujourd'hui où cela fait deux jours que je n'ai rien reçu de toi. C'est drôle, ça coïncide à peu près avec les échos de ton déjeuner avec Mae West, non que je sois jalouse d'elle, je ne suis pas idiote, mais inquiète sur tout ce qui peut en découler. Des connaissances nouvelles, des horizons nouveaux, avant tu ne voyais rien tandis que maintenant tu ouvres les yeux trop grand. Enfin, mauvais jour, aujourd'hui.

Hier, j'ai été chanter à Montrouge. Rassure-toi, ma voix est complètement revenue, je sais que cela t'inquiétait terriblement, alors ne sois plus inquiet. Ce soir, je dîne avec [Jurmand [2]] et je vais voir le danseur espagnol « Rosario ». Quel temps fait-il en Amérique ? Pourvu qu'il fasse beau le 15, comme ça, tu seras vite revenu. Reviens vite, chéri, je n'en peux plus, tu ne peux savoir comme c'est long. Après ton « *truc* », n'attends pas trop là-bas. Tu sais, si tu veux revenir le lendemain, ne te gêne pas, je ne serai pas tellement fâchée. Ne fais pas trop attention à ma lettre, quand je n'ai pas de tes nouvelles, je suis cafardeuse à crever. Il m'attrape une de ces envies de me coucher et de m'endormir jusqu'à ton retour. Demain j'aurai peut-être une lettre et tout ira mieux. Voilà, mon amour. Je t'envoie la pluie, ma tristesse, mon découragement, un peu, tout petit peu d'espoir et mon amour qui est grand, plus grand que l'immensité. Je t'aime, mon tout petit chéri adoré. À toi moi.

ÉDITH PIAF

Écris une petite lettre à Loulou.
Hier, Breton se vantait d'avoir reçu
une carte de toi et j'ai vu
que Loulou avait de la peine.
Voici son adresse :
Louis Barrier, 44, rue de Bruxelles, Paris [3].

Momone t'embrasse et moi je t'aime à en devenir folle.
Je t'adore tout toi. Le tout petit moi[4] !

1. Marcel Cerdan rentrera à Paris le 19 juin.
2. Le nom est illisible sur la lettre manuscrite.
3. Griffonné à l'envers en haut à gauche de la lettre.
4. Griffonné à l'envers en haut à droite de la lettre.

Mais qu'est-ce que tu as pour que je sois comme ça avec toi ?

Mon amour chéri,

Quelle joie ce matin d'avoir eu le plaisir de t'entendre au téléphone, je n'avais pas osé te téléphoner avant parce que je ne savais pas ton emploi du temps de ta journée et je ne voulais pas t'appeler et que tu ne sois pas là. Mais après ta lettre où tu me dis ce que tu fais toute la journée, je n'ai pas hésité, puis j'avais besoin de t'entendre et aussi ton rire moqueur, et voilà, maintenant je suis heureux pour toute la journée. Après que je t'ai téléphoné, Jo a eu un remords et il a appelé Jacqueline aussi. Voilà ce que je lui fais faire, tu sais, malgré son air buté, c'est un drôle de sentimental et tu sais, je suis très bien avec lui, on s'accorde bien tous les deux, puis nous parlons un peu de vous deux aussi. Chérie, je t'aime et tu sais, je ne m'habitue pas non plus à me séparer de toi et pourtant il faut qu'on s'habitue parce que quand ce n'est pas moi, c'est toi qui dois partir. C'est terrible ces métiers-là, mais nous n'y pouvons rien, au contraire, remercions le bon Dieu de nous avoir choisis parmi tous, à être où nous sommes. Chérie, je ne sais quoi te dire. Avant de t'écrire, je me dis, je vais lui dire ceci ou cela ; mais maintenant je ne sais quoi te dire sinon que je t'aime. Eh bien, crois-moi, et c'est presque à chaque minute que je suis avec toi. Mais, chérie, encore quinze jours et nous serons dans les bras l'un de l'autre et je vais pouvoir te serrer contre moi, sentir ton parfum et ta peau contre moi, te mordre, te faire du mal, t'écraser contre moi. Ô chérie, que je t'aime, c'est pas possible que je sois mordu à ce point-là, mais qu'est-ce que tu as pour que je sois comme ça avec toi ? Je pars lundi pour Detroit et j'espère avoir des lettres de toi. Mes amitiés aux Breton, une bise à Simone, amitiés à Loulou, à Olivier et Poupard, et toi, chérie, je me serre tout contre toi mais bien, tu sais. Moi pour toi (comme tu le dis si bien).

MARCEL CERDAN

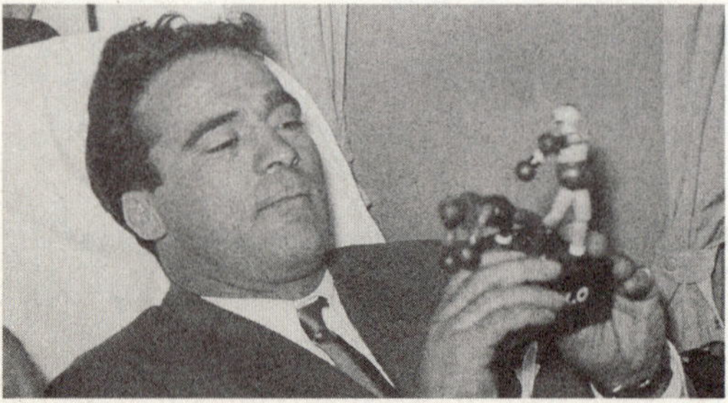

Marcel Cerdan avant son retour à Paris.

Tu es ma vie, toute ma vie.

Mon bel amour adoré,

Ce matin au réveil, une lettre de toi, ça va beaucoup mieux, seulement, où est la lettre de dimanche ? Tu as mis une date « lundi 29 » et tu numérotes ta lettre la huitième, alors ? Tu oublies que j'épluche tes lettres, phrase par phrase, et dire que pour moi c'est une joie… Pardon, mon amour, je viens de raccrocher le téléphone, pardon à deux genoux, j'embrasse tes petits pieds adorés ! M'amour adoré, je suis heureuse, tu ne peux pas savoir à quel point, tu es ma vie, toute ma vie. Chéri, je suis tranquille pour toi. Hier, dans ma salle de bains, j'ai senti l'odeur de rose que j'attendais, la même impression que la dernière fois. Et puis deux fois de suite en allant poser des cierges pour toi, j'ai vu devant l'autel une mariée tout en blanc. C'est la réussite, paraît-il, de ce que l'on souhaite le plus, alors mon cœur est rassuré. Surtout, fais attention à Detroit aux nouvelles connaissances, à ce que tu manges [1]. Que ton frère Jo et l'autre Jo mangent avant toi ! Méfie-toi mon amour. Défends-toi contre les salauds ! Quand penses-tu rentrer ? Oh, mon beau chéri, plus je vais et plus je t'aime. Que m'as-tu fait, grand Dieu, pour que je t'aime aussi fort.

Je vais débuter le jour de ton match à Copacabana [2]. Tu sais, les conditions ne sont pas mauvaises, une unité par semaine et une semaine payée d'avance. C'est moi qui décide du programme et de l'orchestre [3] ainsi que de tout dans la maison. Alors je crois et j'espère que cela va marcher ! Mon adoré, je ne vis plus à la pensée de te revoir, je vais m'évanouir sûrement, mon beau, mon merveilleux chéri. Oh, oui, je suis sage, d'ailleurs, rien ne peut m'intéresser en dehors de toi, mon bel amour. Mon cœur, mon âme, mon corps, tout t'appartient. Je t'aime, mon bel amour, aussi fort et même plus fort que le mot lui-même. À toi, mon amour. Moi.

ÉDITH PIAF

1. Lors de son match contre Anton Raadick, le 31 octobre 1947 à Chicago, Cerdan a souffert d'épuisement. Après sa victoire, la presse a prétendu qu'il avait été empoisonné (voir *Le Matin*, du 9 novembre 1947).

2. Le Copacabana, anciennement Le Baulieu, est un cabaret parisien. Louis Barrier a négocié un contrat intéressant pour Édith Piaf qui y chantera du 15 juin au 4 juillet.

3. L'orchestre sera dirigé par Daniel J. White.

Momone te fait la bise
et Loulou,
ses amitiés [4].

Merci encore, mon chéri,
pour le téléphone. Moi [5].

4. Griffonné à l'envers en haut à gauche de la lettre.
5. Griffonné à l'envers en haut à droite de la lettre.

Je t'aimerais n'importe comment, même assassin.

Toi, mon chéri !

Quelle belle lettre j'ai reçue ce matin ! Jamais tu n'en as écrit une aussi touchante. Tu sais si tu es heureux d'être aimé de moi, crois que moi, je suis fière de l'être de toi. Tu es si merveilleux, tu as le génie d'un boxeur mais tu n'en as pas la mentalité. Tu es si beau dans ton âme. Oh chéri, tu ne peux savoir depuis que je te connais, combien j'ai changé ! Si j'avais encore quelques mesquineries au fond de mes pensées, tu les as tuées. Je ne pourrai plus être moche. J'admire tellement l'homme que tu es, mon chéri. Tu ne peux savoir tout ce qui se passe en moi depuis que j'ai ce grand bonheur d'être aimée de toi. Tu m'as rapprochée de Dieu et je n'ai qu'une envie, c'est de te ressembler, avoir ta simplicité et ta grandeur morale. Voilà ce que je souhaite avoir pour être entièrement digne de ton amour. Mon aimé, si tu savais, oh oui, si tu savais comme je t'aime. Je ne trouve jamais rien d'assez beau pour toi. Tous ceux qui te font du mal, je les hais, « moi qui n'ai jamais haï personne ». Je te veux riche et heureux. Pour le bonheur, fais-moi confiance, je ferais n'importe quoi pour toi. Je t'aimerais n'importe comment, même assassin. Oh oui, je suis capable, si un jour tu avais des ennuis, de les partager en entier avec toi. Je quitterais tout pour toi, je renierais tout pour toi, je ferais n'importe quoi d'impossible, en un mot je ferais tout, absolument tout pour toi ! Comment es-tu physiquement ? Et moralement ? Je t'attends mon amour, reviens-moi vite que je te chérisse comme j'en ai envie. Je suis tout ce que tu as envie que je sois. Je t'aime, je t'appartiens à toi pour toujours si tu le veux. Amitiés à Jo et à ton frère. Momone t'embrasse et moi, mon amour, je fais exactement ce que tu as envie que je fasse. Tu es ma vie, mon souffle, tu es tout, tout. Je t'aime. Moi.

ÉDITH PIAF

Il n'y en a qu'une et c'est toi.

Mon amour chéri,

Quelques mots pour te dire que j'ai reçu une lettre où tu n'es pas très courageuse. Mais tu dois être un peu folle, me faire des scènes pour Mae West mais, ma parole, il y a quelque chose qui ne va pas dans ta petite cervelle, allons chérie. D'ailleurs je vais t'appeler tout de suite pour savoir ces conneries. Enfin, chérie, tant mieux pour moi car au moins tu m'aimes et tu dois me comprendre davantage. Attends, ça y est, tu es au bout du fil.

Oh chérie ! Pourquoi ce cafard, eh, bien, je crois que j'ai bien fait de t'appeler. Chérie, tu sais que je t'aime, je ne suis pas comédien à ce point-là, puis quand je donne mon amour, je le donne entièrement malgré mes défauts ou avec. D'ailleurs, tu m'as fait plaisir que tu m'aies dit ce que tu [avais] fait avec tes vieux souvenirs de tes amoureux [1]. Permets-moi à ce sujet de te dire que tu es une criminelle parce qu'il y a longtemps que tu aurais dû le faire, ni même jamais garder des choses comme cela, ce n'est pas digne d'une femme comme toi, chérie.

Enfin, passons aux choses plus gentilles et plus douces ! Je viens de recevoir une lettre de Paul [2] où il me raconte la nuit qu'il a passée avec toi et je suis heureux de savoir que tu as une voix de tonnerre, tant mieux, chérie. Tu me parles méchamment à ce sujet aussi, tu ne peux pas t'imaginer à quel point tu changes quand tu veux faire plaisir et quand tu veux faire mal, ça, tu sais trouver les mots qu'il faut. Allons chérie, je t'aime comme un con, un vrai, d'ailleurs je suis tout à toi. Et pour qu'une femme me prenne, il faut qu'elle ait toute ta gentillesse, ton intelligence et puis tant et tant et cela, c'est très difficile à trouver chez une autre femme, il n'y en a qu'une et c'est toi. En tout cas, je suis très heureux que tu aies mal, c'est peut-être méchant mais je suis rempli de joie, chérie. Demain dimanche, encore une journée à passer à l'hôtel Evans puis après, Detroit pour huit jours. Alors chérie, tu vois, dans quinze jours, je serai près de toi, t'écrasant sous mes baisers et caresses. Je t'aime, chérie. Moi.

MARCEL CERDAN

---

1. Piaf a eu des liaisons avec Paul Meurisse, Yves Montand et Jean-Louis Jaubert, notamment.
2. Paul Genser.

Je suis à toi, bien à toi.

Mon tout chéri,

Aujourd'hui, pas de lettre et comme demain c'est dimanche et lundi fête, je n'aurai donc pas de lettre avant mardi, m'en voilà pour trois bons jours de cafard. Et puis, je me suis fait de sales idées avec l'histoire de Mae West. Je me demande pourquoi tu ne m'en as pas dit un mot. J'apprends tout par les journaux, je sais que tu déjeunes lundi avec elle et que tu es très intéressé d'aller à Hollywood. Au fond, tu craignais que j'y aille et total c'est toi qui y vas. Je ne suis pas jalouse de cette femme mais de ce que tu m'as caché, et de Hollywood. Tu sais, je ne suis pas naïve et je sais ce que tout ça me réserverait. Et puis, si tu ne m'en as rien dit toi-même, cela prouve que tu voulais me le cacher. C'est tout de même un événement important pour toi et il me semble que j'aurais dû être la première avertie. Ton premier film a failli nous séparer et je te jure que je dérouille assez avec les commentaires des journaux. Marcel Cerdan et sa femme dans une scène du film « Les Mains d'argile [1] » et je t'en passe. Décidément quand il s'agit cinéma, tu ne te sens plus, tu risquerais n'importe quoi pour tourner un film. Remarque, j'aurais été très contente pour toi si tu m'en avais parlé, c'est mon rêve pour toi que tu tournes des films mais pourquoi ne m'en as-tu rien dit toi-même ? Et tu veux que mon moral soit bien et que j'aie du goût à travailler, non Marcel, je regrette mais moi, j'ai de la peine.

Comme tu es cruel par moments, si tu avais appris, quand j'étais à New York et toi à Paris, que j'allais tourner un film avec Spencer Tracy et que je déjeunais avec lui et que je ne t'en parle pas moi-même, je ne sais ce que tu aurais pensé. Renverse les rôles et peut-être tu comprendras. Voilà, je t'aime, tu le sais. Tu sais aussi me rendre heureuse quand tu le veux mais tu sais aussi faire bien du mal. Je dîne demain avec Lévitan [2] qui part lundi pour New York. Je t'aime, tu sais, mais ne me fais pas de mal, ça fait trop mal ! Je suis à toi, bien à toi. Moi.

ÉDITH PIAF

Sois sans crainte, je ne fais pas de bêtises.
Je t'attends et je t'aime à mourir.
Momone t'embrasse ainsi que Loulou [3].

Je t'adore, chéri.
Je t'en supplie, ne me fais pas de mal.
Si tu savais les proportions que cela prend,
tu serais effrayé. Écris-moi vite, j'en ai besoin.
Je suis complètement à plat [4].

Au studio d'Épinay, Marcel Cerdan est le héros du film *L'Homme aux mains d'argile*. Le camp d'entraînement de Loch Sheldrake a été fidèlement reconstitué.

---

1. *L'Homme aux mains d'argile* raconte la vie de Marcel Cerdan de 1942 à 1948. Le boxeur y joue son propre rôle. Réalisé sous la direction de Léon Mathot, en 1948, d'après un scénario de Marcel Rivet, ce film met en scène Blanchette Brunoy dans le rôle de Marinette, Alfred Adam dans celui de Roupp, Philippe Hersent pour Jo Longman, Robert Berry pour le boxeur Victor Buttin, qui avait gagné par disqualification le 15 août 1942.

2. Félix Lévitan est journaliste au *Parisien Libéré*. Ami fidèle du couple, il n'a pas dévoilé leur liaison.

3. Griffonné en haut à gauche de la lettre.

4. Griffonné en haut à droite de la lettre.

Paris, dimanche 5 juin 1949

Tant de chaleur qui va nous brûler l'un et l'autre.

Mon adoré,

Tu me demandes dans ta dernière lettre ce que j'ai envie... Je crains d'être exigeante, il y a plus d'un an que j'ai envie de quelque chose [1] mais, hélas, c'est une chose de grande valeur et je crains fort d'être indiscrète en te la demandant, mais j'y tiens, et de plus c'est une chose que je pourrai garder toujours. Et l'on n'en trouve qu'en Amérique pour le moment, il paraît qu'il y en aura en France dans très peu de temps. Si tu peux me le faire déposer, j'irai le chercher n'importe où, voilà... c'est toi ! Tu ne peux savoir comme j'ai envie de t'avoir.

J'espère que tu marches bien, que tes bras fonctionnent. Que ta bouche serve à m'embrasser. Je te mettrai dans mon lit et prendrai bien soin de toi. Si tu ne le peux pas alors j'attendrai ton retour. Fais bien attention qu'il n'y ait pas de contrefaçon ! Chéri, tu me demandes ce que je veux, comme si je n'avais déjà pas tout en ayant ton amour, ça n'a pas de prix ça ! Je dîne ce soir avec Lévitan, il part demain pour Detroit, « le veinard ». Vivement que tout soit fini.

Je t'ai commandé trois costumes extraordinaires, Jo va mourir de jalousie, tu vas être le plus beau des hommes et je passerai mon temps à t'admirer. J'ai terminé ta petite barboteuse, je crois qu'elle est belle et ton fils sera beau dedans. En tout cas, j'y ai mis tout mon cœur et c'est bien la première fois qu'il m'arrive de faire quelque chose de manuel, c'est même la première fois que je couds quoi que ce soit. J'apprends par Jacqueline que vous rentrez le 19. Vous est-il impossible de revenir un jour avant ? Je sais que tu as des obligations mais j'ai tant envie de te voir, mon adoré. Cette fois-ci, c'est sûr que je vais tomber évanouie. Pense, tant d'amour qui va s'échapper de mes yeux, de ma bouche, de mon cœur, tant de bonheur qui va nous éclabousser, tant de soleil qui se mettra dans nos âmes et tant de chaleur qui va nous brûler l'un et l'autre. Chéri, crois-tu que nous avons de la chance de nous aimer autant. Mon grand amour que j'aime. Moi.

ÉDITH PIAF

J'ai chanté au Palais de Chaillot[2],
tu aurais été fier de moi.
Je t'aime, ma vie adorée. Moi[3].

Momone t'embrasse et Loulou aussi.
Amitiés à Jo et ton frangin.
Je t'aime. Moi[4].

---

1. Édith Piaf et Marcel Cerdan se sont rencontrés plusieurs fois en 1947. En octobre, ils sont réunis à la même table par le couple de chanteurs Jacques Pills et Lucienne Boyer. Mais ils ne tombent amoureux qu'au cours du premier trimestre 1948, alors que Piaf chante à Broadway au Playhouse Theatre.

2. Salle de spectacle à Paris.

3. Griffonné à l'envers en haut à gauche de la lettre.

4. Griffonné à l'envers en haut à droite de la lettre.

Paris, dimanche 5 juin 1949 (le soir)

Je sais pourquoi j'existe
et je sais pourquoi
j'ai envie de vivre à pleine vie.

Mon adoré,

Félix[1] va te remettre ce petit mot mais rassure-toi, je t'ai écrit ce matin. Je ne t'ai pas répondu au sujet de Hollywood. Ça peut être très intéressant pour toi quand tu ne boxeras plus, c'est évidemment le moyen de garder le contact avec le public et c'est ce que je souhaite le plus pour toi, autant exploiter son nom longtemps, avec évidemment certaines clauses te permettant de passer deux ou trois mois en France après chaque film et de pouvoir faire des films en France aussi. En tout cas, cela prouve que les Américains ne sont pas cons, ils ont vu ce que j'ai vu moi…

Qu'en dit Jo ? Je voudrais tant mon amour que tu sois heureux toujours. Notre édition[2] commence à marcher très fort et il ne nous manque plus que trois chansons pour créer l'édition. Nous mettrons cela d'aplomb dès ton retour. Si vous rentrez le 19, cela fait encore quatorze jours sans toi. Si tu savais comme c'est long, mon amour. Ne néglige pas ce contrat de Hollywood, si Mae West y donne suite. Cela peut peut-être nous aider à nous voir encore mieux. Enfin, il faut surtout que tu penses à toi. Moi, je te suivrai au bout du monde, tu n'auras qu'à me faire passer pour ta sœur [3]. Mon chéri, tu sais, je t'aime de plus en plus, tu es toute ma raison de vivre. Maintenant je sais pour qui je chante, je sais pourquoi j'existe et je sais pourquoi j'ai envie de vivre à pleine vie. Donc, ce soir, nous dînons avec Lévitan, sa femme et Jacqueline. Nous allons un peu parler de toi pour changer un peu, quant à Jacqueline, je lui laisserai dix minutes tous les quarts d'heure pour parler de Jo. Je suis sage, tu sais, je prépare ton retour, quel grand bonheur que ce retour, mon bel amour. Rien que d'y penser, j'ai des frissons partout. Au revoir ma vie chérie, au revoir tout toi. Je prends tes mains chéries contre mes lèvres pour qu'elles gagnent magnifiquement. Je t'aime mon tout. Reviens vite. Ta toute petite moi.

ÉDITH PIAF

---

1. Félix Lévitan.
2. Édimarton, EDI pour Édith, MAR pour Marcel, TON pour Breton. Elle fait partie des Éditions Raoul Breton.
3. Allusion au séjour chez les Evans où Édith Piaf s'était fait passer pour la sœur malade de Jo Rizzo.

Édith Piaf photographiée au *Versailles* à New York.

Lundi 6 juin 1949 [1]

Plus jamais je ne te ferai de la peine.

Mon amour chéri,

Ces quelques mots en vitesse car je pars tout à l'heure pour Detroit et ici au staff de Paris, il y a des aviateurs qui partent pour Paris demain et je profite pour leur donner cette lettre que tu auras rapidement. Chérie, hier soir, au téléphone, je ne t'ai pas bien entendue mais j'étais heureux quand même de t'avoir au bout du fil et si je t'ai fait une petite scène, c'était pour rire car Jo venait d'en faire une à Jacqueline. Mais chérie, je t'aime beaucoup et je ne veux plus te faire de scène ni de peine car j'ai confiance en toi et plus jamais je ne te ferai de la peine. Peut-être qu'elle vient de ces scènes de jalousie [?] Enfin, je viens de déjeuner avec Fischer [2] et il part pour la France, vendredi. Il te dira si j'ai déjeuné avec Mae West, que tu es bête quand même. Enfin, chérie, je te quitte et j'espère en arrivant à Detroit avoir une lettre de toi. J'ai écrit à Loulou, donne mes amitiés à tout le monde et toi, chérie, je t'aime et te serre très fort dans mes bras à te broyer.

Oh, chérie, bientôt, oh là là, comme je vais t'embrasser.

MARCEL CERDAN

---

1. Supposition car cette date n'est pas mentionnée sur la lettre manuscrite.
2. Clifford Fischer, agent d'Édith Piaf aux États-Unis.

J'ai besoin de toi pour ne faire qu'un à nous deux.

Mon bel amour que j'adore,

Comme tu m'as engueulée hier au téléphone ! Tu n'as pas raison, tu sais, car tu n'as rien à me reprocher. Je ne puis t'expliquer certaines choses sur les lettres mais ne confonds pas un jeu pour certaines personnes à des obligations. En ce qui me concernc, tu sais très bien que je ne ferai jamais rien qui puisse te contrarier. Depuis que tu es parti, c'est-à-dire en dix-huit jours, j'ai été deux fois au cinéma voir le même film, une fois avec Olivier, Paulette Poupard, une autre fois avec Jacqueline, Geneviève, Dalban, Simone et moi. Puis, pour faire plaisir à Jacqueline, je l'ai invitée à dîner et à partager les places que Berneim [1] me proposait tous les jours. J'y allais comme une corvée et pour rendre la politesse à Gabin qui était venu à Pleyel. Il se trouve que la pièce est magnifique et que j'ai passé une bonne soirée en compagnie de Gabin accompagné, de sa femme, qui est enceinte, de Berneim, accompagné de sa trouve d'ailleurs le type même de snob antipathique et une sortie au Central de la chanson pour Yvette Girard et nous avons été écouter Lucienne Boyer qui ouvrait un cabaret le même soir, c'est pour moi au même titre quand tu vas à un match de boxe cela fait parti de ton métier et je ne te dis rien quand tu as un dîner offert en ton honneur ou autre chose du même genre, et ma dernière sortie a été pour le récital Damia. Maintenant je ne dis pas les refus que j'ai pu donner, tous ce qui peut parraître amusement je le refuse automatiquement, la 1re du Lido, la nuit des cabarets au Tabarin, rien qui soit une réelle sortie sans toi, j'ai les bras qui me tombent quand je sens que tu penses que je peut faire quelque chose sans toi qui m'amuse vraiment ou bien qui te contrarirai. Je t'écris aussi *tous les jours* fait suivre ton courrier, je t'aime plus que tout au monde et suis prête à tout renier pour *toi* ! J'ai besoin de toi pour ne faire qu'un à nous deux et tu ne dois écouter personne, si tu étais complètement dans mon cœur, si tu ne laissais pas *toujours* un bras dehors tu verrais que *rien* ne peux m'intéresser autre que toi Je t'aime mon tout petit maître, mon beau seigneur à qui je suis si fière d'appartenir moi femme également et de Bernard Lamotte que je voyais pour la première fois de ma vie. (Je le trouve d'ailleurs le type même du snob antipathique.) Et une sortie au Central de la chanson [2] pour Yvette Giraud [3] et nous avons été écouter Lucienne Boyer [4] qui ouvrait un cabaret le même soir [5]. C'est pour moi au même titre quand tu vas à un match de boxe, cela fait partie de ton métier et je ne te dis rien quand tu as un dîner offert en ton honneur ou autre chose du même genre. Et ma dernière sortie a été pour le récital Damia [6]. Maintenant, je ne te dis pas les refus que j'ai pu donner. Tout ce qui peut paraître amusement, je le refuse automatiquement : la première du Lido, la nuit des cabarets au Tabarin [7]. Rien qui soit une réelle sortie sans toi. J'ai les bras qui me tombent quand je sens que tu penses que je peux faire quelque chose sans toi qui m'amuse vraiment ou bien qui te contrarierait. Je t'écris aussi tous les jours, fais suivre ton courrier. Je t'aime plus que tout au monde et je suis prête à tout renier pour toi ! J'ai besoin de toi pour ne faire qu'un à nous deux et tu ne dois écouter personne. Si tu étais complètement dans mon cœur, si tu ne laissais pas toujours un bras dehors, tu verrais que rien ne peut m'intéresser autre que toi. Je t'aime, mon tout petit maître, mon beau seigneur à qui je suis si fière d'appartenir. Moi.

ÉDITH PIAF

Dernier feuillet de la lettre du 6 juin 1949.

Ces cons de Breton sont là et t'embrassent ainsi que Momone. Quant à moi, je t'aime toujours plus et je sens que je deviens de plus en plus piquée. Moi[8].

Salaud chéri, va[9] !

1. Il pourrait s'agir d'Henry Bernstein, dont le nom est mal orthographié par Piaf.

2. Cabaret parisien.

3. Yvette Giraud, chanteuse.

4. Lucienne Boyer, chanteuse, épouse de Jacques Pills. Celui-ci deviendra le premier mari d'Édith Piaf en 1952, après son divorce, Édith Piaf et Jacques Pills divorceront à leur tour en 1957.

5. Il s'agit du cabaret « Chez elle », boulevard des Capucines à Paris.

6. Damia, chanteuse.

7. Cabaret parisien.

8. Griffonné en haut à gauche de la lettre.

9. Griffonné en haut à droite de la lettre.

Je t'aime à en crever.

Mon amour adoré,

Deux lettres de toi ce matin au réveil, j'aime autant te dire que ça donne envie de vivre. Mon grand chéri, dix-neuf jours que tu es loin de moi, dix-neuf jours où tes bras ne m'ont pas serrée contre toi, contre ta poitrine, contre ce cœur chéri, qui enferme tant de trésors. Oh mon chéri, c'est fou l'amour que j'ai pour toi, fou tu m'entends ! Je vais te donner mon emploi du temps : ce soir, je dîne avec Mme Raynaud [1]. Jeudi soir, je vais chanter dans un cinéma qui a pour nom « Le Murat [2] ». Vendredi, je préside un dîner chez Rabus sous le signe de la rose. J'ai accepté étant donné que je débute au cabaret, ce qui peut m'attirer beaucoup de monde, bref, je t'expliquerai cela de vive voix. Dimanche, « en principe », je chante à Rouen, lundi à Paris ainsi que mardi, et mercredi le jour de ton match, je débute à Copacabana. Quand tu vas revenir, je serai en plein boulot. En dehors des trucs obligatoires, je ne sors plus <u>du tout</u>, j'ai même essayé de décommander Mme Raynaud mais elle le prenait très mal alors j'ai fait marche en arrière. Dis bien à Jo qu'il a tort de faire des scènes à Jacqueline pour Gabin, car Gabin est fou de sa femme (qui est enceinte) et il se moque éperdument de Jacqueline, et de plus, ce n'est sûrement pas avec moi qu'elle fera des conneries. Cela lui fait de la peine et c'est tout. On a déjà assez de mal à supporter votre absence sans qu'en plus vous nous engueuliez. En tout cas, moi, j'ai ma conscience pour moi et [on] peut en dire autant de Jacqueline.

Mon aimé, si tu me téléphones, calcule les différences d'heures. En principe, je suis toujours à la maison entre deux heures et quatre heures et le soir entre sept et dix heures. Je mène une vie exemplaire : le matin, culture physique, massage (rassure-toi, il est affreux et horriblement con, le masseur), ensuite église et footing. Je me lève vers les onze heures moins le quart. Ma santé va beaucoup mieux et je me sens très bien. Je suis tout à fait en forme pour te recevoir, c'est moi qui vais être costaud. Mamour, je t'aime à en crever, je t'aime, tu entends, je t'aime et trouve que tous les hommes sont idiots à côté de toi. Tu es le plus beau et le plus intelligent. Tu es merveilleux. Moi.

ÉDITH PIAF

Des fois, j'ai des pensées qui me font rougir.
Comme je vais t'aimer, mon adoré [3].

Momone et tous t'embrassent [4].

1. Il s'agit peut-être de la femme de Tony Raynaud, directeur du théâtre des Variétés à Marseille, qui deviendra plus tard l'amant d'Édith Piaf.

2. Cinéma parisien.

3. Griffonné à l'envers en haut à gauche de la lettre.

4. Griffonné à l'envers en haut à droite de la lettre.

Si tu pouvais trouver les mots qui me fassent du bien.

Mon chéri que j'aime,

Pas de lettre aujourd'hui, tout de même, je doute que tu m'écrives tous les jours car il arrive souvent que je sois un ou deux jours sans rien recevoir. Remarque, je ne me plains pas trop, car tu as, tout de même, fait des progrès énormes. Tu as raison en ce qui concerne le film pour l'Italie, ils ne basent cet engagement que sur le scandale. Je préfère attendre et que nous fassions un bon et beau film. C'est long, horriblement long, cette séparation et je suis effrayée du temps qui nous sépare encore et du peu de temps que tu vas m'accorder à ton retour, entre les réceptions que tu vas être obligé de faire, ton voyage à Casa [1] et tout de suite après, ton départ pour Rome [2]. Tu avais beau rire quand j'étais si pessimiste, mais tout de même, ce que j'ai tellement craint se réalise : trente et un jours d'Amérique, quelques jours à Paris avec des tas de réceptions, quelques jours à Casa, puis quinze à dix-huit jours à Rome. Ce qui fera vers le 20 juillet à Paris, quelques jours à Paris, puis évidemment re-Casa et ton départ à nouveau en août à New York, si tu te bats au mois de septembre [3]. Alors, j'avoue avoir un découragement sans nom, c'est idiot mais je suis à plat, très à plat. Nous voyons les choses tellement différemment, toi, tu supportes bien les séparations, moi très mal, et puis quand je n'ai pas de lettre, ça va encore plus mal. Dimanche et lundi, rien, mardi deux lettres et mercredi, rien. Dis ! Combien penses-tu rester à Paris à ton retour de New York ? Tu ne m'en parles jamais et total, me voilà déjà un bon mois toute seule. Alors ton optimisme ne me rassure guère. Tu sais, des fois c'est très dur et il faut que tu m'aides plus que ça. Calcule, tu pars à Rome le 1er ou 2 juillet, tu arrives le 19 juin, le minimum tu vas au moins passer cinq à six jours à Casa, il reste donc cinq jours pour moi, après tu repars quinze à dix-huit jours.

Ne fais pas attention à ma lettre d'aujourd'hui mais j'ai une de ces envies de pleurer, que veux-tu, je m'habitue difficilement à ces longues séparations. Je t'aime trop, voilà l'ennui. Si tu pouvais trouver les mots qui me fassent du bien, j'en ai besoin. Moi.

Édith Piaf

Dis à ton frère que je lui écrivai demain.

Amitiés à Jo et toi,

tu sais très bien tout ce que j'ai envie de te faire.

Je t'adore, mon amour [4].

1. Marcel Cerdan est arrivé à Casablanca avec sa famille, à l'âge de six ans. Il y habite à présent avec sa famille dans sa propriété de Sidi-Marouf.

2. Cerdan tourne en juillet à Rome le film *Au diable la célébrité !* Un grand champion, que l'on fait chanter, doit accepter de truquer son combat. Pris de remords, il met son adversaire K-O alors qu'il devait le laisser gagner. Les gangsters s'emparent de lui.

3. La revanche contre La Motta devrait avoir lieu en septembre.

4. Griffonné en haut à gauche de la lettre.

A distinguished hotel
The Whittier
Burns Drive – Detroit 14, – Michigan[1] *Jeudi 9 juin 1949*

Je deviens de plus en plus piqué de toi et je t'ai toujours en tête.

Mon amour chéri,

Tu vois, j'ai pu te rappeler hier au soir et je t'ai eue au téléphone et comme cela, j'ai pu dormir comme il faut et j'espère toi aussi. Mais chérie, tu m'as dit que tu n'allais pas m'avoir longtemps car après mon arrivée à Paris, c'est-à-dire trois jours après, il faut que j'aille à Casa mais je ne resterai pas longtemps puis, je reviendrai quand même passer deux ou trois jours avant d'aller en Italie et tu me dis que tu vas avoir du travail. Mais, chérie, tu pourrais venir me chercher comme nous l'avions décidé. De toute façon, chérie, pense que nous allons passer au moins deux mois en Amérique ensemble [2], chérie, sans compter les jours que nous allons prendre à Cannes ou ailleurs [3], chérie. D'ailleurs, nous verrons cela à mon retour, chérie, moi aussi je deviens de plus en plus piqué de toi et je t'ai toujours en tête. Comme tu me manques, c'est terrible, tu sais, j'en suis malade. Tout le monde se moque de moi. Je t'aime, chérie, et je me fous de ce que le monde peut penser de cela mais je suis à toi et bien à toi.

Fais mes amitiés à tous et aux Breton et une bise à Simone. Et toi, ma chérie, je te serre dans mes bras mais, tu sais, à te faire mourir, comme je vais te faire mal, je le sens, chérie, mais comme ça va être bon de t'avoir dans mes bras. Chérie, je t'aime comme un vrai con. I LOVE YOU.

MARCEL CERDAN

1. Papier à lettres à l'en-tête de l'hôtel.

2. Édith Piaf a prévu un tour de chant à New York au Versailles du 14 septembre 1949 au 31 janvier 1950.

3. Édith Piaf sera en tournée du 4 au 11 août sur la Côte d'Azur.

Laisse-moi me perdre dans tes yeux.

Mon chéri,

Dans six jours tout sera fini, ouf, quel drôle de métier tu as choisi là. Moi, je prépare mes débuts à Copacabana, nouvelles chansons [1], mise au point d'un tas de petits trucs nécessaires et indispensables pour remonter cette boîte qui est complètement tombée. Mais j'ai très confiance, la publicité n'est pas encore commencée que déjà les gens téléphonent pour retenir des tables, cela me fait un drôle de plaisir. Cipriani [2] vit dans un rêve, les autres cabarets crèvent de jalousie. Les Ambassadeurs, Le Club des Champs-Élysées [3] se disputent en croyant que je n'ai pas encore signé à Copacabana, et conservent le secret espoir de m'avoir. Les Ambassadeurs vont même plus loin, ils veulent me prendre et à plus cher après Copacabana. Tu vois, je suis demandée, hein ? Et désirée !

Il y a aussi beaucoup de mieux dans la maison : la mère Simone a fait des choses extraordinaires, pense qu'entre l'essence et les frais de la maison, y compris la nourriture et les à-côtés, plus des choses diverses comme de l'eau de Cologne, etc., elle a dépensé en neuf jours 23 000 francs, formidable, hein ? Quand elle veut, cette salope est inouïe. Par contre, Solange est aussi con qu'avant, elle aurait fait des progrès dans le sens contraire, c'est-à-dire qu'elle est plutôt plus con qu'avant, mais ça, c'est la distraction de la maison, il faut bien rire un peu ! Émile baise toujours autant, les Breton sont aussi toujours aussi cons, Loulou parle de plus en plus vite et moi je t'aime de plus en plus, voilà ! Tu es au courant de tout.

Mes chevilles ont minci. Avec mon footing, je suis la femme à la ligne idéale, d'ailleurs tout le monde dit dans Paris : « Belle comme Piaf ». Ce soir, je chante au Murat[4] ! Je crois que l'édition va marcher le tonerre. Sais-tu comment ça s'écrit « tonerre » ? C'est pas mal « tonerre » comme ça, hein ? Mon petit gosse adoré, je plaisante pour éviter les choses sérieuses mais si tu savais comme mon cœur bat, si tu savais comme il t'aime et comme il souffre loin de toi. Tu vois, chez lui, rien ne peut le rendre raisonnable, plus il va, plus il t'aime et plus il a envie de toi. Voilà, mon petit que j'aime. Laisse-moi me perdre dans tes yeux et pense que je t'adore, mon amour. Moi.

ÉDITH PIAF

Vivement, oh vivement, dis… !
Je t'aimmmmme[5].

1. Édith Piaf chantera deux nouvelles chansons : « La Petite Marie », dont elle a écrit les paroles sur une musique de Marguerite Monnot, et « Tous les amoureux chantent », un texte de Jean Jeppy mis en musique par Marguerite Monnot.

2. Cipriani, directeur du Copacabana.

3. Cabarets parisiens.

4. Soirée à la Salle Murat à Paris avec les Compagnons de la chanson et Yvette Giraud.

5. Griffonné à l'envers en haut à gauche de la lettre.

A distinguished hotel
The Whittier
Burns Drive – Detroit 14, – Michigan[1] *Vendredi 10 juin 1949*[2]

Je dois rêver, je suis au paradis avec toi.

Mon amour chéri,

J'ai reçu ta lettre du 6 après mon coup de téléphone méchant comme tu me le dis dans ta lettre. Mais, crois-moi, chérie, je n'ai pas voulu te faire de la peine, je rigolais. Tu sais que je ne veux plus te faire de peine, non, chérie, je n'ai pas voulu, crois-moi. J'ai voulu rire un peu, car Jo aussi avec Jacqueline, et vous l'avez pris mal cette bêtise, on dirait que tu ne me connais pas. Allons, chérie, quand même tu sais ce que tu es pour moi et pour rien au monde, je veux qu'on ne te fasse du mal. Je t'aime de trop, tu comprends, chérie, et jamais si je le peux tu n'auras du mal.

Chérie, je viens de t'appeler et tu n'y es pas. C'est couillon parce que je voulais te consoler

Marcel Cerdan à l'entrée de son cottage de l'hôtel Evans de Loch Sheldrake.

après cette lettre mais je t'appellerai demain car ce soir, je vais à une réunion et je ne vais pas pouvoir t'appeler mais j'essayerai quand même, mais si je ne peux t'avoir, je t'appellerai demain. Mais, chérie, il ne faut pas quand même que tu te fasses du mauvais sang pour le téléphone car je t'appellerai et je t'aurai quand même un jour.

Ici, tout va bien, chérie, je m'entraîne dur et je veux gagner, chérie, pour toi, pour que tu sois fière de moi comme je le suis de toi. Tu me dis que tu as chanté à Chaillot et tu ne me dis pas dans quelles circonstances ou si c'est un gala que tu as fait. Enfin, chérie, aie de la patience : plus que dix jours au départ de cette lettre et je serai dans tes bras et je vais t'étouffer sous mes baisers. Oh chérie, comme je t'aime mais vraiment, tu sais. Je ne sais pas ce qu'il m'arrive, je dois rêver, je suis au paradis avec toi.

MARCEL CERDAN

---

1. Papier à lettres à l'en-tête de l'hôtel.
2. Supposition car cette date n'est pas mentionnée sur la lettre manuscrite.

22ième lettre

Bise de Limoux amitié de Loulou

Vendredi 10 juin 1949

Mon bel amour

quand tu reçevras cette lettre tu sera bien près du grand jour, et moi mon cœur battra de plus en plus vite, mon Dieu si tu savais comme cela me rend malade a chaque fois, dis! tu pourrais pas plutôt t'occuper de fruits et primeurs j'en a marre de tes courses! Chéri, tu va être merveilleux comme a l'habitude, d'abord j'ai vu cinq mariés en allant prier pour toi, et j'ai senti l'odeur des roses et puis je t'aime si fort, que veux tu qu'il arrive autre que du bonheur hein? J'ai chanter hier au Murat, Dalio et Bernard sont venus, ils sont vraiment chouette tous les deux. Je chante maintenant "La petite Marie et "les amoureux chantent, je crois vraiment que je tiens la deux gros succès pour moi et pour notre édition. Yvette Giraud travaille avec moi dans les galas, c'est une chique fille. Le chanteur Corse casse tout! marrant hein? aujourd'hui j'ai fait pleurer Solange mais tu sais elle est vraiment con la pauvre, mais je l'aime bien quand même, elle fait partie de mes faiblesses. Je crois que je vais

Mon souffle est lié au tien.

Mon bel amour,

Quand tu recevras cette lettre, tu seras bien près du grand jour, et moi, mon cœur battra de plus en plus vite. Mon Dieu, si tu savais comme cela me rend malade à chaque fois. Dis ! Tu pourrais pas plutôt t'occuper de fruits et primeurs ? Y en a marre de tes conneries ! Chéri, tu vas être merveilleux comme à l'habitude. D'abord, j'ai vu cinq mariées en allant prier pour toi et j'ai senti l'odeur des roses et puis je t'aime si fort, que veux-tu qu'il arrive [d']autre que du bonheur, hein ?

J'ai chanté hier au Murat, Dalio et Berneim sont venus, ils sont vraiment chouettes tous les deux. Je chante maintenant « La Petite Marie » et « Les amoureux chantent », je crois vraiment que je tiens là deux gros succès pour moi et pour notre édition. Yvette Giraud travaille avec moi dans les galas, c'est une chic fille. Le chanteur corse [1] casse tout ! Marrant, hein ? Aujourd'hui, j'ai fait pleurer Solange mais, tu sais, elle est vraiment con la pauvre, mais je l'aime bien quand même, elle fait partie de mes faiblesses. Je crois que je vais avoir une belle première [2]. Nous aurons notre première presque ensemble à trois heures de différence, je suis contente, cela m'aidera à attendre.

Ce soir, je préside, comme je t'ai dit, le dîner de la rose. J'y vais avec la Marquise [3] et la Lévitan [4]. Je [me] demande ce que tu m'as fait mais vraiment, je t'aime, je m'en rends compte chaque jour de plus en plus à des petits détails que tu ignores mais qui comptent terriblement pour moi. Dès que je pense qu'une chose peut te faire de la peine, même si tu ne le sauras jamais eh bien, il n'y a rien à faire, c'est plus fort que moi, je ne peux pas la faire. J'imagine tes beaux yeux chéris posés sur moi et j'ai comme l'impression d'être mise à nu. Quelle puissance et quelle domination tu as sur moi ! Vrai de vrai, tu m'as bien eue ! Chéri ! N'oublie pas tes médailles [5], pense à moi. Si tu peux aller à l'église cinq minutes le jour du combat, vas-y [6] ! Mon petit que j'adore, à tes pieds que j'aime, je suis à toi, tout à toi. Mon souffle est lié au tien. Je suis tout ce que tu veux, ton esclave, ta servante, ta maîtresse et surtout celle qui t'aime. Oh ! Qui t'aime, plus que jamais. Personne ne t'a aimé et ne t'aimera jamais plus que moi. Au revoir, mon petit maître adoré, mon seigneur si grand. Je t'aime, t'aime, t'aime. Moi.

ÉDITH PIAF

Bise de Simone.
Amitiés de Loulou[7].

1. Paul Péri.
2. Au Copacabana, le 15 juin.
3. Rachel Breton.
4. Geneviève Lévitan.
5. Édith Piaf a cousu l'image de sainte Thérèse dans la culotte bleue offerte à Marcel par sa mère et qu'il porte sous la culotte officielle lors de ses combats. Il peut s'agir de cette médaille et peut-être aussi de celle qu'elle lui a achetée à Lisieux lors de leur passage en août 1948.
6. Marcel Cerdan est particulièrement croyant. Avant ses combats, il esquisse un signe de croix. Lors d'événements douloureux, comme la mort de son père, il prie avec ferveur.
7. Griffonné en haut à gauche de la lettre.

A distinguished hotel
The Whittier
Burns Drive – Detroit 14, – Michigan [1] *Samedi 11 juin* [2]

Je compte les jours qui me séparent de toi.

Mon amour chéri,

Aujourd'hui samedi, pas de lettre et je dois rester jusqu'à lundi sans lettre de toi. Tu vois, moi aussi, je reste quelques jours sans avoir de nouvelles. Enfin, chérie, on n'y peut rien, c'est la poste qui ne doit pas bien marcher.

Ici, tout va bien pour le moment. J'attends le combat et le jour de mon départ pour Paris. Vraiment je ne vis plus, j'ai hâte d'être dans l'avion. Maintenant, je ne compte même plus les jours pour le combat, ça, je ne peux même pas. Mais je compte les jours qui me séparent de toi. Oui, chérie, je ne pense et rêve qu'au jour où je serai près de toi.

J'ai reçu une lettre très gentille des Breton, je vais d'ailleurs leur répondre. J'attends une lettre de Loulou car je lui ai écrit. Et toi, chérie, comment es-tu ? Est-ce que tu m'aimes comme tu me le dis, car moi jc t'aimc vraiment et ça devient très dangereux ou grave, car je me demande ce que je vais devenir quand tu vas me quitter pour ton travail, soit en Amérique, ou ailleurs. Oh, il vaut mieux pas y penser. Je te quitte car je vais m'entraîner. Dans huit jours, je serai dans l'avion qui ira vers toi. Je t'embrasse bien amoureusement et te serre très fort dans mes bras. Oh, comme je vais te faire mal et t'aimer comme un fou. Je t'adore, chérie, et j'en deviens malade. Moi.

MARCEL CERDAN

---

1. Papier à lettres à l'en-tête de l'hôtel.

2. Supposition car cette date n'est pas mentionnée sur la lettre manuscrite.

Viens vite que je t'habille,
que je te caresse, que je puisse t'aimer
comme j'en ai envie.

Mon merveilleux amour,

Tu vas voir, mon amour, comme c'est magnifique ce qui nous arrive. Tu sais que la petite sœur Thérèse est avec nous, elle nous l'a prouvé. Donc, tu te souviens, l'année dernière, l'odeur de rose que j'ai sentie juste avant que je parte te rejoindre ? Eh bien, ne trouves-tu pas extraordinaire que Rabus me téléphone il y a cinq jours environ et qu'il me demande de présider un dîner entièrement sous le signe de la rose, c'est-à-dire que tous les aliments du dîner étaient roses, toute la salle décorée de roses et moi qui préside cette soirée au son de « La Vie en rose ». Trois heures entières à sentir toutes sortes de roses, c'est vraiment un signe du ciel. Vois-tu, mon amour, j'ai confiance comme la dernière fois, petite sœur Thérèse nous a fait signe une fois de plus et l'autre jour dans la salle de bains, la même odeur violente m'est arrivée. Mon chéri, je suis heureuse de penser que tu es protégé, et que mes prières sont toujours exaucées ! Mercredi, j'irai au cimetière et je prierai avec ferveur en y mettant tout le fond de mon cœur.

Plus que quatre jours et je pourrai respirer librement. Tâche (si tu le peux) de me téléphoner mercredi, je serai chez moi à partir de cinq heures du soir jusqu'à dix heures. Fais ton appel la veille et demande une heure exacte, on me préviendra et ainsi on te donnera Paris à l'heure où tu le désireras. En tout cas, téléphone ou pas téléphone, dis-toi, mon bel adoré, que je suis là dans ton cœur, que je ne pense qu'à toi, que ma vie t'appartient et que je t'aime à n'y pas croire. Dire que dimanche en huit, à cette heure-ci, tu seras là. Mon Dieu, rien que d'y penser mon cœur bat fort, tu sais, je tremble, tu le devines, hein ? Quel grand amour, mon gosse chéri. Viens vite que je t'habille, que je te caresse, que je puisse t'aimer comme j'en ai envie. Je t'écrirai encore demain et lundi puis ce sera fini. Après mes lettres ne seront plus nécessaires, tu arriveras avant elles. Je pars demain dimanche pour Rouen [1] et rentrerai dans la nuit. Je t'aime, j'embrasse tes mains chéries et tes yeux, tes beaux yeux que j'aime. Dis ! Tu veux bien que je mette ma tête contre ton épaule… on est bien, tu sais. Moi.

ÉDITH PIAF

Je t'aime, mon adoré.
Je t'aime si fort, si fort que je t'aime, là.
Je t'aime.
Moi[2].

1. Elle chante au Cirque de Rouen. Yvette Giraud, Jean Patard et F. Brun sont aussi du spectacle.

2. Griffonné à l'envers en haut à gauche de la lettre.

Ma vie sans toi n'est pas une vie.

Mon adoré,

Avant de partir à Rouen, je veux t'écrire pour que ma lettre parte plus vite et que tu la reçoives avant ton grand jour. Plus que trois jours et cela fera partie des souvenirs, un de plus ! Il fait un temps curieux, soleil-pluie-vent, le même que dans mon cœur. Chéri, si tu savais, mon chéri, comme c'est dur pour moi d'être loin de toi. Décidément, je ne m'habituerai jamais. Ma vie sans toi n'est pas une vie, j'ai l'impression d'un gouffre énorme et j'ai peur, je perds toute confiance en moi. Je viens de terminer une chanson que j'avais commencée et qui, je le crois, est réussie. La Marquise l'aime beaucoup et Yvette l'enregistre le 16 de ce mois [1]. Ce matin, à la messe, j'ai prié avec tant de ferveur que j'avais la sensation de quitter la terre, et j'ai encore vu une mariée, celle-là est passée juste devant moi.

Je fais matinée et soirée à Rouen. C'est la première fois depuis mon coup dur, que je reprends un travail suivi car maintenant, je n'arrête plus

En 1948, Édith Piaf et Marcel Cerdan
ensemble à une réception.

jusqu'à je ne sais quand. J'espère que Dieu sera avec moi et que je vais pouvoir enfin travailler sérieusement. Quel double trac, je vais m'envoyer mercredi, je vais avoir une de ces premières, je crois terrible ! Il y aura Jean Gabin, Dalio [2], Achard, Prouvost de « Match », un général (en uniforme), peut-être J.-L. Barrault et M. Renaud [3] s'ils sont rentrés à temps (ils sont en province en train de tourner un film), Rabus, Carrère [4], [Tonton [5]], etc. J'ai une de ces trouilles, tu parles. Certains viennent surtout voir la bête curieuse ressuscitée, et puis la gueule que je fais le jour de ton match doit les intriguer aussi. Que c'est long, mon Dieu, que c'est long. Enfin, c'est l'avant-dernière lettre que je t'écris. Dois-je t'envoyer la voiture à Orly ? Je suppose que tu vas être attendu officiellement et que tu n'en auras pas besoin, peut-être pour les bagages ? Enfin, tu me diras tout ce dont tu as besoin.

Mon adoré, tu sais combien je suis près de toi. Mes bras, ma bouche, tout moi t'attend, la maison aussi avec l'amour au milieu. N'oublie pas tes médailles et avant de combattre, tâche d'avoir une toute petite pensée pour sœur Thérèse, je suis sûre qu'elle est avec toi, sûre ! Quant à moi, mon cœur est à vif de l'amour que j'ai pour toi. Bats-toi pour ta mère, pour tes fils, pour les tiens, pour Paris qui t'adore et pour moi qui suis folle de toi, qui n'aime que tes yeux, que tes mains, ta bouche, tout toi. Je t'envoie tout ce que j'ai de meilleur en moi, prends seulement ce que tu aimes. Moi.

ÉDITH PIAF

---

1. Le titre est « Hymne à l'amour ». Édith Piaf avait écrit cette chanson pour Yvette Giraud. À la mort de Marcel Cerdan, elle lui demandera de retarder la sortie de son disque, voulant l'enregistrer elle-même. Ce qu'elle fera le 2 mai 1950.

2. Marcel Dalio, comédien.

3. Jean-Louis Barrault et Madeleine Renaud.

4. Maurice Carrère, propriétaire du luxueux cabaret des Champs-Élysées.

5. Mot illisible sur le manuscrit : « Tonton » ou « Toutou ».

Momone te bise ainsi que Loulou
et bien entendu, ces cons de Breton.
Addition de l'amour : moi toi, toi moi ne font qu'un [6].

Viens vite, vite, vite, vite, encore plus vite.
Je t'aime [7].

6. Griffonné à l'envers en haut à gauche de la lettre.
7. Griffonné à l'envers en haut à droite de la lettre.

Tu as mon cœur dans tes mains.

Mon bel amour,

Oh, que je voudrais que cette lettre arrive avant ton match. J'ai l'impression que mon cœur est avec. « Oh, mon Dieu, faites que cette lettre arrive à temps ! » Si tu le peux, dès que ton combat est fini, renvoie-moi mon cœur que je puisse respirer. Chéri, tu sais, tu es terrible. Comment se fait-il que je t'aime autant ? Qu'est-ce que je vais devenir avec cet amour qui me dépasse ! J'ai arrangé toutes mes répétitions, au cas où tu voudrais me téléphoner, je ne quitte pas la maison à partir de lundi passé quinze heures trente. Je répète le matin, comme ça, si tu veux m'appeler, je serai là à ta disposition, à la disposition du seigneur. Et si tu ne peux pas, c'est la même chose puisque tu as mon cœur dans tes mains. Ne l'égare pas, je n'en ai qu'un et c'est irremplaçable. Sois calme surtout et détendu, « relaxe » comme disent les Américains. Imagine-toi que Paris est en danger et qu'il te faut le défendre, c'est merveilleux comme symbole, hein ? Alors, dis-toi, je vais me battre pour

Paris ! C'est beau Paris, tu sais, tu vas voir quand tu vas revenir comme il est en forme lui aussi, il est balayé de soleil et il a le parfum du printemps et puis les femmes sont belles, il n'y a qu'un Paris, un seul ! Et il n'y a qu'un toi aussi, quelle chance j'ai ! Aussi mercredi, je vais me battre moi aussi pour toi, pour te garder toujours.

Mon gosse chéri, comme je voudrais être près de toi. Si j'avais dans ma vie le grand honneur de m'appeler Mme « Jules [1] », je ne t'aurais pas quitté souvent, tu sais. Tu m'aurais eue toujours à tes côtés, toujours, pour préparer un bonheur fait de rose, de bleu et d'or. Mais hélas, je ne peux te donner que des bribes de ce bonheur et je le fais le mieux que je peux, avec des nuages, bien sûr, qui me viennent du mal de mon cœur, mais il faut toujours que tu le prennes comme une preuve de mon grand amour. Voilà, ma lettre va partir vers toi mais j'ai peur que l'avion qui va l'emmener ne soit pas assez fort, car cette lettre est chargée de tout mon amour et j'ai peur qu'elle ne soit trop lourde. Mercredi, je serai dans tes gants, dans ton souffle, dans tes yeux, dans ton cœur, partout, et j'essaierai de mordre La Motta [2] aux fesses, ce salaud, qu'il ne te touche pas ou il aura affaire à moi. Au revoir mon petit, mon gosse, ma vie, mon amour, mon cœur, mon toi. Je t'aime mon tout petit gosse ! Moi.

ÉDITH PIAF

COTTAGE
HOTEL EVANS
LA MOTTA,
HERE I COME!

Elle est enfin écrite la dernière lettre,
je croyais que jamais elle n'arriverait.
Je t'aime. Moi [3].

1. Marcel Cerdan signait parfois « Jules ».
2. Marcel Cerdan doit se battre ce jour-là contre Jack La Motta.
3. Griffonné à l'envers en haut à droite de la lettre.

Marcel Cerdan et son manager Jo Longman partent pour Detroit où le boxeur doit combattre Jack La Motta.

Casa [1], *vendredi 22 juillet 1949*

Serre-moi fort contre ton cœur, empêche-moi de respirer.

Mon adoré,

J'ai tant de choses à te dire et puis tout se bouscule. Et je me rends compte à chaque fois que je termine une lettre, que j'avais encore mille trucs à écrire et que c'est encore une fois trop tard. La seule phrase que je n'oublie jamais c'est que je t'aime de plus en plus et que je suis complètement folle de toi. C'est vrai, mon adoré, je m'habitue de moins en moins à nos séparations et mon cœur se déchire à chaque fois un peu plus. Je t'aime si profondément, si fort dans moi, je suis imprégnée de toi et n'ai qu'une idée : te rendre heureux. Je serais capable de <u>tout</u> pour ton bonheur. Si tu savais les idées qui me traversent la tête, j'ai tant peur que tu aies de la peine à cause de moi, je ne veux jamais être une entrave à ton cœur. Quand je m'aperçois, mon amour, la place que tiennent dans ton cœur tes trois petits, j'ai envie de partir très loin me disant que peut-être un jour tu me seras reconnaissant de l'avoir fait. Ta vie est si solidement bâtie sur des choses que tu as voulues et construites toi-même, que des fois, j'ai des peurs atroces. Oh, chéri, Dieu m'est témoin que dans cette histoire, je ne demande rien, que je suis prête à tout sacrifier. Mais jusqu'à quand pourrons-nous vivre ainsi. Une lettre, un téléphone, une stupide coïncidence peut nous trahir et alors [2]... ? Que deviendrons-nous ? Quelle sera ta réaction ? As-tu pensé à toutes ces choses ? Il le faut pourtant, car je ne veux pas qu'un jour, tu me gardes une rancune de ce qui peut advenir ! Cela devient de plus en plus difficile pour nous et mon cœur tremble à chaque minute ! Je veux que tu penses à nous froidement, que tu regardes bien au fond de toi et savoir aussi les responsabilités à envisager au cas où... !

Je débute ce soir, j'espère que cela va bien marcher. Je rentre le 29 à Paris, c'est-à-dire que je prends l'avion à cinq heures du soir d'Alger et j'arrive à dix heures à Paris [3]. Si, par hasard, tu ne dormais pas, tu peux m'appeler vers les minuits, j'aimerais t'entendre. Puis le 30, je pars au Mont-Dore et reviens le 31 à Paris. J'y serai encore le 1er août et partirai le 2 pour Royat, le 3 Vichy et le 4, enfin, je volerai vers toi [4]. Comment es-tu ? Je suis si inquiète, tu me fais trembler tout le temps. Peut-être en Amérique [5], allons-nous enfin être heureux. Chéri, je t'aime tant, tu ne peux savoir à quel point, tout au monde pour toi je ferais. Je me jette dans tes bras que j'adore, je t'appartiens, tout petit adoré que j'aime. Serre-moi fort contre ton cœur, empêche-moi de respirer et dis-toi que rien au monde ne compte plus pour moi que toi, je te le jure sur ma voix, ma vie, mes yeux. Chéri, chéri, j'aimerais passer toute ma vie à tes pieds et te servir. Tu es si merveilleux et je t'admire tant. Momone et Loulou t'embrassent, quant à moi je te fais ce que tu veux. Moi petite.

ÉDITH PIAF

---

1. Du 22 au 24 juillet, Édith Piaf est au Miami à Casablanca pour des galas.

2. Édith Piaf a dû s'expliquer devant la presse sur ses relations avec Marcel Cerdan, début 1949 : « Non, Marcel Cerdan ne divorcera jamais. Si je devais arracher un homme à son foyer, à ses enfants, je ne pourrais plus dormir, je ne pourrais plus vivre. Si je devais séparer Marcel de sa famille, je me tuerais. Il est impossible que des innocents paient. Alors je sais, nous nous trouvons dans une situation infiniment malheureuse. Si Marcel n'avait pas d'enfants, ce serait beaucoup plus simple : une femme ou une autre femme à armes égales. Mais ce n'est pas le cas. Je crois que je vais écrire à Marinette », et d'ajouter « avant tout essentiellement, il y a entre Marcel et moi une exceptionnelle amitié. » (*Piaf-Cerdan, Un hymne à l'amour,* 1946-1949, D. Grimault et P. Mahé, Robert Laffont, 1983).

3. Le 25 et 26 juillet, Piaf sera au Théâtre de Verdure du Casino Canastel à Oran et le 27 et 28 juillet au Casino de la Corniche à Alger.

4. Le 4 août, Édith Piaf retrouvera Marcel Cerdan sur la Côte d'Azur, où elle chantera à Menton, Saint-Raphaël, Cannes, Nice et Bandol.

5. Elle annulera quelques contrats pour s'embarquer avec Marcel Cerdan sur le paquebot *Île-de-France* en direction des États-Unis. Le boxeur ira s'entraîner cinq semaines avant le match revanche contre Jack La Motta (Marcel Cerdan a perdu le match du 16 juin) et Édith Piaf commencera ses soirées au Versailles.

Casa, le 23 juillet 1949

Je suis si heureuse de t'aimer comme je t'aime.

Mon amour,

Voilà, mes débuts à Casa sont faits. Décidément, la presse m'a fait beaucoup de mal. Pour commencer, nous avons refusé du monde et je n'ai chanté que quatorze chansons. Ils ont trouvé que je n'en chantais pas beaucoup, j'ai vraiment cru que le Miami allait s'écrouler tant ils tapaient des pieds. Ton frère Armand ainsi que sa femme étaient là. Je te préviens que sa femme m'a dit : « Vous me plaisez beaucoup et je n'imaginais pas que vous étiez jolie ». Comme ça, si elle rencontre ta femme, ça lui fera plaisir. De plus, les journaux l'ont écrit aussi que j'étais jolie, tant pis pour toi. Je suis fière pour toi, mon amour, je voudrais être la plus jolie de toutes, la plus parfaite, pour que jamais tu puisses un jour ne plus m'aimer. C'est pour cette raison que j'embellis et que je m'améliore moralement. Tu es si parfait et je voudrais tellement te ressembler.

J'ai appris que tu allais faire construire une villa de dix millions à Casa et que chaque fois tu t'installais de plus en plus, ici. Vois-tu, c'est ça qui me tue et qui me fait ne plus rien comprendre. [...] Fais attention, je t'expliquerai quelque chose qui va peut-être t'ouvrir les yeux. Tu sais que je ne me suis jamais mêlée de cela mais, cette fois-ci, je me révolte car tout le monde vient me trouver en me disant que, si je t'aime, je dois t'ouvrir les yeux et te mettre en garde. Chéri, il te faut prendre une résolution, d'abord pour tes gosses et ensuite, pour toi. Tu es leur père et tu dois aussi les défendre. Après ton combat de septembre, tu te dois de prendre des mesures sévères pour tes petits. Je vais, moi, te proposer quelque chose de très réalisable et qui fera le bonheur de tes gosses et le tien. Je t'embêterai jusqu'à ce que tu fasses quelque chose. Tu vas être sidéré de tout ce que je vais t'apprendre. Mais maintenant, je sais pourquoi Dieu m'a mise sur ta route, il ne m'aurait jamais permis de faire une mauvaise action et c'est pourquoi les coïncidences de chaque événement qui nous sidèrent tant, en ce qui nous concerne, ne sont point des coïncidences mais des signes du ciel pour que je ne te quitte jamais. Et je suis sûre que La Motta est un appel de Dieu pour que je sois toujours près de toi. À chaque fois que l'on nous sépare, il t'arrive un coup dur. Regarde Delannoit [1] et La Motta [2], regarde Zale [3], Turpin [4], Roach [5], et tu les as mis K-O tous de la même façon. Je suis sûre maintenant que Dieu veut que je sois près de toi [6], sûre comme j'existe. Et puis je te citerai d'autres faits qui sont tellement sidérants que par moments cela me fait froid dans le dos ! Je t'aime et mon amour est si fort qu'il en devient une protection [7] !

Je vais chanter cet après-midi à la radio de Casa. Je te prie de croire aussi que l'on m'aime bougrement à Casa et je ne crois pas avoir jamais personne contre moi quoi qu'il arrive. Si tu avais entendu l'ovation que l'on m'a faite à mon arrivée sur la scène. On dirait que les gens devinent quelque chose d'extraordinaire. Hier au soir, je me sentais heureuse d'être dans ta vie car j'étais sûre de servir à quelque chose ! Mon petit, écoute-moi, tu sais que seulement mon cœur parle pour toi et que je ferais tout ce qu'il est possible de faire pour te rendre heureux. Alors laisse-toi guider, à chaque fois que tu m'as écoutée, tu as reconnu toi-même que j'avais raison ! Je me serre contre toi, contre ton cœur, chéri. Je suis si heureuse de t'aimer comme je t'aime. Plus que douze jours et je pourrai te toucher et t'embrasser comme j'en ai envie. Ta toute petite petite.

ÉDITH PIAF

---

1. Le 23 mai 1948, Cerdan, qui a mis en jeu son titre de champion d'Europe, perd le combat contre Cyrille Delannoit, le champion de Belgique. La revanche a lieu le 10 juillet et Cerdan récupère son titre alors que Piaf, cette fois, l'a accompagné à Bruxelles.

2. Le 16 juin 1949, Cerdan perd contre Jack La Motta le titre de champion du monde. Édith Piaf est restée à Paris.

3. Le 21 septembre 1948, Édith Piaf assiste au Roosevelt Stadium de Jersey-City au combat de championnat du monde de boxe dans la série des poids moyens. Marcel Cerdan combat Tony Zale et devient champion du monde.

Si tu pouvais savoir
à quel point
je t'aime,
grand Dieu[8] !

---

4. Piaf se trouve à Londres lorsque le 29 mars 1949, Cerdan y affronte le champion d'Angleterre, Dirck Turpin. Il sort vainqueur du combat.

5. Le 12 mars 1948, au Madison Square Garden, Cerdan s'oppose au jeune Lavern Roach, un Texan. Il le met K-O au huitième round. Pour assister à ce combat, Édith a retardé d'un jour son retour à Paris.

6. Édith Piaf a affirmé qu'un médium lui avait dit : « Vous ne pouvez pas ne plus voir Marcel. Vous êtes nécessaire à sa vie. Si brusquement vous lui retirez votre influence, ce serait un être désorienté » (*Piaf*, P. Duclos et G. Martin, Seuil, 1993).

7. Le médium a ajouté : « Tant que vous serez là, il vaincra » (*Piaf*, P. Duclos et G. Martin, Seuil, 1993).

8. Griffonné à l'envers en haut à gauche de la lettre.

New York[1]*, samedi 24 septembre*[2] *1949*

Les heures sont si longues sans toi et la vie est sans aucun but.

Mon tout petit que j'adore !

Il est deux heures et quart, je suis couchée et comme Félix part à Loch Sheldrake, je lui remets mon petit mot. Je n'ai rien de bien particulier à te dire mais c'est un peu de moi quand même ! Mon amour, ma vie, que de tourments tu me donnes. Vivement jeudi que je puisse rêver couchée sur ton cœur, que je puisse t'aimer comme j'en ai envie. Les heures sont si longues sans toi et la vie est sans aucun but. Chéri, surtout aie confiance en moi, donne-moi cette preuve d'amour. Mon sentiment est si grand, si grand qu'aucun être au monde ne peut lutter avec toi. Je t'aime si profondément que j'en arrive à être obsédée le jour et la nuit. Viens vite arrêter mes angoisses et je t'appartiens tout entière. Ta petite si petite devant toi, mon beau seigneur.

ÉDITH PIAF

La veille de sa mort, Marcel Cerdan
quitte son domicile parisien pour se rendre à Orly.

1. Depuis le 14 septembre, Édith Piaf chante au Versailles.

2. Depuis le 25 août, Marcel Cerdan s'entraîne à Loch Sheldrake, en vue du match revanche contre La Motta. Le 15 septembre a eu lieu la cérémonie de la pesée des boxeurs mais ce 24 septembre, La Motta déclare forfait sous prétexte d'une blessure. Le combat est remis au 2 décembre. Marcel Cerdan rentrera à Paris le 2 octobre.

Le 27 octobre 1949, à 21 h 06, Marcel Cerdans s'embarque à Orly, destination New York, où il va retrouvrer Édith Piaf. Dans la nuit du 27 au 28, le Constellation FDA-ZN s'écrase sur le pic de Rodonta aux Açores. Il n'y aura aucun suivant.

Volant vers la victoire Marcel CERDAN a rencontré la MORT!

2 PAGES SPÉCIALES *sur la vie de* Marcel Cerdan

9 fr.

L'ÉQUIPE LE QUOTIDIEN — 8 pages — DU SPORT

De l'angoisse au drame

Voici le film tragique du dernier voyage de Marcel Cerdan

Jeudi, 20 h. 54. — L'avion « Constellation F.B.A.-Z.N. » décolle d'Orly. Il met le cap sur les Açores, route empruntée depuis trois jours en raison du mauvais temps. Toutes les heures, messages de l'appareil annonçant un voyage normal.

Vendredi, 2 h. 55 (G.M.T.). — Santa-Maria annonce l'atterrissage imminent. Puis le silence. L'angoisse. On croit l'avion perdu.

Vendredi, 9 h. — Huit avions partent en reconnaissance.

Vendredi, 11 h. 45. — L'avion de recherche « C.250 » aperçoit les débris de l'appareil sur l'île de Sao-Miguel, à 90 km. au nord de Santa-Maria. On croit avoir vu des survivants. Espoir...

Vendredi, 17 h. 10. — Message de Santa-Maria à Air France : « L'équipe de secours envoyée à Sao-Miguel a retrouvé l'épave du « F.B.A.-Z.N. » au pic de Rodonta (alt. 1.105 m.). Il n'y a aucun survivant. » C'est le drame dans toute son horreur.

Vendredi, 22 h. — Nouveau message de Santa-Maria :

« L'équipe de secours est encore à 3 h. de marche du lieu de l'accident. »

Contradiction. Un espoir, bien faible, subsiste : celui du miracle.

Il était la vie...

par Jacques GODDET

On sait ces choses-là, mais on y croit bien plus tard.

Marcel Cerdan, c'était un homme qui ne tombait pas. C'était un vainqueur. A la fin du combat, il y avait un monsieur qui lui prenait le bras, qui le levait, et la salle résonnait de clameurs, de vivats. On l'applaudissait toujours, partout, et pas seulement parce qu'il avait gagné, mais parce qu'il avait bien gagné.

Il était la vie.

Dans sa chair, muscles aux mille reliefs sous un tissu sec et tendu ; dans sa nature, généreuse, loyale, confiante ; dans son avenir, qu'il voulait clair et utile. On a dit que rien n'est plus insolite et plus parfait à la fois que la vie humaine dont, selon Giraudoux, « la grandeur est d'être pleine et brève entre deux abîmes... ». Deux abîmes : la naissance, la mort. Marcel Cerdan, né de famille modeste, meurt dans la gloire absolue, après, en effet, avoir bien rempli sa beaucoup trop courte existence.

(LIRE LA SUITE PAGE 2)

Remerciements

Nous tenons à remercier Gilles Durieux qui a initié cet ouvrage, Bernard Marchois qui a mis à notre disposition cette correspondance et qui nous a fourni de précieux renseignements, Catherine et Christie Lamboukas, les ayants droit d'Édith Piaf.

Un remerciement tout particulier à Mme Henri Contet, à Yvette Giraud qui nous a fait part de ses souvenirs, et à Martin Monestier pour sa fidèle amitié.

Jusqu'à la fin de sa vie en 1963, Édith Piaf chantera l'« Hymne à l'amour » en hommage à Marcel Cerdan.

Le cheminement de la correspondance

À la mort de Marcel Cerdan, son frère Armand a remis à Édith Piaf les lettres qu'elle avait écrites au boxeur et que ce dernier avait conservées précieusement. De son côté, Édith Piaf avait, elle aussi, gardé celles de Marcel. Elle confia alors le tout à son secrétaire, Marcel Tombreau, en qui elle avait la plus grande confiance afin qu'il préserve ce trésor sentimental. C'est lui qui sera d'ailleurs, quelques années plus tard, le précepteur des enfants de Marcel Cerdan, venus à Paris avec l'accord de Marinette Cerdan leur mère, pour poursuivre leurs études. Marcel Tombreau lèguera ces lettres à Bernard Marchois, conservateur du Musée des amis d'Édith Piaf, à Paris (visites sur rendez-vous uniquement : 01 43 55 52 42).

7321

Composition Nord Compo
Achevé d'imprimer en France (Manchecourt)
par Maury-Eurolivres
le 11 février 2007.
Dépôt légal février 2007
EAN : 9782290330531
1er dépôt légal dans la collection : juin 2004

Éditions J'ai lu
87, quai Panhard-et-Levassor, 75013 Paris
Diffusion France et étranger : Flammarion

Thüringen Kaleidoskop

Thüringen – die schönsten Wanderungen

Karten

☐ Service

Leserforum

Die Meinung unserer Leserinnen und Leser ist wichtig, daher freuen wir uns von Ihnen zu hören. Wenn Ihnen dieser Reiseführer gefällt, wenn Sie Hinweise zu den Inhalten haben – Ergänzungs- und Verbesserungsvorschläge, Tipps und Korrekturen – dann kontaktieren Sie uns bitte:

Redaktion ADAC Reiseführer
ADAC Verlag GmbH
Am Westpark 8, 81365 München
Tel. 089/76 76 41 59
reisefuehrer@adac.de
www.adac.de/reisefuehrer

Thüringen Impressionen

Burgenreigen und Schlösserprunk in Deutschlands grünem Herz

Mag Thüringen auch eines der kleinsten deutschen Bundesländer sein – dank seines **landschaftlichen Reichtums** ist es zugleich eines der attraktivsten. Die sanften Hügel des Eichsfelds im Norden und die blauen Stauseen des Saaletals im Süden, die Buchenwäldern des Hainichs im Westen und die reizende Kulturlandschaft entlang der Ilm im Osten laden zu ausgedehnten Entdeckungstouren ein. Im Zentrum des Bundeslandes erstreckt sich das von Gera und Unstrut durchflossene Thüringer Becken, wo mit Erfurt, Gotha und Mühlhausen drei der schönsten Städte des Bundeslandes auf Besucher warten.

Handelsstädte und berühmte Universitäten

Schon im Mittelalter prosperierte **Erfurt**, die größte Stadt Thüringens. Damals zählte sie wegen des einträglichen Handels mit Waid, das zum Färben von Stoffen verwandt wurde, gar zu den größten auf deutschem Boden. So manches vom Reichtum seiner Erbauer zeugende Kaufmannshaus blieb erhalten. Die vollständig mit kleinen Fachwerkhäusern bebaute **Krämerbrücke** aus dem 15. Jh. sucht in Nordeuropa ihres Gleichen. Ein einzigartiges Ensemble gotischer Sakralbaukunst ist der **Dom St. Marien** mit der **Severikirche**, die von hoher Warte die lebendige Altstadt überblicken. Für jugendliches Flair sorgen die Studenten der Erfurter Universität, an der vor 500 Jahren schon der Reformator Martin Luther lernte.

Auch **Jena** ist für seine Hochschule bekannt. Wo um 1800 der Philosoph Johann Gottlieb Fichte und der Dichter Friedrich Schiller dozierten, wird heute

Rechts oben: *An Sommertagen sind die Straßencafés in Erfurts Marktstraße stets voll*
Rechts: *Von der Wartburg blickt man über das Vorland des Thüringer Waldes*
Oben: *Wanderer und Mountainbiker zieht es hinaus in die Thüringer Natur*

für die Zukunft geforscht. Der JenTower im Zentrum der Stadt, mit seinen 159 m das höchste Gebäude Thüringens, ist das Symbol für den Aufschwung der vergangenen Jahre. All die bahnbrechenden Erfindungen, die ihren Ursprung in Jena hatten, präsentieren Optisches und SchottGlas-Museum.

Ganz dem Mittelalter verpflichtet ist die von einer gut erhaltenen Stadtmauer umgebene Altstadt von **Mühlhausen**. Fachwerkhäuser säumen kopfsteingepflasterte Gassen, gotische Kirchtürme überragen rot gedeckte Dächer. Mehrere Museen lassen die Geschichte der einstigen Freien Reichsstadt Revue passieren, Cafés und Restaurants laden zum Verweilen. Auch in **Schmalkaldens** vorbildlich sanierten Straßen wird die Vergangenheit lebendig, vor allem die teils kunstvoll verzierten Fachwerkhäuser begeistern.

Land der Ritter, Grafen und Herzöge

Mittelalter pur empfängt den Besucher jener **Burgen**, die von so manchem Bergsporn grüßen. Allen voran ist da natürlich die **Wartburg** über Eisenach, Versteck

Martin Luthers vor den Häschern des Kaisers und Schauplatz des Wartburgfestes, auf dem Studenten die Einheit Deutschlands forderten. Ein aussichtsreicher Wanderweg verbindet Mühlburg, Burg Gleichen und Wachsenburg, besser bekannt als **Die Drei Gleichen**, bei Gotha. Einst standen sich dort oben verfeindete

Herrschergeschlechter gegenüber, heute bilden sie ein pittoreskes, von weither sichtbares Ensemble. Auch entlang der Werra, Thüringens Grenzfluss zu Hessen, wachen imposante Festungen, so Burg Hanstein über Bornhagen oder die Brandenburg bei Gerstungen. Angesichts dieser Fülle von Zeugen des Mittelalters ist es keine Überraschung, dass eine Thüringer Burg, nämlich die Veste Heldburg bei Hildburghausen, zum Standort des Deutschen Burgenmuseums gewählt wurde, das 2011 eröffnen wird.

Als dem Adel Thüringens die Burgen im 16. Jh. zu zugig wurden, verlegte er den Wohnsitz hinunter in seine **Residenzstädte**. Die Bertholdsburg in Schleusingen und die imposante Heidecksburg über Rudolstadt, das Altenburger Schloss mit seiner in verspieltem Barock dekorierten Kirche und das weitläufige Sommerpalais in Greiz künden von Geltungsbedürfnis und Ehrgeiz all der Kleinstaaten, die seit jener Zeit entstanden. Das größte Schloss Thüringens – und eines der imposantesten in ganz Deutschland – schuf der Herzog von Sachsen-Gotha mit **Schloss Friedenstein**. Ein Tag reicht nicht aus, um seine Prunksäle und Museen zu erkunden.

Auch außerhalb der Städte finden sich bezaubernde Anlagen, etwa die Dornburger Schlösser auf einem mit Wein bewachsenen Muschelkalkfelsen hoch über der Saale. Ähnlich schön ist Schloss Altenstein inmitten seines Landschaftsparks, den allerlei Zierbauten verschönen.

Wo Dichterfürsten wandelten

Was den Fürsten der Thüringer Kleinstaaten an politischem Einfluss fehlte, das versuchten sie mit kulturellem Engagement und Mäzenatentum wieder wett zu machen. So kommt es, dass dem Reisenden allerorten vorzügliche Museen, Theater und Galerien begegnen.

Die Herzöge von **Gotha** etwa begründeten im 18. Jh. eine Theatertradition, welche die Stadt bis heute mit dem Ekhof-Festival zelebriert, und aus der herzoglichen Kunstkammer entstand über die Jahrhunderte eine Sammlung, die von altdeutscher und niederländischer Malerei bis zur Kunst der Gegenwart reicht.

Auch **Meiningen** überrascht mit einer Bühne, deren Qualität sich nicht vor den Theatern in Deutschlands Großstädten verstecken muss. Hier war es Herzog Georg II. von Sachsen-Meinigen, der Ende des 19. Jh. den Grundstein für eine lebendige Schauspiel-Tradition legte. In **Rudolstadt** wiederum beeindruckt neben einer Sammlung zarten Thüringer Porzellans die Waffensammlung der Schwarzburger Grafen.

Natürlich überstrahlt der Glanz **Weimars** alle anderen Städte Thüringens. Hier begegnet man auf Schritt und Tritt den Spuren **Johann Wolfgang von Goethes**, dem unerreichten Heroen deutschen Geisteslebens. Das Goethe-Nationalmuseum ist quasi ein Tempel für den Dichterfürsten, hier wohnte er auf dem Höhepunkt seiner Schaffenskraft, hier gingen all die anderen Protagonisten der deutschen Klassik ein und aus. Gemeinsam mit Friedrich Schiller, dessen weitaus bescheideneres Wohnhaus gleichfalls zu besichtigen ist, prägte er eine ganze Epoche. Ob im Park an der Ilm mit Goethes Gartenhaus oder in der **Herzogin-Anna-Amalia-Bibliothek** mit dem prachtvoll wiederhergestellten Rokokosaal, ob im Schloss Belvedere, wo Goethe naturwissenschaftliche Studien betrieb oder auf dem Historischen Friedhof, wo Schiller und Goethe begraben liegen: an Pilgerstätten für Kulturliebhaber herrscht wahrlich kein Mangel. Eine weitere Blütezeit erlebte die Stadt Anfang des 20. Jh. dank der revolutionären Ideen der Bauhaus-Schule um Walter Gropius, die Architektur und Design radikal erneuerte. Weimars Bauhaus-Museum stellt die Errungenschaften dieser Bewegung ausführlich vor.

Links oben: *Die Prunkräume von Schloss Friedenstein in Gotha suchen ihresgleichen*
Links unten: *Während der Erfurter Domstufen-Festspiele wird der Domberg zur Bühne*
Oben: *Auf Jenas Marktplatz bieten die Bauern der Umgebung ihre Waren feil*
Rechts: *Die Goldene Aue im Norden Thüringens prägen weite Felder, entlang des Rennsteigs umfängt dichter Wald den Wanderer*

Deutschlands Grünes Herz

Wenn Johann Wolfgang von Goethe nicht am Schreibtisch saß, dann zog es ihn hinaus in die Natur. Von seinem Haus

in Weimar aus marschierte er regelmäßig nach Schloss Kochberg, Wohnort seiner Freundin Charlotte von Stein. Mittlerweile folgt der reizvolle **Goethewanderweg** seinen Schritten durch die Wiesen und Wälder südlich von Weimar.

Der berühmte Dichter ist gern zitierter Kronzeuge all jener, die Thüringens landschaftliche Schönheiten rühmen. Ins Schwelgen geraten sie etwa beim **Hainich**, dem größten zusammenhängenden Laubwald Deutschlands. Im Herbst, wenn sich seine Blätter bunt verfärben, bietet er einen schier unvergesslichen Anblick. Der Nationalpark, der seine wertvollen, uralten Buchenhaine schützt, verfügt mit dem Baumkronenpfad, auf dem man über das Blätterdach hinweg spazieren kann, über eine ganz besondere Attraktion.

Die Zahl der Wanderwege durch den **Thüringer Wald** ist schier unüberschaubar, von der Ialwanderung bis zum anstrengenden Gipfelsturm ist alles geboten. Unangefochtener Star ist freilich der **Rennsteig**, der der Kammlinie des Thüringer Waldes zwischen Eisenach und Blankenstein auf 168 km folgt. Im Winter, wenn Schnee seine Höhen einhüllt, werden viele Wanderwege zu Loipen und in **Oberhof** trifft sich die Wintersportelite zu Biathlon- und Rodelwettbewerben.

Keine sportlichen Höchstleistungen erfordern die bestens markierten **Fahrradwege** entlang Werra, Elster oder Saale. Vielerorts kann man die Flüsse auch per Kanu erkunden – ein ganz besonderes Abenteuer. Gleichfalls zum **Wassersport** laden die Stauseen entlang der Saalekaskade. An der Bleilochtalsperre und über den Hohenwarte-Stausee gleiten Ausflugsschiffe zwischen Surfern und Paddelbooten dahin.

Oben: *Thüringer Bratwürste und dunkles Bier aus Köstritz – eine schier unwiderstehliche Kombination*
Links: *Kunstvoll gestaltet sind die Modelle für den Blaudruck, der bis heute in Erfurt gepflegt wird*
Rechts Mitte: *Thüringens Vielfalt: Ausgehen in Jena, baden in der Bleilochtalsperre und mittelalterliche Gassen in Gotha*
Rechts unten: *Frühnebel liegt über den Feldern unterhalb der Wachsenburg, einer der Drei Gleichen bei Mühlberg*

Nicht nur über, sondern auch unter der Erde ist Thüringen von überraschender Vielseitigkeit. In den Feengrotten bei Saalfeld schillern die Höhlenwände in allen Farben des Regenbogens, in der Marienglashöhle bei Friedrichroda kann man quasi einen Kristall betreten und im Erlebnis Bergwerk Merkers dem größten unterirdischen Bagger beim Kaliabbau zusehen.

Der Reiseführer

Der Band stellt **Thüringen** in sechs Kapiteln vor. Die Autoren beschreiben die kulturellen Sehenswürdigkeiten ebenso wie die beeindruckenden Naturschönheiten. Besonders empfehlenswerte Hotels, Burgen oder Wanderungen sind als **Top Tipps** gekennzeichnet. Das bewährte **Nummernsystem** sowie detaillierte **Übersichtskarten** und **Stadtpläne** helfen bei der schnellen Orientierung. Unter dem Stichwort **Praktische Hinweise** finden sich nützliche Hinweise auf Touristeninformationen, Gaststätten oder Unterkünfte am Ende der jeweiligen Punkte. Weitere wichtige Reiseinformationen sind im Serviceteil **Thüringen aktuell von A bis Z** alphabetisch geordnet. Ein **Kaleidoskop** mit Kurzessays zu spannenden Thüringen-Themen rundet den Reiseführer ab.

Geschichte, Kunst, Kultur im Überblick

Vom Reich der Thüringer zum Freistaat Thüringen

400 v. Chr. Aus dem heutigen Frankreich kommen Kelten nach Thüringen. Auf dem Kleinen Gleichberg bei Römhild entsteht eine ihrer größten Burganlagen.

1. Jh. n. Chr. Der germanische Stamm der Hermunduren zieht vom Oberlauf der Elbe ins Thüringische.

ab 375 Die Völkerwanderung beginnt. Hermunduren und die aus dem Nord- und Ostseeraum zugewanderte Angeln und Warnen verbinden sich zum Stamm der Thüringer.

ab 451 Mit der Niederlage Attilas gegen ein römisch-westgotisches Heer auf den Katalaunischen Feldern beim französischen Troyes endet die Vorherrschaft der Hunnen in Mitteleuropa. Die Thüringer nutzen das Machtvakuum und erobern ein Reich, das sich zwischen Altmark im Norden und Frankenwald im Süden, Elbe im Osten und Werra im Süden erstreckt.

531 Die nach Osten vorrückenden Franken besiegen die Thüringer in der Schlacht bei Burgscheidungen an der Unstrut. Besonders seit dem 8. Jh. verstärken die Franken Kolonisation und Burgenbau.

725 Der Missionar Bonifatius gründet in Ohrdruf das erste Kloster auf thüringischem Gebiet. 742 stiftet er das Bistum Erfurt. Schon 746 überträgt ihm der Papst das Bistum Mainz, dem nach und nach das Gebiet des bereits 754 wieder aufgelösten Erfurter Bistums zugeschlagen wird. Fortan herrschen die Mainzer Erzbischöfe, die seit dem Mittelalter zu den mächtigsten Fürsten des Reiches zählen, über die Region um Erfurt.

802 Kaiser Karl der Große lässt im Lex Thuringorum das Stammesrecht der Thüringer kodifizieren, das der Region eine gewisse Eigenständigkeit sichert. Die Thüringer Herzöge werden allerdings vom Kaiser eingesetzt.

843 Mit dem Vertrag von Verdun teilen die Enkel Karls des Großen das fränkische Reich untereinander auf. Thüringen kommt mit dem Ostfrankenreich, der Keimzelle des Deutschen Reiches, an Ludwig ›den Deutschen‹.

Landgraf Hermann von Thüringen als huldvoller Herrscher

908 Nach dem Tod des Thüringer Herzogs Burchard erwirbt der sächsische Herzog Otto weite Teile Thüringens.

919 Der Adel des Ostfrankenreichs wählt Heinrich, den Herzog von Sachsen zum König. Der sächsisch-thüringische Raum gehört damit zum Kerngebiet königlicher Macht.

933 In der Schlacht bei Riade, wahrscheinlich nahe des heutigen Weißensee, besiegt König Heinrich die Ungarn, die sein Reich seit Jahrzehnten mit Raubkriegen überziehen.

955 Durch den Sieg in der Schlacht auf dem Lechfeld bei Augsburg kann König Otto der Große die Ungarngefahr endgültig bannen.

1002 Mit dem Tod Kaiser Ottos III. stirbt die sächsische Linie der Ottonen aus. Unter seinem Nachfolger Heinrich II. verlagert sich das Machtzentrum des Reiches in den Bamberger Raum, unter den salischen Königen ab 1024 gar an den Rhein. Der Thüringer Adel nutzt die Abwesenheit eines starken Herrschers, um sich die regionalen Königsgüter anzueignen.

1060 Ludwig der Bärtige, ein junger Adeliger aus dem Rhein-Main-Gebiet, gründet eine Herrschaft um das heutige Friedrichroda, wo seine erste Festung, die Schauenburg, entsteht. Seine Familie, die nach ihm benannten Ludowinger, steigen rasch zu mächtigen Fürsten auf.

1085 Der Ludowinger Ludwig der Springer lädt Mönche aus dem Hirsauer Reformkloster zur Gründung des Klosters Reinhardsbrunn bei Friedrichroda ein. Er legte auch den Grund-

stein für die Wartburg über dem heutigen Eisenach.
1131 Der Sohn Ludwigs des Springers, ebenfalls Ludwig genannt, erlangt von König Lothar III. die Landgrafenwürde. Er ist damit Stellvertreter des Königs in Thüringen und zählt zu den mächtigsten Fürsten des Reiches. Unter Landgraf Hermann (1190–1217) blüht die höfische Kultur auf.
1211 Die ungarische Prinzessin Elisabeth kommt vierjährig auf die Wartburg und heiratet einige Jahre später Landgraf Ludwig IV. Nach dessen Tod auf dem fünften Kreuzzug verpflichtet sie sich einem Leben in Armut. 1235 spricht Papst Gregor IX. sie heilig.
1247 Mit dem Tod des Landgrafen Heinrich Raspe stirbt das Geschlecht der Ludowinger aus, ihre Besitzungen sowie der Landgrafentitel fallen an die sächsischen Wettiner unter Heinrich dem Erlauchten.
1342–46 In der Thüringer Grafenfehde bezwingt Landgraf Friedrich II. mehrere aufständische Adelige. In den folgenden Jahrzehnten erwerben die Wettiner weitere Ländereien im Thüringer Raum, auch das vom Haus Reuß beherrschte Vogtland wird zu einem Wettiner Lehen. Andere Grafengeschlechter, etwa die Schwarzburger, bleiben relativ eigenständig.
1389 Papst Urban VI. gestattet dem Erfurter Rat die Gründung einer Universität, der dritten im Deutschen Reich.
15. Jh. Das im Hausgesetz der Wettiner verankerte Prinzip der Realteilung im Erbfall, also die gleichmäßige Aufteilung des Erbes unter allen Söhnen, führt immer wieder zu Streitigkeiten zwischen den Nachkommen. Mit der Leipziger Teilung von 1485 zerfällt das Haus Wettin endgültig, die sog. Ernestinische Linie erhält u.a. den Thüringer Landesteil sowie die Kurwürde, also das Recht, an der Wahl des Kaisers teilzunehmen.

Martin Luther als Juncker Jörg auf dem Cranach-Bild

1501 Martin Luther immatrikuliert sich an der Universität Erfurt. Bei Stotternheim, einem Erfurter Vorort, hat er das Gewittererlebnis, das ihn zum Eintritt ins Augustinerkloster bewegt.
1517 Martin Luther veröffentlicht seine 95 Thesen gegen den päpstlichen Ablasshandel und löst so die Reformation aus. Angesichts seiner Weigerung, die Thesen zu widerrufen, ächtet ihn der Reichstag von Worms im Jahr 1521. Daraufhin nimmt ihn Kurfürst Friedrich der Weise auf der Wartburg unter dem Tarnnamen Junker Jörg in Schutzhaft.
1524 Der radikale Reformator Thomas Müntzer predigt in Mühlhausen. Er schließt sich den Bauernkriegen an und wird nach der Schlacht von Frankenhausen, die mit der Niederlage der Bauern endet, hingerichtet.
1531 Unter Führung von Kurfürst Johann gründen die protestantischen Reichsstände den Schmalkaldischen Bund. Er soll die Rekatholisierung ihrer Ländereien durch Kaiser Karl V. verhindern.
1547 Der Schmalkaldische Krieg endet mit dem Sieg Kaiser Karls V. Kurfürst Johann verliert zwei Drittel seiner Ländereien sowie die Kurwürde an seinen Vetter Moritz von Sachsen. Die Ernestiner Linie der Wettiner versinkt damit in der politischen Bedeutungslosigkeit. Somit ist es ihr in den folgenden Jahrhunderten unmöglich, die vielen Grafschaften im Thüringer Raum unter ihrer Herrschaft zu vereinigen.
1599 Die auch im Haus Schwarzburg geltende Realteilung führt zur Gründung der Linien von Sondershausen und Rudolstadt.
1618–48 Thüringen leidet unter dem Dreißigjährigen Krieg, die Hälfte der Bevölkerung kommt ums Leben.
1640–75 Herzog Ernst I. der Fromme von Sachsen-Gotha reformiert Verwaltung und Bildungswesen.

Kurfürst Johann von Sachsen ▷ unterwirft sich Kaiser Karl V.

Sein Geheimer Rat Veit Ludwig von Seckendorff gilt als Vordenker der deutschen Verwaltungslehre.

1680/81 Die sieben Söhne Herzog Ernsts I. des Frommen teilen Sachsen-Gotha untereinander auf. 1690 erreicht die Zersplitterung Thüringens ihren Höhepunkt. Es gibt zehn ernestinische, drei schwarzburgische und neun reußische Fürstenhäuser, außerdem zwei Reichsstädte.

1775 Carl-August übernimmt 18-jährig das Herzogtum Sachsen-Weimar-Eisenach und ruft den von ihm verehrten Johann Wolfgang Goethe nach Weimar [s. S. 30]. Thüringens ›Klassisches Zeitalter‹ beginnt.

1801 Napoleon etabliert den Rhein als Grenze zwischen Frankreich und den deutschen Territorien. Preußen, das Land verliert, entschädigt der Reichsdeputationshauptschluss von 1803 u.a. mit dem Eichsfeld sowie den Reichsstädten Nordhausen und Mühlhausen. Auch Erfurt fällt an Preußen, damit endet nach einem Jahrtausend die politische Bindung der Stadt an das kurmainzische Erzbistum.

1806 Weil Napoleon Preußen das 1805 versprochene Königreich Hannover wieder abnehmen will, zieht es gegen Frankreich in den Krieg. Nur wenige deutsche Territorien, darunter Sachsen-Weimar, unterstützen es. Nach der Niederlage in der Doppelschlacht von Jena und Auerstedt verliert Preußen alle linkselbischen Gebiete, die Thüringer Fürstentümer müssen Napoleons Rheinbund beitreten.

1812 Napoleons Russlandfeldzug führt ins Desaster. Daraufhin beginnen die Befreiungskriege, die in der Völkerschlacht von Leipzig 1813 mit dem Sieg Preußens, Russlands und Österreichs über Frankreich enden.

1815 Der Wiener Kongress ordnet Europa neu. Der Norden Thüringens sowie die Region um Erfurt fallen endgültig an Preußen. Sachsen-Weimar-Eisenach wird zum Großherzogtum erhoben. Zwölf thüringische Kleinstaaten unter Schwarzburger und Reußischer Herrschaft bleiben erhalten. Alle gehören dem neu gegründeten Deutschen Bund an.

1816 Preußen schließt die von Studentenschwund und Geldmangel gebeutelte Erfurter Universität.

1817 Jenaer Studenten initiieren das Wartburgfest, auf dem sie Reformen sowie die Einheit der deutschen Staaten fordern. Die Obrigkeit reagiert mit Pressezensur und Unterdrückung.

ab 1840 Mit dem Bau der Linie Hof–Leipzig erhält Thüringen Anschluss ans deutsche Eisenbahnnetz. Auch die Industrialisierung schreitet fort. 1846 eröffnet Carl Zeiss in Jena die Mechanischen Werkstätten.

1848 In der Märzrevolution bricht sich der Zorn der Bürger über ausgebliebene politische Reformen Bahn. Im preußischen Erfurt sterben 27 Menschen bei der Niederschlagung der revolutionären Bewegung.

1866 Durch den Deutschen Krieg drängt Preußen Österreich aus dem Deutschen Bund und bindet die nord- und mitteldeutschen Staaten eng an sich.

1869 August Bebel und Karl Liebknecht gründen in Eisenach die Sozialdemokratische Arbeiterpartei.

1871 Durch den Sieg Preußens über Frankreich im Deutsch-Französischen Krieg wird die Gründung des Deutschen Reiches möglich, dem die Thüringer Staaten beitreten. Im neuen Bundesrat haben sie Stimmrecht und können eine gewisse Eigenständigkeit bewahren, etwa in der Kultur- und Bildungspolitik.

1875 In Gotha vereinen sich Sozialdemokratische Arbeiterpartei und Allgemeiner Deutscher Arbeiterverein zur Sozialistischen Arbeiterpartei Deutschlands (ab 1890 SPD).

1918 Nach der deutschen Niederlage im Ersten Weltkrieg dankt Kaiser Wilhelm II. ab. Die übrigen Fürsten folgen, als letzter am 25. November Günther Victor von Schwarzburg-Rudolstadt.

1919 Die Nationalversammlung tritt im Weimarer Theater zusammen und verabschiedet die erste demokratische Verfassung der deutschen Geschichte. Die Weimarer Republik, der

◁ *Goethe und Napoleon treffen sich 1809 in Erfurt*

Willy Brandt blickt aus seinem Zimmer im Hotel Erfurter Hof auf die jubelnden Menschen ▷

auch der 1920 gegründete Freistaat Thüringen angehört, existiert bis 1933. – Walter Gropius gründet das Staatliche Bauhaus in Weimar. 1925 zieht es wegen politischer Repressionen durch die Thüringer Landesregierung nach Dessau.

ab 1929 Die Weltwirtschaftskrise erreicht Thüringen. Sog. Notstandsarbeiter, also Arbeitslose, denen damit ein Auskommen ermöglicht werden soll, errichten die Bleilochtalsperre.

1930 Thüringen ist das erste Bundesland, in dem die NSDAP die Regierungsbeteiligung erlangt. Wilhelm Frick vertritt sie als Minister für Inneres und Volksbildung im Kabinett.

1933 Reichspräsident Hindenburg ernennt Adolf Hitler zum Reichskanzler. Das am 31. März erlassene ›Gesetz zur Gleichschaltung der Länder mit dem Reich‹ hebt die Selbstständigkeit der Bundesstaaten, also auch Thüringens, auf.

1937 Auf dem Ettersberg bei Weimar richten die Nationalsozialisten das KZ Buchenwald ein. Etwa 56 000 Menschen verlieren dort ihr Leben.

1939-45 Im vom Deutschen Reich entfesselten Zweiten Weltkrieg sterben etwa 90 000 Thüringer. Fast die gesamte jüdische Gemeinde Thüringens wird im Ghetto Belzyce und dem Vernichtungslager Theresienstadt ermordet.

1945 Mit dem Einmarsch der Amerikaner im April endet für Thüringen der Zweite Weltkrieg. Da die Region in der Konferenz von Jalta der Sowjetzone zugeordnet worden war, ziehen sich die USA im Juni zurück.

1946 Aus den Wahlen zum Thüringer Landtag geht die Sozialistische Einheitspartei Deutschlands (SED) als Siegerin hervor. Sie war im April durch den Zusammenschluss von KPD und SPD entstanden.

1949 Aus den drei westlichen Besatzungszonen und Westberlin entsteht die Bundesrepublik Deutschland (BRD). Darauf reagiert die Sowjetunion mit der Gründung der Deutschen Demokratischen Republik (DDR) in ihrer Besatzungszone.

ab 1950 Schrittweise vollzieht sich die Verstaatlichung der Thüringer Wirtschaft. In den 1970er-Jahren werden auch die letzten privaten Unternehmen Thüringens in Staatseigentum überführt.

1952 Durch die Auflösung der Länder wird die DDR zu einem zentralistisch organisierten Einheitsstaat.

1961 Um die Republikflucht zu unterbinden ordnet der Staatsratsvorsitzende Ulbricht die Schließung der Grenzen zur BRD an.

Sozialistischer Realismus zur Einheit von SPD und KPD

1970 Die Erfurter bejubeln Bundeskanzler Willy Brandt bei seinem DDR-Besuch.

1989 Berichte über gefälschte Ergebnisse der Kommunalwahlen im Mai lösen die Montagsdemonstrationen aus. Unter dem Druck der Massenflucht von DDR-Bürgern über Ungarn öffnet die DDR-Regierung am 9. November die innerdeutsche Grenze.

1990 Die Volkskammer der DDR beschließt die Wiedererrichtung der ostdeutschen Bundesländer. Hauptstadt des Freistaats Thüringen wird Erfurt. Die deutsche Wiedervereinigung erfolgt am 3. Oktober.

ab 1990 Der Zusammenbruch der Thüringer Industrie lässt die Arbeitslosigkeit rasant steigen, die Einwohnerzahl des Bundeslandes sinkt bis 2006 um 11 %. Gleichzeitig retten hohe Investitionen viele Städte vor dem Verfall.

2004 Ein Brand in der Weimarer Herzogin-Anna-Amalia-Bibliothek vernichtet über 100 000 Bücher. Die Bilder vom zerstörten Rokokosaal lösen enorme Spendenbereitschaft aus, Bund und Land Thüringen statten die Klassik Stiftung Weimar mit den erforderlichen finanziellen Mitteln aus, um die historischen Stätten zu bewahren.

2009 Thüringens Ministerpräsident Althaus (CDU) wird bei einem Skiunfall in Österreich schwer verletzt.

Reizend ist das Dornburger Rokokoschlösschen mit seinem kleinen Garten

Unterwegs

Das Thüringer Becken – traditionsreiche Städte an der Via Regia

Gotha, Erfurt und Weimar liegen entlang der West-Ost-Handelsroute Via Regia, die sich von Paris bis Nowgorod quer durch Mitteleuropa zog und deren Ursprünge bis ins 8. Jh. zurückreichen. Sie brachte schon früh Wohlstand und kulturellen Austausch ins Thüringer Becken. Als Bühne europäischer Geistesgeschichte präsentiert sich vor allem **Weimar**, das als Klassisches Ensemble längst UNESCO Weltkulturerbe ist. Vom Kunstsinn ihrer Herrscher zeugt auch die attraktive Residenzstadt **Gotha** mit Schloss Friedenstein und barockem Ekhoftheater. Als ›Thüringisches Rom‹ mit seinem Kirchenreigen firmiert die Landeshauptstadt **Erfurt**. Etwas abseits der Klassikerstraße locken traditionsreiche Kurorte wie **Bad Berka**, Wanderziele wie das Burgentrio der **Drei Gleichen** oder die – nicht nur für Kinder spannende – einzigartige Miniaturwelt ›Mon Plaisir‹ in **Arnstadt**. Vielerorts zeugen prachtvolle Kaufmannshäuser und Kirchenbauten von der einstigen Blüte dieser Region, die der einträgliche Handel mit Waid, dem ›blauen Gold‹ Thüringens, brachte. Diese Pflanze wurde ab dem 9. Jh. im Thüringer Becken angebaut und in Waidmühlen zu blauem Farbstoff fermentiert, der sich bei Tuchfärbern und Malern großer Beliebtheit erfreute. Im 16. Jh. führte der preiswertere Import von Indigo aus den Kolonien zum Erliegen des Waidhandels.

1 Erfurt

Plan hintere Umschlagklappe

Thüringens Kapitale bezaubert mit Altstadtcharme und imposantem Domberg.

Umflossen von den Flut- und Mühlgräben der Gera erhebt sich Erfurts (202 600 Einw.) Wahrzeichen, das Ensemble von Dom St. Marien und St. Severi auf dem Domhügel, über den schön restaurierten Fachwerkhäusern, schmalen Gassen und beschaulichen Plätzen der Altstadt.

Geschichte Erstmals erwähnt wurde Erfurt 742, als Bonifatius auf seiner Missionsreise durch das Frankenreich die strategisch günstig an einer Furt über die Gera gelegene Siedlung *Erphesfurt* zum Bischofssitz erheben ließ. Nach Bonifatius' Tod 754 übernahm das *Erzbistum Mainz* die Herrschaft und bestimmte die Geschicke Erfurts für die folgenden Jahr-

Vom Turm der Ägidienkirche blickt man über die Dächer Erfurts zum Domberg ▷

hunderte. Als wichtiger Verkehrsknotenpunkt an der *Via Regia* nahm der Ort raschen Aufschwung und entwickelte sich zum bedeutendsten Zentrum des *Waidhandels* in Europa. 1392 wurde die *Universität* gegründet, an der *Martin Luther* 1501–05 Philosophie studierte. Ab 1530 wurde in den meisten Gotteshäusern nur noch evangelisch gepredigt, lediglich Dom, St. Severi und sechs weitere Kirchen blieben unter katholischer Führung. Als sich die Stadt 1663 dem Anspruch des kurmainzischen Erzbischofs auf alleinige Religionsgewalt widersetzte, marschierten dessen Truppen auf und unterwarfen die Stadt. Um die Bürger fortan fest im Griff zu haben, ließen die neuen Statthalter die *Zitadelle* auf dem Petersberg zu einer mächtigen Festung ausbauen. Ihre Herrschaft endete erst 1803, als Erfurt im Zuge der Säkularisation und territorialen Neuordnung des Heiligen Römischen Reiches Deutscher Nation durch *Napoleon* an *Preußen* fiel. Nach der Reichsgründung 1871 erlebte die Stadt einen enormen Aufschwung, diesmal als Standort wichtiger Maschinenbaubetriebe, und avancierte zum wirtschaftlichen Zentrum Thüringens. Zu *DDR-Zeiten* entstanden an der Peripherie bis zu 16-geschossigen Plattenbauten, die die Silhouette der einstigen Stadt der Türme nachhaltig veränderten.

Der Petersberg

Den schönsten Überblick über Erfurts Altstadt bietet der **Petersberg** 1. Die mächtigen Bastionen und Kasernengebäude der **Zitadelle**, welche die Anhöhe einnimmt, entstanden 1664–1707 als Bollwerk der Mainzer Erzbischöfe gegen die Renitenz der Erfurter Bürger. Obwohl ein großer Teil der ursprünglichen Verteidigungsbauten nach der Reichsgründung 1871 geschleift wurde, um mehr Raum für die sich ausdehnende Stadt zu gewinnen, zählt die erhaltene Anlage heute zu den größten Stadtfestungen Mitteleuropas. Durch das barocke *Peterstor* und das *Kommandantenhaus* (tgl. 10–18 Uhr), das eine Ausstellung zur Geschichte der Zitadelle zeigt, gelangt man ins Innere der Festung. Einen modernen Akzent setzt hier seit dem Jahr 2000 der lang gestreckte Glasbetonbau des *Informationszentrums* (Tel. 03 61/601 53 84, April–Dez. tgl. 10–18.30 Uhr), in dem Führungen (Mai–Okt. tgl. 11.30, 14.30, 17.30 Uhr) durch die Zitadelle und die Horchgänge in den Festungsmauern zu buchen sind. Dort lauschten einst Wachmänner nach potentiellen Angreifern. Bedeutendste Attraktion des Petersbergs ist die romanische Benediktiner-Klosterkirche *St. Peter und Paul*. Sie entstand 1103–47 an der Stelle eines abgebrannten Klosters, dessen Gründung – sozusagen als Keimzelle

Von der UNESCO geadelt: Erfurts Dom St. Marien und St. Severi zählen zum Weltkulturerbe

Erfurts – bereits im Jahr 706 überliefert ist. Die heutige Gestalt der ursprünglich dreischiffigen Pfeilerbasilika resultiert aus einem Teilabbruch und Umbauten zum Militärmagazin. Einen Eindruck von den einst gewaltigen Ausmaßen des Bauwerks vermittelt das Modell im Vorraum der Kirche. Im Untergeschoss beherbergt sie nun das *Erfurter Forum für Konkrete Kunst* (Tel. 03 61/73 57 42, www.forum-konkrete-kunst-erfurt.de, Mi–So 10–18 Uhr), das die eindrucksvollen Räumlichkeiten für Wechselausstellungen und Installationen nutzt. Zeugnisse einer anderen Art von Kreativität bewahrt wenige Schritte weiter nördlich das *Informations- und Dokumentationszentrum Erfurt* (Tel. 03 61/551 90, www.bstu.bund.de, tgl. 9–18 Uhr) in der Unteren Kaserne/Haus 19. Tausende Weckgläser mit konservierten Körpergerüchen, ausgeklügelte Einbruchswerkzeuge oder Gießkannen mit eingebauter Kamera dokumentieren die Überwachungsmethoden der Stasi.

Der Domberg

Gegenüber vom Petersberg erhebt sich der imposante Domberg, der in trauter TOP TIPP Zweisamkeit die Kirche St. Severi und den **Dom St. Marien** 2 (Tel. 03 61/646 12 65, www.dom-erfurt.de, Mai–Okt. Mo–Sa 9–18, So/Fei 13–18, Nov.–April Mo–Sa 10–17, So/Fei 13–17 Uhr) trägt, den größten Sakralbau Thüringens. Dessen heutige Gestalt ist das Ergebnis von 311 Jahren *Baugeschichte*. Sie begann 1154 mit der Errichtung einer dreischiffigen romanischen Basilika mit Querschiff und zwei Türmen auf den Trümmern eines eingestürzten Vorgängerbaus, der wohl bereits zur Bistumsgründung 742 durch Bonifatius bestanden hatte. In die Zeit um 1330 fällt die Entstehung des Triangel genannten Vorbaus mit seinen beiden prachtvollen Portalen an der Nordseite des Doms und der großartigen Freitreppe, die hinabführt zum Domplatz. Ihre 70 Stufen sind heute fantastische Kulisse für die alljährlichen Erfurter Domstufenfestspiele. Ab 1349 entstand in reifer gotischer Formensprache der Chor, für den eine Verlängerung des Dombergs nötig wurde und gewaltige Unterbauten, so genannte Kavaten, geschaffen wurden. Sie gelten als technische Meisterleistung ihrer Zeit. 1455–65 wurde das Langhaus schließlich zur spätgotischen Halle umgestaltet. Grandioser Auftakt der Dombesichtigung sind die von virtuos gemeißelten Steinfiguren flankierten *Triangelportale*: Maria und die zwölf Apostel mit der Kreuzigungsszene im Tympanon empfangen Besucher an der Nordostseite am oberen Ende der Freitreppe, das nach Nordwesten gerichtete Portal zeigt die klugen und törichten Jungfrauen, Figuren von imponierend expressivem Ausdruck. Das Innere des Doms erhellen hohe Fenster mit farbigen *Glasmalereien*, die großteils aus dem 14. Jh. stammen. Zu den bedeutendsten *Ausstattungsstücken* zählen die romanische Figur der Erfurter Madonna (um 1160) im offenen Seitenraum des Chorhalses sowie der zeitgleich entstandene beinahe lebensgroße Bronzeleuchter ›Wolfram‹, der als Mönch mit Kerzen in den Händen geformt ist. Im nördlichen Querhausarm fasziniert das mit kraftvollem Kolorit gemalte Triptychon ›Einhornjagd‹ mit einer Interpretation der Verkündigung, die als Symbol der Menschwerdung Christi im Schoß Mariä verstanden wird: Den Kopf des weißen Fabeltiers auf den Knien thront die Muttergottes in einem Blumenhain, den Heilige, Musikanten und Gelehrte bevölkern. Zu ihrer Rechten erkennt man den ins Signalhorn blasenden Erzengel Gabriel als Jäger, der das Einhorn mit seinen Hunden zu Maria hin treibt – denn nur von einer Jungfrau lässt es sich fangen. Weitere Pretiosen des Doms sind das ausdrucksvoll geschnitzte Chorgestühl (um 1370), Lucas Cranachs ›Verlobung der heiligen Katharina‹ (1522) sowie das gotische Taufbecken (1587) von Hans Friedemann mit einem 18 m hohen Baldachin von Hieronymus Preußler. Hoch oben im mittleren Domturm hängt die 1497 gegossene ›Gloriosa‹, die größte frei schwingende mittelalterliche *Glocke* der Welt.

Dicht neben St. Marien ragt die gotische Kirche **St. Severi** ❸ (Öffnungszeiten wie Dom St. Marien) mit ihrer markanten Dreiturmfassade auf. Sie entstand 1278–1340 als fünfschiffige Hallenkirche auf den Fundamenten romanischer Vorgängerbauten. Ihr bedeutendster Schatz ist der um 1365 geschaffene *Sandsteinsarkophag* für die Reliquien des hl. Severus, dessen Werdegang vom Tuchmacher zum Bischof von Ravenna auf den kunstvoll gemeißelten Wangen erzählt wird. Als sich während der Bischofswahl im Jahr 284 eine Taube auf den Kopf des Tuchmachers Severus setzte, der sich als Zuschauer unter das Volk gemischt hatte, sahen die Kirchenoberen dies als Zeichen seiner Auserwähltheit durch Gott und votierten für ihn. Die Deckplatte des Sarkophags, allerdings in Gestalt eines Abgusses, zeigt Relieffiguren des Heiligen, seiner Frau und seiner Tochter. Das Original ist in den Severialtar an der Südwand der Kirche integriert.

Die Altstadt

Am Fuße des Dombergs öffnet sich der weite **Domplatz** ❹. Mit seinem schön geschwungenen Renaissancegiebel und prachtvollem Portal fällt besonders das *Gasthaus Zur Hohen Lilie* (Nr. 31) von 1341 an der Südseite des Platzes ins Auge, das auf eine lange Tradition als noble Herberge zurückblicken kann. Zu seinen Gästen zählte es im Mittelalter Bischöfe und Könige sowie die Kirchenreformer Martin Luther und Philipp Melanchton.

An der Ecke zur Mettengasse bietet ein **Waidspeicher** ❺ dem *Puppentheater*

Bündelpfeiler aus hellem Sandstein tragen das Kreuzgratgewölbe von St. Severi

Einen Seitenarm der Gera, den Breitstrom, quert die Krämerbrücke mit ihren Fachwerkhäusern

Waidspeicher (Tel. 03 61/598 29 24, www.waldspeicher.de) sowie dem *Kabarett ›Die Arche‹* (Tel. 03 61/598 29 27, www.kabarett-diearche.de) eine Bühne für ihre unterhaltsamen Darbietungen. Wenige Schritte entfernt widmet sich das **Naturkundemuseum Erfurt** 6 (Große Arche 14, Tel. 03 61/655 56 80, www.naturkundemuseum-erfurt.de, Di–So 10–18 Uhr) dem Naturraum Thüringen, dokumentiert die Bemühungen um den Erhalt von Fauna und Flora und gibt Einblicke in die Welt der Mineralien.

Eine ungewöhnliche Gestalt besitzt die Ende des 14. Jh. fertig gestellte gotische **Allerheiligenkirche** 7, deren Baukörper ihrem trapezförmigen Grundriss zwischen zwei Straßen angepasst ist. Ihr 1487 erneuerter Turm ist mit 53 m der höchste der Altstadt. Er ist markanter Blickpunkt der *Allerheiligenstraße* und der sie kreuzenden *Waagegasse*, die mit ihren alten Waidspeichern und Handelshäusern einen besonders idyllischen Winkel bilden.

Ein Denkmal jüdischen Lebens im Erfurt des Mittelalters ist die **Alte Synagoge Erfurt** 8 (Waagegasse 8, Tel. 03 61/655 16 08, www.alte-synagoge.erfurt.de, Führungen auf Anfrage), deren Ursprünge ins späte 11. Jh. datieren. Ab Herbst 2009 soll sie als Museum Einblicke in Geschichte und Gebräuche der hiesigen jüdischen Gemeinde geben. Ein Glanzstück der Ausstellung ist der einzigartige Silberschatz, der kurz vor dem Pogrom 1349 in der Nähe der Synagoge vergraben und 1998 entdeckt wurde.

Die angrenzende **Michaelisstraße** 9 gilt als ›Steinerne Chronik‹ der Stadt. Hier liegt die Gründungsstätte der Erfurter Universität, dessen einstiges Hauptgebäude, das *Collegium Maius* (Haus Nr. 39) bei einem Bombenangriff 1945 zerstört wurde. Erhalten blieb das spätgotische Kielbogenportal (1513), das den Eingang des originalgetreu rekonstruierten Collegiums ziert. Das angrenzende *Haus zur großen Arche Noah und Engelsburg* (Nr. 38) aus dem 16. Jh. bewohnte ursprünglich der Druckermeister Melchior Sachse, der Luthers erste Bibelausgaben veröffentlichte. Im aus dem 12. Jh. stammenden Gotteshaus *St. Michaelis*, das 1392–1816 als Universitätskirche diente, lauschte Luther 1501–05 mancher Predigt. Im *Haus Zum Schwarzen Horn* (Nr. 48) erschienen ab 1518 Rechenbücher von Adam Ries, dessen Name noch heute sprichwörtlich mathematische Korrektheit verbürgt. Von der Bedeutung der Michaelisstraße als mittelalterliche Handelsmagistrale kündet der *Kulturhof Zum Güldenen Krönbacken* (Haus Nr. 10, Tel. 03 61/655 19 60, www.kroenbacken.de, Di–So 11–18 Uhr), dessen Ursprünge ins späte 12. Jh. datieren. Prächtiges Fachwerk und Reliefschmuck zeugen vom Wohlstand der einstigen Eigentümer, die 1468 im Innenhof einen Waidspeicher errichten ließen. Dort finden Kulturevents und Ausstellungen zeitgenössischer Kunst statt.

Über den Benediktsplatz gelangt man zur 120 m langen **Krämerbrücke** ⑩, die 1325 an der Stelle einer Furt errichtet und 1472 auf 18 m verbreitert wurde. Sie ist die einzige bebaute und bewohnte Brücke nördlich der Alpen. In den 32 hübschen Fachwerkhäusern, in deren winzigen Krambuden einst Händler ihre Waren anboten, reizen heute Galerien und Kunstgewerbeläden mit Thüringer Blaudruckstoffen, Lauschaer Glas, Keramik, Schmuck und Holzschnitzereien die Kauflust der Passanten. Das Innenleben eines Brückenhauses von 1578 sowie eine Dauerausstellung zur Baugeschichte der Brücke sind im *Haus der Stiftungen* (Nr. 31, Tel. 03 61/654 83 81, Mai–Okt. tgl. 10–18, Nov.–April Di–So 10–18 Uhr) zu besichtigen. Von den einst an beiden Enden der Brücke errichteten Kirchen ist nur *St. Ägidien* erhalten, deren Turm (Di–So 11–17 Uhr) eine herrliche Aussicht bietet.

Ihm zu Füßen erstreckt sich der von eleganten Bürgerhäusern des 19. Jh. gerahmte und begrünte **Wenigemarkt** ⑪. Er ist einer der schönsten Plätze Erfurts und mit seinen Straßencafés und Restaurants ein beliebter Treffpunkt. An seiner nordöstlichen Ecke beginnt die *Futterstraße*, deren Häuser mit auffällig hohen, für die Durchfahrt von Kutschen geeigneten Portalen an die früher hier ansässigen Pferdefütterer erinnern. Vier kolossale Säulen markieren den Eingang des klassizistischen **Kaisersaals** ⑫ (Futterstr. 16, www.kaisersaalerfurt.de, Führungen unter Tel. 03 61/568 81 11), der 1715 als Universitätsballhaus entstand. Seine größte Stunde erlebte er 1808, als Kaiser Napoleon die Fürsten der mit ihm verbündeten deutschen Staaten sowie Zar Alexander zum Erfurter Fürstenkongress lud und man sich dort traf. An die Tradition rauschender Feste anknüpfend ist der prachtvolle Saal heute wieder feierliche Kulisse für Kulturevents, darunter die zweimal jährlich stattfindenden Kaisersaal-Bälle.

Weiter nördlich liegt das 1277 gegründete **Augustinerkloster** ⑬ (Augustinerstr. 10, Tel. 03 61/57 66 00, www.augustinerkloster.de, Führungen stdl. April–Okt. Mo–Sa 10–12, 14–17, So 11, 14, 15 Uhr, Nov.–März Mo–Sa 10–12, 14–16 Uhr, So 11, 14, 15 Uhr), in dem Martin Luther 1505–11 als Mönch weilte und das dem Reformator eine informative Ausstellung widmet. Die Mönchszelle Luthers veranschaulicht das karge klösterliche Leben. Schön ist der kreuzrippengewölbte Kapitelsaal des 16. Jh., die Klosterbibliothek birgt Dokumente aus der Zeit der Reformation. Die *Klosterkirche* (tgl. 10–18 Uhr) zieren gotische Glasfenster mit Szenen aus dem Leben des hl. Augustinus.

Ein Abstecher führt zum **Museum für Thüringer Volkskunde Erfurt** ⑭ (Juri-Gagarin-Ring 140 a, Tel. 03 61/655 56 07, www.volkskundemuseum-erfurt.de, Di–So 10–18 Uhr), das im Herrenhaus eines Hospitals des 16. Jh. am Ostrand der Altstadt eingerichtet ist. Mit einer Fülle an Exponaten zur ländlichen Sachkultur und religiösen Volkskunst ist es vor allem dem Dorfleben des 19. Jh. gewidmet.

1260 Jahre Stadtgeschichte von den ersten vorgeschichtlichen Siedlungsfunden bis zur deutschen Wiedervereinigung 1990 beleuchtet das **Stadtmuseum Haus zum Stockfisch** ⑮ (Johannesstr. 169, Tel. 03 61/655 56 51, www.stadtmuseum-erfurt.de, Di–So 10–18 Uhr) in einem aufwendig dekorierten Spätrenaissancebau, dessen Fassade mit ihrer schach-

Im einstigen Schlafsaal der Mönche befindet sich die Bibliothek des Augustinerklosters

brettartig gemusterten Erdgeschosszone eine wahre Augenweide ist.

Der Johannesstraße folgend, in der die wohlhabendsten Waidhändler ihre Anwesen hatten, erreicht man die frühgotische **Kaufmannskirche** 16. Ihre Gründung geht vermutlich auf friesische Händler zurück, die sich im 11. Jh. in Erfurt niederließen. Nach Zerstörung des romanischen Ursprungsbaus beim Stadtbrand 1291 erhielt die Kirche beim Wiederaufbau 1368 ihr heutiges Erscheinungsbild als dreischiffige Basilika.

Südlich der Kirche öffnet sich der von modernen Kaufhäusern beherrschte **Anger** 17 als breiter, geschäftiger Platz. Im Mittelalter war er exklusiver Knotenpunkt für den Handel mit Waidballen, von denen hier täglich etwa 300 Fuhrwerkladungen den Besitzer wechselten. Aus dieser Zeit stammt an der Südostseite des Platzes das gotische *Ursulinenkloster* (um 1136), das bis heute Bestand hat. Markanter Blickfang gegenüber ist die historistische *Hauptpost* (1882–85), deren orientalisch anmutende Innenräume edler Rahmen für die Deutsche Post und zahlreiche Geschäfte sind.

An der Ecke zur Bahnhofstraße prunkt der 1705–11 nach Plänen von Maximilian von Welsch errichtete Pack- und Waagehof mit seiner reich verzierten Fassade. Er beherbergt das **Angermuseum** 18 (Anger 18, Tel. 0361/554560, www.angermuseum.de, wegen Umbau bis 2010 geschl.), das Kunstmuseum der Landeshauptstadt Erfurt. Sein Sammlungsspektrum reicht von mittelalterlichen Skulpturen und Altargemälden von Meistern wie Hans Baldung Grien bis ins 20. Jh., dessen bedeutendste Werkgruppe die monumentalen Wandmalereien ›Lebensstufen‹ (1922/24) des Expressionisten Erich Heckel sind.

Nach Westen verjüngt sich der Anger zunächst auf Straßenbreite zu einer Flaniermeile mit schönen Geschäften, um sich 200 m weiter erneut als Platz zu öffnen. Dort zieht das **Haus Dacheröden** 19 (Anger 37, Tel. 0361/6551630, Di–So 10–18 Uhr) mit einem üppig dekorierten Renaissanceportal die Aufmerksamkeit auf sich. In dem weitgehend original erhaltenen Bürgerpalais aus dem 16. Jh. gingen Geistesgrößen wie Goethe und Wilhelm von Humboldt als Gäste der Familie Dacheröden ein und aus. 1789 feierte Friedrich Schiller dort auch seine Verlobung mit Charlotte von Lengenfeld. Inzwischen präsentiert eine Galerie Wechselausstellungen zeitgenössischer Kunst.

Die Abzweigung zur Regierungsstraße markiert die ab 1233 errichtete, hell verputzte Kirche **St. Wigberti** 20. Die Innenausstattung wurde barock erneuert, doch das schöne spätgotische Sterngewölbe blieb erhalten. Vor dem Hauptportal steht ein monumentaler *Figurenbrunnen* (1890) von Karl Stockhardt, der von Personifikationen der Erfurter Zünfte bevölkert wird, darunter die Tuchmacher und Gartenbauer.

Barocke Pracht präsentiert der Komplex der **Thüringer Staatskanzlei** 21 (Regierungsstr. 73, Tel. 0361/37900, www.thueringen.de), die 1711–20 nach Plänen von Maximilian von Welsch als Kurmainzische Statthalterei entstand. Sie war am 2. Oktober 1808 Schauplatz für das berühmte Zusammentreffen von Napoleon und Goethe, der später gestand, ihm sei in seinem »Leben nichts Höheres und Erfreulicheres« begegnet. Öffentlich zugänglich im Rahmen von Ausstellungen ist lediglich der schlichte *Bürgersaal*. Der nach Plänen von Johann Peter Castelli stuckierte Festsaal sowie die angrenzenden prunkvollen Salons sind nur im Rahmen einer Führung nach schriftlicher Anfrage zu besichtigen.

Die **Barfüßerkirche** 22 (Tel. 0361/554560, Ostern–Reformationstag Di–So 10–13, 14–18 Uhr) weiter nordöstlich wurde im frühen 14. Jh. errichtet. Nach den Zerstörungen im Zweiten Weltkrieg blieb das Langhaus Ruine, erhalten ist jedoch der hohe Chorbau mit seinen fein gearbeiteten *Glasfenstern*, die Szenen der Passion Christi und Ereignisse aus dem Leben des hl. Franziskus zeigen. Seit der umfangreichen Restaurierung 1982 fungiert der Sakralbau als *Museum für Kunst des Mittelalters*. Bedeutende Werke sind der goldgefasste gotische *Schnitzaltar* mit der Darstellung der Marienkrönung und Szenen aus dem Leben Christi, den Hans von Schmalkalden und Jacob von Leipzig 1445/46 schufen sowie das nach der Zunft seiner Stifter auch Färberaltar genannte *Kreuzigungstriptychon* von 1460 und die von einem Erfurter Bildhauer 1370 gefertigte *Grabplatte der Cinna von Vargula*.

Richtung Rathaus den Breitstrom querend passiert man ein interessantes technisches Denkmal: die letzte funktionstüchtige Wassermühle in Erfurts Innenstadt. Als **Museum Neue Mühle** 23 (Schlösserstr. 25a, Tel. 0361/6461059, Führungen Di–So stdl. 10–17 Uhr) erläutert sie die Funktionsweise des Mahlwerks und

Rottöne prägen die Fassade des Hauses Zum Breiten Herd, dessen Anbau im 19. Jh. hinzukam

dokumentiert die Geschichte der Wassermühlen, von denen es einst Hunderte entlang der Gera gab.

Die Schlösserstraße mündet in den **Fischmarkt** 24, das Herz der mittelalterlichen Stadt. Als höchstes Gebäude am Platz fällt das 1870–75 im neogotischen Stil errichtete *Rathaus* (Mo, Di, Do 8–18, Mi 8–16, Fr 8–14, Sa, So 10–17 Uhr) mit seinen drei markanten Spitzbogenarkaden ins Auge. Eine nähere Betrachtung lohnen die Wandgemälde im Treppenhaus (Eduard Kämpfer, 1878) und im Festsaal (Peter Janssen, 1878–82) mit Szenen aus Thüringens Geschichte und Sagenwelt. Dem Rathaus zugewandt überblickt von hohem Pfeilerpodest die *Sandsteinfigur* eines römischen Kriegers den Platz. Der Niederländer Israel von der Milla schuf ihn 1591 als Symbol städtischer Kampfbereitschaft. Ein Pendant des Kriegers krönt den Treppengiebel am Renaissancehaus *›Zum Roten Ochsen‹*, dessen reich geschmückte Fassade mit Skulpturen und Figurenfries vom Wohlstand des Waidhändlers und Ratsherrn zeugen, der den Bau 1591 errichten ließ. Im modernisierten Inneren zeigt heute die *Kunsthalle Erfurt* (03 61/655 56 60, www.kunsthalle-erfurt.de, Di, Mi, Fr–So 11–18, Do 11–22 Uhr) Wechselausstellungen moderner und zeitgenössischer Kunst. Die Nordseite des Platzes nimmt die ebenfalls opulent gestaltete Front des Hauses *›Zum Breiten Herd‹* ein. Während der linke Teil des Gebäudes mit farbiger Fassade bereits 1584 entstand, gehört die Sandsteinfassade rechts zu einem Anbau des Architekten Carl Fruhling von 1883. Den ›Altersunterschied‹ von 300 Jahren überspielte er durch die einheitliche formale Gestaltung über die gesamte Breite des Hauses.

Südlich des Fischmarkts erhebt sich die frühgotische **Predigerkirche** 25 (Tel. 03 61/646 43 10, Mai–Sept. 11–16, So 12–16 Uhr, Führungen auf Anfrage). Sie entstand 1270–1450 im schlichten und klar gegliederten Stil der Bettelordenskirchen und gehörte zum Dominikanerkloster. Der kreuzrippengewölbte *Innenraum* beeindruckt vor allem durch seine Höhe und enorme Längsausdehnung. Ein steinerner Lettner mit Verkündigungsgruppe (um 1375) trennt seit 1410 das Langhaus vom Chor, in dem die alten Chorschranken aus der Zeit um 1275 erhalten sind und mit zwei schönen Ausstattungsstücken aufwarten: Die graziöse ›Schmedestedtsche Madonna‹ (um 1350) rechts ist ein Werk des Weichen Stils, links befindet sich das etwa gleichzeitig datierte Tafelbild ›Kalvarienberg‹.

Zum Abschluss des Innenstadtrundgangs lohnt ein Abstecher in die ›Neu-

Eine federleicht schwebende Wendeltreppe verbindet die Stockwerke in Erfurts Theater

zeit‹ zum Theaterplatz, wo das Opernhaus **Theater Erfurt** 26 (Theaterplatz 1, Tel. 03 61/664 01 10, www.theater-erfurt.de) einen avantgardistischen Akzent in die Stadtlandschaft setzt. Der Architekt Jörg Friedrich schuf einen klar geschnittenen Kubus mit transparenter Fassadenfront. Dahinter öffnet sich das dreigeschossige Foyer, durch das sich eine futuristisch anmutende Wendeltreppe in die Höhe schraubt.

Rund um die Altstadt

Erfurt hat eine lange Tradition als Blumen- und Gartenstadt. Die grüne Oase des **Egaparks** 27 (Gothaer Str. 38, Tel. 03 61/22 32 20, www.egapark-erfurt.de, April–Mitte Sept. tgl. 8–20, Mitte Sept.–Okt. tgl. 8–18.30, Nov.–März tgl. 9–17 Uhr) etwa 1 km westlich des Theaters war 1959 Schauplatz der *Internationalen Gartenausstellung sozialistischer Länder* und steht nun als Dauer-Gartenschau unter Denkmalschutz. Auf einer Fläche von 36 ha laden heute u. a. das größte ornamental gestaltete Blumenbeet Europas, ein Tropen- und Schmetterlingshaus, ein Kinderbauernhof, ein japanischer Fels- und Wassergarten, Wasserspiele und Ausflugslokale zum Verweilen ein. Im Zentrum dieser Attraktionen erhebt sich die 1480 errichtete imposante *Cyriaksburg*, in der das **Deutsche Gartenbaumuseum Erfurt** (Gothaer Str. 50, Tel. 03 61/22 39 90, www.gartenbaumuseum.de, März–Okt Di–So 10–18, Juli–Sept. tgl. 10–18, Nov.–Febr. nur für Gruppen nach Vereinbarung) interessante Einblicke in die Kunst und Geschichte der Grünanlagengestaltung gibt.

Im Norden Erfurts, auf dem Roten Berg, erstreckt sich der weitläufige **Thüringer Zoopark** 28 (Am Zoopark 1, Tel. 03 61/75 18 80, www.zoopark-erfurt.de, April–Sept. tgl. 9–18, Okt.–März tgl. 9 Uhr bis zur Dämmerung). Neben den ›klassischen‹ Bewohnern eines Tiergartens faszinieren die hier geborenen Nashornkinder sowie die Bennettkänguruhs, zu welchen die Besucher direkt ins Gehege dürfen.

Eine der artenreichsten Sammlungen von Süßwasserfischen aus aller Welt sowie ein Riffaquarium mit rund 200 Meeresbewohnern gibt es im 3 km südlich am Geraufer gelegenen **Aquarium** 29 (Am Nettelbeckufer 28 a, Tel. 03 61/731 37 10, tgl. 10–18 Uhr) zu bestaunen.

Ausflug

Das spätbarocke **Schloss Molsdorf** 30 (Schlossplatz 6, Tel. 03 62 02/905 05, Di–So 10–18 Uhr, Führungen stdl. 10–17 Uhr) mit

Begehrt seit Adam und Eva: dem Apfel widmet das Gartenbaumuseum einen ganzen Raum

Eine ansprechende Parklandschaft umgibt das spätbarocke Schloss Molsdorf bei Erfurt

seinem schönen Landschaftspark liegt 10 km südlich von Erfurt. Sein heutiges Erscheinungsbild verdankt das Anwesen den Baumaßnahmen der Jahre 1734–48. Damals ließ Reichsgraf Gustav Adolf von Gotter die Wasserburg des 16. Jh. in ein Lustschloss verwandeln. Dessen Motto ›Es lebe die Freude‹ übertrug der Baumeister Gottfried Heinrich Krohne in eine üppig verspielte Ausgestaltung der Prunk- und Festräume mit Stuckmarmor, Spiegeln und noblen Porträts. Ausstellungen im Schloss präsentieren Werke des Thüringer Malers Otto Knöpfer (1911–1993) sowie eine Dokumentation zur Geschichte des Schlossparks. Die kleine, hier verwahrte Sammlung von *Erotica* ist nur gelegentlich zu sehen. Einladend ist auch das Café (ab 12 Uhr) mit seiner breiten Sonnenterrasse zur Parkseite.

i Praktische Hinweise

Information

Erfurt Tourist Information, Benediktsplatz 1, 99084 Erfurt, Tel. 03 61/664 00, www.erfurt-tourismus.de. Die Erfurt Card gilt 48 Stunden und ermöglicht die freie Nutzung öffentlicher Verkehrsmittel, eine Stadtführung, freie Eintritte in die städtischen Museen sowie Ermäßigungen bei Theatertickets, Eintrittskarten zum Egapark und Thüringer Zoopark sowie zu diversen Veranstaltungen.

Hotels

******IBB Hotel Erfurt**, Gotthardtstr. 27, Erfurt, Tel. 03 61/674 00, www.sorat-hotels.com. Von Designern gestaltete Zimmer in historischem Haus Alter Schwan sowie in einem Altbau direkt auf der Krämerbrücke.

******Zumnorde am Anger**, Anger 50/51, Erfurt, Tel. 03 61/568 00, www.hotel-zumnorde.de. Kleines Altstadthotel mit eleganter Atmosphäre, exzellentem Restaurant, Biergarten, Dachgarten und Sauna.

*****Nikolai**, Augustinerstr. 30, Erfurt, Tel. 03 61/59 817119, www.hotel-nikolai-erfurt.de. Romantischer Gasthof am Ufer der Gera mit gepflegten Zimmern und sehr hübscher Gartenterrasse.

Altstadtpension am Dom, Pergamentergasse 42, Erfurt, Tel. 03 61/60 201 97, www.altstadtpension-erfurt.de. Heitere moderne Atmosphäre in kleinem Haus mit Garten.

Evangelisches Augustinerkloster, Augustinerstr. 10, Erfurt, Tel. 03 61/57 66 00, www.augustinerkloster.de. Im Gästehaus des Klosters wohnt sich's ruhig, beschaulich und deutlich komfortabler als zu Luthers Zeiten.

Pension am Dom, Lange Brücke 57, Erfurt, Tel. 03 61/504 86 60, www.dompension.de. Gepflegte ruhige Frühstückspension mit familiärem Service.

Restaurants

Faustus, Wenigemarkt 5, Erfurt, Tel. 03 61/540 09 54, www.restaurant-faustus.de. Modernes Café, Bistro und Cocktailbar – je nach Tageszeit. Große Terrasse auf einem der schönsten Plätze Erfurts.

Palais Wachsberg, Futterstr. 13, Erfurt, Tel. 03 61/65477 99, www.palaiswachsberg.de. Modernes Design als Rahmen für kreative Küche mit Thüringer Charme.

TOP TIPP **Russischer Hof**, Krämpferstr. 11–15, Erfurt, Tel. 0361/6546814. Eine kulinarische Reise durch die Weiten Russlands (Mo geschl.).

Steinhaus, Allerheiligenstr. 20/21, Erfurt, Tel. 03 61/24 47 70. Das rustikale Ambiente in romanischem Haus ist bei Studenten beliebt, die Karte umfasst Thüringer Küche und Vegetarisches.

Zum Naumburgischen Keller, Michaelisstr. 49, Erfurt, Tel 03 61/540 24 50, www.naumburgischer-keller.de. Das historische Tonnengewölbe schafft ein gemütliches Ambiente für regionale Spezialitäten.

Zum Wenigemarkt 13, Wenigemarkt 13, Erfurt, Tel. 03 61/642 23 79, www.wenigemarkt-13.de. Das familiengeführte Lokal mit Kaminzimmer und Straßencafé serviert Thüringer und Internationale Küche.

Cafés

Café Bauer am Hirschgarten, Regierungsstr. 4, Erfurt, Tel. 03 61/643 03 62, www.cafe-bauer-erfurt.de. Kuchen, Snacks und Salate im Wintergarten oder unter Bäumen auf der Sommerterrasse.

Café zum Roten Turm, Krämerbrücke 17, Erfurt, Tel. 03 61/789 12 27. In dem 500 Jahre alten Häuschen serviert man Kuchen und Snacks aus anspruchsvoller Vollwertküche.

2 Weimar

Plan Seite 33

TOP TIPP *Weltberühmte Kultstätte der Deutschen Klassik und Geburtsort des Bauhauses.*

»Glücklich Weimar! Von den Städten allen bist du, kleine, wunderbar bedacht.« dichtete Johann Peter Eckermann, Freund und Sekretär Goethes, 1838. Tatsächlich hat Weimar (64 500 Einw.) als Wiege der deutschen Klassik und als Gründungsstätte des Bauhauses die Kulturgeschichte Deutschlands in unvergleichlicher Weise geprägt. Museen und Schlösser, gemütliche Straßencafés und anmutige Parks sorgen für ein Ambiente, das einen Besuch in Weimar zu einem anregenden Erlebnis macht.

Geschichte Die ältesten Aufzeichnungen über eine Siedlung am Ufer der Ilm datieren ins Jahr 899, doch rückt Weimar erst 1552 mit der Erhebung zur Hauptstadt des Herzogtums Sachsen-Weimar (bis 1918) ins Blickfeld historischer Betrachtung. Während es politisch belanglos blieb, schwang es sich im 18. und 19. Jh. zum geistigen Zentrum Deutschlands auf. Nachdem schon 1708–17 *Johann Sebastian Bach* (1685–1750) als Organist und Konzertmeister am Weimarer Hof wirkte, war es besonders *Herzog Carl August* (1757–1828), der Geistesgrößen wie Goethe und Schiller [s. S. 30] an seinen Hof holte. Auch im 20. Jh. blieb Weimar kulturell tonangebend. Aus der 1907 von Henry van de Velde (1863–1957) gegründeten Kunstgewerbeschule ging 1919 das *Staatliche Bauhaus* [s. S. 37] hervor, an dem Walter Gropius (1883–1969) oder Lyonel Feininger (1871–1956) ihre bis heute wirksamen Design- und Architekturideen entwickelten. Im gleichen Jahr tagten in Weimar die Mitglieder der deutschen Nationalversammlung, um die erste demokratische Verfassung des Landes zu formulieren – Grundstein der Weimarer Republik (1919–33). Seit 1996 stehen die Bauhaus-Stätten auf der Weltkulturerbeliste der UNESCO, das ›Ensemble klassisches Weimar‹ folgte 1998.

Vom Theaterplatz zum Frauenplan

Erfüllt vom Bewusstsein ihrer geistigen Erhabenheit posieren Johann Wolfgang von Goethe (1749–1832) und Friedrich Schiller (1759–1805) auf gemeinsamem Podest im Zentrum des *Theaterplatzes*. Das 1857 von Ernst Rietschel geschaffene **Goethe- und Schiller-Denkmal** vor dem Deutschen Nationaltheater ist längst zum Wahrzeichen der Stadt avanciert. Tatsächlich gemeinsam wirkten die Dichterfürsten 1799–1805 am Weimarer Hoftheater, das 1907 durch einen Neubau von Max Littmann ersetzt und 1919 in **Deutsches Nationaltheater** (1) umbenannt wurde. Von diesem Haus ist lediglich die neoklassizistische Fassade erhalten, der Kern des Gebäudes wurde nach Zerstörungen im Zweiten Weltkrieg 1948 neu errichtet. Die traditionsreiche Bühne erlebte Uraufführungen so berühmter

Allem Irdischen entrückt blicken die Statuen Goethes und Schillers über Weimars Theaterplatz

Werke wie Goethes ›Iphigenie auf Tauris‹ (1779) und Schillers ›Maria Stuart‹ (1800), Das Nationaltheater war 1919 zudem Schauplatz für die Verabschiedung der Verfassung der Weimarer Republik.

Gegenüber ist im früheren Kulissenhaus, einem klassizistischen Bau aus dem 18. Jh., das **Bauhaus-Museum** 2 (Theaterplatz 1, Tel. 036 43/54 59 61, www.klassik-stiftung.de, tgl. 10–18 Uhr) eingerichtet. Mit der Ausstellung *Das Bauhaus kommt* feiert es die innovativen Design- und Architekturideen von Walter Gropius, Paul Klee, Georg Muche, Oskar Schlemmer Wilhelm Wagenfeld und ihren Mitstreitern. Für die Zukunft ist ein kompletter Museumsneubau geplant, über dessen Aussehen in einer Präsentation der Entwürfe zum Architekturwettbewerb informiert werden soll.

Das spätbarocke **Wittumspalais** 3 (Tel. 036 43/54 53 77, www.klassik-stiftung.de, April–Okt. Di–So 10–18, Nov.–März Di–So 10–16 Uhr) daneben war der Witwensitz der Herzogin Anna Amalia. Sie lebte hier nach dem Schlossbrand 1774 bis zu ihrem Tod 1807. Ihre Wohn- und Gesellschaftsräume sowie die Salons und der Festsaal, in dem sie ihre berühmte ›Tafelrunde‹ mit den geistigen Größen ihrer Zeit abhielt, sind heute Museum.

An der hier vom Theaterplatz abzweigenden Schillerstraße lädt das **Weimar Haus** 4 (Schillerstr. 19, Tel. 036 43/90 18 90, www.weimarhaus.de, April–Sept. tgl. 10–19, Okt.–März tgl. 10–18 Uhr) ein zu einer unterhaltsamen Zeitreise durch die Geschichte Thüringens und der Stadt. Moderne Theatertechniken, Showeffekte und multimediale Animationen machen den halbstündigen Rundgang zu einem eindrucksvollen Historienspektakel.

Wenige Schritte entfernt steht **Schillers Wohnhaus** 5 (Schillerstr. 12, Tel. 036 43/54 53 50, www.klassik-stiftung.de, April–Sept. Mi–Mo 9–18, Sa 9–19, Okt. Mi–Mo 9–18, Nov.–März Mi–Mo 9–16 Uhr), in dem der Dichter mit seiner Familie die drei letzten Jahre bis zu seinem Tod 1805 lebte. Mit Einzelstücken aus Schillers Nachlass und Mobiliar aus seiner Zeit wurde eine authentische Wohnatmosphäre rekonstruiert. Nahezu originalgetreu ist im Mansardengeschoss Schillers Arbeitszimmer, in welchem die ›Jungfrau von Orleans‹ und ›Wilhelm Tell‹ entstanden. In einem modernen Anbau dokumentiert das **Schillermuseum** Leben und Werk des Schriftstellers.

Sein Freund Goethe residierte am *Frauenplan*, heute der meistbesuchte Platz der Stadt. Die große Attraktion ist das 1709 erbaute barocke **Goethehaus**, in dem der Dichter von 1782 bis zu seinem Tod 1832 lebte. Es bildet zusammen mit einer Dauerausstellung zur Weimarer TOP TIPP Klassik in einem modernen Anbau zur Seifengasse das **Goethe-Natio-**

nalmuseum 6 (Frauenplan 1, Tel. 036 43/ 54 53 47, www.klassik-stiftung.de, April–Sept. Di–Fr, So 9–18, Sa 9–19, Okt. Di–So 9–18, Nov.–März Di–So 9–16 Uhr). Die stilistisch und farblich nach den Regeln seiner Farbenlehre von Goethe selbst gestalteten Räume lassen den Alltag des Schriftstellers, Theaterdirektors, Staatsmanns und Kunstsammlers lebendig werden. Besonders eindrucksvoll sind das Junozimmer mit der Kolossalbüste einer römischen Kaiserin und die bescheidene

Klassik in Weimar

Größer hätten die Gegensätze kaum sein können, als Johann Wolfgang Goethe im November 1775 nach Weimar kam. Er war der gefeierte Jungstar der deutschen Literatur, hatte mit den *Leiden des jungen Werther* gerade einen europaweiten Bestseller zu Papier gebracht. Weimar dagegen war eine kleine, von bescheidenen Ackerbürgerhäusern geprägte Residenzstadt, in der es noch nicht einmal gepflasterte Straßen gab. Und doch: Weimar hatte Goethe einiges zu bieten.

Zunächst war da die Verehrung, die der gerade volljährig gewordene Herzog Carl August ihm entgegenbrachte. Ihr verdankte Goethe den rasanten Aufstieg in die höchsten Ämter des Kleinstaates. Hinzu kam das von intellektueller Offenheit geprägte Klima am Hof. Dafür hatte schon Herzogin Anna Amalia, 1758–1775 Regentin in Vormundschaft für Carl August, gesorgt. Sie ließ ihre Söhne vom Aufklärer *Christoph Martin Wieland* (1733–1813) erziehen, sie veranlasste den Ausbau der seit 1991 nach ihr benannten Bibliothek.

So bildete sich um Goethe, mäzenatisch gefördert von Herzog Carl August, ein erlesener Kreis brillanter Denker. Schon 1776 kam der Pfarrer und Philosoph *Johann Gottfried Herder* (1744–1803) nach Weimar. Er, Wieland und Goethe trafen sich regelmäßig zum Gedankenaustausch. Mit der Freundschaft zwischen *Friedrich Schiller* und Goethe seit 1794 begann die eigentliche *Weimarer Klassik*, jene Verbindung aus Antike und Renaissance, Aufklärung und Naturwissenschaft, die den Ruhm der Stadt verewigen sollte.

Schon in den 1820er-Jahren, noch zu Lebzeiten Goethes, begann der Klassikertourismus – und sorgte oft für Enttäuschung. Das bescheidene Weimar entsprach kaum den weit verbreiteten Vorstellungen vom grandiosen *Ilm-Athen*. Erst nach und nach begannen die Weimarer Herzöge, ihre Stadt den hohen Erwartungen anzupassen. Und wer heute durch die perfekt herausgeputzten Straßen Weimars wandelt, der wird zugeben: Es ist ihnen (und der *Klassik Stiftung Weimar*) gelungen!

Das Büstenzimmer im Goethehaus versinnbildlicht das Interesse des Dichters an der Antike

Der Marktplatz mit dem neogotischen Rathaus ist die gute Stube Weimars

Schlafkammer mit dem berühmten Lehnstuhl, in dem Goethe geschwächt von einer Lungenentzündung starb.

Markt und Herderplatz

Vorbei an Weimars traditionsreichem **Gasthaus Zum Weißen Schwan** 7 [s. Praktische Hinweise], in dem Goethe gerne mit Freunden zusammen saß und noble Gäste wie 1936 Samuel Beckett oder 1993 das Japanische Kaiserpaar logierten, führt die Frauentorstraße zum großen quadratischen **Markt** 8, dem Mittelpunkt der Altstadt. Heute erinnert nur wenig an die Zerstörungen im Zweiten Weltkrieg: Das *Stadthaus* mit seinem schönen Giebelmaßwerk, das heute die Touristinformation und den Ratskeller beherbergt, sowie die Gebäude an der Nordseite des Platzes entstanden erst in den 1970er- und 1980er-Jahren auf der Basis historischer Vorlagen. Im Original erhalten ist das 1547–49 mit farbenfrohem Fassadenschmuck errichtete *Cranachhaus*, in dem Lucas Cranach d.Ä. ab 1553 und anschließend sein Sohn ihre Malerwerkstatt führten. Heute nutzt eine Kleinkunstbühne die Räumlichkeiten. Gegenüber zieht das 1841 erbaute neogotische *Rathaus* mit seinem Glockenspiel (22. März–Dez. tgl. 10, 12, 15 und 18 Uhr) aus Meißner Porzellan im Turm die Blicke auf sich. Die Südseite des Platzes nehmen das *Hotel Schwarzer Bär*, seit 1540 urkundlich belegt und damit ältestes Gasthaus Weimars, sowie das 1696 gegründete *Hotel Elephant* ein, welches Thomas Mann in seinem Roman ›Lotte in Weimar‹ (1939) verewigte.

Über die Kaufstraße nordwärts erreicht man den Herderplatz, den die um 1500

TOP TIPP

geweihte spätgotische **Stadtkirche St. Peter und Paul** 9 (April–Okt. Mo–Fr 10–18, Sa 10–12, 14–16, So 10–12, 14–15, Nov.–März tgl. 11–12, 15–16 Uhr) dominiert. Im Volksmund trägt sie den Namen **Herderkirche**, im Gedenken an den großen Literaten und Theologen Johann Gottfried Herder, der 1776–1803 in dem Gotteshaus als Superintendent und Pastor wirkte. Sein *Grabstein* mit der Darstellung einer sich in den Schwanz beißenden Schlange befindet sich im Mittelschiff. Bedeutendstes Schmuckstück der Hallenkirche ist der meisterhafte *Flügelaltar*, der von Lucas Cranach d.Ä. 1552 begonnen und nach dessen Tod von seinem Sohn fertig gestellt wurde. Hervorzuheben sind die expressive Bildsprache und reformatorische Programmatik, die vor allem in der Kreuzigungsszene deutlich wird: Links vom Kreuz weist Johannes der Täufer mit erhobener Hand auf den Erlöser, während sein Blick auf

Das Hotel Elephant am Markt von Weimar zählt seit 1696 zu den ersten Adressen der Stadt

Martin Luther gerichtet ist, der mit seiner Rechten auf den Text seiner geöffneten Bibel zeigt. Zwischen dem Apostel und dem Reformator steht als Sinnbild des gläubigen Menschen der ältere Cranach selbst, der vom Blutstrahl aus der Wunde Jesu getroffen und damit von allen Sünden gereinigt wird. Sehenswert ist auch der *Lutherschrein* in der Taufkapelle, ein 1572 von Veit Thim geschaffenes Triptychon mit Porträts des Reformators als Magister, als Mönch und als Junker Jörg.

Unweit der Kirche lohnt das **Kirms-Krackow-Haus** ⑩ (Jakobstr. 10, Tel. 036 43/54 53 83, April–Okt. Di–So 10–18 Uhr) einen Besuch. Es ist benannt nach seinen einstigen Besitzern, deren originales Mobiliar die bürgerliche Wohnkultur um 1825 dokumentiert. Persönliche Erinnerungsstücke an illustre Gäste des Hauses – u. a. Goethe, Wieland und Herder – beleuchten das kulturelle Leben dieser Zeit. Im Hinterhaus gibt es Veranstaltungsräume sowie eine idyllische Gaststätte.

Weimarplatz

Am Nordrand der Innenstadt erstreckt sich der Weimarplatz, wo der elegante Neorenaissancebau des **Neuen Museums Weimar** ⑪ (Weimarplatz 4, Tel. 036 43/54 54 01, www.klassik-stiftung.de, April–Okt. Di–So 11–18, Nov.–März Di–So 11–16 Uhr) seit 1999 wieder mit spannenden Wechselausstellungen zeitgenössischer Kunst aufwartet. Es folgt damit der Tradition des großherzoglichen Museums, das 1863–69 speziell für die Landschaftsmalerei Friedrich Prellers d.Ä. hier errichtet worden war und aus dessen Ruine das heutige Gebäude neu erstanden ist. Höhepunkte sind das von Daniel Buren modern gestaltete Treppenhaus (1998), die überdimensionale Installation ›Das Zimmer‹ (1998) der Schweizer Künstlerin Pipilotti Rist im Foyer, eine Sammlung internationaler Avantgarde seit 1960 mit Werken von Joseph Kossuth, Sandro Chia und Anselm Kiefer sowie der 16-teilige Freskenzyklus ›Odyssee‹ (1834–36) von Preller.

Was heute Weimarplatz heißt, entstand ursprünglich als **Gauforum** ⑫. 1936 gab Adolf Hitler dieses Versammlungs- und Verwaltungszentrum in Auftrag. Dem Projekt fielen knapp 150 historische Bauten zum Opfer, in die drei verwirklichten Häuser des Gauforums ist mittlerweile das Thüringer Landesverwaltungsamt eingezogen. Von der für rund 15 000 Personen geplanten ›Halle des Volkes‹ wurden nur die Stahlträger verwirklicht, mittlerweile hat man sie als Einkaufszentrum *Weimar Atrium* gewissermaßen zur Halle der Konsumenten umfunktioniert.

Das Schloss

Das höfische Weimar präsentiert sich am Ostrand der Altstadt. Hier sind das Stadtschloss, das Gelbe und das Rote Schloss, die als herzögliche Witwensitze entstanden, und das Grüne Schloss, in dem die Herzogin Anna Amalia Bibliothek ihre Schätze bewahrt, auf engem Raum versammelt. Das auf eine Wasserburg zurückgehende imposante **Stadtschloss** ⓭ erhielt seine heutige Gestalt als barocke Vierflügelanlage nach einem Brand von 1774. Nur der mittelalterliche Hausmannsturm sowie die Bastille, ein Torbau der Renaissance, blieben vom Feuer verschont. Die prunkvollen Innenräume, die als bedeutende Architekturleistung des Klassizismus gelten, beherbergen heute neben Büros der Klassik Stiftung Weimar das hochkarätige **Schlossmuseum** (Tel. 036 43/54 59 60, www.klassik-stiftung.de, April–Okt. Di–So 10–18, Nov.–März Di–So 10–16 Uhr). Zu den schönsten Raumschöpfungen zählen der Festsaal, die Große Galerie, das von Heinrich Gentz gestaltete Treppenhaus sowie die Dichterzimmer, die dem Schaffen von Goethe, Wieland und Schiller gewidmet sind. Die Gemäldesammlung umfasst europäische Kunst vom Mittelalter und der Reformationszeit mit der sehenswerten Lucas-Cranach-Galerie bis hin zu Werken der Bauhaus-Meister vom Beginn des 20. Jh.

Südlich vom Stadtschloss öffnet sich der Platz der Demokratie mit dem 1875 hier aufgestellten *Reiterstandbild des Herzogs Carl August*. Die Nordseite des Platzes dominiert das entgegen seiner Namengebung in grauen Tönen gehaltene **Rote Schloss** ⓮, hinter dessen prachtvoller Renaissancefassade 1781–1807 die Freie Zeichenschule Goethes untergebracht war und heute die Stadtverwaltung ihren Sitz hat. Gegenüber steht das barocke **Fürstenhaus** ⓯, in dem 1774–1803 die herzogliche Familie residierte und nun die *Musikhochschule Franz Liszt* beheimatet ist. Im weißen Bau des *Grünen*

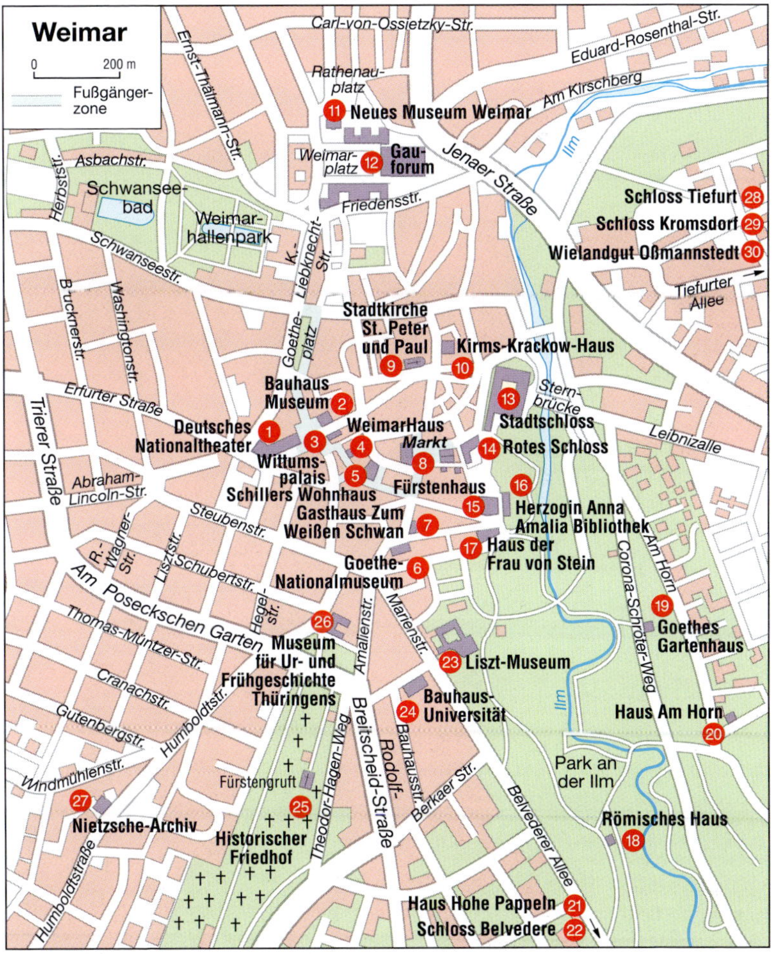

Schlosses befindet sich seit dem 18. Jh. die **Herzogin Anna Amalia Bibliothek** 16 (mindestens drei Monate im Voraus anmelden, Tel. 036 43/54 54 01, www.klassik-stiftung.de, ca. 50 Restkarten ab 9.30 Uhr an der Kasse der Bibliothek, Di–So 10–15 Uhr). Ihr Rokokosaal, ein zweigeschossiger Tempel für das Buch, ist weltberühmt. Zwei Räume, die während der Restaurierung nach dem verheerenden Brand im Jahr 2004 angefügt wurden, dokumentieren die Geschichte der Bibliothek.

Weiter südlich steht das **Haus der Frau Von Stein** 17 (Ackerwand 25/27), in dessen Obergeschoss Goethes Muse Charlotte von Stein (1742–1827) 50 Jahre lang lebte. Ein spanischer Investor will dort bis 2010 ein Museum einrichten.

TOP TIPP Park an der Ilm

Weimars grüne Lunge und klassische Flaniermeile ist der Park an der Ilm, der sich südlich des Stadtschlosses bis zum Vorort Oberweimar erstreckt. Die wunderschöne Anlage nach Art eines englischen Parks entstand 1778–1828, ihre Gestaltung mit künstlicher Ruine, Denkmälern von Shakespeare und Franz Liszt sowie dem als Theaterkulisse errichteten Borkenhäuschen ist maßgeblich der planerischen Einflussnahme Goethes zu danken. Am linken Steilufer der Ilm steht inmitten des Parkes das **Römische Haus** 18 (Tel. 036 43/54 53 82, April–Okt. Di–So 10–18 Uhr), eine 1792–97 mit antiken Bauzitaten errichtete Villa, die Herzog Carl August als Sommerresidenz diente. Zu besichtigen sind das Vestibül, der Blaue Salon sowie das herzögliche Schlafzimmer, die vor allem durch ihre Wandgestaltung mit farbigem Kunstmarmor beeindrucken. Im Untergeschoss informiert eine Ausstellung über die Historie des Parks.

Eine Wallfahrtsstätte für Verehrer des Universalgenies ist **Goethes Gartenhaus** 19 (Tel. 036 43/54 53 75, www.klassik-stiftung.de, April–Okt. tgl. 10–18, Nov.–März tgl. 10–16 Uhr) jenseits der Ilm. Goethe bewohnte es ab 1776 sechs Jahre lang und zog sich auch später in Phasen inten-

Schöner als im Rokokosaal der Anna-Amalia-Bibliothek kann man Bücher nicht präsentieren

Ob auch Goethe sich zum Picknick auf der Wiese vor seinem Gartenhaus an der Ilm niederließ?

siven Schaffens gerne hierher zurück. Heute dient das ehemalige Weinberghäuschen als Museum. Porträts von Freunden, eigenhändige Zeichnungen und authentisches Mobiliar wie das Stehpult mit Sitzbock im Arbeitszimmer oder das Klappbett, welches der Dichterfürst auch auf Reisen mitnahm, illustrieren das Leben und Wirken Goethes in seinen ersten Jahren in Weimar.

Ein Pilgerziel für Architekturinteressierte ist das **Haus Am Horn** 20 (Am Horn 61, nur während Ausstellungen geöffnet, dann Mi, Sa, So 11–17 Uhr, Tel. 036 43/54 53 18, www.uni-weimar.de/freundeskreis) am Ostrand des Parks. Es entstand 1923 anlässlich der ersten großen Bauhausausstellung als Prototyp für eine hier geplante Wohnsiedlung. Das Haus am Horn blieb jedoch das einzige in Weimar verwirklichte Bauhausgebäude. Basierend auf dem von Walter Gropius entwickelten Wabensystem schuf Georg Muche einen zentralen quadratischen Raum, um den sich kleinere, miteinander verbundene Zimmer gruppieren. Ein Interieur mit Einbaumöbeln und raumtrennenden Elementen sowie Gegenständen, die dem Leitgedanken der seriellen Herstellbarkeit folgten, entwickelten Studenten und Lehrer der Bauhaus-Werkstatt als Gemeinschaftsprojekt.

Der Weg zu einem Vorläufer der Bauhaus-Architektur führt durch den Park an der Ilm rund 1 km südwärts in den Ortsteil Ehringsdorf. Hier steht das **Haus Hohe Pappeln** 21 (Belvederer Allee 58, Tel. 036 43/54 59 65, www.klassik-stiftung.de, April–Okt. Di–So 13–18 Uhr), das der belgische Jugendstilarchitekt und Designer Henry van de Velde (1863–1957) entwarf und 1908–17 mit seiner Familie bewohnte. Wie das Bauhaus einige Jahre später strebte er eine Verschmelzung von Ästhetik und Funktion zu einer harmonischen Einheit an. Diesem Prinzip des Gesamtkunstwerks folgte er bis ins Detail, etwa bei den Belüftungssieben der Wandverkleidung, die er ornamental gestaltete. Ein Museum in der Beletage zeigt den mit Möbeln von Henry van de Velde bestückten, repräsentativen Wohnbereich des Hauses mit Treppenhalle, Salon, Speise- und Arbeitszimmer.

Einen weiteren Kilometer südwärts mündet die Belvederer Allee in den Landschaftspark von **Schloss Belvedere** 22 (Tel. 036 43/54 54 01, www.klassik-stiftung.de, April–Okt. Di–So 10–18 Uhr, Orangerie zusätzlich Dez.–April Mi–So 11–17 Uhr). Die barocke Anlage ließ Herzog Ernst August I. 1724 als Jagdsitz errichten und ab 1728 von dem Baumeister Gottfried Heinrich Krohne zum Lustschloss erweitern. Vorbilder wie den Zwinger von Dresden vor Augen, schuf er eine geometrische Anlage mit Ehrenhof, flankierenden Kavaliershäusern, Stallungen und Orangerie. Ein Barockpark mit strahlenförmigem Wegesystem vervollständigte das Bild. Die Prunkräume des Schlosses sind bis heute weitgehend unverändert und be-

Vom Aussichtstürmchen des Schlosses Belvedere blickt man auf Bach- und Beethovenhaus

herbergen ein Museum mit kunsthandwerklichen Erzeugnissen, Mobiliar, Gemälden und einer umfangreichen Porzellansammlung des 17. und 18. Jh.

Die Parklandschaft um das Schloss ist ein Werk Herzog Carl Augusts. Er wählte das Belvedere um 1811 zu seiner Sommerresidenz und ließ den zwischenzeitlich verwachsenen Barockgarten des 18. Jh. in eine spätklassizistisch-romantische Parklandschaft verwandeln. Bauwerke wie der Rote Turm mit seinem chinoisen Wandschmuck, der Russische Garten oder das Heckentheater setzen seither besondere Akzente. Sehenswert ist zudem die Orangerie, die eine der umfangreichsten Pflanzensammlungen Europas besitzt.

Rund um den Historischen Friedhof

Ein Muss für Verehrer des großen Komponisten und Klaviervirtuosen Franz Liszt (1811–1886), der 1848–61 als Hofkapellmeister am Weimarer Theater tätig war, ist ein Besuch des **Liszt-Museums** 23 (Marienstr. 17, Tel. 036 43/54 53 88, April–Okt. Mi–Mo 10–18 Uhr). Es wurde bereits 1887 in dem kleinen Gärtnerhaus eingerichtet, in welchem der Musiker ab 1869 bis zu seinem Tod die Sommer verbrachte, Klavierunterricht erteilte und Sonntagsmatineen hielt. Seine Wohn- und Arbeitsräume samt dem Salon mit Liszts Bechsteinflügel sind im Originalzustand zu besichtigen.

Vis-à-vis der Belvederer Allee steht das Hauptgebäude der **Bauhaus-Universität** 24 (Geschwister-Scholl-Str. 8, Tel. 036 43/58 11 71, www.uni-weimar.de), das Henry van de Velde 1904–11 für die ›Kunstschule in Weimar‹ erbaute und in dem Walter Gropius 1919 durch Fusion mit der Kunstgewerbeschule das ›Staatliche Bauhaus‹ gründete. Dessen Ziel war es, Architektur, Kunst und Technik zu verschmelzen und qualitätvolle Produkte durch industrielle Fertigung breiten Bevölkerungsschichten zugänglich zu machen. Als Lehrer und Meister konnte Gropius Künstler der internationalen Avantgarde gewinnen, unter ihnen Ludwig Mies van der Rohe, Lyonel Feininger, Paul Klee, Wassily Kandinsky und Oskar Schlemmer. Nach massiver Kürzung der Fördermittel Anfang der 1920er-Jahre durch die reaktionäre Thüringer Landesregierung folgte Gropius dem Angebot des liberaler regierten Dessau und verlegte das Bauhaus 1925 dorthin. Blickfang an der strengen Jugendstilfassade der Universität sind die großen Atelierfenster, das sachlich und klar konzipierte Innere dominiert eine ovale Treppenspirale. Den Leitgedanken von Gropius und seinen Kollegen kann man auf einem **Bauhaus-Spaziergangs** (Di, Do–Sa 14 Uhr ab Haupteingang) durch die Universität und zum Haus Am Horn [s. S. 35] nachspüren.

Erinnerungen an bedeutende Weimarer Persönlichkeiten weckt der nahe **Historische Friedhof** 25 (Am Poseckschen Garten, März–Sept. tgl. 8–21, Okt.–Febr. bis 18 Uhr). Charlotte von Stein, der Schriftsteller Christian August Vulpius, der Baumeister Clemens Wenzeslaus Coudray, der Maler Johann Joseph Schmeller oder die Musiker Karl Eberwein und Johann Nepomuk Hummel liegen hier begraben. Die berühmtesten Gebeine birgt die **Fürstengruft** (April–Okt. tgl. 10–18, Nov.–März tgl. 10–16 Uhr), die Herzog Carl August 1826–27 leicht erhöht, am Ende des von Linden gesäumten Hauptweges als klassizistischen Bau mit oktogonaler Kuppel errichten ließ. Unter massivem Gewölbe bewahrt sie 40, zum Teil kunstvoll bemalte und mit Reliefs geschmückte Sarkophage mit den sterblichen Überresten der herzoglichen Familie sowie an einem Ehrenplatz die schlichten Eichensärge von Goethe und Schiller. Einen eigenen Grabbau besitzt die Großherzogin Maria Pawlowna, die 1862 als Reminiszenz an ihre Heimat die **russisch-orthodoxe Kapelle** mit ihren fünf vergoldeten Kuppeln an die Fürstengruft anbauen und durch einen Wanddurchbruch mit dieser verbinden ließ.

Gegenüber dem Friedhofseingang lohnt das **Museum für Ur- und Frühgeschichte Thüringens** 26 (Humboldtstr. 11, Tel. 036 43/81 83 00, Di 9–18, Mi–Fr 9–17, Sa, Sa 10–17 Uhr) im Palais Poseck einen Besuch. Mit einer spannenden Inszenierung archäologischer Funde und naturgetreuen Rekonstruktionen werden 400 000 Jahre Landesgeschichte von ersten steinzeitlichen Lebensformen bis hin zur Zivilisierung des Menschen im Mittelalter veranschaulicht.

Das Bauhaus – Verwirklichung einer Utopie

Wer kennt nicht die berühmte Tischlampe Wilhelm Wagenfelds (1900–1990) oder den vielfach imitierten Stahlrohrsessel Marcel Breuers (1902–1981)? Beide Künstler begannen ihre Karriere als Studenten am Staatlichen Bauhaus Weimar. Dessen Gründer, Walter Gropius (1883–1969), legte seine Ziele im Bauhausmanifest vom April 1919 dar. Darin prangerte er die historistische Architektur seiner Zeit als ›selbstgenügsames Nebeneinander der bildenden Künste‹ an. Stattdessen forderte er ein »bewusstes Mit- und Ineinanderwirken aller Werkleute untereinander. Architekten, Maler und Bildhauer müssen die vielgliedrige Gestalt des Baues in seiner Gesamtheit und in seinen Teilen wieder kennen und begreifen lernen«. Den pädagogischen Weg zu diesem Ziel sah er in einer Ausbildung, die das Handwerk als Voraussetzung für Kunst behandelte.

Rasch scharte Gropius Gleichgesinnte – er nannte sie ›Meister‹, ihre Studenten ›Lehrlinge‹, – um sich. Zu ersteren gehörten der Farbtheoretiker Johannes Itten (1888–1967), der Maler und Grafiker Lyonel Feininger (1871–1956), der Bildhauer Gerhard Marcks (1889–1981), der Maler Paul Klee (1879–1940) und der vielseitige Oskar Schlemmer (1888–1943). Wesentliche Impulse lieferten auch Wassily Kandinsky (1881–1955) oder László Moholy-Nagy (1895–1946). Ihre Maximen waren Ornamentlosigkeit, Einsatz zeitgenössischer Materialien und eine Formensprache, die sich am industriellen Fortschritt und den Möglichkeiten der Massenproduktion orientierte. In ihren Werkstätten entstanden Entwürfe für funktional und ästhetisch gestaltete Gebrauchsgüter vom Löffel bis hin zum kompletten Wohnhaus (Haus am Horn).

Angesichts der egalitären Grundzüge des Bauhaus-Programms wurde es rasch als politisch links diffamiert, nach der thüringischen Landtagswahl 1924 erzwang die rechtsgerichtete DVP-Regierung die Schließung der Hochschule. Das Angebot zum Umzug ins sozialdemokratisch regierte Dessau war da willkommen. Das Bauhaus schwang sich dort zu neuen Höhen auf. Mit der Machtergreifung der Nazis kam das endgültige Ende auf deutschem Boden. Die Gedanken des Bauhauses jedoch lebten fort, im New Bauhaus in Chicago, geleitet von László Moholy-Nagy, in den Bauten der Bauhaus-Meister – und auf Millionen von Schreibtischen, in Gestalt der Tischlampe von Wilhelm Wagenfeld.

Ein grandioses Jugendstilinterieur bewahrt wenige Schritte entfernt das **Nietzsche-Archiv** 27 (Humboldtstr. 36, www.klassik-stiftung.de, April–Okt. Di–So 13–18 Uhr). Elisabeth Förster-Nietzsche zog 1897 mit ihrem geistig umnachteten Bruder Friedrich (1844–1900) nach Weimar, und obwohl Nietzsche längst nicht mehr fähig war einen klaren Gedanken zu fassen, richtete sie ihm ein Arbeitszimmer samt Bibliothek ein. Erlesenen Gästen wie Walter Benjamin ermöglichte sie gar gespenstische Begegnungen mit dem vor sich hin dämmernden Bruder. Drei Jahre nach seinem Tod beauftragte sie Henry van de Velde mit der Umgestaltung und Einrichtung des Hauses, das künftig als Nietzsche-Archiv Nietzsches Gedenken im Reigen der Weimarer Klassiker pflegen sollte. Weil seine Schriften mittlerweile ins Goethe- und Schiller-Archiv und seine Büchersammlung in die Herzogin Anna Amalia Bibliothek integriert sind, ist es heute der Jugendstil-Raumeindruck, der einen Besuch lohnend macht. Zudem nutzt das *Kolleg Friedrich Nietzsche* das Haus seit 1999 für Symposien.

Schlösserfahrt aufs Land

Ein beliebter Treffpunkt für die Protagonisten der Weimarer Klassik war das rund 3 km östlich vom Zentrum gelegene **Schloss Tiefurt** 28 (Tel. 036 43/85 06 66, www.klassik-stifung.de, April–Okt. Mi–Mo 10–18 Uhr). Herzogin Anna Amalia hatte 1776 ein Pächterhaus des fürstlichen Kammerguts zu einem schlichten Prinzensitz für ihren jüngeren Sohn umbauen lassen, nutzte es dann aber 1781–84 selbst als Sommerresidenz. Heute geben die authentisch wieder hergestellten Räume einen lebendigen Eindruck von der höfischen Wohnkultur des späten 18. Jh. Lohnend ist ein Spaziergang durch den rund 20 ha großen Schlosspark, der 1799 im Stil eines englischen Landschaftsgartens mit einem Teesalon in Fachwerkmanier, Naturtheater, Felsengrotte sowie zahlreichen Denkmälern angelegt wurde.

Von Tiefurt aus folgt der knapp 2 km lange Maria-Pawlowna-Promenadenweg den Windungen der Ilm flussabwärts zum Park von **Schloss Kromsdorf** 29 (Tel. 03643/422180). Die quadratische Gartenanlage (frei zugänglich) entstand 1660 und stellt mit ihrer kuriosen Sammlung von 64 Büsten berühmter Personen aus aller Welt, die in den Nischen der Parkmauern aufgestellt sind, eine Rarität dar. In dem 1580 errichteten Schloss gibt es auch eine kleine Gaststätte.

Rund 5 km östlich von Kromsdorf ebenfalls am Ufer der Ilm liegt das barocke **Wielandgut Oßmannstedt** 30 (Tel. 036 43/54 54 01, www.klassik-stiftung.de, April–Okt. Di–So 10–18, Nov.–So 10–16 Uhr), das Christoph Martin Wieland (1733–1813) im Jahr 1797 erwarb und sechs Jahre mit seiner Familie bewohnte. Nach seinem Tod in Weimar wurde der Literat der Spätaufklärung neben seiner Gattin und der mit ihm innig befreundeten Sophie Brentano direkt am Ilmufer im Gutspark beigesetzt. Detaillierte Informationen zum Leben und Wirken des Schrift-

Jugendstil für einen toten Philosophen: Henry van de Velde gestaltete das Nietzsche-Archiv

Der Musentempel im Schlosspark von Tiefurt ist Kalliope, der Göttin der Dichtkunst gewidmet

stellers, Übersetzers und Herausgebers bietet das **Wieland-Museum** im Gutsgebäude.

Praktische Hinweise

Information

Tourist-Information Weimar, Markt 10 und im Welcome-Center, Friedensstr. 1, 99423 Weimar, Tel. 036 43/74 50, www.weimar.de

Klassik Stiftung Weimar, Frauentorstr. 4/ Markt 10, Weimar, Tel. 036 43/54 54 01, www.klassik-stiftung.de

Hotels

TOP TIPP *******Grand Hotel Russischer Hof**, Goetheplatz 2, Weimar, Tel. 036 43/ 77 40, www.russischerhof.com. Klassiker eines traditionsreichen Grandhotels – ausgestattet mit modernstem Komfort, Wellnessbereich und Gourmetrestaurant.

*****Amalienhof,** Amalienstr. 2, Weimar, Tel. 036 43/54 90, www.amalienhof-weimar.de. Clemens Wenzeslaus Coudray, der Baumeister des klassischen Weimar, errichtete das Hotel in der Nachbarschaft des Goethehauses. Die Zimmer sind antik-gediegen möbliert.

Am Stadtpark, Amalienstr. 19, Weimar, Tel. 036 43/248 30, www.stadtpark-hotel-weimar.de. Familiengeführtes, nettes kleines Haus in zentraler Lage.

Pension 18 über'm Goethepark, Jenaer Str. 18, Weimar, Tel. 036 43/80 19 01. Stilvolle Zimmer in familiärer Pension am rechten Hochufer der Ilm.

Villa Hentzel, Bauhausstr. 12, Weimar, Tel. 036 43/865 80, www.hotel-villa-hentzel.de. Die klassizistische Villa bietet gepflegte Zimmer und freundlichen Service.

Restaurants

Alt-Weimar, Prellerstr. 2, Weimar, Tel. 036 43/86 19 10, www.alt-weimar.de. Das gepflegte Hotelrestaurant mit Jugendstil-Weinstube von 1909 ist mit 13 Gault-Milliau-Mützen ausgezeichnet.

Anna Amalia, Markt 19, Weimar, Tel. 036 43/80 20. Das Michelin-Stern gekrönte Gourmetrestaurant im Hotel Elephant verwöhnt mit italienisch geprägter Kochkunst (Mo abend, So geschl.).

Felsenkeller, Humboldtstr. 37, Weimar, Tel. 036 43/41 47 41. Der rustikale Braugasthof bietet Thüringer Spezialitäten in urigem Ambiente zwischen Braukesseln und im gemütlichen Wintergarten (Mo geschl.).

Gasthaus zum Weißen Schwan, Frauentorstr. 23, Weimar, Tel. 036 43/90 87 51. Diese Institution wusste schon Goethe zu schätzen, heute genießt man in historischem Ambiente internationale Gerichte und Thüringer Küche (Mo, Di geschl.).

Köstritzer Schwarzbierhaus, Scherfgasse 4, Weimar, Tel. 036 43/77 93 37. Thüringer Speisen wie Mutzbraten und Köstritzer Bierfleisch in bodenständigem Interieur in altem Fachwerkbau.

Residenz, Grüner Markt 4, Weimar, Tel. 036 43/594 08. Das stilvolle Café-Restaurant in Schlossnähe ist Weimars ältestes Kaffeehaus.

3 Buchenwald

Menschenverachtendes Konzentrationslager – zur Verständigung mahnend.

Auf dem Ettersberg, nur 10 km nordwestlich von Weimar, legten die Nationalsozialisten am 15. Juli 1937 den Grundstein für eines der größten deutschen Konzentrationslager. Um die Nähe zur Stadt der deutschen Klassik zu verbergen und ihren guten Ruf zu bewahren, bestand die NS-Kulturgemeinde Weimar auf dem unbestimmten Namen ›Buchenwald‹ anstelle des ursprünglichen Titels ›K.L. Ettersberg‹. Bis zur Befreiung des Lagers am 11. April 1945 wurden über 250 000 Menschen aus mehr als 50 Ländern interniert und hinter der zynischen Inschrift am Gittertor ›Jedem das Seine‹ grausamst misshandelt. Unter unvorstellbaren Bedingungen der Unterernährung und Folter verrichteten die Gefangenen Zwangsarbeit in Steinbrüchen und in der Rüstungsindustrie. 56 000 überlebten diese mörderische Behandlung nicht. Ab August 1945 bis 1950 nutzte die sowjetische Besatzungsmacht die Anlagen als ›Speziallager Nr. 2‹ zur Inhaftierung von 28 000 Deutschen – vor allem NS-Verbrechern und Gegnern der nun herrschenden Kommunisten. Von diesen starben ebenfalls 7000.

1958 wurde schließlich ein großer Teil des Areals zusammen mit einem von Fritz Cremer geschaffenen monumentalen Mahnmal mit Stelenweg, Gräbern und Glockenturm als **Nationale Mahn- und Gedenkstätte Buchenwald** (Tel. 036 43/43 02 00, www.buchenwald.de, Gebäude April–Okt. Di–So 10–18, Nov.–März Di–So 10–16 Uhr, Außenanlagen tgl. bis Sonnenuntergang, Führungen Di–So 10.30–13.30 Uhr) für Besucher geöffnet. Zu sehen sind u.a. das Häftlingslager mit Torgebäude, der Arrestzellenbau und das Krematorium mit Leichenkeller sowie die Genickschussanlage, ein Steinbruch, in dem die Häftlinge arbeiteten, und Friedhöfe. Drei Ausstellungen illustrieren die Geschichte des Konzentrationslagers, die Zeit des sowjetischen Speziallagers und die Entstehung der Gedenkstätte. Im Desinfektionsgebäude werden zudem Werke von Häftlingen und Überlebenden gezeigt, mit denen sie ihre Erinnerungen künstlerisch zu verarbeiten versuchten.

Den Mord an Juden, Roma und Sinti dokumentiert eine Ausstellung im KZ Buchenwald

Seit 1722 gießt man in Apolda Glocken aller Art – ein Glockenmuseum darf daher nicht fehlen

i Praktische Hinweise

Information

Besucherinformation, Gedenkstätte Buchenwald, 99427 Weimar-Buchenwald, Parkplatz, Tel. 03643/43 02 00, www.buchenwald.de, April–Okt. Di–So 9–18.20, Nov.–März Di–So 9–16.20 Uhr

4 Apolda

Glockengeläut im Schatten Weimars.

Im grünen hügeligen Ilmtal liegt Apolda (25 000 Einw.), das auf eine rund 200-jährige Tradition als Glockengießerstadt zurückblicken kann. 1988 ging der letzte Meister dieser Zunft in Ruhestand, aus seiner Werkstatt stammt u.a. die Glocke des Buchenwald-Mahnmals. Berühmtes Erzeugnis Apoldas ist auch der 24 t schwere ›dicke Petter‹, der als größte frei schwingende Glocke der Welt seit 1923 im Kölner Dom hängt. Einen aufschlussreichen Überblick über das Handwerk des Glockengießens und die Entwicklung der europäischen Kirchenglocke gibt das **Glockenmuseum** (Bahnhofstr. 41, Tel. 036 44/65 03 31, Di–So 10–18 Uhr). Hier können Besucher auch eigenhändig ausprobieren, wie sich die präsentierten Tier-, Schiffs-, Uhr- Hand- und Turmglocken anfühlen und wie sie klingen. Über ein weiteres traditionsreiches Gewerbe Apoldas, die Wirkerei und Strickerei, die rund 400 Jahre wichtigste Einkommensquelle des Ortes war, informiert das **Stadtmuseum** (geöffnet wie Glockenmuseum) im gleichen Gebäude. Maschinen, Webmuster und fertige Bekleidungsstücke aus einem stillgelegten Betrieb erzählen vom Auf und Ab dieser Industrie.

TOP TIPP

Der Moderne widmet sich wenige Schritte entfernt das **Kunsthaus Avantgarde** (Bahnhofstr. 42, Tel. 036 44/51 53 64, www.kunsthausapolda.de, Di–So, 10–18 Uhr), das in den Räumen einer klassizistischen Villa sehenswerte Wechselausstellungen präsentiert. Vertreten sind hier vor allem Künstler des Expressionismus, der Bauhauswerkstätten sowie der Gegenwart.

i Praktische Hinweise

Information

Tourismus-Information Apolda, Markt 1, 99510 Apolda, Tel. 035 44/65 01 00, Fax 036 44/65 05 18, www.apolda.de

Hotel

2 Länder, Erfurter Str. 31, Apolda, Tel. 036 44/502 20, www.hotel-2-laender-apolda.de. Familiäre Atmosphäre in einer Villa im Grünen mit großzügigen Zimmern und Biergarten.

Restaurants

Zum Ledererbräu, Teichgasse 5, Apolda, Tel. 036 44/56 32 80. Gute Hausmannskost aus dem Thüringer Land in gediegenem Ambiente (Sa/So geschl.).

Zum Schlachthof, Buttstädter Str. 28, Apolda, Tel. 036 44/56 35 75. In farbenfreudig gestaltetem Interieur oder auf der Terrasse werden regionale Küche und Grillspezialitäten serviert.

5 Bad Berka

Heilbad mit Goethebrunnen – nichts geht ohne den Geheimrat!

Mitten im hügelig waldreichen *Landschaftsschutzgebiet Mittleres Ilmtal*, das sich auf einer Fläche von 150 km² südlich von Weimar erstreckt, liegt Bad Berka (7600 Einw.). Seinen Status als Kurort verdankt das Städtchen den 1807 von Ludwig Geist, einem früheren Sekretär Goethes, entdeckten Quellen – vor allem der eisenhaltigen *Stahlquelle*, die 1813 gefasst wurde und aus welcher der heutige Goethebrunnen hervorging.

Herzog Carl August ließ den Ort zum Kurbad ausbauen, ein verheerender Stadtbrand zerstörte 1816 jedoch zwei Drittel des Ortes. Auf Anraten Goethes wurde Clemens Wenzeslaus Coudray mit dem Wiederaufbau betraut. Dessen klassizistischer Architekturstil prägt bis heute den Marktplatz mit dem schon 1817 eingeweihten **Rathaus**, das eine Monduhr als Giebelschmuck hat. 1825 öffnete das von Coudray im Kurpark errichtete Bade- und Gesellschaftshaus seine Pforten und avancierte bald zum Mittelpunkt des Berkaer Kulturlebens. Heute präsentiert es als **Haus des Gastes** (Mo–Fr 10–12, 14–17 Uhr) die Ausstellung ›Das Goethe-Bad im Grünen‹, welche die Entwicklung des Kurortes und die Beziehungen zu Goethe dokumentiert.

Am Südrand des Kurparks ist das Ensemble des einstigen Sand-, Stahl- und des Moorbadehauses sowie der Trinkhalle erhalten, die ab 1835 rund um den Goethebrunnen entstanden. Heute werden die Gebäude u.a. als Sitz der *Kurverwaltung* sowie als *Hotel Am Goethebrunnen* [s.u.] genutzt. Den **Goethebrunnen** selbst ziert ein eleganter kleiner Pavillon aus dem Jahr 1909. Das calciumsulfathaltige Heilwasser, das hier entspringt, wird für Trinkkuren bei Stoffwechsel-, Herz- und Kreislauferkrankungen eingesetzt.

Ein schöner Spaziergang (ca. 45 min., 3 km) führt vom Kurpark aus hinauf auf den 416 m hohen Adelsberg, auf dem das Wahrzeichen Bad Berkas, der 1884 errichtete 26 m hohe **Paulinenturm** thront. Von seiner Aussichtsplattform bietet sich ein herrlicher Rundblick vom Beerberg bis zum Ettersberg.

i Praktische Hinweise

Information

Kurverwaltung Bad Berka, Goetheallee 3, 99438 Bad Berka, Tel. 03 64 58/57 90, www.bad-berka.de

Hotel

Am Goethebrunnen, Goetheallee 1, Bad Berka, Tel. 03 64 58/57 10, www.hotel-am-goethebrunnen.de. Stilvolles Hotel und Restaurant im einstigen Badehaus.

Restaurants

Altes Brauhaus, Brauhausstr. 3, Bad Berka, Tel. 03 64 58/306 16. Gutbürgerliche Gaststätte mit Biergarten.

Ratsstuben, Am Markt 3, Bad Berka, Tel. 03 64 58/18 10 50. Thüringer Küche in gemütlichem Ambiente.

6 Kranichfeld

Raubvögel im Sturzflug über mittelalterlichen Burgmauern.

Weithin sichtbar sind die Wahrzeichen der Zwei-Burgen-Stadt Kranichfeld (7000 Einw.): die imposante Ruine des Oberschlosses, das hoch über dem Ort auf einem Felsvorsprung thront, und die mittelalterliche Niederburg in idyllischer Lage am Ufer der Ilm.

Das aus dem 12. Jh. stammende **Oberschloss** präsentiert sich mit seinen knapp 4 m dicken Mauern, die den romanischen Palas, den großen runden Bergfried – die Aussicht von dort oben ist überragend – sowie die Reste einer Burgkapelle umschließen, als eindrucksvolle kompakte Anlage. Ein Hingucker ist der ›Leckarsch‹ am Südwesterker des Palas. Die Steinfigur stellt der Sage nach den Ritter Wolfer dar, der ankündigte, er werde »sich am Arsch lecken«, sollte sein Bruder jemals eine Burg am heutigen Standort des Oberschlosses erbauen. Der Bruder tat es doch, Wolfer musste den Worten Taten folgen lassen – und verstarb beim Versuch, sein Hinterteil zu erreichen.

Vom Oberschloss über Kranichfeld aus wachten die Reußer Grafen über das Tal der Ilm

Unterhalb, im Tal der Ilm, steht die bescheidenere **Niederburg**. Sie entstand ebenfalls im 12. Jh., wurde jedoch zu Beginn des 20. Jh. stark umgestaltet. Innerhalb der niedrigen Burgmauern hat der *Falkenhof* (Tel. 03 64 50/441 91, www.falkenhof-kranichfeld.de, April–Okt. Di–So 15–16 Uhr) seinen Sitz. Bei dessen Flugschauen erfährt das Publikum Wissenswertes über die Lebens- und Verhaltensweisen der Raubvögel, erlebt den Sturzflug des Adlers, die majestätische Segelkunst des Andenkondor und das Jagdgeschick der Milane. Auf einer Freilichtbühne vor den Toren der Burg finden Theateraufführungen und andere Kulturevents statt.

Ausflug

Besonders Familien lockt rund 6 km nordwestlich der **Freizeitpark Stausee Hohenfelden** (Tel. 03 64 50/420 81, www.stausee-hohenfelden.de, tgl. 9–21 Uhr) mit Freibad, Erlebnisspielplatz, Wassersportangeboten und Therme. Den ländlichen Alltag vergangener Jahrhunderte lässt nahebei das **Thüringer Freilichtmuseum Hohenfelden** (Tel. 03 64 50/312 28, www.thueringer-freilichtmuseum-hohenfelden.de, Jan.–März Sa–So 11–17, April–Okt. tgl. 10–18, Nov.–Dez. Di–So 11–17 Uhr) lebendig werden. Rund 30 authentisch möblierte Gebäude, darunter Pfarrhaus, Schmiede, Töpferei, Brauerei, Schusterwerkstatt und eine Dorfschule geben Einblicke in bäuerliche Traditionen.

i Praktische Hinweise

Information

Fremdenverkehrsbüro Kranichfeld, Baumbachplatz 1, 99448 Kranichfeld, Tel. 03 64 50/20 21, www.kranichfeld.de

Camping

Ferienpark Hohenfelden, Hohenfelden, Tel. 03 64 50/420 81, www.stausee-hohen felden.de. Großer baumbestandener Platz am Stau- und Badesee mit guter Infrastruktur, auch 60 Ferienhäuser.

Hotel

***__Zum alten Kurhaus__, Ilmenauer Str. 21, Kranichfeld, Tel. 03 64 50/312 15. Umgebautes früheres Kurhaus mit sehr komfortablen Gästezimmern.

Johann Sebastian Bach höchstpersönlich nahm die Wender-Orgel in Arnstadts Bachkirche ab

7 Arnstadt

Die Bachstadt am Fuße des Thüringer Waldes verspricht ›Plaisir‹!

Das reizvolle Arnstadt (25700 Einw.), das bereits 704 urkundlich erwähnt wurde und 954 Schauplatz einer Reichsversammlung unter Otto dem Großen war, kam wie Erfurt im Mittelalter durch den Waidhandel zu Reichtum. Stattliche Bürgerhäuser sind aus jener Zeit erhalten. Besonders stolz ist Arnstadt auf seine enge Verbindung zu *Johann Sebastian Bach* (1685–1750), der 1703 als gerade 18-Jähriger hierher kam und bis 1707 als Organist tätig war. Ihm zu Ehren erhielt die 1676 auf den Grundmauern einer gotischen Vorgängerin errichtete Bonifatiuskirche den Namen **Bachkirche** (Mo–Sa 10–16, So 11–15.30 Uhr). Sie überrascht im Inneren mit einem feierlich schlichten Holzinterieur und einer zweigeschossigen Galerie. Bedeutendstes Ausstattungsstück ist die doppelte Orgelanlage, welche die gesamte Rückwand einnimmt: oben die 1703 von Bach eingeweihte barocke Wender-Orgel, darunter die 1913 gebaute romantisch gestimmte Steinmeyer-Orgel.

Die Kirche ist Blickfang am Arnstädter Marktplatz, den das prächtige Renaissance-Rathaus (1583–85) und schieferverkleidete Häuser mit Laubengängen rahmen und in dessen Mitte das provokant legere *Bach-Denkmal* von Bernd Göbel seit 1985 an die Jugend des barocken Klangkünstlers erinnert.

Vertiefende Einblicke in die Lebensumstände des jungen Musikers gibt wenige Schritte entfernt die modern gestaltete *Bach-Ausstellung* im **Haus zum Palmbaum** (Markt 3, Tel. 03628/602049, Di–So 9.30–16.30 Uhr). Zu sehen ist u.a. der zweimanualige Orgelspieltisch, den Bach einst bediente. Dokumentiert ist auch der Werdegang seiner örtlichen Verwandten, die über vier Generationen in Arnstadt lebten und musizierten.

1687 erbte Johann Christoph Bach, der Onkel Johann Sebastians, das heutige **Bachhaus** (Tel. 03628/75040, Di 14–17, Do 10–12 Uhr) in der vom Markt abzweigenden Kohlgasse. Besonders während seiner Zeit als Arnstädter Organist von 1703–07 ging der junge Bach in dem Haus, das mittlerweile sein Cousin Ernst bewohnte, ein und aus. Eine kleine Ausstellung im Erdgeschoss ist der Musikerfamilie gewidmet, zudem finden dort Kulturveranstaltungen statt.

Markanter Blickpunkt im Westen der Altstadt ist die 1170–1330 errichtete **Liebfrauenkirche** (Tel. 03628/740960, Mai–Sept. Mo–Sa 11–15, So 12–14 Uhr oder nach Vereinbarung) mit ihren hoch aufragenden Westwerktürmen. Die imposante dreischiffige Basilika zählt zu den bedeutendsten Sakralbauten Thüringens. Mit ihren massiven kubischen Unterbauten, schlanken Diensten, expressiv gestalteten Kapitellen und dem hohen Kreuzrippengewölbe vereint sie romanisches Raumverständnis und die technischen sowie dekorativen Innovationen der Gotik. Prunkstück der Kirche ist im Chor der filigrane goldgefasste *Schnitzaltar* von 1498, dessen Figuren der typisierenden Mimik und Formensprache der Gotik folgen. Zentrales Thema ist die Marienkrönung, die beiden Seitenflügel schildern Szenen aus dem Leben der Muttergottes. Seitlich vor dem Altar beeindruckt die polychrome Holzskulptur der *›Schönen Madonna von Arnstadt‹* (um 1420) mit ihrer lieblichen Grazie. Ältestes Inventar der Kirche ist in der nördlichen Chorkapelle die gotische *Tumba des Grafen Günther XXV.* (gest. 1368) und seiner Gemahlin Elisabeth (gest. 1381), die der berühmten Bildhauerwerkstatt der Parler zugeschrieben wird: Angeführt von einem Mönch an einer Schmalseite des Sarkophags geben Ritter und Knappen, welche als Träger der Deckplatte dargestellt sind, den Verstorbenen das letzte Geleit.

Arnstadts größter Besuchermagnet ist das **Schlossmuseum** (Schlossplatz 1, Tel. 036 28/60 29 32, Di–So 9.30–16.30 Uhr) am nordöstlichen Rand der Altstadt mit seiner einzigartigen *Ausstellung ›Mon Plaisir‹*. Dabei handelt es sich um eine liebevoll gestaltete Miniaturwelt, die Künstler und Handwerker auf Anweisung der Fürstin Augusta Dorothea von Schwarzburg-Arnstadt als Porträt ihrer Zeit in den 1720/30er-Jahren geschaffen haben. In 82 möblierten Szenen mit 391 Wachspuppen und winzigen Requisiten wie Werkzeug, Geschirr oder mit Namen bestickten Taschentüchern wird hier höfische Lebensweise und einfache Alltagskultur arrangiert. Man ist zu Gast bei einer noblen Damengesellschaft, blickt in die geschäftige Hofküche und in Handwerksstuben und nimmt Teil am kunterbunten Jahrmarkttreiben. Weitere Ausstellungen des Schlossmuseums zeigen in prächtig ausgestatteten Räumen ein um 1735 gefertigtes Porzellankabinett sowie eine große Porzellan- und Kristallsammlung.

i Praktische Hinweise

Information

Tourist-Information Arnstadt, Markt 3, 99310 Arnstadt, Tel. 036 28/60 20 49, Fax 036 28/66 18 47, www.arnstadt.de

Hotels

*****Hotelpark Stadtbrauerei**, Brauhausstr. 1–3, Arnstadt, Tel. 036 28/60 74 00, www.arnstadt-stadtbrauerei.de. Neubau im Ensemble der historischen Stadtbrauerei mit Schwimmbad, Sauna, Bowlingbahn.

Goldene Sonne, Ried 3, Arnstadt, Tel. 036 28/60 27 76, www.goldene-sonne.arnstadt.de. Einfaches Altstadthotel, in dem sich schon die Bach-Familie traf.

Restaurants

Musicus, Schulgasse 1, Arnstadt, Tel. 036 28/58 55 51. Einladendes Gasthaus mit Terrasse vor der Bachkirche (Mi geschl.).

Ratsklause, Ledermarkt 3, Arnstadt, Tel. 036 28/840 73. Thüringer Spezialitäten hinter mittelalterlicher Fachwerkfassade am Markt (nur mittags).

Riedschenke, Vor dem Riedtor 6, Arnstadt, Tel. 036 28/60 23 74. Am Altstadtrand mit nettem Biergarten (So geschl.).

All den Angehörigen der Familie Bach begegnet man im Arnstädter Haus zum Palmbau

Wirklich ähnlich sind sich die drei Burgen nicht – und heißen doch Die Drei Gleichen

8 Die Drei Gleichen

Wie die Sage vereint, was ursprünglich nicht zusammen gehört.

Fährt man auf der Autobahn A 4 zwischen Erfurt und Gotha, fällt schon von weitem ein auf drei benachbarten Hügelkuppen positioniertes Burgentrio ins Auge: die Drei Gleichen. Der Name ist jedoch irreführend, bezeichnet er doch Gemäuer – Burg Gleichen, Mühlburg und Wachsenburg –, die außer ihrer Lage im Vorland des Thüringer Waldes, wenig gemeinsam haben. Der Begriff resultiert der Sage nach aus dem Einschlag eines Kugelblitzes im Jahr 1231, der die Festungen gleichzeitig traf und weithin sichtbare, *›gleich‹ aussehende* Feuersilhouetten entzündete.

Eine reizvolle Annäherung an das Trio bietet der 17 km lange **Gustav-Freytag-Wanderweg**, der am Bahnhof Wandersleben beginnt (Ausschilderung Burg Gleichen/Freudenthal, dann Kennzeichnung blauer Balken auf weißem Grund). Er verbindet die Burgen auf einer abwechslungsreichen Route von Anhöhe zu Anhöhe bis zur Endstation Bahnhof Haarhausen, von wo man per Zug zum Ausgangspunkt zurückkehren kann.

TOP TIPP

Erste Station ist die einst imposante **Burg Gleichen** (Wandersleben, Tel. 03 62 02/824 40, Jan., Febr. Sa, So 9–17, März, Nov., Dez. tgl. 9–17, April–Okt. tgl. 9–18 Uhr), in deren Mauerring der mächtige Bergfried, Reste des romanischen Palas und eines Herrenhauses im Renaissancestil erhalten sind. Ihre Entstehung geht auf das späte 12. Jh. zurück, 1599 wurde sie aufgegeben und später als Baustofflieferant genutzt. Interessante Details zur Geschichte der Burg, seiner Bewohner sowie zur heimischen Flora und Fauna gibt das kleine Turmmuseum.

Nächstes Ziel des Wanderweges ist die über Mühlberg thronende **Mühlburg** (März–Okt. Mo–Fr 10–17, Sa, So 10–18 Uhr), die 704 erstmals urkundlich belegt und damit die älteste der drei Burgen ist. Vom Bergfried aus dem 13. Jh. bietet sich ein herrlicher Ausblick, in kleinen Museumsräumen wird die Geschichte und Geologie der Region dokumentiert.

Die schönste und längste Etappe der Tour führt auf dem Höhenzug der Schlossleite entlang, dann auf Waldwegen hinab ins Tal und hinauf auf den 421 m hohen Wassenberg, auf dessen Kuppe im 10. Jh. die **Wachsenburg** (Auffahrt von Holzhausen, Tel. 036 28/742 40, www.veste-wachsenburg.de, Di–Sa 11–21, So 11–18 Uhr) entstand. Sie wurde seither mehrfach erweitert und umgebaut, diente als Schutzburg, Verwaltungszentrum, Raubritterveste und bis 1852 als Gefängnis. Heute ist sie mit Biergarten, Restaurant und Hotel die meist besuchte Burg der Drei Gleichen. Ihr markanter Bergfried, der eckige *Hohenloheturm* entstand erst 1905. Er ist ebenso wie das *Burgmuseum* nur auf Anfrage zu besichtigen. Doch bietet sich auch über die niedrige Ringmauer hinweg ein grandioses Panorama. Nach Osten blickt man auf Haarhausen und den etwas außerhalb gelegenen Bahnhof, bei dem die Wanderung zu den Drei Gleichen endet.

i Praktische Hinweise

Information

Touristinformation Thüringer Burgenland Drei Gleichen, Markt 15, 99869 Mühlberg, Tel. 03 62 56/231 16, www.drei-gleichen.de

Hotels und Restaurants

Drei Burgen, Schulstr. 37, Holzhausen, Tel. 036 28/72 31 61, www.hotel-dreiburgen.de. Das 1688 errichtete Fachwerkgebäude mitten im Ort bietet behaglichen Komfort und deftige Thüringer Küche.

Veste Wachsenburg, Auf dem Burgberg, Holzhausen, Tel. 036 28/742 40, www.wachsenburg.com. Komfortable Zimmer in schlichter Burgeleganz. In der Ritterschänke gibt es regionale und internationale Spezialitäten.

9 Gotha

Plan Seite 48

Die einstige Residenzstadt verdankt ihr vielfältiges Kulturleben kunstsinnigen Herzögen.

Vor der Kulisse einer reizvollen Hügellandschaft bietet Gotha (46 800 Einw.) mit dem auf einer Anhöhe liegenden frühbarocken Schloss Friedenstein und dem mittelalterlichen Stadtkern im Tal ein bezauberndes Bild. Urkunden belegen bereits 775 eine Siedlung, im 12. Jh. erhielt Gotha Stadtrecht und florierte fortan wie Erfurt als Waidmarkt an der Handelsstraße Via Regia. 1640 wählte Herzog Ernst I. der Fromme die Stadt als Residenz und ließ 1643–55 anstelle der 1567 geschleiften Burg Grimmenstein das vierflügelige **Schloss Friedenstein** 1 (Tel. 036 21/82 34 11, www.stiftungfriedenstein.de, Mai–Okt. Di–So 10–17, Nov.–Apr. Di–So 10–16 Uhr) errichten. Mächtige kubische Baukörper und eine geometrisch klare Gliederung der Architektur sollten nach Willen des Herzogs seinen absolutistischen Führungsanspruch einerseits und aufgeklärtes Fortschrittsbewusstsein andererseits versinnbildlichen. Die Kunstkammer des Herzogs ist die Keimzelle des heutigen *Schlossmuseums*. In den prachtvollen Räumen präsentiert es eine reiche Sammlung deutscher Malerei des 15./16. Jh. und Niederländer des 17. Jh., Skulpturen (15.–18. Jh.), Grafik, Kunsthandwerk, Porzellan und Münzen sowie antike und ägyptische Kunst. Besondere Beachtung verdient das um 1484 vom anonym gebliebenen Meister des Hausbuches geschaffene Tafelgemälde ›Gothaer Liebespaar‹ in der Kirchgalerie. Es ist das erste großformatige Doppelbildnis der deutschen Malerei. In seiner akribisch feinen Zeichnung und der verklärten Anmutung erinnert das zarte Motiv spätmittelalterlicher Minne an Werke von Albrecht Dürer.

Das *Museum für Regionalgeschichte und Volkskunde* (Tel. 036 21/82 34 15) widmet sich der Entwicklung Westthüringens von der Frühzeit bis 1945. Ein besonderes Kleinod ist im Westturm des Schlosses das barocke *Ekhoftheater*, das Herzog Ernst II. 1775 als Hoftheater auch

Der Thronsaal von Schloss Friedenstein in Gotha hätte auch dem Sonnenkönig gefallen

für ein bürgerliches Publikum öffnen ließ und mit einem festen Ensemble ausstattete. Die Leitung legte er in die Hände von Conrad Ekhof (1720–1778), der wegen seines großen darstellerischen Talents als Star gefeiert wurde und schon zu Lebzeiten als ›Vater der deutschen Schauspielkunst‹ galt. Für seine Inszenierungen nutzte er auch die 1687 gefertigte hölzerne Kulissenverwandlungsmaschine, die bis heute alle Teile der Bühnendekoration synchron arrangieren und im Handumdrehen aus einem dramatischen Meeresprospekt ein rustikales Kellergewölbe zaubern kann. Dies lässt sich erleben beim allsommerlichen *Ekhof-Festival* (Tel. 03621/510418, www.ekhof-festival.de), wenn zum Klang historischer Instrumente die Bühnenwelt des Barock aufersteht.

Als Ekhof das Gothaer Theater unter seine Fittiche nahm, war der weitläufige **Schlosspark**, wie wir ihn heute vorfinden, frisch angelegt. Er entstand ab 1769 anstelle der geschleiften Befestigung als erster englischer Landschaftspark auf dem Kontinent. Erhalten blieben die eindrucksvollen unterirdischen **Kasematten**, die im Rahmen von Führungen (April–Okt. Di–So 11, 13, 15, 16, sonst 11, 13, 15 Uhr) zu besichtigen sind. Im hinteren Teil des Parks befindet sich das **Museum der Natur** 2 (Parkallee 15, Tel. 03621/823010). In dem prächtigen 1864–79 im Stil der Neorenaissance entstandenen Gebäude, das als Hort der Herzoglichen Sammlungen diente, lässt heute das größte naturkundliche Museum Thüringens die Welt der Ursaurier sowie der heimischen Flora und Fauna lebendig werden und verblüfft mit historischen astronomischen Geräten und Gegenständen aus der Kunst- und Wunderkammer von 1640.

Stadt und Schloss sind durch die Brunnenanlage der **Wasserkunst** 3 (1895) miteinander verbunden, die ins Tal hinab gerade auf den **Hauptmarkt** zuläuft. Dieser wird von dem prächtig verzierten Renaissancebau des **Rathauses** 4 (1567–74), das bis zur Fertigstellung von Schloss Friedenstein der Herzogsfamilie als Wohnsitz diente, in einen oberen und einen unteren Hauptmarkt geteilt. Einen schönen Überblick über das denkmalgeschützte Ensemble rund um den Platz mit Palais des 16.–18. Jh. bietet der *Rathausturm* (11–16 Uhr). Im Osten, am Neumarkt, ist die gotische Silhouette von **St. Margarethen** 5 (Mo–Fr 10–16 Uhr) zu erkennen, die 1494 als dreischiffige Hallenkirche geweiht wurde. Sie diente 1728 als Grablege für Herzog Ernst I. den From-

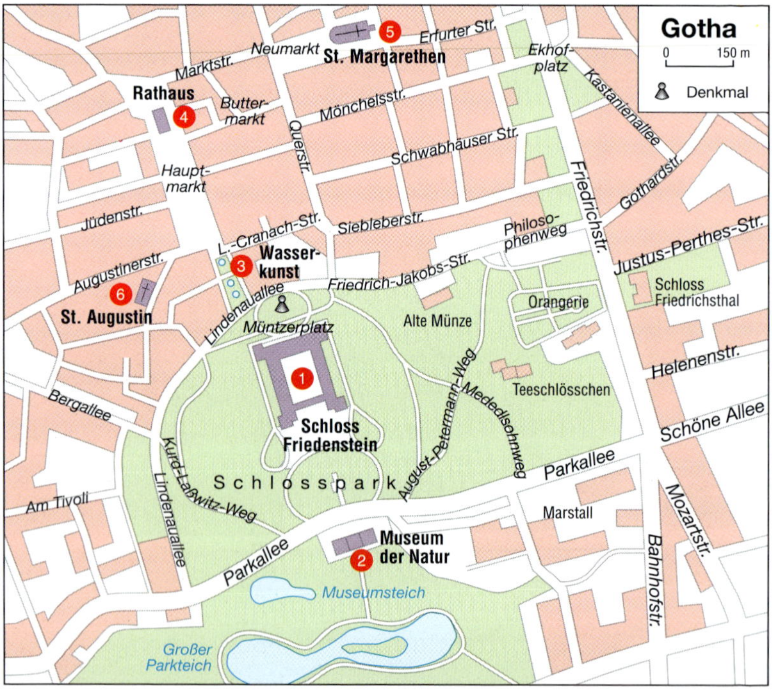

Gothas Hauptmarkt wird vom Rathaus mit seinem schmucken Ziergiebel geprägt

men, während sich Herzog Ernst II. auf einer Insel im Schlosspark beisetzen ließ.

Im Westen der Altstadt ragt die 1366 als Teil eines Klosters errichtete gotische Kirche **St. Augustin** 6 (Tel. 036 21/30 29 11, Mai–Okt. Mo–Fr 10–12, 14–16, Sa 14–16, So 9–10, 14–16 Uhr, sonst kürzer) auf, deren Inneres 1675–80 frühbarock umgestaltet wurde. Sehenswerte Ausstattungsstücke dieser Zeit sind die üppig verzierte Fürstenloge sowie die Kanzel und der Orgelprospekt. Eine Gedenktafel erinnert an Martin Luther, der hier 1515–29 mehrfach predigte. Über einen Durchgang gelangt man in den schönen gotischen Kreuzgang und den Kapitelsaal des Klosters.

i Praktische Hinweise

Information

Tourist Information, Hauptmarkt 33, 99867 Gotha, Tel. 036 21/50 78 57 12, www.gotha.de

Hotels

****Lindenhof**, Schöne Aussicht 5, Gotha, Tel. 036 21/77 20, www.lindenhof.bestwestern.de. Idyllisch und zentral gelegenes Hotel mit großem Garten, Sonnenterrasse und Biosauna.

***Landhaus Hotel Romantik**, Salzgitterstr. 76, Gotha, Tel. 036 21/364 90, www.landhaus-hotel-romantik.de. Stilvolle Zimmer und Restaurant mit offenem Kamin in einem umgebauten Bauernhof am südlichen Stadtrand. Schöner Garten.

Restaurants

Bellini im Ratskeller, Hauptmarkt 2, Gotha, Tel. 036 21/51 25 94. Italienische und thüringische Gerichte im Rittersaal oder auf großer Außenterrasse.

Pagenhaus, Schloss Friedenstein, Gotha, Tel. 036 21/40 36 12. Frische Küche der Saison, Kaffee und Kuchen werden serviert in fürstlichem Ambiente im Restaurant oder im Biergarten (Mo geschl.).

Das Tambacher Liebespaar, nach ihrem Fundort benannte Ursaurier im Museum der Natur

Der Thüringer Wald – Deutschlands grünes Herz

Bei **Eisenach**, dem Tor zum Thüringer Wald, und der **Wartburg**, die seit über einem Jahrtausend diesen Zugang bewacht, beginnt der älteste deutsche Höhenwanderweg, der **Rennsteig**. Er verbindet die Gipfel des Mittelgebirges. Vom **Großen Beerberg** über Oberhof reicht der Blick weit über die grünen Kuppen des größten zusammenhängenden Waldgebietes Deutschlands. Schon Johann Wolfgang von Goethe liebte Wanderungen durch die Thüringer Wälder, an seinem letzten Geburtstag wanderte er hinauf zum **Kickelhahn** bei Ilmenau – ein herrlicher Wanderweg folgt heute seinen Spuren.

Oberhof ist das unangefochtene Wintersportzentrum Thüringens. Ein ausgedehntes Loipennetz spannt sich über die umliegenden Wälder, es gibt eine Abfahrtpiste und eine Biathlonarena, in der hochkarätige Wettkämpfe stattfinden. **Lauscha**, tief im Tal der Steinach gelegen, lockt besonders Liebhaber der Glasbläserkunst, die Weihnachtskugel wurde hier erfunden.

Größere Orte findet man nur am Rand des Mittelgebirges, etwa **Suhl** mit seinem interessanten Waffenmuseum oder **Sonneberg**, wo das Deutsche Spielzeugmuseum an die Blütezeit dieser Industrie im 19. Jh. erinnert.

10 Eisenach und Wartburg

Sängerstreit, Reformation und Burschenherrlichkeit.

Am Nordrand des Thüringer Waldes wacht die Wartburg über Eisenach (44 000 Einw.) im Tal von Werra und Hörsel. Wie schon seit über 1000 Jahren ist es die gute Verkehrsanbindung, die für das Gedeihen der Stadt sorgt.

Geschichte Was heute die mehrspurige West-Ostautobahn A4 ist, war im Mittelalter die Via Regia. Sie verlief quer durch Europa von Paris nach Nowgorod. Um diese ›königliche Straße‹ besser kontrollieren zu können, ließ Ludwig der Springer 1067 die Wartburg auf ihrem Felsplateau errichten. Schon damals dürfte unterhalb der Burg ein Marktflecken existiert haben, doch erst 1180 findet sich die erste urkundliche Erwähnung Eisenachs. Mit dem Erlöschen der auf der

Hoch auf ihrem bewaldeten Bergrücken wacht die Wartburg über Eisenach ▷

Wartburg ansässigen Linie der Thüringer Landgrafen im Jahr 1247 verlor Eisenach rapide an Bedeutung, und in den folgenden Jahrhunderten fiel nur selten das Licht der Geschichte auf die Stadt, etwa als **Martin Luther** 1521 auf der Wartburg in Schutzhaft das Neue Testament ins Deutsche übersetzte.

Als epochemachendes Ereignis sollte sich auch das **Wartburgfest** erweisen. Etwa 500 Burschenschaftler trafen sich im Jahr 1817 zur Feier des 4. Jahrestages der Völkerschlacht von Leipzig und des 300. Reformationsjubiläums auf der Wartburg. Dabei forderten sie eine Vereinigung der vielen Kleinstaaten des Deutschen Bundes zu einem Deutschen Reich. Eine politische Vorreiterrolle nahm Eisenach erneut im Oktober 1989 ein, als sich hier Vertreter der DDR-Regierung und Bürgerrechtler zum ersten ›Grünen Tisch‹ der Wendezeit trafen.

Wirtschaftlich konnte sich Eisenach dank des bereits 1992 eröffneten Opelwerkes und weiterer Industriebetriebe von der schlimmen Krise nach der Wiedervereinigung erholen und ist mittlerweile wieder ein lebendiges Städtchen.

Besichtigung Um 1500, kurz bevor der Geist der Reformation durch die engen Gassen Eisenachs zu wehen begann, muss das noch anders gewesen sein. Damals lebten dort etwa 3000 Menschen, von denen jeder zehnte Mönch oder Priester war, gut 30 Kirchen oder Klöster drängten sich innerhalb der Stadtmauern. So erklärt sich, dass Martin Luther Eisenach, wo er 1498–1501 die Lateinschule St. Georg besuchte, als ›Pfaffennest und geistlichen Stapelort‹ beschimpfte. Während seiner Schulzeit wohnte der Reformator bei der wohlhabenden Ratsfamilie Cotta im heutigen **Lutherhaus** (Lutherplatz 8, Tel. 036 91/298 30, www.lutherhaus-eisenach.de, tgl. 10–17 Uhr). Besonders ausführlich geht die Ausstellung im Inneren auf Schulzeit und Bibelübersetzung Luthers ein. Ein besonderes Augenmerk gilt der enormen Bedeutung des evangelischen Pfarrhauses für das deutsche Geistesleben. So waren der Philosoph Friedrich Nietzsche und der Troja-Entdecker Heinrich Schliemann, Kanzlerin Angela Merkel und die RAF-Terroristin Gudrun Ensslin Pfarrerskinder.

Vom Lutherhaus sind es nur wenige Schritte zum Marktplatz mit dem Renaissance-Rathaus. Hier steht die Kirche **St. Georgen** (tgl. 10–12 und 14–16 Uhr), in der die hl. Elisabeth von Thüringen 1221 Landgraf Ludwig IV. heiratete. Seit ihrem Umbau um 1561 zur protestantischen Predigtkirche ist der Kirchenraum ganz auf

Die geschweifte Haube auf dem Turm akzentuiert Eisenachs Rathaus am Marktplatz

die Kanzel als Ort der Verkündung ausgerichtet. Das sollte den Besucher allerdings nicht daran hindern, den Blick auch zum Altar zu richten, auf dem sich eine spätgotische Kreuzigungsgruppe um Christus versammelt. Den Chor rahmen die sog. Landgrafensteine, die 1952 aus Schloss Reinhardsbrunn [s. S. 56] nach Eisenach kamen und die Landesherren von Ludwig dem Springer bis zu Friedrich dem Freidigen zeigen.

Gegenüber der Kirche erstreckt sich das *Stadtschloss*, das Herzog Ernst-August von Sachsen-Weimar-Eisenach ab 1742 errichten ließ. Zusammen mit dem Marstall bietet es Raum für das **Thüringer Museum** (Markt 24, Tel. 036 91/67 04 50, Di–So 11–17 Uhr). Wegen Renovierung sind Teile der Sammlung bis ca. 2010 nicht zu sehen, dennoch lohnt der zugängliche Teil schon wegen der dort ausgestellten anmutigen Porzellantiere einen Besuch.

Zum Thüringer Museum gehört auch das **Museum mittelalterlicher Kunst** (Predigerplatz, Tel. 036 91/78 46 78, Di–So 11–17 Uhr) in der anlässlich der Heiligsprechung Elisabeths von Thüringen 1240 erbauten Predigerkirche westlich des Marktplatzes. Ihr einschiffiger Kirchenraum bietet Skulpturen, Altären und Tafelbildern aus dem Thüringer Raum einen würdigen Rahmen.

Neben Elisabeth von Thüringen und Martin Luther ist noch eine dritte Berühmtheit eng mit Eisenach verbunden: Am Frauenplan, den man vom Marktplatz aus über die Lutherstraße erreicht, erblickte 1685 Johann Sebastian Bach das Licht der Welt. Geboren wurde er wohl im **Bachhaus** (Frauenplan 21, Tel. 036 91/793 40, www.bachhaus.de, tgl. 10–18 Uhr). Dort bieten Musiker Interpretationen Bach'scher Kompositionen auf Originalinstrumenten dar, zudem gibt es ausgeklügelte Klanginstallationen, die Bachs Kunst verständlicher machen.

TOP TIPP

Nicht nur die Wiege Bachs, auch die Wiege der deutschen Sozialdemokratie steht in Eisenach: Auf dem Weg vom Frauenplan zur Wartburg passiert man den einstigen Gasthof **Goldener Löwe** (Marienstr. 57, Tel. 03 91/88 27 23, www.august-bebel-gesellschaft.de, Mo–Fr 9–16 Uhr). Dort trafen sich im August 1869 die Delegierten des Deutschen Sozialdemokratischen Arbeiterkongresses unter Führung von August Bebel und Ernst Liebknecht, um die Sozialdemokratische Arbeiterpartei zu gründen, aus der 1890 die SPD hervorging. Die Ausstellung am historischen Ort zeichnet den Verlauf des Kongresses nach und stellt die handelnden Personen vor.

Unterhalb der Gedenkstätte, jenseits der Wartburgallee, breitet sich der **Kartausgarten** aus. Vom Kartäuserkloster, dem er seinen Namen verdankt, sind keine Spuren mehr zu sehen. Dafür entzückt das *Teezimmer* im *Hofgärtnerhaus* (Di, Do, So 14–17 Uhr), einem 1825 erbauten Pavillon. Seine Wände zieren kostbare französische Tapeten, auf denen Motive aus dem antiken Märchen von Amor und Psyche zu bewundern sind.

Vom Kartausgarten aus ein Stück weiter bergan führt die von der Auffahrt zur Wartburg abzweigende Reuterstraße in ein gründerzeitliches Villenviertel. Dort versteckt sich der Alterssitz des Mecklenburger Dichters Fritz Reuter in einem Park. Im Obergeschoss der im römischen Landhausstil 1866–68 erbauten **Reuter-Villa** (Reuterweg 2, Tel. 036 91/74 32 94, Di–So 10–17 Uhr) blieben seine Wohnräume erhalten, darunter ist die *Richard-Wagner-Sammlung* des Wiener Wagner-Verehrers Nicolaus Oesterlein zu sehen.

Dass aus Eisenach nicht nur Schöngeistiges, sondern auch ganz Handfestes kam, erweist sich am anderen Ende der Stadt an der Hörsel. Dort dokumentiert die **Automobile Welt** (Friedrich-Naumann-Str. 10, Halle O2, Tel. 036 91/772 12, Di–So 11–17 Uhr) die Automobilbau-Geschichte der Stadt seit ihren Anfängen im Jahr 1896. Zu den auf Hochglanz polierten Schaustücken gehören ein Rennwagen aus DDR-Produktion, ein Dixi 3/15 oder der Wartburg 311.

Hoch oben auf der Göpelskuppe, jenseits der Wartburg, steht das **Burschenschaftsdenkmal** (Tel. 036 91/226 60, tgl. 10–18 Uhr). Die deutschen Burschenschaften stifteten den 35 m hohen Rundtempel 1902 zum Gedenken an ihre in den Befreiungskriegen gegen Napoleon gefallenen Kameraden. Das Deckengemälde des von Wilhelm Kreis entworfenen Baus zeigt Szenen aus deutschen Märchen, von seinen Balkonen bietet sich ein weiter Blick hinüber zur Wartburg auf der anderen Seite des Helltales, über die Wipfel des Thüringer Waldes und bis zum Hainich.

TOP TIPP Die Wartburg

Von Eisenachs Innenstadt aus führt die Wartburgallee direkt zum Besucherparkplatz unterhalb der Wartburg (Tel. 036 91/25 00, www.wartburg-eisenach.de, März–Okt. tgl. 8.30–17, Nov.–Febr. 9–15.30 Uhr, Tickets für Führungen durch die gesamte Anlage und/oder für das Wartburg-Museum einschl. Lutherstube in der Vorburg). Der Gründungslegende zufolge soll Ludwig der Springer im Jahr 1067 den Gipfel über dem Tal der Werra erklommen, dort sein Schwert in den Boden gerammt und ausgerufen haben: »Wart, Berg, Du sollst mir eine Burg sein«. Gesagt, getan, 1080 erwähnt eine Urkunde erstmals die Wartburg. Die Nachfahren Ludwigs, die sog. Ludowinger, stiegen in den folgenden Jahren zu Landgrafen Thüringens auf. Von der unter Ludwig II. (reg. 1140–72) entstandenen romanischen Burg sind der Palas, ein Torhaus und eine Ringmauer erhalten. Landgraf Hermann I. (reg. 1190–1217) führte die ritterlich-höfische Kultur auf ihren Höhepunkt. Er veranstaltete prachtvolle Turniere, die talentiertesten Minnesänger seiner Zeit, darunter Walter von der Vogelweide und Wolfram von Eschenbach, gingen auf der Wartburg ein und aus. Ein Echo jener Zeit findet sich im hochmittelalterlichen Gedichtzyklus über den *Wartburger Sängerkrieg*: Darin streiten sich mehrere Minnesänger und Gestalten aus Rittersagen wie Parzival um die Gunst des Landgrafen und seiner Gemahlin.

Mit dem Aussterben der Ludowinger 1247 verlor die Wartburg ihre herausgehobene Stellung. Lediglich nach einem Brand 1318 wurden noch größere Umbauten vorgenommen. Die Ergänzungen aus jener hochmittelalterlichen Zeit – u.a. das umgebaute Torhaus, Wehrgänge und die Vogtei – bestehen weitgehend aus Fachwerk. In den folgenden Jahrhunderten dämmerte die Burg vor sich hin –

Der Rennsportwagen R3 aus Eisenacher Produktion feierte in den 1950er-Jahren Erfolge

Den lang gestreckten Burghof der Wartburg flankieren Pallas (rechts) und Bergfried

und bot so ein unauffälliges Versteck für Martin Luther, den der sächsische Kurfürst Friedrich der Weise 1521 als Junker Jörg getarnt vor kaiserlicher Acht versteckt hielt.

1777 verbrachte Johann Wolfgang von Goethe einige Wochen auf der Veste, und vielleicht waren es auch seine schwärmerischen Schilderungen, die 1817 die Jenaer Studentenschaft dazu bewogen, das Wartburgfest [s. S. 51] in Eisenach zu feiern. Anschließend avancierte die Burg zum Symbol der deutschen Nationalstaatsbewegung. Großherzog Carl Alexander von Sachsen-Weimar-Eisenach erlöste es 1838 auch baulich aus seinem Dornröschenschlaf. Er ließ die Wartburg im historisierenden Gewand der Zeit durch den Gießener Architekten Hugo von Ritgen renovieren.

Der Eingangsbereich vor der Zugbrücke, die sog. **Schanze**, markiert den ältesten Burgabschnitt. Durch das **Torhaus** gelangt man in die schmale, überwiegend mittelalterliche Vorburg, die durch Gebäude auf Steinfundamenten und Fachwerkaufbauten gekennzeichnet ist. Rechter Hand grenzt das **Ritterhaus** an das Torhaus, daran schließt sich die **Vogtei** an. In ihr befindet sich die *Lutherstube*, in der der Reformator 1521 das Neue Testament vom Griechischen ins Deutsche übersetzte. Mit seiner bildhaften und zugleich präzisen Sprache legte er damit den Grundstein für das moderne Schriftdeutsch. An der West- und der Ostseite säumt der Elisabethengang, ein Teil der Ringmauer, der im 15. Jh. mit überdachten Fachwerk-Wehrgängen versehen wurde, den Hof.

Den Übergang von der Vorburg zur **Hauptburg** bildet die Torhalle, eine neoromanische Ergänzung von 1865. Über einen Treppenaufgang in ihrem Inneren kommt man in das **Wartburgmuseums** (Tel. 036 91/25 00, tgl. 8.30–17, Nov.–Febr. tgl. 9–15.30 Uhr). Es erstreckt sich über die Neuen Kemenaten, die einstigen Wohnräume der herzoglichen Familie auf der einen und die Dirnitz auf der anderen Seite der Torhalle. Gemälde von Cranach und Dürer sowie höfische Kult- und Gebrauchsgegenstände zählen zur wertvollen Sammlung. Auch in die Lutherstube in der Vogtei gelangt man über das Museum. Vom Tintenfleck, der entstand, als Luther den Teufel mit seinem Tintenfass bewarf, ist allerdings nichts mehr zu sehen – die tastenden Hände vieler Besucher haben ihn verschwinden lassen.

An die Neuen Kemenaten schließt sich der **Palas** (nur im Rahmen der Führung zu besichtigen) an. Der dreigeschossige Bau öffnet sich in Arkaden zum Hof. Er wurde um 1180 im spätromanischen Stil als landgräflicher Wohn- und Repräsentationsbau errichtet. Dekorative, mit meisterhaft geformten Kapitellen abschließende Säulen stützen Fenster und Gewölbe. Während die erste Etage mit Rüstkammer, Speisezimmer und Wohngemächern weitgehend im klaren Stil der Romanik gehalten ist, präsentieren sich die Räume der zweiten Etage im romantisierenden Antlitz des 19. Jh. Sowohl das in Rottönen gehaltene Landgrafenzimmer als auch den Sängersaal schmücken Friese Moritz von Schwinds. In ersterem sind Szenen aus sieben Thüringer Sagen zu sehen, den Sängersaal illustrierte Schwind mit Motiven aus dem Sängerkrieg. In der Burgkapelle haben sich Teile der ursprünglichen Fresken erhalten. Im dritten Stock befindet sich der große Festsaal mit einer prächtigen eichenen Kassettendecke. Erst 1906 wurde ein mittelalterliches Gewölbe im Palas als Geschenk Kaiser Wilhelms II. neu gestaltet und hieß fortan **Elisabeth-Kemenate**. Der Raum wurde vollständig mit Glasmosaiksteinchen besetzt, die Szenen aus dem Leben der hl. Elisabeth darstellen.

Krönenden Abschluss eines Besuchs auf der Wartburg bildet der Aufstieg zur Aussichtsplattform des Bergfriedes, von dem sich ein weiter Blick über den Thüringer Wald bietet.

Rosen statt Brot – die heilige Elisabeth

Die ungarische Königstochter Elisabeth war 1211 im Alter von 4 Jahren auf die Wartburg gekommen, um später mit dem 7 Jahre älteren Thronfolger Ludwig IV. vermählt zu werden. Als sie 14 Jahre alt war, wurden sie getraut. Die junge Frau stand ganz unter dem Einfluss der ersten Franziskanermönche, die in dieser Zeit die Lehren des Franz von Assisi verbreiteten. Ihre Demut und Barmherzigkeit gegenüber den Armen wurde bei Hof nicht gern gesehen. Als sie einmal heimlich Brot und Speisen ins Armenhospital am Fuß des Burgberges bringen wollte, wurde sie von Hofangehörigen gefragt, was sie mit sich trage. ›Rosen‹ antwortete sie als Ausrede, und siehe da, als sie die Körbe öffnete, so berichtet die Legende, sollen diese wirklich Rosen enthalten haben. Nach dem frühen Tod ihres Gemahls auf einem Kreuzzug wurde sie 20-jährig von den Erben mit ihren drei Kindern aus der Burg vertrieben und verbrachte erst einige Zeit in Armut in Eisenach. 1227 zog sie nach Marburg, wo sie 1231 verstarb. Ihre asketische Lebensweise und ihr Bemühen um Kranke und Notleidende sowie die Überlieferung des ›Rosenwunders‹, führten zu einer baldigen Heiligsprechung Elisabeths bereits vier Jahre nach ihrem Tod durch Papst Gregor IX.

In der Lutherstube übersetzte der Reformator das Neue Testament ins Deutsche

Durch die Drachenschlucht zur Wartburg

Westlich von Eisenach schuf der Steinbach die teils nur 70 cm schmale **Drachenschlucht** (Zugang vom Wanderparkplatz an der B 19, ca. 1 km südlich von Eisenach). Bis zu 10 m hoch türmen sich die Felsen über dem Wanderer, während unter den Holzplanken, auf denen der Weg durch die Klamm verläuft, der Steinbach gluckert. Wer mag, kann nach der Durchquerung der Schlucht in 1,5 Stunden durch Laub- und Nadelwälder zur Wartburg weiterwandern. Auf halbem Weg lädt der *Waldgasthof Sängerwiese* (Tel. 036 91/20 32 72) zur Rast.

Praktische Hinweise

Information

Eisenach-Info, Markt 9, 99817 Eisenach, Tel. 036 91/792 30, www.eisenach.info

Hotels

*******Steigenberger Thüringer Hof**, Karlsplatz 11, Eisenach, Tel. 036 91/280, www.steigenberger.com. Selbst äußerst anspruchsvolle Gäste sind hier zufrieden.

*******Wartburghotel**, Eisenach, Tel. 036 91/79 70, www.wartburghotel.de. Elegantes Hotel auf dem Burgberg.

******Glockenhof**, Grimmelgasse 4, Eisenach, Tel. 036 91/23 40, www.glockenhof.de. Gut ausgestattete Zimmer am Kartausgarten.

*****Haus Hainstein**, Am Hainstein 16, Eisenach, Tel. 036 91/24 20, www.hainstein.de. Individuelles Wohnen in einer Gründerzeitvilla. Ein stilvolles Restaurant ergänzt das Angebot.

Restaurants

Lutherstuben, Katharinenstr. 11–13, Eisenach, Tel. 036 91/734 00, www.eisenacher hof.de. Ein mittelalterliches Erlebnisrestaurant im Eisenacher Hof mit Deftigem und Hausgemachtem, dazu Met im Horn und Bier aus dem Sturzbecher.

Julians Restaurant, Johannisstr. 22, Eisenach, Tel. 036 91/78 45 50, www.cafelackner.de. Im 1. Stock über dem gemütlichen Café Lackner; feines Lokal, in dem Schwäbisches mit Mediterranem gemischt wird.

Turmschänke, Karlsplatz 28, Eisenach, Tel. 036 91/21 35 33, www.turmschaenke-eisenach.de. In historischem Ambiente lässt sich gediegen tafeln.

11 Waltershausen und Friedrichroda

Aus der Wiege Thüringens wurde die Sommerfrische für Gothas High Society.

Seit 1929 verbindet die Thüringerwaldbahn, eine verlängerte Straßenbahn, die beiden Erholungsorte Waltershausen und Friedrichroda am Nordrand des Thüringer Waldes mit Gotha.

Zunächst erreicht die Tram **Waltershausen**. Der Ort drängt sich in einen bewaldeten Taleinschnitt zwischen Ziegenberg und Burgberg mit *Schloss Tenneberg* (Tel. 036 22/691 70, Mai–Okt. Di–So 9–16, Nov.–April Mi–So 9–16 Uhr). Die in der Renaissance ausgebaute mittelalterliche Burganlage mit reich dekorierten Barocksälen beherbergt heute ein Schlossmuseum, das neben der Stadtgeschichte die regionale Tradition der Puppenherstellung dokumentiert.

Sehenswert ist auch die Waltershausener Stadtkirche *Zur Gotteshilfe*, die der Gothaer Hofbaumeister 1719–23 errichtete. Nahebei steht das repräsentative *Fachwerk-Rathaus* von 1441.

Nächster Halt der Thüringerwaldbahn ist Friedrichroda-Reinhardsbrunn. Dort, wo der Thüringer Landgraf Ludwig der Springer 1085 ein Kloster gründete, steht seit 1828 das neogotische **Schloss Rein-**

hardsbrunn (nicht zugänglich, Parkführung April-Okt. Mi/So 14 Uhr, bei Tourist Info anmelden, Tel. 03623/33200), ehemals Jagdschloss der Herzöge von Coburg und Gotha.

Als ›Wiege Thüringens‹ gilt Friedrichroda, weil sich über dem Ort die **Schauenburg** (ab Wandertreff im Kurpark, ca. 4 km, 1,5 Stunden, Markierung grüner Punkt) befand. Sie war Stammsitz der Ludowinger, der ersten Thüringer Landgrafen und bewachte den Pass über die Höhen des Thüringer Waldes nach Schmalkalden. Bereits im 13. Jh. zerstört, sind nur Mauerreste von ihr geblieben.

TOP TIPP Die Thüringerwaldbahn hält auch an der **Marienglashöhle** (an der B 88 zwischen Friedrichroda und Tabarz, Tel. 03623/304953, April–Okt. tgl. 9–17, Nov.–März tgl. 9–16 Uhr). 1784 stießen Bergleute beim Gipsabbau auf eine Druse, also einen gänzlich von Kristallen bewachsenen Hohlraum in den Tiefen des Berges. Da die Kristalle vornehmlich zur Verkleidung von Marienbildern verwandt wurden, bürgerte sich der Name *Marienglas* ein. Noch heute bedecken sie die Wände des Hohlraums, den man als Höhepunkt eines Besuchs der Marienglashöhle bestaunen kann.

i Praktische Hinweise

Information

Kur- und Tourismus, Marktstr. 13/15, 99894 Friedrichroda, Tel. 03623/33200, www.friedrichroda.de

Hotels

***__Tanzbuche__, Auf dem Höhenberg, Friedrichroda, Tel. 03623/369900, www.tanzbuche.de. Ruhiges Wellnesshotel mit eigenem Hallenbad. Urlaub pur!

***__Hotel im Grund__, Im Grund 5, Friedrichroda, Tel. 03623/33430, www.rennsteigwirt.de. Familiäre Atmosphäre mit moderner Ausstattung; Baudenabende mit Bauernbüffet und dem ›Singenden Wirt vom Rennsteig‹.

Restaurants

Brauhaus Friedrichroda, Bachstr. 14, Friedrichroda, Tel. 03623/304259. Urige Wohlfühlatmosphäre in denkmalgeschütztem Gastraum.

Zur Quelle, Schweizer Str. 30, Friedrichroda, Tel. 03623/304681, www.zurquelle.de. Gemütliches Fischrestaurant am Kurpark.

12 Brotterode

Um den Großen Inselsberg – ein Dorado für Aktivurlauber.

Dicht drängen sich die Häuser von Brotterode, einem kleinen, aber feinen Erholungsort inmitten der Weiten des Thüringer Waldes um die neugotische Pfarrkirche auf ihrer kleinen Anhöhe. Die Rodungsinsel von Brotterode entstand wohl bereits im 11. Jh.

Für Abwechslung ist hier gesorgt: Das **Inselbergbad** (Am Bad 1, www.inselbergbad.de, tgl. 10–21 Uhr) garantiert mit Hallenbad und Freibad sommers wie winters Badespaß. Rasante Abfahrten bietet die **Sommerrodelbahn** (an der L 1024, 2,5 km ab Brotterode Richtung Tabarz, www.sommerrodelbahn-inselsberg.de, April–Okt. tgl. 10–17 Uhr). An ihrem Parkplatz gibt es auch ein Bungee-Trampolin, mit dem man sich, von Seilen gesichert, durch die Lüfte schleudern lassen kann.

Darüber hinaus gilt es natürlich, die Schönheiten der umliegenden Wälder zu erkunden – im Winter auf Langlaufskiern, im Sommer mit dem Mountainbike (geführte Touren unter Tel. 036840/31080, auch Verleih) oder auf Schusters Rappen.

i Praktische Hinweise

Information

Gästeinformation Brotterode, Bad Vilbeler Platz 4, 98599 Brotterode, Tel. 036840/3333, www.brotterode.com

Hotels

***__Zur guten Quelle,__ Schmalkalder Str. 27, Brotterode, Tel. 036840/340, www.hotel-quelle.de. Aktivhotel mit reichem Freizeitprogramm, von der Kegelbahn bis zur Kneipp-Therapie.

Puppen aller Länder, vereinigt im Museum auf Schloss Tenneberg in Waltershausen

Waldschlösschen, Gehegsweg 12, Brotterode, Tel. 03 68 40/322 63, www.gehege.com. Die Stille der Wälder umgibt den Gast in dem grundsoliden Hotel.

Restaurants

Haus am Reitstein, Kleiner Inselsberg 2, Brotterode, Tel. 03 68 40/324 94, Einfaches freundliches Familienrestaurant, auch mit Gästezimmern.

TOP TIPP **Gesindestube**, Karl-Marx-Str. 28, Trusetal, Tel. 03 68 40/804 86, www.gesindestube.de. Ländlich-edeles Lokal in altem Fachwerkbau.

13 Ohrdruf

Wo Mühle und Hammerwerk am rauschenden Bach klappern.

Die Landschaft um Ohrdruf (6000 Einw.) präsentiert sich ganz anders als die angrenzenden Naturräume, ist sie doch relativ flach – und trägt daher zu Recht den Namen *Ohrdrufer Platte*. 2 km südlich der Stadt geht es dann aber umso steiler hinauf in den Thüringer Wald.

Ohrdruf entwickelte sich seit dem 8. Jh. um das erste, noch vom Germanenapostel Bonifatius gegründete Kloster Thüringens – auf seinen Grundmauern steht heute der **Michaeliskirchturm** (geöffnet auf Anfrage im Schloss). Als den Grafen von Gleichen, die das Schultheisenamt über Ohrdruf versahen, ihre Burgen im 16. Jh. zu zugig wurden, ließen sie sich in Ohrdruf **Schloss Ehrenstein** (Tel. 036 24/40 23 29, Di–Do 12–16, Fr–So 10–12 und 13–16 Uhr) erbauen, eine geschlossene vierflüglige Renaissanceanlage mit hohem Turm am Ufer der Ohra. Das *Heimatmuseum* im Westflügel macht mit der Ohrdrufer Bach-Familie vertraut. Bei seinem Bruder, dem Organisten von Ohrdruf, lebte der früh verwaiste Johann Sebastian vom zehnten bis zum fünfzehnten Lebensjahr.

Das eindrucksvollste technische Denkmal der Region ist der **Tobiashammer**

Auf den Inselsberg und zum Trusetaler Wasserfall

In Brotterode starten zwei besonders schöne **Rundwanderwege**, beide am Haus des Gastes am Vilbeler Platz.

Der erste Weg führt auf den **Inselsberg** (916,5 m, 4 Std., ca. 10 km, 350 Höhenmeter). Da die Markierungen variieren – teilweise folgt der Weg auch dem legendären Rennsteig - sollte man sich vor Wanderungsbeginn im Haus des Gastes mit der kostenlosen Tourenkarte des Tourismusvereins ausrüsten. Unterwegs hat man die Wahl, sich bereits vor dem letzten, etwa 1 km langen, aber recht steilen Anstieg zum Gipfel im Gasthof *Kleiner Inselsberg* (Grenzwiese 1, Tel. 368 40/324 53) zu stärken oder in einem Zug zum Gipfel aufzusteigen, wo die Gasthöfe *Stöhr* (Tel. 03 68 40/324 25) und *Stadt Gotha* (Tel. 03 62 59/623 67) ihre Gäste mit regionaler Küche versorgen.

Die zweite Rundwanderung erschließt den **Trusetaler Wasserfall** (Grüner Punkt, 4.5 Std., 14,5 km, 250 Höhenmeter, mit dem Auto Parkplatz am Wasserfall an der L 1024 zwischen Trusetal und Brotterode). 1865 schuf man ihn, indem man Wasser der am Großen Inselsberg entspringenden Truse zu einer 56 m hohen Klippe umleitete. Ausdauernde Wanderer können vom Wasserfall aus auch einen Abstecher zum *Wallenburger Turm* (3 km einfach, Schlüssel beim Wirtshaus am Fuß des Turms, Tel. 03 68 40/816 22, Mai–Okt. Mi–So) machen, dem einzigen Überrest einer 1247 entstandenen Burganlage. Die Aussicht von seiner Plattform reicht weit über die umliegenden Wälder.

Der Sessellift am Fallbachhang erschließt das Alpinskigebiet über Oberhof

(Suhler Str. 34, Tel. 036 24/40 27 92, www.tobiashammer.de, Mai–Okt. tgl. 9–17 Uhr, Nov.–April Mi–So 9–16 Uhr), ein bereits 1482 gegründetes Hammerwerk, das noch immer funktionsfähig ist. Bis 1974 wurden dort Metallgefäße hergestellt. Die riesige, 12 000 PS starke Dampfmaschine in der Fachwerkscheune produzierte seit den 1920er-Jahren Bleche in der Maxhütte im thüringischen Unterwellenborn.

i Praktische Hinweise

Information

Naturpark- und Touristinformation Ohrdruf, Suhler Str. 5c, 99885 Ohrdruf, Tel. 036 24/31 79 49, www.ohrdruf.de

Hotels

Gästehaus Tobias, Arnstädter Str. 8–10, Ohrdruf, Tel. 036 24/31 47 82, schlossgar tenpassage.de. Freundliches Haus in Schlossnähe mit familiärer Betreuung und speziellem Wellnessbereich.

14 Oberhof

Wintersportparadies und Kaderschmiede für Olympiasieger.

Zwischen Greifenberg (900 m), Großem Beerberg (983 m) und Schneekopf (978 m) liegt Oberhof (1670 Einw.). Kein anderer Ort ist so eng mit den Erfolgen deutscher Langläufer, Rodler und Biathleten verbunden. Athleten aus dem Oberhofer Leistungszentrum gewannen beispielsweise bei den Olympischen Winterspielen von Turin 2006 dreimal Gold, viermal Silber und einmal Bronze.

Lange Jahrhunderte war Oberhof ein abgelegener Weiler inmitten des Thüringer Waldes, den die Herzöge von Weimar nur gelegentlich zum Jagen besuchten. Erst mit dem Bau des Brandleitetunnels 1884, der die Bahnverbindung nach Erfurt herstellte, begann der Aufstieg zum vielbesuchten Kurort.

Weithin sichtbar sind die hoch aufragenden Hotelbauten aus der DDR-Zeit. In ihrer Form orientieren sie sich an **Sprungschanzen**, von denen es in Oberhof allein sechs Stück gibt, darunter die größte Mattenschanze der Welt.

In der **DKB Skiarena** an der Jägerstraße finden während des Winters regelmäßig hochkarätige Wettkämpfe statt. Dort hat auch das *Thüringer Wintersportzentrum Oberhof* (www.twz-oberhof.de) seinen Sitz, das all die erfolgreichen Athleten ausbildet.

Von der Skiarena ist es nicht weit zum dritten großen Wintersportschauplatz von Oberhof, der 1354 m langen **Rodelbahn** (ca. 2 km außerhalb, Tambacher Straße, www.twz-oberhof.de, Anmeldung zum Gastrodeln Tel. 03 68 42/52 08 10, Mobil 0173/390 15 64, www.bob-icerafting.de). Sofern nicht gerade Wettkämpfe stattfinden oder die Profis trainieren, dürfen sich wagemutige Gäste – natürlich in Begleitung eines erfahrenen Rennrodlers – die Piste hinabstürzen.

Auch Hobbyrodler dürfen im Sommer die Oberhofer Rodelbahn hinunterrasen

Unmittelbar neben dem Start der Rodelbahn entstand eine künstlich gekühlte **Langlaufhalle** (Eröffnung Mai 2009, Bistro mit Blick aufs Trainingsareal, Tel. 03 68 42/221 43). Sie soll es den Profis im Sommer und während milder Winter ermöglichen, im Schnee zu trainieren. Ab 2010 dürfen auch Freizeitsportler die Halle nutzen. Über Sinn und Unsinn einer solch energiehungrigen Anlage in den Thüringer Höhenlagen lässt sich freilich trefflich streiten.

Schwindelfrei sollte sein, wer sich den Herausforderungen des Hochseilgartens **Woodjump** (Crawinkler Str. 2a, Tel. 03 68 42/522 57, www.woodjump.de) stellen will. An Seilen gesichert, kann man hier in Höhen von bis zu 14 m über dem Abgrund balancieren.

In unmittelbarer Nähe bietet die **Thüringer Wintersportausstellung** (Crawinkler Str. 1, tgl. 10–18 Uhr, Tel. 03 68 42/522 37) einen Überblick über die örtliche Wintersportgeschichte. An die ersten Rodelmeisterschaften in Oberhof Anfang des 20. Jh. erinnert ein Fünferbob von 1904, man kann der Evolution des Langlaufskiers vom Holzbrett zum HighTech-Gerät aus Karbon folgen und mit einem echten Biathlongewehr anlegen.

Im Untergeschoss desselben Hauses geht es tierisch zu: Im **Exotarium Oberhof** (Crawinkler Str. 1, Tel. 03 68 42/214 04, www.exotarium-oberhof.de, tgl. 10–18 Uhr) leben Echsen und Schlangen in artgerecht gestalteten Terrarien.

Etwas außerhalb von Oberhof, auf dem Pfanntalskopf (868 m), gedeihen im TOP TIPP **Rennsteiggarten** (Am Rondell, Tel. 03 68 42/222 45, www.rennsteiggartenoberhof.de, Mitte April–Sept. tgl. 9–18, Okt. tgl. 9–17 Uhr) Pflanzen aus allen Gebirgen der Erde. Die rauen Witterungsbedingungen lassen selbst Blumen wie die Blauröhre sprießen, die im Himalaya erst ab 3000 Höhenmetern wächst.

i Praktische Hinweise

Information

Kurverwaltung und Fremdenverkehrsamt Oberhof, Crawinkler Str. 2, 98559 Oberhof, Tel. 03 68 42/221 43, www.oberhof.de

Schneetelefon: 03 68 42/269 21

Sport Luck, Crawinkler Str. 1, Oberhof, Tel. 03 68 42/222 12, www.sportluck.de. Skikurse und Verleih von Mountainbikes und Wintersportgerät.

Hotels

*****Schlossberg Hotel Oberhof**, Am Park 1, Oberhof, Tel. 03 68 42/529 90, www.schlossberghotel-oberhof.de. Frisch möblierte Zimmer und abwechslungsreiche Küche.

*****Vergissmeinnicht**, Crawinkler Str. 10, Tel. 03 68 42/223 46, www.haus-vergissmeinnicht.de. Die gepflegte Pension ist bekannt für ihr gutes Restaurant, das Wild- und Fischgerichte vorzüglich zubereitet.

Domiziel Oberhof, Crawinkler Str. 18, Oberhof, Tel. 036842/27 80, www.domiziel-oberhof.de. Ferienwohnungen aller Größen in gepflegter Anlage

Waldschlösschen, Tambacher Str. 24, Oberhof, Tel. 03 68 42/209 92, www.waldschloesschen-oberhof.de. Komfortable Pension am Rennsteig.

Restaurants

Luisensitz, Dr.-Theodor-Neubauer-Str. 25, Oberhof, Tel. 03 68 42/221 96, www.luisensitz.de. Restaurant in einem stimmungsvollen Holzhaus.

Obere Schweizer Hütte, Alte Ohrdrufer Str. 8, Oberhof, Tel. 03 68 42/200 63, www.rennsteig-hotels.de. Gemütliche Gaststätte, von Wald umgeben.

15 Suhl

Stadt der Büchsenmacher – Jahrhunderte lang Rüstkammer der Nation.

Die Flüsse Steina, Hasel und Lauter schufen die Täler, an deren Hänge sich die Häuser von Suhl (42 300 Einw.) am Südrand des Thüringer Waldes drängen.

Geschichte Die Geschichte Suhls ist eng mit den reichen Erzvorkommen in den umliegenden Bergen verknüpft. Schon um Christi Geburt ergruben Bergleute dort Roteisenerz. Die von den Höhen des Thüringer Waldes herabströmenden Flüsse lieferten Wasserkraft für die im Mittelalter aufkommenden Hammerwerke, in denen das Eisen geschmiedet wurde. Auf die Produktion von Handfeuerwaffen, für die die Stadt bis heute berühmt ist, spezialisierten sich die Suhler seit der Mitte des 16. Jh. Während des Dreißigjährigen Krieges im 17. Jh. lieferten an die 200 Waffenschmiede Kriegsmaterial an jeden, der es bezahlen konnte. Die Stadt galt als Rüst- und Waffenkammer Deutschlands und Europas – und büßte dafür mit völliger Zerstörung im Jahr 1634 durch kaiserliche Truppen unter dem kroatischen General Graf Isolani.

Auch in den folgenden Jahrhunderten blieben Suhler Handfeuerwaffen gefragt – ob als reich verzierte Jagdgewehre an den Höfen Europas oder als schmucklose Tötungswerkzeuge während der Weltkriege des 20. Jh. Zu DDR-Zeiten war Suhl ein bedeutender Rüstungsstandort, und auch über die Wende hinweg hat sich die Suhler Büchsenproduktion, vornehmlich für die Jagd, einen vorzüglichen Ruf bewahrt. Ab 1948 erlebte die Motorradproduktion einen rasanten Aufschwung. Für die Arbeiter in diesen Fabriken entstanden in den 1970er-Jahren die vielgeschossigen Plattenbauten, die heute den Ausblick auf die reizvolle Berglandschaft hinter den Stadtgrenzen beeinträchtigen.

Besichtigung Weil die Motorradproduktion in Suhl mit der Insolvenz der Simsonwerke im Jahr 2002 ein abruptes Ende nahm, haben viele Motorräder das Suhler **Fahrzeugmuseums** (Friedrich-König-Str. 7, www.fahrzeug-museum-suhl.de, tgl. 10–18 Uhr) im Atrium des Kongresszentrums eher nostalgischen Charakter, zu sehen ist etwa das DDR-Kultmoped *Schwalbe*.

Wie aus der Zeit gefallen wirkt das lang gezogene ehem. Malzhaus, ein Fachwerkbau aus dem 17. Jh., zwischen dem schmucklos-modernen Kongresszentrum und dem funktional-unansehn-

Im Rennsteiggarten gedeiht neben exotischen Arten auch der Fingerhut

Von Oberhofs Hochmoor über den Rennsteig zum Beerberg

Vom Parkplatz am Rennsteiggarten führt ein Wanderweg (2 km einfach) zum **Schützenberg-Hochmoor**, einem der wenigen verbliebenen Moore des Thüringer Waldes. Ein Holzpfad quert das empfindliche Feuchtbiotop mit all seinen schützenswerten Pflanzen.

Auch der **Rennsteig** passiert Oberhof an diesem Parkplatz. Besonders empfohlen sei der Weg in Richtung Schmücke, erreicht man so doch den *Großen Beerberg* (983 m, einfach ca. 2 Std. und 5 km, 170 Höhenmeter). Weil sich auf seinem Gipfel ein geschütztes Hochmoor ausbreitet, verläuft der Rennsteig etwas unterhalb der Bergkuppe. Als kleine Entschädigung bietet sich aber von der nahen *Plänckners Aussicht* ein weiter Blick gen Süden.

Diana, der Göttin der Jagd, ist dieser Brunnen in Suhls Steinweg gewidmet

lichen Lauterbogen-Shoppingcenter. In seinem Inneren beweist das **Waffenmuseum** (Friedrich-König-Str.19, Tel. 036 81/74 22 18, www.waffenmuseumsuhl.de, tgl. 10–18 Uhr), dass Schießgeräte durchaus Schmuckstücke sein können. In der Abteilung für Prunkwaffen dürften selbst eingeschworene Pazifisten ins Schwärmen geraten. Einen Einblick in die Produktion von Handfeuerwaffen ermöglichen Lehrlinge aus einem der örtlichen Büchsenmacher-Handwerksbetriebe im Erdgeschoss.

Über den begrünten Platz der Deutschen Einheit gegenüber des Waffenmuseums gelangt man zum Steinweg, der Promeniermeile Suhls. Ihren Auftakt bildet die 1739 geweihte **Kreuzkirche**. Von ihrer kostbaren Stuckdecke hängt eine Uhr herab, die den Gottesdienstbesuchern noch heute das Vergehen der Zeit verdeutlicht. Vorbei an schmucken Fachwerkhäusern und dem *Diana-Brunnen*, auf dem die Göttin der Jagd ganz traditionell mit Pfeil und Bogen auf Wildschweine schießt, führt der Steinweg von ihr zum **Marktplatz**. Auf dem Brunnen in dessen Mitte geht das steinerne Abbild eines Suhler Waffenschmieds seiner Arbeit nach. Auffälligstes Gebäude am Platz ist das ganz in rot gehaltene **Rathaus**. Ihm gegenüber steht die **Marienkirche**. Vom Vorgängerbau aus dem 17. Jh. überstanden nur die Außenmauern einen Stadtbrand, das Innere wurde 1757 im Stil des Rokoko gestaltet.

Ausflug

Nur 5 km nördlich von Suhl, allerdings getrennt durch die Bergmassive von Großem Beerberg und Schwarzem Kopf liegt der Doppelort **Zella-Mehlis** mit der barocken Blasiuskirche (1768–73) und der Magdalenenkirche (1734). Das *Museum in der Beschussanstalt* (Anspelstr. 25, Di–Fr 10–17 Uhr, Sa–So 10–16 Uhr) widmet sich der Waffen- und Textilherstellung sowie regionalen Themen. Unerwartet an diesem Ort ist der *Erlebnispark Meeresaquarium* (Beethovenstr. 16, Tel. 036 82/410 78, www.meeresaquarium-zella-mehlis.de, tgl. 10–18 Uhr). Die Haifischfütterung um 15 Uhr sollte man sich nicht entgehen lassen!

i Praktische Hinweise

Information

Tourist-Information Suhl, Friedrich-König-Str. 7, 98527 Suhl, Tel. 036 81/72 00 52, www.suhl-tourismus.de

Bürgerhaus Zella-Mehlis, Louis-Anschütz-Str. 28, 98544 Zella-Mehlis, Tel. 036 82/48 28 40, www.zella-mehlis.de

Hotels

*****Hotel Waldmühle**, Lubenbachstr. 2, Zella-Mehlis, Tel. 036 82/898 33, www.hotel-waldmuehle.de. Ideal für Wanderer, die Gaststätte im Haus bietet Köstliches wie Hirschgulasch und Thüringer Klößchen.

Erbprinz, Bahnhofstr. 14, Zella-Mehlis, Tel. 036 82/48 79 79, www.erbprinz-info.de. Das schöne Schiefergebäude in zentraler Lage bietet ordentliche Zimmer, noch besser ist die Küche des hauseigenen Gasthofes.

Pension am Markt, Pfarrstr. 20, Suhl, Tel. 036 81/397 50, www.pension-am-markt-suhl.de. Kleines privat geführtes Haus, bequeme Zimmer; Sauna, Biergarten.

Restaurants

Herzog, Kirchgasse 2, Suhl, Tel. 036 81/72 11 21. Das elegant eingerichtete Lokal bringt neben thüringer auch medierrane Speisen auf den Tisch.

Goldener Hirsch, An der Hasel 91, Suhl, Tel. 036 81/795 90, www.goldener-hirsch-suhl.de. Stilvolles Restaurant in schönem altem Fachwerkbau von 1519. Spezialitäten sind frische Forellen und Wild.

16 Ilmenau

Schon Goethe durchstreifte die Wälder um Ilmenau.

In Ilmenau (26 000 Einw.) verlässt die Ilm, die der Stadt ihren Namen gab, die Berge des Thüringer Waldes und sucht sich fortan ihren Weg durch das vorgelagerte Hügelland in Richtung Saale. Dichte, von vielen Wanderwegen durchzogene Fichtenwälder umgeben die Stadt.

Geschichte Die erste urkundliche Erwähnung verdankt Ilmenau dem Bergbau: 1237 bekam die Stadt das Recht verliehen, das aus dem Berg Sturmheide westlich des Ortskerns geförderte Metall zu Münzen zu prägen. Bis ins 18. Jh. sorgte die Erzförderung für das Auskommen der Ilmenauer, dann begann angesichts schwindender Ressourcen und Misswirtschaft der Niedergang. So entsandte Herzog Carl August von Sachsen-Weimar 1776 seinen Minister Johann Wolfgang Goethe nach Ilmenau. Er sollte sich um die Wiederbelebung der Wirtschaft bemühen – viel Erfolg hatte er damit jedoch nicht. Dafür verliebte Goethe sich in die Thüringer Wälder und verbrachte fortan immer wieder Zeit in Ilmenau.

Im Zuge der industriellen Revolution erlebte der Ort seinen größten Aufschwung. Um die Nachfrage nach Ingenieuren zu decken, gründete 1894 Eduard Jentzen gemeinsam mit dem Ilmenauer Stadtrat das Thüringische Technikum, aus dem sich die Technische Universität entwickelte. Leider überlebten nur wenige örtliche Betriebe das Ende der DDR, und so bemühen sich heute die Stadtväter Ilmenaus – durchaus mit Erfolg – um die Ansiedlung zukunftsträchtiger Hochtechnologieunternehmen.

Besichtigung Das Zentrum Ilmenaus bildet der lebendige Marktplatz. Dort steht auch das Amtshaus, in dem Goethe während seiner Aufenthalte in Ilmenau übernachtete. Mittlerweile beherbergt es das **GoetheStadtMuseum** (Am Markt 7, Tel. 036 77/60 01 07, tgl. 10–17 Uhr).

Am anderen Ende der Marktstraße befindet sich die Kirche **St. Jakobus**, äußerlich der Gotik verpflichtet, im Inneren aber seit einem verheerenden Brand barock gestaltet. Der in strahlendes Weiß gehaltene Innenraum schließt die rot marmorierte Altarkanzel ein, wie der Name schon sagt eine Kombination aus Altar und Kanzel.

Suhls Waffenmuseum blendet auch das Grauen des Kriegs nicht aus

Etwas außerhalb der Innenstadt, am Hang des Berges Sturmheide, stößt man auf letzte Spuren der Ilmenauer Bergbaugeschichte. Hier steht die **Bergmannskapelle** (Besichtigung auf Anmeldung bei Stadtmuseum) – die allerdings nie zum Gebet, sondern als Hülle für ein Wasserrad genutzt wurde, das Wasser vom Grund der Grube Gottes Gabe abpumpte.

Auf Goethes Spuren von Ilmenau nach Stützerbach

TOP TIPP Von Ilmenau aus folgt der **Goethewanderweg** (Markierung geschwungenes G, 20 km, ca. 6–8 Std., Rückfahrt mit dem Bus bis ca. 18 Uhr ab Stützerbach, oder mit dem Taxi, Tel. 03677/666666) den Spuren des Dichterfürsten. Vom Startpunkt am Amtshaus geht es zum Schwalbenstein, wo Goethe den vierten Akt der Iphigenie auf Tauris verfasste. Nahe des idyllisch im Tal der Ilm gelegenen Weilers Manebach beginnt der Aufstieg zum **Kickelhahn** (861 m, auch 45minütige Wanderung ab Parkplatz vor Gabelbach an der K56, 3,5 km ab Ilmenau). Der Blick vom Aussichtsturm auf dem Gipfel geht weit über die bewaldeten Hügel bis zum Horizont, in einem Gasthaus (tgl. 10–18 Uhr) kann man sich stärken. In die hölzerne Wand der Schutzhütte auf dem Kickelhahn soll Goethe jene Verse geritzt haben, die jedes deutsche Schulkind kennt: ›Über allen Gipfeln ist Ruh, ...‹. Die Zeilen sind noch heute zu sehen, obwohl die Hütte inzwischen mehrfach erneuert wurde.

Der Abstieg vom Kickelhahn führt zum **Jagdhaus Gabelbach** (an der K56, Waldstr. 24, Tel. 03677/202626, April–Okt. Sa/So 10–17 Uhr, Nov.–März Sa/So 11–15 Uhr), das 1783 für Herzog Carl August erbaut wurde. Auch Goethe suchte das Jagdhaus immer wieder auf, die Räume, in denen er wohnte, sind zu besichtigen.

Über die Hirtenwiese und den Knöpfelstaler Teich kommt man nach **Stützerbach**. Das Haus des Glashüttenbesitzers, bei dem Goethe Quartier nahm, ist mittlerweile ein **Goethemuseum** (Sebastian-Kneipp-Str. 18, Tel. 036784/50277, April–Okt. Sa–So 10–17 Uhr, Nov.–März Sa/So 11–15 Uhr).

Praktische Hinweise

Information

Ilmenau-Information, Am Markt 1, 98693 Ilmenau, Tel. 03677/600300, Fax 03677/600330, www.ilmenau.de

Hotels

TOP TIPP *******Berg- und Jagdhotel Gabelbach**, Waldstraße 23 a, Ilmenau, Tel. 03677/8600, www.romantikhotel-gabelbach.de. Idyllisch gelegenes Romantikhotel am Fuße des Kickelhahn. Das Gourmetrestaurant ›La Cheminee‹ zaubert vorzügliche Gerichte.

*******Hotel Lindenhof**, Lindenstr. 3-11, Ilmenau, Tel. 03677/68000, www.hotel-lindenhof.de. Bestes Haus am Platz, sehr zentral gelegen.

******Moosbach**, Schmücker Str. 112, Manebach, Tel. 03677/849880, www.hotel-moosbach.de. Familiäres Landhotel im bayerischen Stil, Restaurant, Sauna und Fitnessräume.

Restaurant

Zur Post, Mühltor 6, Ilmenau, Tel. 03677/671027. Rustikales Wirtshaus, bodenständige Küche für Studenten und andere Hungrige.

17 Paulinzella

TOP TIPP *Romantische Romanik lädt zur stillen Einkehr ein.*

Eine schmale Landstraße verbindet Paulinzella mit der Außenwelt, und auch die Eisenbahn schnauft gelegentlich am Ort vorbei. Doch braucht es nur wenig Fantasie, um sich bei der Anfahrt entlang des waldgesäumten Rottenbachtals die Abgeschiedenheit vorzustellen, in der Benediktinermönche um das Jahr 1102 das **Kloster Paulinzella** (Ruine immer zugänglich) gründeten.

Der Legende zufolge verirrte sich Gräfin Paulina mit ihrem Gefolge im Wald. Tief in der Nacht erschien ihr Maria und führte sie tiefer in den dunklen Tann. Dort verwandelten sich vor den Augen der Gräfin die hohen Bäume in die Säulen einer Kirche – ein deutliches Zeichen, an dieser Stelle ein Kloster zu gründen.

Nach bescheidenen Anfangsjahren konnte 1124 die Klosterkirche geweiht werden, ein romanischer Bau, errichtet nach den Prinzipien des Hirsauer Reformklosters: schlicht, und ganz auf die Ver-

Auch als Ruine ist die Klosterkirche von Paulinzella ein würdevoller, andächtig stimmender Ort

kündigung des Gotteswortes ausgerichtet.

Da die Grafen von Schwarzburg das Kloster nach der Reformation aufhoben, verfielen seine Bauten, allen voran die Kirche. So stehen nur noch die Außenmauern des einst mächtigen Baus, die mit Halbkreisen verzierten Kapitelle der Säulen tragen kein Dach mehr. Das Fresko auf dem Tympanon des Westportals, das in Stufen zurücktretende Säulen rahmen, ist längst verblasst. Und doch: Dem Zauber, der von dieser imposanten Ruine ausgeht, kann sich kaum ein Besucher entziehen. Während der Sommermonate bietet die Klosterkirche den stimmungsvollen Rahmen für Konzerte und Theater (www.kulturfestival-paulinzella.de, Info bei Tourist Info, s.u.)

An den Turmstumpf der Klosterkirche grenzt das **Forstamt** (Paulinzella 2, Mai-Okt. Mi-So 10–17 Uhr), ein Fachwerkbau im Stil der Renaissance. Die Schwarzburger Grafen erbauten es 1542, um ihre neu erworbenen Ländereien zu verwalten. Die kleine Ausstellung im Obergeschoss mit dem Namen *Vom Beil zur Motorsäge* dürfte freilich nur für begeisterte Waldarbeiter von Interesse sein.

Um bei ihren Jagdpartien in den Wäldern um Paulinzella eine angemessene Unterkunft zu haben, ließen die Schwarzburger ab 1620 anstelle des alten Abtshauses ein Jagdschloss erbauen. Heute beherbergt es das **Museum zur Kloster-, Forst- und Jagdgeschichte** (Paulinzella 3, Tel. 03 67 39/311 44, April–Okt. Di–So 10–18 Uhr, Nov.–März variabel) sowie ein Restaurant.

i Praktische Hinweise

Information

Tourist-Information, Paulinzella 3, 07422 Rottenbach, Tel. 03 67 39/311 43, Fax 03 67 39/343 99, www.gemeinde rottenbach.de

18 Oberweißbach

Mit der Bergbahn in den Heimatort des Kindergartenerfinders.

Wiesen und Weiden umgeben Oberweißbach (1600 Einw.) auf seiner Hochebene im Süden des Thüringer Waldes. Die Hügel entlang des Weißbaches, der den Ort durchfließt, sind nicht allzu steil und laden zu gemächlichen Wanderungen.

Die spektakulärste Anreise ermöglicht die **Oberweißbacher Bergbahn** (www. oberweissbacher-bergbahn.com, Tel. 03 67 05/201 34), eine seilgezogene Breitspurbahn. 1923 erbaut, überwindet sie zwischen dem Talort Obstfelderschmiede und Lichtenhain auf der Hochebene von

Nach Schweizer Vorbild wurde die Oberweißbacher Bergbahn in den 1920er-Jahren erbaut

Oberweißbach 322 Höhenmeter bei Steigungen von bis zu 25%. Die auf dieser Fahrt ohnehin schon grandiose Aussicht wird im Sommer, wenn Cabriowaggons (bei schönem Wetter Mai–Okt. So–Mi) verkehren, noch einmal übertroffen. Kaum im Ort, wird man auch schon der großen, 1779 geweihten **Hoffnungskirche** am Hang über dem Markt gewahr.

Berühmtester Sohn des beschaulichen Weilers ist Friedrich Fröbel (1782–1852). Er erkannte, dass Kinder vor allem beim Spiel ihre Welt erkunden und versuchte, sie entsprechend spielerisch zu fördern. 1839 gründete er in Bad Blankenburg den ersten Kindergarten – sogar der Name stammt von Fröbel. Zur Welt kam er in einem stattlichen Fachwerkbau, das nun als **Fröbelhaus** (Markt 10, Mai–Okt. Mo–Fr 10–12, 13–17, Sa/So 13–17, Okt.–April Di–Fr 10–12, 13–16, So 13–16) an den Pädagogen erinnert. Eine kleine Schau informiert zudem über den Olitätenhandel, also den Verkauf von Kräuterölen und Heilmitteln, mit dem die Oberweißbacher vom 17.–18. Jh. ihr Geld verdienten.

Dieser Erwerbszweig ist auch Thema des Kräuterlehrpfades, der vom Fröbelhaus auf den **Kirchberg** (785 m) führt. Auf dessen Gipfel bietet der 1890 errichtete, 26 m hohe Fröbelturm (Mi-Fr 11–17, Sa/So 11–19 Uhr) eine weite Aussicht ins Weißbachtal.

i Praktische Hinweise

Information

Fröbelstadt Marketing, Markt 10, 98744 Oberweißbach, Tel. 03 67 05/621 23, www.oberweissbach.de

Hotels

*****Burghof**, Sonneberger Str. 67, Oberweißbach, Tel. 03 67 05/68 70, www.hotelburghof.de. Allseits beliebt für freundlichen Service und gute Küche.

*****Waldfrieden**, Meuselbach-Schwarzmühle, Tel. 03 67 05/610 00, www.thueringenhotels.de. Flair-Hotel in parkartiger Umgebung westlich von Oberweißbach.

Restaurant

Berggasthof Fröbelturm, Kirchberg, Oberweißbach, Tel. 03 67 05/620 74, www.froebelturm.com. Mo, Mi–Do 10–17 Uhr, Fr–So 10–20 Uhr.

19 Lauscha

TOP TIPP *Wo das Handwerk auf gläsernen Füßen steht.*

Im schmalen Steinachtal, das teils nur Platz für Straße und Bahnlinie bietet, liegt Lauscha (4000 Einw.). Früher lebten die Menschen hier vom Wald, von der Köhlerei, aber mehr noch von den kargen

Ins enge Tal der Steinach drängen sich die schiefergedeckten Häuser von Lauscha

Schätzen, die der Berg hervorbrachte: Schiefer, Erz und vor allem Quarz, das seit 1597 der örtlichen Glashütte zur Glasherstellung diente. Bald war Lauscha die Hochburg der Glasherstellung im Thüringer Wald.

Rund um den Hüttenplatz, das alte Ortszentrum, besteht der Ort aus vollständig mit Schiefer verkleideten Häusern. Er schützt die Gebäude bis heute vor den Unbilden des rauen Mittelgebirgsklimas. Einen besonders schönen Blick auf dieses Ensemble hat man von der **Stadtkirche** (Juli–Mitte Sept. tgl. 10–17 Uhr, sonst auf Anfrage im Pfarramt, Tel. 03 67 02/202 80) am Berghang. Das aus grob behauenen Felssteinen gefügte Gotteshaus erlebte seine Weihe im Jahr 1911. Im Inneren zeugen der farbig gefasste Altar und die Ornamente an der Empore davon, dass der Jugendstil selbst im Thüringer Wald seine Anhänger fand.

Der Weg zur Kirche führt vorbei am **Museum für Glaskunst** (Oberlandstr. 10, www.glasmuseum-lauscha.de, Tel. 03 67 02/ 207 24, Di–So 10–17 Uhr), das die Geschichte Lauschas, die ja aufs Engste mit der Glasproduktion verknüpft ist, Revue passieren lässt. Es verfolgt die Entwicklung vom einfachen Waldglas, das man im Mittelalter als Butzenscheiben oder Apothekerfläschchen verwandte, bis zum kunstvollen Prunkbecher für die Fürstenhöfe. Zudem erfährt man, wie Ludwig Müller-Uri 1835 das erste Glasauge schuf und warum die Christbaumkugel ausgerechnet in Lauscha erfunden wurde.

Wer Glas erwerben oder einem Glasbläser bei der Arbeit zusehen will, der findet an der Straße des Friedens, der Hauptstraße von Lauscha, mehrere Schaubläsereien und Glasgeschäfte.

Schmiedefeld

Über Ernstthal mit seiner Alpinskipiste und einer *Sommerrodelbahn* (www.sommerrodelbahn-ernstthal.de, Mai-Okt. tgl. 10–17 Uhr) kommt man in den 8 km entfernten einstigen Bergarbeiterort Schmiedefeld. Seit 1683 wurde hier aus dem **Schaubergwerk Morassina** (Schwefelloch 1, Tel. 03 67 01/615 77, www.morassina.de, April–Okt. tgl. 10–16 Uhr) Alaunschiefer gefördert, aus dem man bis zum 19. Jh. Vitriol, den Grundstoff von Gerbstoffen, Tinte oder Pflanzenschutzmitteln gewann. Nach der Stilllegung des Stollens 1863 bildeten sich in den verlassenen Gängen Tropfsteine und Salzverfärbungen an den Wänden.

Im Haus des letzten Olitätenhändlers des Thüringer Waldes Oswald Unger rich-

Kaum vom Original zu unterscheiden sind die Augen aus Lauschas Glashütten

tete die Gemeinde das Museum **Beim Giftmischer** (Saalfelder Str. 75, www.beim-giftmischer.de, Tel 03 67 01/202 58, Mi–So 13–17 Uhr) ein. Es erinnert mit Destille, Kräuterfläschchen und Glasballons an Ungers mit ihm ausgestorbenen Berufszweig.

Steinach

Im Neuen Schloss von Steinach, erbaut im 18. Jh. vom Besitzer eines Eisenhammers, ist neben der Touristeninformation auch das **Deutsche Schiefermuseum** (Dr.-Max-Volk-Str. 21, Tel. 03 67 62/306 19, Di–Sa 13–17 Uhr, So 14–17 Uhr) untergebracht. Es zeigt die unterschiedlichen Schieferarten und den Abbau des vielseitig verwendbaren Materials. So wird manchen überraschen, dass Schüler weltweit bis ins 20. Jh. ihre Notizen mit sog. Schiefergriffeln aus dem Thüringer Schiefergebirge niederschrieben.

i Praktische Hinweise

Information

Tourist-Information Lauscha, Hüttenplatz 6, 98724 Lauscha, Tel. 03 67 02/229 44, www.lauscha.de

Hotels

*****Beck**, Bahnhofstr. 30, Tel. 03 67 02/208 00, www.hotel-beck.com. Freundliches Hotel garni in einem typischen schieferverkleideten Fachwerkhaus.

Restaurants

Gasthof Gollo, Mittelstr. 2, Tel./Fax 03 67 02/216 14, www.gasthof-gollo.de. Ein gemütliches Traditionslokal.

Landhaus Walderholung, Straße zum Silbersattel 5, Steinach, Tel. 036762/32831, Fax 036762/28756, www.landhaus-walderholung.de. Exquisites in Panoramalage über Steinach.

20 Sonneberg

Spielzeugstadt mit eigener Rennbahn.

Sonnebergs Stadtbild – besonders um den Bahnhofsplatz und in den angrenzenden Straßen – bietet eine willkommene Abwechslung zu den kleinen Orten auf den Höhen des Thüringer Waldes. Stattliche Bauten wie das **Neue Rathaus** von 1927 mit seinem markanten Uhrturm zeugen von der Blütezeit Sonnebergs im

Die Werkstatt eines Griffelmachers ist im Deutschen Schiefermuseum in Steinach zu sehen

19. und frühen 20. Jh., als die örtlichen Fabrikanten den europäischen Markt für Spielwaren beherrschten. Besonders in der **Cuno-Hoffmeister-Straße**, in die man am Rathaus vorbei durch die Bahnhofsstraße gelangt, finden sich einige repräsentative einstige Spielwarengeschäfte. Leider ist die Glanzzeit Sonnebergs vorbei: Hatten deutsche Teilung und Verstaatlichung zu DDR-Zeiten der Sonneberger Spielwarenproduktion schon schweren Schaden zugefügt, kam mit der Wende 1989 der Zusammenbruch. So gibt es heute nur noch wenige Nischenhersteller am Ort, etwa für hochwertige *Teddybären* (Martin Teddy, Tel 03675/702008, Bahnhofstraße 29), *Plüschtiere* (Plüti, Juttastraße 8, Tel. 03675/89290) oder *Modellbahnen* (PIKO, Lutherstraße 30, Ortsteil Oberlind, Tel. 03675/897242). Ebenfalls im Ortsteil Oberlind kann man auf dem **Raceway Sonneberg** (Mittlere Motschstr. 9, Tel. 03675/73330, www.modellsport-sonneberg.de, Mo-Fr 8–18, Sa 9–14 Uhr, Verbrenner nur Fr) Modellautos über eine eigene Piste sausen lassen.

Die Anfänge der Spielwarenherstellung freilich waren bescheiden: Im Thüringer Wald trugen Frauen und Kinder durch Heimarbeit zum kargen Einkommen bei, und oft halfen die Männer mit Schnitzen und Holzarbeiten. Über diese Zeiten ebenso wie über die Boomphase im 19. Jh. informiert das **Deutsche Spielzeugmuseum** (Beethovenstraße 10, 03675/4226340, www.spielzeugmuseum-sonneberg.de, Di-So 9–17 Uhr) in der einstigen, in ausladend neobarocken Formen erbauten Industrieschule für Spielzeugmacher von 1901. Attraktion des Museums sind nachgestellte Märchen- und Volksszenen wie die ›Thüringer Kirmes‹, die mit fast lebensgroßen Figuren das ausgelassene Jahrmarktgeschehen des 19. Jh. darstellt.

Nun geht es weiter nach Norden, in den ›historischen‹ Ortskern Sonnebergs um den Markt. Hier steht das nach dem Stadtbrand von 1840 errichtete, sich betont mittelalterlich gebende neogotische **Alte Rathaus**. Links davon bevölkern die unterschiedlichsten Meeresbewohner das **Nautiland** (Marktplatz 2, Tel. 03675/427888, www.schauaquarium-nautiland.de).

Gut 200 m über Sonneberg, auf dem Erbisbühl im Ortsteil Neufang, kann man in der **Sternwarte** (Sternwartstr. 32, Tel. 03675/421369, www.astronomiemuseum-sternwarte-sonneberg.de, Di–Fr/So 13–17 Uhr) mit ihrem Astronomiemuseum einen Blick ins Weltall werfen und sich über den Astronomen Cuno Hoffmeister und seine Entdeckungen informieren.

Begeisterungsstürme lösen die Kasperlepuppen in Sonnebergs Spielzeugmuseum aus

Praktische Hinweise

Information

Touristinformation Sonneberg und Naturparkcenter, Bahnhofsplatz 3, 90515 Sonneberg, Tel. 03675/702711, www.sonneberg.de

Hotels

TOP TIPP **Schlossberg**, Schlossbergstr. 1, Sonneberg, Tel. 03675/73300, www.hotel-schlossberg.de. Komfortables Hotel auf den Fundamenten der ehemaligen Burg.

Hüttensteinach, Steinacher Str. 118, Sonneberg, Tel. 03675/40800, www.hotel-huettensteinach.de. Liebevoll eingerichtete Zimmer, ein Brauereigasthof mit Biergarten gehört zum Hotel.

Restaurants

Alter Fritz, Erholungsstr. 2, Sonneberg, Tel. 03675/473264. Gemütliche Altstadtkneipe.

Das Werratal – beschauliche Dörfer und alte Residenzstädte

Die Städte im Tal der Werra zeugen bis heute von all den Kleinstaaten, in die Thüringen seit dem 17. Jh. zerfiel. Ob bei **Hildburghausen**, in **Schleusingen** oder **Meiningen**, überall gilt es die Burgen und Schlösser der dort einst ansässigen Adelshäuser zu entdecken.

Mit der **Veste Heldburg** bei Hildburghausen etwa verwirklichte sich Theaterherzog Georg II. von Sachsen-Meiningen den Traum von einer mittelalterlichen Burg. Ganz im Zeichen des Mittelalters steht auch **Schmalkalden**, dessen Fachwerkhäuser von der uralten Verbindung der Stadt hinüber ins Fränkische zeugen.

Dieser alten Beziehung ist auch das **Hennebergische Museum** rund um das Kloster Veßra bei Themar gewidmet, in dem typische Bauernhöfe und Wassermühlen der Region versammelt sind. Ganz auf Kurgäste sind die beiden Solebäder Bad Salzungen und Bad Liebenstein ausgerichtet, und wer die Werra per Kanu oder Fahrrad erkunden will, dem sei eine Fahrt von **Gerstungen** nach **Treffurt** empfohlen.

21 Hildburghausen

Kleinstadtgeschichten vor denkmalgeschützter Kulisse.

Hildburghausen (12 200 Einw.) hat sich seit der Wende herausgeputzt. Um den gepflasterten Marktplatz reihen sich stattliche Bürgerhäuser, es gibt ein großes **Spaßbad** (Oberes Kleinodsfeld 16, Tel. 036 85/40 43 33, www.sprung-frei.de, Mo 14–20, Di–So 10–20 Uhr) und viele Wandermöglichkeiten in der Umgebung.

Geschichte Seit seiner Ersterwähnung 1234 teilte Hildburghausen die Geschichte vergleichbarer Städte im Henneberger Land. Im Frühmittelalter erhielt es Stadtrecht, durfte also Märkte abhalten. In den 1520er-Jahren führte der Rat die Reformation ein und der Dreißigjährige Krieg brachte schlimme Verheerungen.

Als 1680 Herzog Ernst der Fromme von Sachsen-Gotha starb, teilten seine sieben Söhne das Herzogtum untereinander auf. So entstand der Kleinststaat Sachsen-Hildburghausen. Die Herzöge erwiesen sich als beflissene Kunstförderer, so verdankt Hildburghausen ihnen sein 1755 eröffnetes **Theater** (Helenenstr., Tel. 036 85/405 83). Die hiesige Herzogstochter Therese begründete 1810 indirekt gar das Münchner Oktoberfestes, wurde dessen Vorläufer doch anlässlich ihrer Hochzeit mit dem bayerischen Kronprinzen Ludwig I. erstmals gefeiert. 1826 ging das kleine Herzogtum schließlich in Sachsen-Meiningen auf.

Auch unter Meininger Herrschaft erhielt sich das rege Geistesleben. So verlegte 1828 Joseph Meyer sein Bibliographisches Institut (s.u.) von Gotha nach Hildburghausen. Zu DDR-Zeiten war Hildburghausen Grenzstadt, zeitweilig befand sich auf dem Stadtgebiet sogar ein Schlagbaum.

Besichtigung Das **Rathaus** (1595) am Markt ist ein repräsentativer Renaissancebau mit Treppenturm. Auf Anfrage (Tel. 036 85/40 36 89) kann man eine Ausstellung über seine Baugeschichte besuchen, die bis zu einem frühmittelalterlichen Burgmannenhaus zurückreicht. Bei dieser Gelegenheit darf man auch einen Blick in die Wohnung des letzten Hildburghausener Türmers werfen, der bis 1919 seinen Dienst im Rathausturm versah.

Die meisten anderen Häuser um den Markt stammen aus dem 18. Jh. und er-

Die Bilderbuchburg Herzog Georgs II., Veste Heldburg bei Hildburghausen

setzten die beim Stadtbrand von 1779 untergegangenen Gebäude. Auch an dieses Ereignis erinnert das **Stadtmuseum** (Apothekergasse 11, Di–So 10–17 Uhr, Tel. 036 85/40 36 89) in der *Alten Post* nahe des Marktes. Es verfolgt die Entwicklung Hildburghausens vom kleinen Ackerbürgerstädtchen zur Residenzstadt. Ein eigener Raum ist Joseph Meyer gewidmet. In Vitrinen ist die erste Ausgabe von *Meyers Konversationslexikon* (1840–55), dem umfangreichsten Lexikons des 19. Jh. ausgestellt.

Hildburghausens Residenzschloss befand sich bis zu seiner Zerstörung am Ende des Zweiten Weltkrieges im Süden der Altstadt. Immerhin sein schöner, nach englischem Vorbild gestalteter **Park** blieb erhalten.

Ausflug

Im 19. Jh. war es unter den Fürsten des Deutschen Reiches en Vogue, mittelalterliche Burgen zu restaurieren und wieder bewohnbar zu machen. In dieser Tradition begann Herzog Georg II. von Sachsen-Meiningen im Jahr 1874, die **Veste Heldburg** (20 km südlich, Führungen auf Anfrage, Tel. 03 68 71/212 10, Museum Di–So 10–18 Uhr, Nov.–März Di–So 10–17 Uhr) zu sanieren. Der studierte Kunsthistoriker orientierte sich dabei am Stil der Neorenaissance, ganz im Einklang mit den bestehenden Bauten, die großteils aus dem 16. Jh. stammten. An die außergewöhnliche Lebensgeschichte des Herzogs erinnert die Ausstellung *Gebaute Bilderwelten*. Der leidenschaftliche Theaterliebhaber führte als Mäzen und Regisseur das Meininger Theater zu europäischem Ruhm, war mit den Komponisten Max Reger und Richard Wagner befreundet und heiratete mit Ellen Franz – später von ihm höchstpersönlich zur Freifrau von Heldburg erhoben – sogar eine bürgerliche Schauspielerin. Ab 2011 wird die Veste übrigens das Deutsche Burgenmuseum beherbergen.

i Praktische Hinweise

Information

Touristinformation Hildburghausen, Markt 25, 98646 Hildburghausen, Tel. 036 85/405 83, www.hildburghausen-info.de

Hotels

*****Grüner Baum**, Dorfstr. 2, Hildburghausen, Ortsteil Ebenhard, Tel. 036 85/40 97 93, www.gruener-baum.biz. Besonders Radler schätzen das unmittelaber am Werratalradweg gelegene Haus.

Von der Keltenburg auf dem Kleinen Gleichberg blickt man hinüber zum Großen Gleichberg

Auf dem Keltenweg nach Römhild

Von Reurieth (8,5 km nordwestlich von Hildburghausen, an der B 89) im Werratal führt ein Teilstück des **Keltenweges** (einfach 11 km, 300 Höhenmeter, ca. 3 Std., Rückfahrt mit Taxi, Tel. 0170/816 09 20) nach Römhild. Durch schöne Wälder geht es, mal bergauf, mal bergab, zunächst nach Dingsleben, wo man im Brauereigasthof *Zur Schwarzen Henne* (Dorfstraße 27, Tel. 03 68 73/686 59) einkehren kann, um anschließend zum Kleinen Gleichberg (642 m) aufzusteigen. Dort finden sich Reste einer keltischen Steinsburg, deren Alter Wissenschaftler auf ca. 2000–2500 Jahre schätzen. Der weite Blick von hier oben bot den Kelten Schutz vor überraschenden Besuchern, heute kann man ihn entspannt genießen.

Anschließend steigt man hinab nach Römhild, wo unmittelbar am Weg im **Steinsburgmuseum** (Waldhaussiedlung 8, Tel. 036 94/82 05 61, Di–So 9–17 Uhr) Waffen, Tonwaren und andere Fundstücke vom Kleinen Gleichberg zu sehen sind. Im Ort kann man zudem das **Schloss Glücksburg** (Griebelstr. 28, Tel. 03 69 48/801 40, Di–So 13–16 Uhr) besichtigen, zwischen 1465 und 1549 Residenz des Henneberger Grafen von Römhild, nun Stadt- und Keramikmuseum.

*****Eschenbach**, Häselriether Str. 19, Hildburghausen, Tel. 036 85/794 30, Fax 036 85/794 34 34, www.hotel-eschenbach.de. Hotel garni am Ortsrand mit komfortablen Zimmern.

Thüringer Hof, Untere Braugasse 15, Hildburghausen, Tel. 036 85/405 40, Fax 036 85/40 54 29. Geschmackvolle Gästezimmer, Traditionslokal mit historischem Biergarten.

Restaurants

Friedrichsanfang, Friedrichsanfang 67, Hildburghausen, OT Weitersroda, Tel. 036 85/70 98 20. Idyllischer Landgasthof mit Biergarten und ländlichem Flair.

Wacholderschänke, Geschwister Scholl-Str. 11, Hildburghausen, Tel. 036 85/40 93 80, www.wacholderschaenke.de. Gastzimmer wie Omas gute Stube, Biergarten, vielfältige moderne Küche.

22 Schleusingen

Henneberger Residenz mit ansprechendem Stadtbild.

Beim Gang über den Marktplatz und durch die angrenzenden Gassen von Schleusingen (5700 Einw.) fallen besonders die Häuser im fränkisch-henneberger Fachwerkstil auf. Er zeichnet sich durch die Verwendung geschwungener und reich verzierter Andreaskreuze in den Gefachen aus. Als schönes Beispiel sei die alte Vincentmühle (Mühlenstraße, nicht öffentlich zugänglich) nordwestlich des Marktes genannt.

Seine Blüte erlebte Schleusingen als Residenz der örtlichen Linie der Henneberger Grafen von 1274 bis 1583. Schon der Brunnen am **Marktplatz** erinnert an dieses Geschlecht, ziert ihn doch die Statue der Elisabeth von Henneberg. Die Gemahlin des letzten Henneberger Grafen verkaufte das heutige Rathaus an die Stadt und stiftete den Erlös den Armen – aus Dankbarkeit verewigten die Stadtväter sie auf dem Brunnen.

Auch in der Kirche **St. Johannis** nahe dem Markt stößt man auf die Henneberger. Denn in der Ägidienkapelle fanden die sterblichen Überreste einiger Mitglieder des Geschlechts nach ihrer Überführung aus dem aufgehobenen Kloster Veßra im Jahr 1573 ihre letzte Ruhestätte. Die Grabplatten porträtieren die hohen Herrschaften als stolze Ritter und edle Damen.

Unmittelbar hinter der Kirche zeugt die **Bertholdsburg** (Burgstr. 6, Tel. 036841/5310, www.museum-schleusingen.de, Di–Fr 9–16, Sa/So 10–17 Uhr) von über 300 Jahren Henneberger Residenz in Schleusingen. Seit einem Umbau in der ersten Hälfte des 16. Jh. präsentiert sich der weitgehend aus Naturstein erbaute Komplex als Renaissanceschloss. Vier Türme flankieren die geschlossene, um einen Hof gruppierte Anlage.

In der naturgeschichtlichen Abteilung des *Schlossmuseums* glitzern die unterschiedlichsten Mineralien aus Thüringer Bergwerken um die Wette, in einem Edelsteinkabinett werden Achate und Diamanten aus aller Herren Länder gezeigt. Besonders schön ist die Sammlung edelsteinbesetzter Tabakdosen. Zahlreiche Landschaftsdioramen laden zudem zu einer Reise durch *300 Millionen Jahre Thüringen*. Eine weitere Ausstellung führt durch die Geschichte der Burg.

Praktische Hinweise

Information

Fremdenverkehrsbüro Schleusingen, Markt 6, 98553 Schleusingen, Tel. 036841/31561, www.schleusingen.de

Hotels/Restaurants

Zum Goldenen Löwen, Markt 22, Schleusingen, Tel. 036841/41278, www.zum-goldenen-loewen-schleusingen.de. Das Traditionshotel am Markt verwöhnt mit regionaler Thüringer Küche.

*****Haus am See**, Am langen Teich 3, Schleusingen, Tel. 036841/3370, www.haus-am-see-schleusingen.de. Ein gastfreundliches modernes Haus in idyllischer Lage; die Terrasse geht direkt auf einen kleinen Teich hinaus; gute Hausmacher-Küche.

Bis zu ihrem Aussterben Ende des 16. Jh. hatten die Henneberger ihren Sitz auf der Bertholdsburg

Allein das Westwerk der Klosterkirche von Veßra überstand die Zeitläufte relativ unbeschadet

23 Themar

Beschauliches Städtchen am Ufer der Werra.

In Themar (3100 Einw.) und seiner Umgebung erwartet den Besucher Idylle pur: Fachwerk, eine turmbewehrte Stadtmauer und das weite Tal der Werra.

Die Ursprünge Themars reichen zurück ins 8. Jh., seine günstige Lage an den Handelswegen entlang der Werra begünstigte die Entwicklung eines städtischen Gemeinwesens.

Als Katastrophe erwies sich der Dreißigjährige Krieg. Im Jahr 1634 verwüsteten kaiserliche Truppen den Ort und ermordeten den größten Teil der Einwohner. Erst im 19. und 20. Jh. erlebte Themar wieder einen nennenswerten Aufschwung.

Auftakt eines Rundgangs ist der **Marktplatz** mit Rathaus von 1711 und dessen klassizistischer Fassade. Vorbei an schönen Fachwerkhäuser kommt man zur Kirche **St. Bartholomäus** von 1502 am Kirchplatz. Ihr Namenspatron erlitt sein Martyrium durch Häutung und gilt deshalb als Heiliger der Gerber und Färber. Weil diese Berufszweige im mittelalterlichen Themar weit verbreitet waren, avancierte er zum Stadtheiligen. Den massiven Natursteinbau im Stil der Gotik zeichnet sein lichtes Interieur aus. Besonders hübsch sind die geschnitzten Bartmannköpfe an den Enden der tragenden Balken. Ein Juwel ist der etwa zeitgleich geschaffene Marienaltar, auf dessen geschnitzten Mittelfeld die Mutter Gottes vom Erzengel Michael und dem hl. Bartholomäus flankiert wird.

Über die nahe Werrabrücke gelangt man hinüber zum Schuhmarkt, wo das 1665 erbaute und in opulentes Fachwerk gehüllte **Amtshaus** (Mo-Fr 9–12 und 12.30–17, Mitte April-Mitte Okt. auch Sa 10–12 und 12.30–15 Uhr) steht. Es beherbergt neben der Tourist Information eine kleine Heimatstube.

Unmittelbar vor den Toren der Stadt liegt **Kloster Veßra** (Tel. 03 68 73/690 30, www.museumklostervessra.de, April–Sept. tgl. 9–17, Okt.–März Di–So 10–17 Uhr). 1131 gründeten es die Henneberger Grafen. Schon das Klostertor, ein 1979 wiedererrichteter Bau des 12. Jh., durch das man die Anlage betritt, zeugt vom ehrwürdigen Alter der Abtei. Geländebeherrschend ragen die zwei Türme über dem Westwerk des romanischen Kirchenbaus in den Himmel. Das Kirchenschiff verfiel nach der Säkularisierung des Klosters 1573, nur die Seitenwände stehen noch. Ein besonderes Kleinod ist die ebenfalls romanische, 1182 geweihte Grabkapelle der Henneberger Grafen, die im Osten an die Kirche grenzt. 1559 wurde dort letztmalig ein Henneberger Graf bestattet.

Der Klosterkomplex gehört zum *Hennebergischen Museum*. In dem weitläufigen, von der alten Klostermauer umgebenen Freiluftmuseum sind mehrere Fachwerkhäuser im fränkisch-henneberger Stil versammelt, darunter eine Wassermühle und eine Schmiede. In ehemaligen Scheunen und Stallungen sind Ausstellungen untergebracht, darunter eine über die Geschichte der Henneberger. Am liebevoll angelegten Klostergarten gibt es ein Café.

Ausflug

Eine Südthüringer Besonderheit sind die Kirchenburgen. Die bäuerlichen Siedlungen der Region hatten bis ins 14. Jh. unter Slaweneinfällen, Raubzügen der Ungarn und Fehden innerhalb des Hauses Henneberg zu leiden. Da die Bauern ihre Dörfer schon aus Kostengründen nicht mit einer Mauer umgeben konnten, stockten sie die Mauern der Friedhöfe auf und befestigten so ihre Gotteshäuser. Eine dieser Kirchenburgen findet sich in **Vachdorf**, von Themar aus etwa 8 km Werra abwärts. Über der hohen Ringmauer mit Brustwehr erhebt sich ein Torturm, weithin sichtbar ist der Hutturm, von dem aus nach nahenden Feinden Ausschau gehalten wurde. Um den Kirchhof stehen gedrungene Fachwerkhäuser. Der jetzige Bau der Kirche (Schlüssel im Pfarramt) wurde 1633 geweiht. Emporen und Facettendecke sind im Stil der Renaissance gehalten, der Kanzelaltar dagegen ist bereits barock geprägt.

Einmal rund um Themar

Ein erlebnisreicher Rundwanderweg (ca. 3,5 Std., 13 km, 180 hm, Beschilderung: Werra-Burgen-Steig und Werratalradweg) führt von Themar aus zu den Sehenswürdigkeiten in der Umgebung. Startpunkt ist das Amtshaus am Schuhmarkt. Nach etwa 2 km ist der **Eingefallene Berg** erreicht. Einer Sage zufolge entstand die ebenso imposante wie bizarre Felswand, als der Berg auf ein sündiges Dorf stürzte.

Oberhalb der Werra geht es weiter nach Grimmelshausen – Heimatort des Vaters von Hans Jakob Christoffel von Grimmelshausen, dem Autor des Simplicissimus – und dann auf die andere Seite des Flusses zum **Kloster Veßra**. Für den Rückweg nach Themar orientiert man sich am Werratal-Radweg.

i Praktische Hinweise

Information

Tourismus-Service Themar, Schuhmarkt, 98660 Themar, Tel. 03 68 73/697 32, Fax 03 68 73/697 39, www.themar.de. Auch Verleih von Audioführern.

Hotels und Restaurants

Waldhof, Beinerstädter Straße 3, Themar, Tel. 03 68 73/604 19, Fax 03 68 73/223 99, www.waldhof-themar.de. Rustikaler Fachwerkbau mitten im Wald, etwa 2 km vom Zentrum entfernt. Gemütliche Zimmer und Restaurant.

24 Meiningen

Die Liebhaberei eines Herzogs bringt großes Theater in die Provinz.

Meiningen (21 300 Einw.) wirkt recht weitläufig, hatte der Ort in der relativ weiten Talaue der Werra doch ausreichend Platz, sich auszubreiten. Da die Stadt seit 1680 die Residenz des Herzogtums Sachsen-Meiningen unter Bernhard I. war, finden sich auch hier die typischen Ingredienzien Thüringer Kleinstaaterei, vom Schloss über mehrere repräsentative Palais bis zum herzoglichen Park.

Vor allem klassizistische Fassaden prägen den weitläufigen **Marktplatz** Meiningens, fiel doch ein Großteil der mittelalterlichen Bebauung im Jahr 1874 einem Stadtbrand zum Opfer. An seinem südlichen Rand steht die **Marienkirche** (Di–Fr 10–17 Uhr, Turmbesteigung Mai-Okt. 14–18 Uhr), die seit ihrer ersten Weihe um 1008 immer wieder umgebaut und erweitert wurde. Seit 1889 dominieren neogotische Architekturformen das Kirchenschiff und die beiden Türme.

Noch ganz mittelalterlich präsentieren sich viele Fachwerkhäuser entlang der Georgstraße, die gen Norden vom Markt wegführt. Besonders das **Büchnersche Hinterhaus** (Nr. 20) von 1596 ist mit den Andreaskreuzen unter den Fenstern ein Paradebeispiel des hennebergisch-fränkischen Stils.

Wendet man sich an der von der Georgstraße abzweigenden Postgasse nach links, so gelangt man nach wenigen Me-

Vom Dietzhäuschen am Wanderweg um Meiningen blickt man hinab auf die Marienkirche

tern zum **Schloss Elisabethenburg** (Tel. 036 93/50 36 41, www.meiningermuseen.de, Di–So 10–18 Uhr). Unmittelbar nachdem Bernhard I. sich für Meiningen als Residenz seines neuen Herzogtums entschieden hatte, begann der Umbau der alten Burg zum repräsentativen Renaissanceschloss. Die herzoglichen Wohnräume sind mit Malerei, Plastik und Kunsthandwerk aus mehreren Jahrhunderten ausgestattet. Eine *Sammlung historischer Musikinstrumente* (www.musikgeschichte-meiningen.de), gar nicht angestaubt mit eigenem Klangstudio, rundet das Erlebnis Schloss ab. Abschließend kann man im *Turmcafé* (Tel. 036 93/88 10 36) unter den Stuckengeln des Hessensaales eine stilvolle Rast einlegen.

In der Reithalle neben dem Schloss befindet sich das **Theatermuseum** (Tel. 036 93/47 12 90, Vorführungen Di–So 10, 12, 14 und 16 Uhr). Mit seiner Sammlung Meininger Bühnenbilder erinnert es an die Regentschaft des kunstsinnigen Herzogs Georg II. (1826–1914). Er förderte das Ensemble *Die Meininger*, führte häufig selbst Regie und machte auf 81 ausgedehnten Gastspielreisen den Namen der Stadt weit über die Grenzen Thüringens hinaus berühmt.

Bis heute übersteigt die Qualität der Aufführungen im **Meininger Theater** (Bernhardstr. 5, Tel. 036 93/45 12 22 www.das-meininger-theater.de, Theaterführungen tgl. 8.45–10 und 14–16 Uhr) alles, was man in einer Kleinstadt dieser Größe üblicherweise erwarten würde. Hinter dem Theater erstreckt sich der mit allerlei Staffagebauten geschmückte *Englische Garten* Meiningens.

Praktische Hinweise

Information

Tourist Information Meiningen, Markt 14, 98617 Meiningen, Tel. 036 93/446 50, Fax 036 93/44 65 44, www.meiningen.de

Hotels

TOP TIPP ****Schloss Landsberg, Landsberger Str. 150, Meiningen, Tel. 036 93/881 90, www.meininger-hotels-mit-flair.de. Schon der Blick vom Schloss über Meiningen ins Werratal ist herrlich, für Gaumenfreuden sorgen die Burgschänke und ein Gourmetlokal.

****Sächsischer Hof, Georgstr. 1, Meiningen, Tel. 036 93/45 70, www.saechsischerhof.com. Erstes Haus am Platze, 1802 als Logierhaus erbaut. Große elegante Räume, exzellente Küche. Zentrale Lage, aber ein Teil der Zimmer geht auf die recht befahrene Straße.

***Ernestiner Hof, Ernestinerstr. 9, Meiningen, Tel. 036 93/47 80 53, www.

hotel-ernestiner-hof.com. Hotel garni in Rokoko-Kavaliershaus mit gepflegter Atmosphäre; herrlicher Garten, bezauberndes Barockcafé mit exzellenten Kuchenspezialitäten.

Altstadthotel an der Werra, Baumbachstr. 2, Meiningen, Tel. 036 93/876 90, www.altstadthotel-meiningen.de. Schickes modernes Hotel garni in zentraler Lage. Gutes Frühstücksbuffet.

Pension Carola, Leipziger Str. 34, Meiningen, Tel. 036 93/50 30 11, www.pension-carola-meiningen.de. Angenehmes Haus, theater- und innenstadtnah, Parkplätze am Haus.

Restaurants

Fasanerie, Rhönblick/Hermannsfeld, 14 km westlich von Meiningen, Tel. 03 69 45/517 20, www.jagdschloss-fasanerie.de. Frisch von den Bauernhöfen der Umgebung auf den Tisch des einstigen Lustschlosses Georgs I. (nur Fr/Sa/So geöffnet).

Schlundhaus, Schlundgasse 4, Meiningen, Tel. 036 93/881 90. Historisches Gasthaus im Zentrum; Kaminzimmer, Biergarten, regionale Spezialitäten, darunter original Hütes (wie hier die Thüringer Klöße heißen).

Henneberger Haus, Georgstr. 2, Meiningen, Tel. 036 93/50 89 90, www.henneberger-haus.de. Tradition, Stil und Atmosphäre vereinen sich zu einem exquisiten Ausgeherlebnis.

Braustübl Sudpfanne, Am Bielstein 3, Meiningen, Tel. 036 93/45 31 40; Privatbrauerei am nördlichen Stadtrand, linkes Werraufer. Gutbürgerliche Küche und frisch gebrautes Bier.

Meiningens Schillerwanderweg

Der **Schillerwanderweg** (einfach 13 km, ca. 3 Std., 200 hm, Rückfahrt wochentags mit Bus, ca. 15.30 Uhr, Tel. 036 93/845 40, Taxi Tel. 036 93/474 70) vom Meininger Schlossplatz nach Bauerbach folgt tatsächlich den Spuren des Dichters. Er floh nämlich 1782 vor Schulden und dem württembergischen Herzog Carl Eugen in die Obhut der Reichsfreiherrlichen Familie von Wolzogen, die in Bauerbach Ländereien besaß, und gelegentlich marschierte der Dichter von dort nach Meiningen.

Nach dem Besuch des *Schiller-Museums* (Bauerbach, Hauptstr. 3, Tel. 03 69 45/503 01, www.klassik-stiftung.de, April-Okt. Di-So 10–17, Nov.-März Di-So 11–15 Uhr) im Gutshaus, das bis heute eingerichtet ist wie Ende des 18. Jh. und einer Einkehr im Gasthof *Zum Braunen Ross* (Hinterdorf 12, Tel. 03 69 45/573 74, nur auf Anfrage) können Unverzagte von Bauerbach aus dem Burgenweg zur Ruine der 3 km entfernten *Henneburg* (immer zugänglich, auch ab Henneberg, 10 km südlich von Meiningen an der B 19) folgen. Sie war Stammsitz des gleichnamigen Grafengeschlechts, das bis 1583 den südlichen Thüringer Wald beherrschte und der Region ihren historischen Namen verlieh.

Revolutionäre Wirren am Meininger Theater: Aufführung der Oper Andrea Chénier

Schönstes Fachwerk schmückt die Häuser Schmalkaldens – wie hier die sog. Insel

25 Schmalkalden

TOP TIPP *Die Bilderbuch-Fachwerkstadt machte als Trutzburg des Protestantismus Geschichte.*

In einem Seitental der Werra, an der Schmalkalde, prunkt Schmalkalden (17 800 Einw.) mit dem schönsten Ortsbild des Henneberger Einflussgebietes.

Geschichte Nach dem Aussterben der Thüringer Landgrafen Mitte des 13. Jh. fiel das 874 erstmals urkundlich erwähnte Schmalkalden an die Henneberger Grafen. Ab 1360 teilten sie sich die Regentschaft mit dem Landgraf von Hessen, was dazu führte, dass viele Ämter der Stadt doppelt besetzt waren und es häufig zu Streitereien zwischen den Landesherren kam – nicht eben zum Vorteil der Stadt.

Da es in der Handelsstadt ausreichend Unterkünfte gab und sie aus allen Himmelsrichtungen gut zu erreichen war, riefen die Protestanten Kurfürst Johann von Sachsen und Landgraf Philipp von Hessen-Kassel 1531 mehrere der Reformation zugeneigte Reichsstände nach Schmalkalden, um ein Verteidigungsbündnis gegen Kaiser Karl V. zu schmieden. Der Kaiser hatte auf dem Augsburger Reichstag im Vorjahr den protestantischen Fürsten und Städten mit der Reichsexekution – also Krieg – gedroht, sollten sie nicht zum katholischen Glauben zurückkehren.

In den folgenden 15 Jahren spitzte sich der Konflikt zwischen den beiden Lagern zu. So kam es im Schmalkaldischen Krieg (1546–47) zur offenen Konfrontation, die Karl V. in der Schlacht bei Mühlberg für sich entschied. Dieser Erfolg erwies sich allerdings als Phyrrussieg, denn schon im Augsburger Religionsfrieden von 1555 musste der Kaiser den protestantischen Ständen nachgeben und ihnen nach dem Prinzip Cuius Regio, Eius Religio (Wessen Land, dessen Religion) das Recht der freien Religionswahl zugestehen.

Nachdem 1583 die Doppelherrschaft von Hessen und Henneberg geendet hatte, gelangte Schmalkalden an das Haus Hessen-Kassel. Dank reicher Erzvorkommen in der Umgebung blühte die Stadt auf, *Schmalkalder Artikel* wurden im ganzen Deutschen Reich Inbegriff qualitätvoller Werkzeuge. Der Niedergang kam dann mit den Verheerungen des Dreißigjährigen Kriegs (1618–48).

Schon Anfang der 1980er-Jahre begann die Instandsetzung der Schmalkaldener Altstadt: Die DDR-Regierung hatte

Schmalkalden zum Schauplatz von Folklore-Festen auserkoren, und da konnten gestrichene Hausfassaden zur Umrahmung nicht schaden.

Besichtigung Ein Rundgang könnte am Altmarkt beginnen. Gleich drei Gebäude bilden dort das **Rathaus**. Ältester Teil ist die *Steinerne Kemenate* von 1419 in der Mitte. Dort trafen sich 1530–43 die Mitglieder des Schmalkaldischen Bundes. Im Foyer sind die Wappen der im Bund vereinten Fürsten sowie ein Stadtmodell Schmalkaldens im 16. Jh. zu sehen.

Neben dem Rathaus steht die 1437-1509 errichtete spätgotische Hallenkirche **St. Georg** (Mai/Juni, Okt. Mo–Sa 10.30–15.30, Juli–Sept. Mo–Sa 10.30–17, Nov.–April Mo–Sa 11–12, 14–15 Uhr). Schon im Jahr 1525 ließ Landgraf Philipp hier protestantische Predigten halten, und während der Versammlung des Schmalkaldischen Bundes im Jahr 1537 verkündete Martin Luther von der Kanzel die *Schmalkaldischen Artikel*, in denen er den katholischen Lehren seine Auffassungen gegenüberstellte. In der *Lutherstube* über der Sakristei zeigt das Kirchenmuseum Messgeschirr und Altarbilder der Gotik.

Zwischen den vom Altmarkt abzweigenden Straßen Mohrengasse und Soldatensprung fällt ein kleines, ausgesprochen pittoreskes Fachwerkhäuschen auf. Es gehört zur sog. **Insel**, einer Anfang des 15. Jh. entstandenen Gebäudezeile. Über die Mohrengasse kommt man sodann zur **Salzbrücke**, einem von Cafés und kleinen Geschäften belebten Platz. Von ihr führt die Steingasse, in der die renovierte Rosenapotheke (Nr. 11) mit ihrem steilen Treppengiebel besondere Beachtung verdient, zum Lutherplatz. Er verdankt seinen Namen dem in reichem Fachwerk erbauten **Lutherhaus**., in dem der Reformator mehrmals übernachtete.

TOP TIPP Nun geht es hinauf zum **Schloss Wilhelmsburg** (Tel. 036 83/40 31 86, April–Okt. tgl. 10–18, Nov.–März. Di–So 10–16 Uhr). Landgraf Wilhelm IV. zu Hessen ließ es 1585–90 zur Festigung seines Anspruchs auf Schmalkalden zu einem Renaissanceschloss umbauen. Allerdings blieben dabei Räume der älteren Burg Waltaff aus romanischer Zeit erhalten – unter ihnen ein wahres Kleinod, der einstige *Empfangsraum* der Burg. Dessen Wände zieren die ältesten profanen Wandgemälde Nordeuropas mit Szenen aus dem Iwein-Epos, das sich im Mittelalter größter Beliebtheit erfreute. Da der Originalraum aus konservatorischen Gründen nicht zugänglich ist, muss man mit einer getreuen Kopie vorlieb nehmen. Das Ende des Mittelalters nimmt die Ausstellung *Aufbruch in eine neue Zeit* in den Blick. Sie verfolgt die epochalen Veränderungen, die Europa im 15. und 16. Jh. durchlebte: Von der Rückbesinnung auf die Antike während der Renaissance über die Entdeckung der Neuen Welt durch Kolumbus bis zur Reformation.

Den reformatorischen Prinzipien folgt auch die 1590 geweihte **Schlosskapelle**, die ganz auf den Ort der Verkündung ausgerichtet ist: Die Kanzel hängt hier nicht an einem Seitenpfeiler, sondern unmittelbar über dem Altar.

An Abbau und Verhüttung von Eisenerz, die bis ins 20. Jh. zum Auskommen der Schmalkaldener beitrugen, erinnern zwei technische Denkmäler. Im Ortsteil Asbach kann man in das **Besucherbergwerk Finstertal** (Tel. 036 83/48 80 37, April–Okt. Mi–So 10–17 Uhr) einfahren. An dessen Stollenwänden leuchten Mineralien im Schein der Grubenlampen in allen Farben des Regenbogens.

Das geförderte Erz wurde anschließend in der **Neuen Hütte** (An der L 1026 zwischen Schmalkalden und Floh-Seli-

Durch das Hauptportal der Wilhelmsburg blickt man auf die Türme von St. Georg

genstadt, Tel. 036 83/40 30 18, April–Okt. Mi–So 10–17 Uhr) verhüttet. Eine Wasserkunst treibt bis heute ein Mühlrad an, das dem Hochofen Luft zuführte.

i Praktische Hinweise

Information

Tourist-Information Schmalkalden, Mohrengasse 1a, 98574 Schmalkalden, Tel. 036 83/40 31 82, www.tourismus.schmalkalden.de

Hotels

*****Patrizier**, Weidebrunner Gasse 9, Schmalkalden, Tel. 036 83/60 45 14, www.stadthotel-patrizier.de. Stilvolles Altstadthotel mit elegantem Flair.

*****Teichhotel**, Teichstr. 21, Schmalkalden, Tel. 036 83/40 26 61, www.teichhotel.de. Gut ausgestattetes Haus etwa 10 Fußminuten von der Altstadt.

Pension Schlossblick, Pfaffengasse 12, Schmalkalden, Tel. 036 83/40 75 83, www.pension-schlossblick.info. Familiär geführte Pension in denkmalgeschütztem Fachwerkhaus.

Restaurants

Zum Kirchhof, Kirchhof 14, Schmalkalden, Tel. 036 83/40 11 39. Gemütliches Restaurant mit Terrasse; hausgemachte Thüringer Spezialitäten.

Queste, Questenweg 5, Schmalkalden, Tel. 036 83/40 24 43, www.queste-schmalkalden.de. Berggasthof auf dem 1,5 km vom Zentrum entfernten Berg Queste (425 m); frisch zubereitete Gerichte und gute Weinauswahl.

26 Bad Salzungen und Bad Liebenstein

Reizvolle Kurorte versprechen Heilung und gepflegtes Ambiente.

Früh erkannten die Menschen den Wert der salzhaltigen Quellen von **Bad Salzungen**. So berichtet der römische Geschichtsschreiber Tacitus im Jahr 58 n. Chr. von einer ›Salzschlacht‹, deren Schauplatz wohl der heutige Kurort war. Als Karl der Große die Erträge der Villa Salsunga im Jahr 775 an das Kloster Hersfeld verschenkte, gab es dort bereits eine relativ ausgefeilte Salzsiede.

Bis ins 16. Jh. gewannen die Salzunger den wertvollen Rohstoff durch Erhitzen der Sole in Siedepfannen. Da damit aber ein gewaltiger Holzverbrauch verbunden war, ging man dann dazu über, *Gradierwände* zu nutzen. Dabei ließ man die Sole über Stroh oder Reisig rinnen, wobei das Salz an den Ästchen auskristallisierte.

Als 1843 bei Tiefbohrungen hochkonzentrierte Sole entdeckt wurde, verloren die Gradierwerke ihre ursprüngliche Bedeutung. Weil aber schon seit 1801 die beim Gradierprozess entstehenden salzhaltigen Nebel für Kuren der Atemwege genutzt wurden, blieb zumindest eine 1797 erbaute Gradierwand erhalten. Gemeinsam mit einer weiteren, 1906 hinzugekommenen Wand bildet sie als **Gradierwerk** (Am Gradierhaus, tgl. 8.30–17 Uhr) den Höhepunkt der Bad Salzunger Kuranlagen. In unmittelbarer Nähe befindet sich das **Keltenbad** (Tel. 036 95/693 40, www.keltenbad.de, tgl. 10–22 Uhr) mit Fitness- und Wellnessbereich.

An den mit Reisig bedeckten Wänden des Gradierwerks lagern sich die Salzkristalle ab

Hinter den Bäumen des Kurparks von Bad Liebenstein versteckt sich der Brunnentempel

Auf dem Weg vom Keltenbad in die beschauliche Altstadt Bad Salzungens sollte man einen Abstecher zum **Nappenplatz** machen. Hier trat eine der Quellen aus dem Boden, denen der Ort seine Existenz verdankt. In den angrenzenden Straßen, besonders in der Silge, finden sich noch einige der kleinen Salzsiederhäuser, die vom ärmlichen Leben der Salzsieder zeugen.

Die **Altstadt** rund um den Markt ist schnell durchschritten. Hier steht das rot gestrichene Rathaus, ein schlichter Barockbau von 1790 und, am nahen Kirchplatz, die klassizistische Stadtkirche. Dort befindet sich auch das gleichfalls klassizistische Amtsgericht, das auf den Grundfesten der alten Schnepfenburg steht. Sodann gelangt man zum Park rund um den idyllischen **Burgsee**. Ihn umgeben Kurkliniken und stattliche Wohnhäuser.

Wer sich länger in Bad Salzungen aufhält, den mag auch das **Türmchen** (August-Bebel-Str. 69, Di 12–16 Uhr, Mi, Do 8–16 Uhr, Fr 8–12 Uhr, So 14–17 Uhr) interessieren. In dem Fachwerkhaus von 1499 mit einem Glockenturm ist das kleine Stadtmuseum untergebracht.

Bad Liebenstein

Seit dem Ende des 18. Jh. kurten im 5 km von Bad Salzungen entfernten Bad Liebenstein (4000 Einw.) die Meininger Herzöge. So präsentiert sich der Kurbezirk rund um die Esplanade als Musterbeispiel klassizistischer Bäderarchitektur.

Ein Spaziergang führt vorbei am **Brunnentempel** (1816) und dem alten Kurhaus mit dem **Kultur Hotel Kaiserhof** (Esplanade 9, Tel. 03 69 61/733 70). Ein hochmodernes Kurhaus am Park ergänzt das Angebot. In der parallel zur Esplanade verlaufenden Herzog-Georg-Straße befinden sich das Kurtheater und das **Palais Weimar**, Anfang des 19. Jh. als Witwensitz der Meininger Herzogin Eleonore erbaut.

3 km nördlich vom Ortszentrum Liebensteins versteckt sich **Schloss Altenstein** (Altenstein 4, Tel. 03 69 61/334 01, tgl. 11–16.30 Uhr) in einem zauberhaften Park. Theaterherzog Georg II. ließ das Renaissanceschloss zu einem Landhaus im Stil der englischen Neogotik mit Erkern und Zinnen umbauen. Leider brannte es 1982 aus und ist nicht zugänglich. Zwei *Ausstellungen* (tgl. 11–16 Uhr) am Eingang zum Schlosspark, eine im Infozentrum, die andere im Hofmarstallamt, dokumentieren die Geschichte Altensteins.

Im Wald östlich des Schlosses (vom Schloss 3 km Wanderung, blaue Markierung, sonst ab Bad Liebenstein L 1027, Parkplatz kurz nach Steinbach) trug sich 1521 die Scheinentführung Martin Luthers durch die Männer des sächsischen Kurfürsten Friedrich des Weisen zu. Ein **Lutherdenkmal** in Form eines Obelisken markiert den Ort des Geschehens.

Ausflug

Dass in Bad Salzungen und Bad Liebenstein salzhaltige Sole aus dem Boden sprudelt, kommt nicht von ungefähr.

Denn tief unter der Erde verbergen sich in dieser Region gewaltige Kalisalzvorkommen. 8 km westlich von Bad Salzungen fördert der K&S-Konzern den Rohstoff, der als Düngemittel unersetzlich ist. Im **Erlebnis Bergwerk Merkers** (Zufahrtstr. 1, www.erlebnisbergwerk.de Di–So 9.30 und 13.30 Uhr, nur auf Anmeldung Tel. 036 95/61 41 01), Teil des größten Kalibergwerks der Welt, wird man über den Kaliabbau informiert. In einer Tiefe von bis zu 750 m bekommt man den größten unterirdischen Schaufelradbagger der Welt und eine Grotte mit riesigen Salzkristallen zu sehen.

Praktische Hinweise

Information

Touristinformation Bad Salzungen, im Gradierwerk, 36433 Bad Salzungen, Tel. 036 95/69 34 20, www.badsalzungen.de

Gästeinfo Bad Liebenstein, Esplanade 11, 36448 Bad Liebenstein, Tel. 036 91/693 20

Hotels

******Salzunger Hof**, Bahnhofstr. 41, Bad Salzungen, Tel. 036 95/67 20, www.salzunger-hof.de. Großes Haus mit gehobener Ausstattung.

*****Fröbelhof**, Heinrich-Mann-Str. 34, Bad Liebenstein, Tel. 03 69 61/510, www.froebelhof.de. Ruhig am Waldrand gelegen.

Restaurants

Calabria, Am See 19, Bad Salzungen, Tel. 036 95/60 80 50. Italienisches Restaurant mit großer Terrasse zum Burgsee.

In der Kristallgrotte tief im Bergwerk Merkers beeindrucken enorme Salzkristalle

Sportlicher Dreiklang an der Werra

Zwischen Gerstungen und Treffurt schlängelt sich die Werra durch Auenwälder, Wiesen und Weiden. Hervorragend beschildert begleitet ihn der **Werratal-Radweg** (von Bahnhof Gerstungen bis Bahnhof Eschwege-West, ca. 70 km). Sportliche Radler schaffen die Strecke an einem Tag. Wer jedoch die vielen Sehenswürdigkeiten unterwegs kennenlernen will, der sollte zwei Tage einplanen.

Als Einstimmung könnte man in **Gerstungen** das *Werratalmuseum* (Sophienstr. 4, Tel. 03 69 22/314 33, Mai–Okt. tgl. 14–17 Uhr) im sog. Schloss aufsuchen. 1074 erstmals erwähnt, wurde der stattliche Fachwerkbau immer wieder verändert. Die Ausstellung berichtet anschaulich über Geschichte, Geologie und Volkskunde der Gegend. Rechts der Werra geht die Fahrt nun nach Norden. Von der anderen Uferseite grüßen die Rundtürme der **Brandenburg** (km 11) aus dem 12. Jh.

Ein nächster Höhepunkt ist die **Liboriuskapelle** (km 25) von 1499. In ihrem Inneren schildern Fresken Szenen aus dem Leben Christi und der hl. Elisabeth von Thüringen. Gemeinsam mit der siebenbogigen Werrabrücke von 1223, an deren Kopf sie steht, bildet sie ein famoses mittelalterliches Bauensemble. Die Brücke führt hinüber nach **Creuzburg**, über das die gleichnamige, ab 1165 erbaute *Festung* (Tel. 03 69 26/980 47, April–Okt. Di–So 10–17, Nov.–März Sa/So 10–16 Uhr) wacht. Eine kleine Ausstellung in der Elisabethkemenate, dem letzten verbliebenen romanischen Raum aus der Ursprungszeit, erinnert an die Heilige, die ihren Sohn Herrmann auf der Burg zur Welt brachte.

Weiter führt der Radweg durch den malerischen, etwa 20 km langen Werradurchbruch, den der Fluss in die Kalksteinfelsen des Hainich grub.

Nächster größerer Ort ist das von einer Stadtmauer aus dem 14. Jh. umgebene **Treffurt** (km 49). Zier der Stadt ist das *Rathaus* von 1549. Neben dem mächtigen Fachwerkturm über dem doppelten Treppenaufgang verschwinden die Seitenflügel des Gebäudes fast. Originell ist die Geschichte des *Ohrfeigenhauses* (Puschkinstr., gegenüber Touristinfo): Es soll so heißen, weil sein Erbauer, der örtliche Amtmann, 1609 wegen des prot-

Dichte Auenwälder begleiten mancherorts die gemächlich dahinfließende Werra

zigen Baus eine Ohrfeige von seinem fürstlichen Vorgesetzten bekam. Über Treffurt erhebt sich *Burg Normannstein* (www.meininger-hotels-mit-flair.de, Tel. 03 69 23/838 99). In der im 9. Jh. erbauten Ritterburg informiert eine kleine Ausstellung über ihre Geschichte, es gibt Gästezimmer und eine Gaststätte (Di geschl.).

Kurz hinter Treffurt passiert der Radweg die Landesgrenze nach Hessen. Von dem hübschen Fachwerkort Wanfried aus geht es nach **Eschwege** (km 70). Bevor man sich vom Bahnhof Eschwege-West auf die Heimreise macht, kann man noch einmal durch die mittelalterliche *Altstadt* flanieren. Eine erfrischende Alternative ist ein Bad im *Werrasee* (2 km vor Eschwege bei Aue den Werra-Radweg verlassen und Flussseite wechseln, weiter nach Schwebda, 2 km Umweg).

Für die etwa 50 km lange Wanderung von Gerstungen nach Treffurt auf dem **Werra Burgen Steig** (www.werra-burgen-steig.de, insgesamt 500 km) sollte man ebenfalls mindestens zwei Tage einplanen. Im Gegensatz zum Radweg bleibt er nicht unmittelbar am Fluss, sondern steigt auch einmal die Hänge beiderseits des Werratales hinauf, berührt jedoch alle oben beschriebenen Orte Thüringens. In Creuzburg verlässt er das Werratal, um den höchsten Berg der Region, den Heldrastein (503 m), zu erklimmen. Der Abstecher lohnt allemal: Vom 30 m hohen Turm der Einheit auf dem Gipfel bietet sich eine unübertroffen weite Aussicht.

Ein einmaliges Erlebnis schließlich ist es, die 54 Flusskilometer zwischen den beiden Orten mit dem **Kanu** (2 Tage, je nach Kanuverleih mit Rücktransport und Tourguide) zurückzulegen. Man blickt vom Wasser aus zu den Burgen über dem Fluss, paddelt durch den engen Werradurchbruch und kann, da jeder Ort am Ufer über Anlegestellen verfügt, die Fahrt jederzeit für eine Besichtigungstour unterbrechen. Auch die vier den Fluss unterwegs versperrenden Wehre sind kein Problem, gibt es doch bestens ausgebaute Umtragestellen.

i Praktische Hinweise

Information

Werratal Touristik, Markt 9, 99817 Eisenach, Tel. 036 91/792 30, Fax 036 91/9 23 20, www.werratal.de

Kanuverleih

Krumo's Kanu, Beethovenstr. 1, Solms, Tel. 056 51/335 63 90, Fax 056 51/335 63 92, www.krumos.de

Hotels

*****Auf der Creuzburg**, Burgberg 1, Creuzburg, Tel. 03 69 26/713 04, Fax 03 69 26/713 06, www.burg-creuzburg.de.

Altes Brauhaus, Plan 2, Creuzburg, Tel. 03 69 26/95 50, Fax 03 69 26/955 55.

Graues Schloss, Thomas-Müntzer-Str. 4, Mihla, Tel./Fax 03 69 24/422 72, www.graues-schloss.de.

Restaurants

Ratskeller, Rathausstr. 12, Treffurt, Tel. 03 69 23/828 77, www.ratskeller-treffurt.de.

Alte Posthalterei, Plan 1, Creuzburg, Tel. 03 69 26/60 14.

Thüringens Südosten – an der Saale hellem Strande

In behäbigen Schleifen windet sich die aufgestaute Saale durch das stille ostthüringische Schieferbergland. Auf **Bleiloch**- und **Hohenwartetalsperre** verkehren Ausflugsschiffe, an den Ufern der künstlichen Seen gibt Campingplätze und Freibäder. Interessante Einblicke in die Geschichte der Wasserkraft ermöglicht das Museum von **Ziegenrück**, auf **Schloss Burgk** hoch über dem Fluss überrascht das anspruchsvolle Museum für Buchkunst.

Über **Rudolstadt** grüßt die Heidecksburg mit ihren herrlichen Prunkräumen und einer zauberhaften Porzellanausstellung, und auch **Kahla** unterhalb der Leuchtenburg kann auf einen lange Tradition der Porzellanproduktion zurückblicken. In der lebhaften Universitätsstadt **Jena** lockt eine abwechslungsreiche Kneipenszene und verabschiedet sich die Saale schließlich aus Thüringen.

27 Saalekaskade

Künstliche Seen erfreuen Wasserratten und Urlauber.

Von der bayerisch-thüringischen Grenze bei Hof bis nach Saalfeld mäandert die Saale durch das Thüringer Schiefergebirge, eine dicht bewaldete und dünn besiedelte Region. Seit den 1920er-Jahren veränderte die **Saalekaskade** das Antlitz der Landschaft: Fünf Talsperren stauen seither den Fluss auf 80 km zu lang gestreckten Seen auf. Die Talsperren fassen zusammen 409 Mio. m^3 Wasser, und ihre Kraftwerke produzieren jährlich rund 500–600 GWh Strom.

Im Süden imponiert zunächst die **Bleilochtalsperre**. Hinter ihrer 205 m langen und 65 m hohen Staumauer entstand ein See von über 28 km Länge. Die Talsperre fasst 215 Mio. m^3 Wasser und ist damit der größte Stausee Deutschlands. Bei *Führungen* (nach Anmeldung, Tel. 03 66 47/ 29 49 70) kann man das Innenleben der Staumauer erkunden und einen Blick auf die mächtigen Turbinen im Krafthaus werfen. *Ausflugsboote* (Fahrgastschiff-

Strahlend blau ist Wasser der Hohenwartetalsperre, einem Teil der Saalekaskade ▷

fahrt, Am Torbogen 1, Saalburg, Tel. 03 66 47/222 50) starten in Saalburg am Ostufer des Sees.

Vergangenheit und Gegenwart verbinden sich aufs Trefflichste in **Schloss Burgk** (11 km nördlich Saalburg, Tel. 036 63/40 01 19, www.schloss-burgk.de, April–Okt. Di–So 10–17, Nov.–März. Di–Fr 10–16, Sa/So 12–17 Uhr). Einst als Grenzburg gegen Slawenüberfälle errichtet, thront sie hoch über der Burgkhammertalsperre. Der Palas ist noch von der Gotik geprägt, auch Zwinger und der am roten Fachwerkaufbau zu erkennende Rote Turm sind älteren Datums. Das Innere präsentiert sich in einem recht unübersichtlichen Stilmix zwischen Renaissance wie im Rittersaal und Barock, etwa in der Schlosskapelle. Es ist ein Fest für alle Sinne, wenn dort während der regelmäßigen Konzerte die Silbermann-Orgel von 1743 bespielt wird.

Der Buchkunst verpflichtet ist das Schlossmuseum. Deutschlandweit ihresgleichen sucht die Sammlung von *Exlibris*, kunstvoll gestalteten Blättern, die Buchliebhaber bis ins 20. Jh. hinein in ihre Bücher klebten, um sich als deren Besitzer auszuweisen und zugleich Individualität und Geschmack unter Beweis zu stellen. Gelegentlich sind auch Künstlerbücher zu sehen, originell gestaltete Arbeiten unterschiedlichster Provenienz.

Etwa 15 km flussabwärts erzählt das **Wasserkraftmuseum** (Lobensteiner Str. 6, Tel. 0364 83/76 06, Mai–Okt. Di–So 10–17 Uhr, Nov.–April Di–Fr 10–16 Uhr, Sa–So 13–16 Uhr) in Ziegenrück die Geschichte der Saalekaskade. Das Museum befindet sich auf dem Gelände einer einstigen Mühle, die der Betreiber des örtlichen Pappewerkes um 1900 zum ersten Wasserkraftwerk an der Saale umfunktionierte. Bis heute produziert eine Turbine Strom, die zweite Turbine kann besichtigt werden.

Die Saalekaskade endet kurz vor Saalfeld mit der **Hohenwartetalsperre** (www.stausee-hohenwarte.com). Wie an der Bleilochtalsperre kann man hier Boot fahren, Schwimmen und die Seele baumeln lassen.

Praktische Hinweise

Information

Fremdenverkehrsamt Ziegenrück, Platz der Jugend 2, 07924 Ziegenrück, Tel. 03 64 83/226 49, www.ziegenrueck.de

Fahrgastschifffahrt Hohenwarte, Sperrmauer, Tel. 03 67 33/215 28, www.fahrgastschiffahrt-hohenwarte.de

Motorsport

Schleiz, Naturrennstrecke, Tel. 036 63/40 34 00, www.schleizer-dreieck.de. Alle 14 Tage können auch Hobbyrennfahrer über den Schleizer Kurs heizen. Außerdem werden hier Rennen der Internationalen Deutschen Motorradmeisterschaften ausgetragen.

Hotel

Am Schlossberg, Paskaer Str. 1, Ziegenrück, Tel. 03 64 83/750, www.hotel-am-schlossberg-ziegenrueck.de. Modernes Ferienhotel am Fuß des Ziegenrücker Burgberges.

Restaurant

Zur Fernmühle, Lobensteiner Str. 6, Ziegenrück, Tel. 03 64 83/701 90. Café, Biergarten und geschmackvoll eingerichteter Weinkeller in historischem Kellergewölbe.

Wasserturbinen aller Art zeigt das Wasserkraftmuseum in Ziegenrück

28 Saalfeld

Einladendes Städtchen, das als ›steinerne Chronik Thüringens‹ gilt.

Bei Saalfeld (27 900 Einw.) verlässt die Saale das Thüringer Schiefergebirge. Nun weitet sich ihr Tal, bis die Berge bei Schwarza wieder enger zusammenrücken.

Geschichte Schon im 10. Jh. befand sich dort, wo heute das Residenzschloss steht, eine ottonische Pfalz. Die eigentliche Stadtgründung leitete aber erst Kaiser Friedrich I. Barbarossa im Jahr 1180 ein. Im Mittelalter kamen die Saalfelder durch den Erzbergbau sowie die Lage an der Handelsstraße von Nürnberg nach Leipzig zu Wohlstand. Von 1680 bis 1745 war die Stadt gar Residenz des durch die Gothaer Erbteilung entstandenen Kleinststaates Sachsen-Saalfeld.

Im 19. Jh., besonders nach der Reichseinigung 1871 und dem Ausbau Saalfelds zu einem Bahnknotenpunkt zwischen Nürnberg, Leipzig, Hof und Gera, nahm die Wirtschaft der Stadt einen enormen Aufschwung. Er fand mit dem Zweiten Weltkrieg sein Ende, und heute hat auch Saalfeld mit Strukturwandel und Bevölkerungsverlust zu kämpfen.

Besichtigung Weil schon seit über 1000 Jahren Menschen im Stadtgebiet siedeln und sich aus fast allen Epochen Baudenkmäler erhalten haben, gilt Saalfeld als ›steinerne Chronik Thüringens‹. Und tat-

Kräftiges Rot akzentuiert Bündelpfleiler und Kreuzrippen in Saalfelds Kirche St. Johannis

sächlich: Schon auf dem Weg in die Altstadt, etwa vom Bahnhof jenseits der Saale aus, fallen die ersten drei Einträge dieser Chronik auf.

Zunächst ist da das **Saaltor**, das seit 1365 Teil der Stadtbefestigung ist. Der Turm über dem Tor mit seinem spätmittelalterlichen Stufengiebel existiert wohl seit der Mitte des 15. Jh.

Oberhalb des Tores, auf einer Anhöhe über der Saale, steht **Schloss Kitzerstein**, erbaut 1521–24. Seine sieben Ziergiebel weisen es als Werk der Frührenaissance aus. Heute ist die Musikschule der Stadt im einstigen Gut der Ritter von Honbach zu Hause.

Dahinter erhebt sich die Ruine der Burg **Hoher Schwarm** mit ihren zwei schmalen Türmen aus dem frühen 14. Jh. Sie markiert jene Stelle, von der aus Kaiser Barbarossa die Stadt gründete. Auf der Freiluftbühne innerhalb der Burgmauern veranstaltet die Stadt während der Sommermonate Theateraufführungen.

Folgt man der durch das Saaltor führenden Straße stadteinwärts, so gelangt man direkt zum weitläufigen Marktplatz, der mit Lokalen und Geschäften den Mittelpunkt des Stadtlebens bildet. Ältestes, wenngleich nach einem Brand im 19. Jh. rekonstruiertes Haus der Stadt ist die **Marktapotheke**. Schon seit 1681 werden in dem romanischen Turmhaus aus dem 12. Jh. Medikamente verkauft. Das schmucke **Rathaus** (1529–37) ist mit Zwerchhäusern und turmförmigem Treppenaufgang typisch für die regionale Baukunst der Renaissance. Der 56,6 cm lange Eisenstab am Treppenturm gab den Tuchverkäufern im Mittelalter das Maß der Saalfelder Elle vor.

Der Rundbau hinter dem Rathaus von 1859, allgemein als **Hutschachtel** (im Rathaus anmelden, Mo/Mi 9–12, Di 9–16, Do 9–18, Fr 9–14 Uhr) bekannt, diente zunächst als Amtsgefängnis. Nach dem Zweiten Weltkrieg waren hier tatsächliche und vermeintliche NS-Verbrecher inhaftiert. An diese Zeit erinnert ein kleiner Gedenkraum, der einer damaligen Zelle nachempfunden ist.

Deutlich großzügiger ist da die gotische Hallenkirche **St. Johannis** (Kirchplatz 1, Mai-Okt. tgl. 11–17 Uhr, sonst auf Anfrage, Tel. 036 71/45 59 40) von 1380, deren spitze Türme hinter der Häuserreihe am Markt hervorblicken. Den großartige Raumeindruck verstärken die roten Bündelpfeiler, deren Farbe das Blut Christi symbolisiert, auf dem die christliche Gemeinde gründet. Wer ein Opernglas dabeihat, sollte es auf die *Himmelswiese* im Kreuzrippengewölbe des Chors richten. Etwa 200 unterschiedliche, naturgetreu wiedergegebene Pflanzen sind dort abgebildet.

Ehrgeizige Stellvertreter der Schwarzburger Fürsten bauten Ranis zur großen Burganlage aus

Über ein Jahrhundert älter als die Kirche St. Johannis ist das Gebäude des **Stadtmuseums im Kloster** (Tel. 07318/598460, www.museumimkloster.de, Di–So 10–17 Uhr) am Münzplatz. Schon 1250 holten die Saalfelder Grundherren, die Grafen von Schwarzburg, den Franziskanerorden in die Stadt. Nach der Klosteraufhebung während der Reformation waren hier eine sächsische Münze und eine Lateinschule untergebracht. Mittlerweile sind im Kapitelsaal kostbare Altäre aus Saalfelder Werkstätten ausgestellt, von besonderer Schönheit ist jener aus der Marienkapelle des längst verschwundenen Saalfelder Benediktinerklosters. Breiten Raum nimmt auch die Saalfelder Industriegeschichte ein: Frühe Nähmaschinen, urtümliche Waschmaschinen mit hölzernen Trommeln und Produkte der Maxhütte Saalfeld sind zu sehen.

TOP TIPP

Es ist ein Glitzern und Leuchten, Funkeln und Strahlen, das Besucher in den **Feengrotten** (Feengrottenweg 2, Tel. 03671/55040, www.feengrotte.de, Führungen April–Okt. tgl. 9.30–17, Nov.–März tgl. 10.30–15.30 Uhr, im Jan. nur Sa/So) erwartet. Die schillernde Märchenwelt entstand nach der Stilllegung des Bergwerkes *Jeremias Glück* im Jahr 1850. Seither lösten sich durch eindringendes Wasser Mineralien und Salze aus dem Gestein, reagierten mit der Luft und färbten so Tropfsteine und Wände in den unterschiedlichsten Farben. Ein Besuch der Höhlen (10–12 °C) ist nicht nur für Jung und Alt ein Vergnügen, sondern kann auch Linderung bei Atemwegserkrankungen bringen.

Ausflug

15 km östlich von Saalfeld erstreckt sich auf einem langgezogenen Bergrücken **Burg Ranis** (Ranis, Tel. 03647/505491, www.thueringerschloesser.de, Mai–Okt. Di–So 10–17 Uhr, Nov.–April Di–Fr 10–16 Uhr, Sa/So 13–17). Seit dem 11. Jh. bauten sie Ministeriale, also Vertreter der örtlichen Lehnsherren, immer weiter aus, bis schließlich eine repräsentative Renaissancefestung entstand. Ein Rundgang führt durch Verlies, Burgküche und auf den Bergfried. Eine Besonderheit ist die Ausstellung zu Erdbeben und seismografischen Anlagen. Außerdem finden regelmäßig Literaturlesungen auf Burg Ranis (Termine unter www.lesezeichen-ev.de) statt.

i Praktische Hinweise

Information

Saalfeldinformation, Markt 6, 07318 Saalfeld, Tel. 03671/522181, www.saalfeld.de

Hotels

Anker, Am Markt 25/26, Tel. 036 71/59 90, Saalfeld, www.hotel-anker-saalfeld.de. 1543 als ›Güldene Gans‹ gegründetes Traditionshaus im Zentrum der Stadt.

Waldhotel Mellestollen, Wittmansgereuther Straße, Tel. 036 71/82 00, www.mellestollen.de. Landhotel mit Ausflugslokal.

Asterra, Am Sperberhölzchen 34, Tel. 036 71/457 00, www.asterrahotel.de. Freundliches Haus am Ortsrand in ruhiger Lage. Restaurant mit schöner Terrasse.

Restaurants

Ratskeller, Markt 1, Saalfeld, Tel. 036 71/51 75 10. Gourmetlokal im Erdgeschoss des Rathauses in historischen Gewölben.

29 Bad Blankenburg

Tor zum Wanderparadies Schwarzatal.

Der ruhige Luftkurort Bad Blankenburg (7400 Einw.) liegt zwischen bewaldeten Hängen an der Mündung der Schwarza in die Saale. 1840 eröffnete der Pädagoge Friedrich Fröbel (1782–1852) in Bad Blankenburg seinen *Kindergarten* – Frobel erfand diesen mittlerweile weltweit gebräuchlichen Namen –, in dem kleine Kinder mithilfe altersgerechter Spielwaren mathematisch-naturwissenschaftliche Grundkenntnisse erwerben sollten.

Märchenhafte Stimmung herrscht in Saalfelds Feengrotten

Dort, wo Fröbel damals mit Kindern lernte und spielte, erinnert heute das **Friedrich-Fröbel-Museum** (Johannisgasse 4, Tel. 03 67 41/25 65, Di–Sa 10–12, 13–17 Uhr) an seine bis heute aktuellen Ideen. Kinder können sie in einem eigenen Ausstellungsraum anhand Fröbelscher Spielwaren selbstständig erproben.

Auf **Burg Greifenstein** (www.burg-greifenstein.de, tgl. 9–17 Uhr) über Bad Blankenburg residierte seit dem 13. Jh. ein Zweig der Schwarzburger Grafen. Seit dem 16. Jh. verfiel sie und erst im 19. Jh., im Zuge der grassierenden Mittelalterbegeisterung, wurden Palas und der Burgturm rekonstruiert. Uhus, Waldkäutze und Falken kreisen während der Flugschauen des *Thüringer Adler- und Falkenhof* (Tel. 03 67 41/574 29, www.adler-und-falkenhof.de, Karfreitag–1. Nov.-Wochenende 15 Uhr) um die Burg, außerdem gibt es eine kleine Ausstellung zur Chronik der Feste und eine Burgschänke.

i Praktische Hinweise

Information

Informations- und Wanderzentrum, Bahnhofstr. 40, 07422 Bad Blankenburg, Tel. 03 67 41/26 67, www.bad-blanken burg.de

Hotels

******Am Goldberg**, Goetheweg 9, Bad Blankenburg, Tel. 03 67 41/574 00. Sehr komfortables Haus am Waldrand mit großzügigen Zimmern.

*****Zum Steinhof**, Wirbacher Str. 6, Bad Blankenburg, Tel. 03 67 41/70 80, www.hotel-zumsteinhof.de. Helle Zimmer, freundlich eingerichtet. Gaststube mit gutbürgerlicher Thüringer Küche.

Weinhaus Eberitzsch, Schwarzburger Str. 19, Bad Blankenburg, Tel. 03 67 41/23 53, www.weinhaus-eberitzsch.de. Hotel am Eingang zum malerischen Schwarzatal; modern eingerichtete Zimmer; Ausflugslokal mit Biergarten.

Restaurants

Flößerhütte, Dittersdorfer Weg 236 a, Bad Blankenburg, Tel. 036741/2695, www.floesserhuette.de. Köstliches vom Metzger, von der Haxe bis zum Thüringer Rostbrätl.

Schweizerhaus, Im Schwarzatal 1,5 km hinter Bad Blankenburg, Tel. 03 67 30/222 27. Beliebtes Ausflugslokal im Schwarzatal (tgl. 9–17 Uhr).

30 Rudolstadt

Feierfreudiges Städtchen unterhalb eines mächtigen Barockschlosses.

Im Norden des Thüringer Schiefergebirges, dort, wo die Saale in einem weiten Bogen ihre Richtung gen Osten wechselt, erstreckt sich auf der linken Flussseite die Schwarzburger Residenzstadt Rudolstadt (25 000 Einw.).

Als weithin sichtbares Zeichen Schwarzburger Macht blickt die **Heidecksburg** (Tel. 036 72/429 00, April-Okt. Di–So 10–18, Nov.– März. 10–17 Uhr) hinunter auf den Saalebogen. Sie nimmt jenen Bergsporn ein, auf dem im 13. Jh. eine Burg der Grafen von Orlamünde stand. 1571 wählten sie die Herren von Schwarzburg zu ihrem ständigen Sitz. Nachdem der Kaiser ihre Treue 1710 mit der Erhebung in den Fürstenstand honoriert hatte, begann ein ehrgeiziges Ausbauprogramm.Unter der Ägide des Dresdner Baumeisters Knöffel und seines Nachfolgers Krohne aus Weimar entstand so ein Barockschloss, dessen drei Flügel, die angrenzenden Stallungen und Bedienstetenquartiere einen großen Schlosshof rahmen. Mittlerweile ist es Heimat des *Thüringer Landesmuseums*. Anmutige Porzellanfiguren aus regionalen Werkstätten bilden einen Schwerpunkt der Ausstellung. Einige dieser zauberhaften Kunstwerke stammen aus der *Volkstedter Porzellanmanufaktur* (Breitscheidstr. 7, Rudolstadt, Tel. 036 72/4 80 20, www.porzellanmanufactur-volkstedt.com, Führungen Mo–Do 10 und 13 Uhr, Werksverkauf Mo–Fr 8–17 Uhr). Das Naturalienka-

Durch das Schwarzatal bei Bad Blankenburg

Natur pur erlebt, wer vom Schwarzawehr am Ortsausgang von Bad Blankenburg (Wanderparkplatz an der L 1112 Richtung Schwarzburg, einfach 11 km, ca. 3 Std.) aus gen Schwarzburg wandert. Die Hänge des engen **Schwarzatals** sind dicht bewaldet, am Wegrand gedeihen allerlei seltene Pflanzen.

In Schwarzburg angekommen, kann man zum Jagdschloss der Fürsten von Schwarzburg-Rudolstadt auf einem Felssporn über dem Ort hinaufspazieren. Die Nationalsozialisten richteten 1940–43 Verwüstung an, als sie das Schloss zum Gästehaus des Reiches umbauen wollten, ein Vorhaben, das allerdings nie abgeschlossen wurde. So ist heute das Hauptgebäude wegen Baufälligkeit für Besucher geschlossen und nur die Orangerie mit dem prächtigen **Kaisersaal** (Tel. 03 67 30/222 63, April–Okt. tgl. 10–18 Uhr) im Obergeschoss zugänglich. Er verdankt seinen Namen 48 Gemälden, auf denen die Kaiser des Heiligen Römischen Reiches dargestellt sind – etwas ahistorisch beginnend bei Julius Cäsar.

Für den Rückweg von Schwarzburg nach Bad Blankenburg bieten sich der aussichtsreiche *Panoramaweg Schwarzatal* (Markierung rotes Dreieck, 13 km, 3,5 Std.) hoch über dem Tal, Bus (Tel. 018 03/33 72 87) oder Taxi (Tel. 036 72/ 43 43 43) an.

Munter strömt die Schwarza durch ihr von dichten Laubwäldern geprägtes Tal

Sehr bescheiden wirken die Häuser von Rudolstadt unterhalb der Heidecksburg

binett aus dem 18. Jh. zeugt ebenso von fürstlicher Sammelleidenschaft wie die über Jahrhunderte angehäufte Waffensammlung. Eine Augenweide ist die Gemäldegalerie mit Werken Caspar David Friedrichs und Max Liebermanns im 2. Stock. Die prächtigen Wohnräume und der Rokoko-Festsaal im 1. Stock sind nur im Rahmen von Führungen (Di–So stdl. ab 10.30 Uhr) zugänglich.

Sechs steile, von duftenden Rosenspalieren umwachsene **Schlosssteigen** führen hinab in die Altstadt. Unten angekommen, stößt man in der Stiftsgasse auf den **Handwerkerhof** (Stiftsgasse 21–25, www.handwerkerhof.rudolstadt.de), der das alte Bernhardinenstift wieder mit Leben füllte. Das **Alte Rathaus** (Stiftsgasse 2, Mo 9–15, Di 9–16, Do 9–18, Fr 9–12 Uhr) einige Meter weiter ist an seinem hohen Glockenturm zu erkennen. Im heutigen Stadtarchiv finden gelegentlich Ausstellungen statt.

Vom Rathausportal blickt man die Ratsgasse hinunter zum Markt. Ihn rahmen hübsche Bürger- und Handwerkerhäuser sowie das **Neue Rathaus**, dessen markanter Turm erst 1912 an ein bereits bestehendes Gebäude des 17. Jh. angefügt wurde.

Ein barockes Stadtschloss ganz ohne Schnörkel ist in der östlichen Altstadt am Ende der Kirchgasse die 1734 für Prinz Ludwig Günther II. errichtete **Ludwigsburg**. Wo einst ein Angehöriger des stets von Geldnöten geplagten Hauses Schwarzburg residierte, wacht mittlerweile der Thüringer Landesrechnungshof über die öffentlichen Finanzen. Die Stadtkirche **St. Andreas** nebenan steht auf den Grundmauern einer alten Wallfahrtskirche. Aus der dreigeschossigen

In Handarbeit entstehen die Kunstwerke der Volkstedter Porzellanmanufaktur

Fürstenloge links vom Chor verfolgten die Grafen von Schwarzburg den Gottesdienst. Ihre Schauseite ziert der kunstvoll geschnitzte Stammbaum der Familie. Die 1499 gegossene Glocke Osanna soll Friedrich Schiller zu seinem Lied von der Glocke inspiriert haben. Er weilte als junger Mann häufig in Rudolstadt, denn hier lebte seine spätere Frau, Charlotte von Lengenfeld. Das Wohnhaus der Familie im Süden der Altstadt zeigt als **Schillerhaus** (Schillerstraße 25) eine kleine Ausstellung.

Jenseits der Saale, mit der Altstadt durch zwei Fußgängerbrücken verbunden, erstreckt sich der **Heinepark**. Mitten im Park befindet sich seit 1915 das kleine **Bauernhausmuseum** (www.heidecksburg.de, Tel. 03672/422465, Gründonnerstag–31. Okt. tgl. 11–18 Uhr), ein Komplex aus drei hierhin versetzten thüringischen Höfen. Wer vor dem Rundgang durch die kargen Räume, die bäuerliche Wohnkultur und vorindustrielle Wirtschaftsweise dokumentieren, die prunkvollen Hallen der Heidecksburg besuchte, dem wird schnell klar, dass gewaltige Einkommensunterschiede kein Phänomen allein der Gegenwart sind.

Praktische Hinweise

Information

KulTourDiele Fremdenverkehrsamt, Marktstr. 57, 07407 Rudolstadt, Tel. 03672/414743, www.rudolstadt.de. Auch

Während des Rudolstädter Tanz- und Folklorefests wird der Marktplatz zur großen Bühne

TOP TIPP Infos über das Rudolstädter **Tanz- und Folklorefest TFF** (www.tff-rudolstadt.de), das alljährlich am 1. Juliwochenende stattfindet.

Hotels

******Edelhof**, Kolkwitz über Rudolstadt, Tel. 03672/422626, www.landhotel-edelhof.de. Wohlfühlatmosphäre 6 km von Rudolstadt entfernt an der Saale.

******Marienturm**, Rudolstadt-Cumbach, Tel. 03672/43270, Fax 03672/432785, www.hotel-marienturm.de. Neben dem 1886 erbauten Marienturm auf hohem Bergesrücken mit prachtvollem Panoramablick.

Haus Hodes, Mörla 1, Tel. 03672/410101. Nette Dorfwirtschaft mit gepflegten Zimmern in ländlicher Umgebung, hinterm Schloss, 1 km vom Zentrum.

Restaurants

Adler, Markt 17, Rudolstadt, Tel. 03672/4403. Gemütliches Gasthaus mit Terrasse auf den Marktplatz. Einheimische Spezialitäten.

Verrücktes Kartoffelhaus, Markt 5, Rudolstadt, Tel. 03672/414747, www.kartoffelhaus-rudolstadt.de. Von der Bratkartoffel bis zum Kartoffelpuffer, mit und ohne Beilagen: Der Erdapfel in seiner ganzen Fülle.

31 Schloss Kochberg

Landsitz von Goethes großer Liebe – ein Musentempel für Liebhaber.

Johann Wolfgang von Goethe war 26 Jahre alt, als er Charlotte von Stein in Weimar kennenlernte. Schon im Dezember 1775, nur wenige Wochen nach seiner Ankunft am Hof Carl Augusts von Sachsen-Weimar-Eisenach, besuchte er sie erstmals auf **Schloss Kochberg** (Im Schlosshof 3, Großkochberg, Tel. 03 67 43/ 225 32, www.klassik-stiftung.de, April–Okt. Di–So 10–18 Uhr), dem Landsitz der Familie von Stein. Ins Eichenholz des Schreibschranks im sog. Goethezimmer ritzte das verliebte Genie den Tag seiner Ankunft: ›Goethe 6 Dec 75‹. Vier Zimmer des Schlosses sind bis heute so eingerichtet wie zu Charlottes Zeiten, die übrigen Räume lassen die Geschichte der Familie von Stein Revue passieren.

Neben dem Schloss steht das um 1800 von Carl von Stein, dem Sohn Charlottes, entworfene **Liebhabertheater** (Tickets Tel. 03 67 43/225 32, www.liebhabertheater.com). Zu Carls Zeiten spielten Laiengruppen, oftmals verstärkt durch Familienmitglieder und Hausangestellte, auf der Bühne. Nun beleben während der Sommermonate Musikabende und Theateraufführungen das klassizistische Kleinod. Der unter Carl von Stein liebevoll gestaltete Landschaftspark am Schloss vervollständigt den kunstvollen Gesamteindruck.

Von Weimar nach Kochberg

Am 12. Juli 1777 schrieb Goethe an Charlotte von Stein, er habe den Weg von Weimar nach Schloss Kochberg binnen vier Stunden zurückgelegt – in seinen jungen Jahren schritt der Dichter offenbar kräftig aus. Wanderer, die seinen Spuren auf dem **Goethe-Wanderweg** (Weißes G auf grünem Grund, 28 km, ca. 7 Std., Start am Goethehaus in Weimar) folgen wollen, sollten sich mehr Zeit nehmen, gibt es unterwegs doch einiges zu entdecken. In *Buchfart* (7 km) etwa kommt man an einer uralten Felsenburg vorbei und kurz vor dem Ziel kann man vom *Luisenturm* (km 27) aus die Aussicht über das Thüringer Hügelland genießen.

i Praktische Hinweise

Information

Klassik Stiftung Weimar, Tel. 03 67 43/ 224 32, www.klassik-stiftung.de.

Restaurants/Unterkunft

Balamine, Am Schlossberg 50, Buchfart, am Goethe-Wanderweg, Tel. 036 43/ 49 64 19, www.waldgasthaus-balsamine.de. Beim Essen – serviert werden saisonale Köstlichkeiten vom Tafelspitz bis zum Wildschweinragout – schweift der Blick über die Wälder des mittleren Ilmtals. Schöne Gastzimmer.

Seine Liebe zu Charlotte von Stein führte Goethe immer wieder nach Schloss Kochberg

Schloss Kochberg, Im Schlosshof 3, Großkochberg, Tel. 03 67 43/206 60, www.schlossrestaurant-kochberg.de. Das Restaurant im Schloss verwöhnt mit feiner Küche. Ab Sommer 2009 kann man im Schloss auch übernachten.

32 Kahla und die Leuchtenburg

Die Porzellanstadt pflegt ihre Geschichte.

Enge Gassen durchziehen die Altstadt von **Kahla** (7400 Einw.). Bis heute umgibt sie eine fast vollständig erhaltene Stadtmauer mit zwei Wehrtürmen. Stadtbild prägend wirkt die spätgotische Kirche **St. Margareten** im Norden der Altstadt.

Das **Stadtmuseum** (Margarethenstr. 7/8, tgl. 10–17 Uhr) im *Metznerschen Haus* zeigt vornehmlich die Lebensumstände um das Jahr 1900. Damals vollzog sich mit dem Wachstum der örtlichen Porzellanindustrie der Wandel Kahlas vom Ackerbürgerstädtchen zur Industriestadt. Man kann einen Blick in die Küche eines Arbeiters jener Zeit werfen, auch ein damaliges Klassenzimmer wurde nachgebaut. Natürlich gibt es auch Porzellan aus Kahla zu sehen. Käuflich erstehen kann man es im Werksverkauf der **Kahla Porzellan** (Christian-Eckardt-Straße 38, Tel. 03 64 24/792 79, Werksführungen Fr 10.30 Uhr).

Weit reicht der Blick von der Leuchtenburg über das Thüringer Saaleland

Jenseits der Saale thront weithin sichtbar die **Leuchtenburg** (Seitenroda, Tel. 03 64 24/222 58, www.museum-leuchtenburg.de, April–Okt. tgl. 9–18, Nov.–März tgl. 9–17 Uhr). Von strategischer Bedeutung war die 1221 erstmals urkundlich erwähnte Festung vor allem im 14. Jh., als Schwarzburger und sächsische Wettiner um die Vorherrschaft im Saaletal rangen. Später diente sie als Amtssitz, Zucht-, Armen- und Irrenhaus und schließlich, seit Anfang des 20. Jh., als Museum. Abwechslungsreich wie die Geschichte der Burg sind dessen Sammlungen: Eine Jagdausstellung zeigt Trophäen und historische Schusswaffen, im Münzturm wird das harte Leben der Gefangenen auf der Leuchtenburg gegenwärtig. Von materiell wie kulturgeschichtlich hohem Wert ist der *Mahlschatz von Tautenburg*, ein bäuerlicher Brautschmuck, der von Generation zu Generation weitervererbt, im Dreißigjährigen Krieg versteckt und erst 1986 wiederentdeckt wurde.

i Praktische Hinweise

Information

Touristeninformation Kahla,
Margarethenstraße 7/8, 07768 Kahla,
Tel. 03 64 24/784 39, Fax 03 64 24/820 01,
www.kahla-thüringen.de

Hotels

Stadttor, Jenaische Straße 24, Tel. 03 64 24/83 80, www.hotel-stadttor.de. Schön restauriertes historisches Gebäude, gepflegte Zimmer, rustikales Restaurant mit Sitzplätzen im romantischen Innenhof.

33 Jena *Plan Seite 98*

Stadt der Gelehrten – lebendig durch ihre Studenten.

Das im tief eingekerbten Saaletal gelegene Jena (102 000 Einw.) verdankt seine besondere Bedeutung der Universität, die Kurfürst Johann Friedrich der Großmütige von Sachsen 1558 gründete. Auf ihrer ruhmreichen Geschichte fußt Jenas Ruf als Stadt der Forschung und der Lehre. Weltweite Anerkennung genossen die 1846 entstandenen Mechanischen Werkstätten von Carl Zeiss, Ernst Abbes Perfektionierung wissenschaftlicher Präzisionsgeräte und das 1884 von Otto Schott entwickelte Jenaer Glas.

Rund um den Markt

Das Zentrum Jenas ist klein und kompakt. Während viel historische Bausubstanz dem Bombenkrieg des Zweiten Weltkrieges zum Opfer fiel, blieb am Markt das aus dem 14. Jh. stammende und 1755 barock erneuerte **Rathaus** ❶ erhalten. Zu jeder vollen Stunde zieht der nach einer ihm vorgehaltenen goldenen Kugel haschende ›Schnapphans‹ am Uhrturm die Blicke auf sich. An Jenas Bildungsvater erinnert der **Hanfried** ❷, wie der Volksmund das große Bronzestandbild des Kurfürsten im Zentrum des Platzes nennt.

Zu einer Zeitreise von den Ursprüngen Jenas als Weinbauernsiedlung bis zum Zentrum der Wissenschaften lädt das **Stadtmuseum Jena** ❸ (Markt 7, Tel. 036 41/49 82 61, Di, Mi, Fr 10–17, Do 14–22, Sa, So 11–18 Uhr), allgemein als Göhre bekannt, in einem spät- und neogotischen Gebäudeensemble vis-à-vis vom Rathaus ein. Unter dem gleichen Dach präsentiert die städtische *Kunstsammlung* Malerei, Graphik, Plastik und Objekte des 20. Jh. und 21. Jh. Schwerpunkte bilden die Klassische Moderne sowie Kunst der DDR.

Hinter dem Stadtmuseum ragt **St. Michael** ❹ (Kirchplatz, Mai–Sept. Mo–Fr 10–13, 14–17, Sa 10–13 Uhr) mit ihrem 50 m hohen markanten Turm auf. Sie wurde 1390–1556 als spätgotische Hallenkirche errichtet. Ihre Schauseite ist die *Südfassade* mit zwei reich verzierten Portalen. Die bronzene *Lutherplatte* mit ganzfigürlichem Relief des Reformators im nördlichen Seitenschiff entstand 1548 und war ursprünglich für Luthers Grab in Wittenberg bestimmt. Da Kurfürst Johann Friedrich der Großmütige jedoch das Gebiet

Aparter Kontrast: hochragender JenTower und altstädtische Häuserzeile

Vom JenTower aus wirkt selbst der 50 m hohe Turm von St. Michael klein und unscheinbar

von Wittenberg durch seine Niederlage im Schmalkaldischen Krieg 1546/47 verloren hatte, behielt er das schöne Gusswerk in Jena.

Weiter südlich steht das einstige Wohnhaus des Philosophen Johann Gottlieb Fichte (1762–1814), das unter dem Namen **Romantikerhaus** 5 (Unterm Markt 12 a, Tel. 036 41/44 32 63, Di–So 10–17 Uhr) als Literaturmuseum eingerichtet ist. Es widmet sich der deutschen Frühromantik. Friedrich Schiller (1759–1805) und August Wilhelm Schlegel (1767–1845) lehrten an der Universität, Ludwig Tieck (1773–1853) und Novalis (1772–1801) ließen sich von ihnen inspirieren.

Vom Fürstengraben zum Carl-Zeiss-Platz

Vorbei am **Universitätshauptgebäude** 6, das 1905–08 nach einem Entwurf des Münchener Architekten Theodor Fischer entstand und im Innern ein Monumentalgemälde von Ferdinand Hodler sowie eine Bronzebüste Auguste Rodins bewahrt, erreicht man den **Fürstengraben** 7, eine Ehrenallee mit Büsten Jenaer Persönlichkeiten. Rechter Hand erstreckt sich der **Botanische Garten** 8 (Tel. 036 41/94 92 74, Mitte Mai–Mitte Sept tgl. 9–18, sonst bis 17 Uhr) mit rund 12 000 Pflanzenarten aus allen Vegetationszonen der Erde. Er ist hervorgegangen aus einem bereits 1586 gegründeten Medizinergarten, der schon Goethe zu naturwissenschaftlichen Studien verlockte. 1794 veranlasste dieser den Bau von Gewächshäusern sowie des Inspektorhauses, das heute als **Goethe-Gedenkstätte** 9 (Fürstengraben 26, Tel. 036 41/94 90 09, April–Okt. Mi–So 11–15 Uhr) eingerichtet ist. Es dokumentiert das dichterische Schaffen und die botanischen Betrachtungen des Universalgenies während seiner Aufenthalte in Jena.

Blickfang in der Gartenanlage ist die silberne Kuppel des 1926 eröffneten **Zeiss-Planetariums** 10 (Tel. 036 41/88 54 88, www.planetarium-jena.de, tgl. Vorführungen), dessen multimediale Shows in die fantastische Welt des Universums entführen. Modernste Laser-Display-Technik lässt ganze Galaxien entstehen, in welchen Planeten und Sterne zum Greifen nah ihre Bahnen ziehen.

Über die Schillerstraße südwärts, vorbei an dem mittelalterlichen Stadtmauerensemble von **Pulverturm und Johannistor** 11 und dem glasverkleideten **Jen-Tower** 12 (www.jentower.de, tgl. 11–24 Uhr), dessen Restaurant und Aussichtsplattform in 128 m Höhe einen überwältigenden Rundblick bieten, erreicht man den idyllischen Gebäudekomplex des

Collegium Jenense ⑬ (Kollegiengasse 10, Mo–Fr 9–18, Sa, So 10–16 Uhr). Das ehrwürdige einstige Kloster gilt als Keimzelle und Gründungsort (1558) der Jenaer Universität. Im schönen Innenhof, der im Sommer zu Konzertbesuchen einlädt, erinnern Grab- und Gedenksteine an frühere Lehrer und Professoren.

Weiter westlich öffnet sich der *Carl-Zeiss-Platz*. Zentraler Blickpunkt ist das **Ernst-Abbe-Denkmal** ⑭, das Henry van de Velde 1909 zu Ehren des Physikers, Industriellen und Sozialreformers als monumentalen Pavillon schuf.

Gegenüber feiert das **Optische Museum** ⑮ (Carl-Zeiss-Platz 12, Tel. 036 41/44 31 65, www.optischesmuseum.de, Di–Fr 10–16.30, Sa 11–17.15 Uhr) das handwerkliche Geschick der ersten Fernglashersteller, zeigt die originellen Guckkästen, das Kino des 18. Jh. und erklärt die Funktion von Mikroskopen und Brillen.

Südlich vom Engelplatz

Die glanzvollste Epoche Jenaer Geisteslebens lässt **Schillers Gartenhaus** ⑯ (Schillergässchen 2, Tel. 036 41/93 11 88, April–Okt. Di–So 11–17, Nov.–März Di–Sa 11–17 Uhr) wieder auferstehen. Dort wohnte Schiller mit seiner Familie während seiner letzten beiden Jahre als Geschichtsprofessor in Jena (1789–99). Neben einer Ausstellung zu Schillers Jenaer Schöpfungen von der Wallensteintrilogie über Maria Stuart bis zur Jungfrau von Orleans sind die Wohn- und Schlafräume der Familie und das Arbeitszimmer des Dichters zu sehen.

Im **Ernst-Haeckel-Haus** ⑰ (Berggasse 7, Tel. 036 41/94 95 06, Führungen Di–Fr 10, 11.30, 14 und 15.30 Uhr) nebenan lebte der Zoologe Ernst Haeckel (1834–1919). Er machte die Lehren Darwins in Deutschland bekannt und begründete die deutsche Meeresbiologie. Die ›Villa Medusa‹, wie er selbst seine Wohnstätte nannte, ist heute wissenschaftliches Institut und Museum und bewahrt neben dem original erhaltenen Arbeitszimmer eine Bibliothek mit Manuskripten, Aquarellen, Zeichnungen und Druckschriften.

Ein Werk Haeckels ist auch das 1907 nahebei gegründete **Phyletische Museum** ⑱ (Vor dem Neutor 1, Tel. 036 41/94 91 80, tgl. 9–16 Uhr). Es ist der Abstammungslehre gewidmet und veranschaulicht mit zoologischen Präparaten, Fossilien, Modellen und Grafiken die Evolutionstheorie.

Ein Abstecher führt über die Bahngleise westwärts zum **Schott GlasMuseum** ⑲ (Otto-Schott-Str. 13, Di–Fr 13–18 Uhr, Tel. 036 41/68 17 65). Auf dem Betriebsgelände der Schott-Werke, die Schott, Abbe und Zeiss 1884 gründeten, führt es durch die Unternehmensgeschichte und präsentiert Erfindungen wie das Ceran-Kochfeld oder Module zur Solarstromerzeugung.

Die Kuppel des Zeiss-Planetariums aus den 1920er-Jahren birgt modernste Technik

Zur Sammlung des Optischen Museums in Jena zählen diese Mikroskope des 19. Jh.

Praktische Hinweise

Information

Jena Tourist-Information, Markt 16, 07743 Jena, Tel. 036 41/49 80 50, Fax 036 41/49 80 55, www.jenatourismus.de

Hotels

Pension Burgblick, Alte Dorfstraße 20 a, Jena-Drackendorf, Tel. 036 41/33 67 16, www.pensionburgblick.de. Familiäre freundliche Pension in ruhiger grüner Lage südlich der Stadt.

Zur Noll, Oberlauengasse 19, Jena, Tel. 03641/59770, www.zur-noll.de. Zentrales Hotel in historischem Gemäuer mit modernem Komfort.

Zur Schweiz, Quergasse 15, Jena, Tel. 036 41/520 50, www.zur-schweiz.de. Gemütliches Traditionshaus in Universitätsnähe mit Restaurant und Biergarten.

Restaurants

Papiermühle, Erfurter Str. 102, Jena, Tel. 036 41/45 98 98, www.papiermuehle-jena.de. Rustikales Brauhaus vor den Toren der Stadt; auch komfortable Gästezimmer.

TOP TIPP **SCALA,** Leutragraben 1, Jena, Tel. 036 41/35 66 66. Das Turmrestaurant in der 28. Etage des JenTower überzeugt durch den Panoramablick und seine Gourmetküche.

Weinbauernhaus im Sack, Oberlauengasse 14, Jena, Tel. 03641/22 94 54. Das Hotelrestaurant bietet Thüringer- und Fischspezialitäten in mittelalterlichem Ambiente.

Wilhelmshöhe, Ziegenhainer Oberweg 66, Jena, Tel. 036 41/225 01. Das Ausflugslokal auf dem ›Dach Jenas‹ serviert Alt-Thüringer Spezialitäten und hat die schönste Aussicht auf die Stadt.

34 Dornburger Schlösser

Anmutige Schlösserparade in luftigen Höhen.

Als ständen sie im Wettstreit um den besten Blick auf das Saaletal, sind die drei **Dornburger Schlösser** (Führungen über Tourist Info Dornburg, s.u.) mit ihren prächtigen Grünanlagen nebeneinander auf 90 m hohem Plateau aufgereiht. Mit ihren unterschiedlichen Entstehungszeiten zwischen Mittelalter und Rokoko laden sie ein zu einer Zeitreise im Ambiente adliger Wohnkultur.

Den chronologischen Anfang macht das imposante kastenförmige **Alte Schloss** – das nördlichste der drei. 1451–

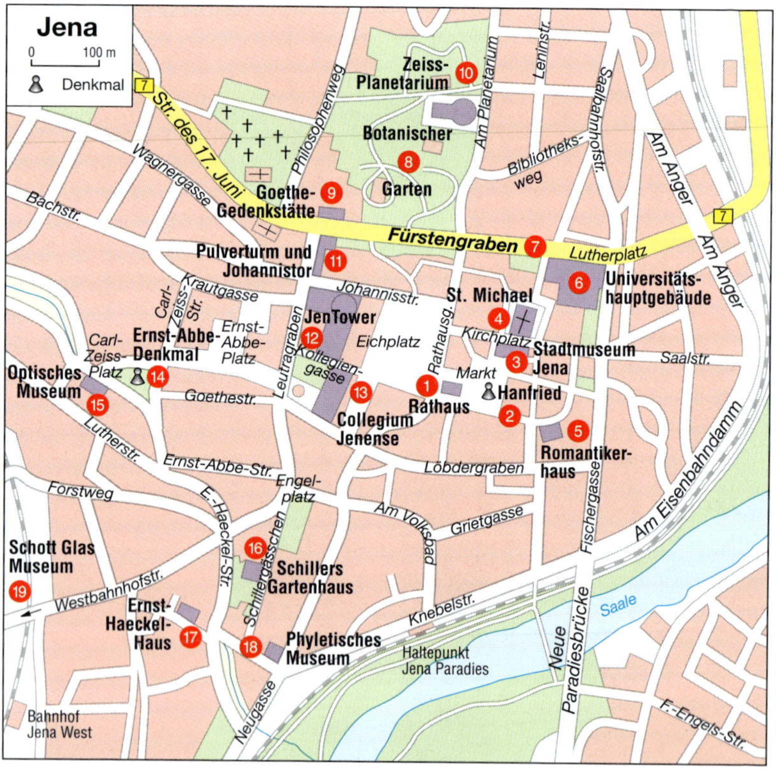

Gemächlich fließt die Saale am Alten Schloss von Dornburg auf seinem steilen Fels vorbei

1522 auf den Grundmauern einer alten Kaiserpfalz Ottos des Großen errichtet, diente es bis 1717 als Fürstensitz. Später wurde das Bauwerk als Gemeindeverwaltung, Baumwollspinnerei, Schule und Seniorenheim genutzt. Heute hat die Universität Jena hier eine Begegnungsstätte eingerichtet. Herzstück ist der rund 150 m² große freskierte Kaisersaal, den eine ornamentierte Balkendecke überspannt.

Am südlichen Plateaurand entstand ab 1539 anstelle eines Gutshauses das **Renaissanceschloss**, auch Goetheschloss genannt. Dieser Name erinnert an den Dichterfürst, der 1828 die Sommermonate hier verbrachte und die Dornburger Gedichte schrieb. Heute ist der weiße Putzbau mit Treppenturm, Zwerchhäusern und geschweiften Giebeln Museum und präsentiert neben höfischem Mobiliar des 16.–19. Jh. auch die Bergstube, das einstige Wohn- und Arbeitszimmer Goethes.

Jüngstes Bauwerk ist das 1741 im Auftrag von Herzog Ernst August errichtete **Rokokoschloss** im Zentrum der Anhöhe. Mit seiner anmutig leichten Farbigkeit, seinen weit ausschwingenden Risaliten und Rocaille-Ornamenten gibt es sich als graziöses Lustschloss. Die Innenausstattung stammt großteils aus dem frühen 19. Jh., als Herzog Carl August die Räumlichkeiten nutzte. Er war es auch, der weite Teile der Schlossgärten im Stil eines Landschaftsgartens neu gestaltete, einen Weinberg, einen Rosenlaubengang sowie einen Teeplatz mit Robinien anlegen ließ. Das geometrische Gartenparterre vor dem Rokokoschloss wurde nach Entwürfen des Landschaftsarchitekten Hermann Schüttauf wieder hergestellt.

i Praktische Hinweise

Information

Dornburg-Tourist, Ludwig-Jahn-Str. 7, 07778 Dornburg, Tel. 03 64 27/209 34, www.dornburg-saale.de

Hotel

Schlossberg, Neustr. 16a, Dornburg, Tel. 03 64 27/704 63, www.hochzeits restaurant.de. Die Pension direkt am Eingang der Schlossgärten bietet bequeme Gästezimmer und ein Restaurant mit großer Terrasse und malerischem Blick ins Saaletal.

Restaurants

Am Brauhaus, Breite Straße 12, Dornburg, Tel. 03 64 27/705 03, www.gaststaette-dornburg.de. Gasthof mit Pensionszimmern in Schlössernähe.

Schlosscafé Dornburger Schlösser, Max-Krehan-Str. 3, Tel. 03 64 27/704 19. Hausmannskost und Dornburger Wein im Renaissanceschloss und auf herrlicher Terrasse.

Thüringens Osten – zwischen Elster und Pleiße

Bis heute trägt der äußerste Osten Thüringens – genau wie die angrenzenden Regionen Sachsens und Bayerns – den Namen **Vogtland**. Diesen Namen verdankt die Gegend den selbsternannten Vögten aus dem Hause Reuß, die von der imposanten **Burg Weida** aus über diese Landschaft regierten.

Den Nachkommen der Vögte verdanken die Städte des Thüringer Vogtlandes ihr reiches historisches Erbe. So beeindruckt in **Altenburg**, das zugleich als Geburtsort des Skatspieles berühmt ist, eine ausgedehnte Schlossanlage mit einer prachtvollen Kirche. In **Greiz** wiederum gibt es gleich zwei reußische Schlösser, nämlich das Unter- und das Oberschloss. Ein ausgedehnter Landschaftspark im englischen Stil lädt dort zu erholsamen Spaziergängen.

Von gänzlich anderem Reiz ist die **Neue Landschaft Ronneburg**, die in der vom Uranabbau geschundenen Gegend östlich von Gera entstand. Waldreich und mit einigen schmucken Ortschaften präsentiert sich schließlich das **Holzland** im Westen Geras.

35 Altenburg

Geraubte Prinzen und gestochene Buben – die Residenz- und Skatstadt macht auf sich aufmerksam.

In kaum einer anderen Region Deutschlands gab es seit dem 17. Jh. so viele Klein- und Kleinststaaten wie in Thüringen. So kommt es, dass den Reisenden selbst in Kleinstädten wie Altenburg (37 500 Einw.) Schloss, Adelspalais und Prachtstraße überraschen.

Altenburg, das eine Schenkungsurkunde des Kaisers an das Kloster Zeitz im Jahr 976 erstmals erwähnt, entwickelte sich um eine Kaiserpfalz an der Handelsstraße Via Imperii. Weil die Stadt eine Art Verwaltungssitz für das Pleißenland, Krongut Kaiser Friedrich Barbarossas war, ließ dieser die Stadt im 12. Jh. befestigten. Hussitenkriege und Dreißigjähriger Krieg spielten der Stadt übel mit. In den Jahren 1603–72 und nochmals 1826–1918 war Altenburg Residenz des Herzogtums Sachsen-Altenburg.

Schloss Altenburg gilt als Paradebeispiel einer Thüringer Kleinstaaten-Residenz ▷

Der lang gestreckte **Markt** ist gute Stube und Zentrum Altenburgs. Besonders lebhaft geht es auf dem von Cafés gesäumten Platz an den Markttagen (Mi 8–16, Sa 8–12 Uhr) zu, wenn Bauern dort

ihre Waren feilbieten. In seiner Mitte tritt das **Renaissancerathaus** (1562–64) mit einem hohen Turm aus der langen Reihe historischer Bürgerhäuser heraus. Die **Brüderkirche** (Ostern–Reformationstag tgl. 10–18, Nov.–Karsamstag tgl. 10–16 Uhr, Führungen Tel. 034 47/43 36) aus rotem Backstein begrenzt den Markt am westlichen Ende. Das weithin sichtbare Mosaikrelief über dem Portal zeigt Christus während der Bergpredigt. Im für den Historismus üblichen Sauseschritt eilt die ab 1901 anstelle einer baufälligen Vorgängerin erbaute Kirche durch die Architekturgeschichte: Äußerlich zeigt sie Anklänge an die Backsteingotik Norddeutschlands, im Inneren verbindet sie romanische Einflüsse mit Wandbemalungen im Jugendstil.

Während sich die Altenburger bei der Brüderkirche für einen Neubau entschieden, rissen sie die ruinöse Nikolaikirche 500 m südlich bis auf ihren Turm (Di–So 10–17 Uhr) ab. Von dessen Aussichtsplattform blickt man weit über Stadt und Land. Über den schmucken Roßplatz und die Teichstraße kann man nach Süden spazieren, zu den **Roten Spitzen** (Besichtigung Do 18 Uhr, Voranmeldung Tel. 034 47/59 46 11), dem Wahrzeichen Altenburgs. Die beiden romanischen Türme sind letzte Zeugen des 1172 von Kaiser Friedrich Barbarossa gegründeten Chorherrenstifts. Im Jahr 1543 im Zuge der Reformation aufgelöst, verfielen Stift und Kirche im Laufe der Jahrhunderte, bis nur noch die Türme und die einstige Probstei übrigblieben.

Schlägt das merkantile Herz Altenburgs heute am Markt, so befand es sich zur Entstehungszeit der Stadt im 10. Jh. um den Brühl unterhalb des Schlossfelsens. Entsprechend ist die Kirche **St. Bartholomäi** (Burgstr., Mo–Fr 10–17 Uhr), ein spätgotischer Bau mit romanischer Krypta, auch das älteste Gotteshaus der Stadt. Der sechseckige Westturm wurde im 17. Jh. angefügt.

Unmittelbar am Brühl befindet sich das **Seckendorffsche Palais**, ein leider nur von außen zu betrachtender Prunkbau von 1724 für den gleichnamigen, sehr erfolgreichen General.

Kann auf dem Schlachtfeld eine Prise Glück nicht schaden, so ist sie beim Kartenspiel unerlässlich. Angeblich ist es all jenen besonders hold, die ihr Blatt im **Skatbrunnen** vor dem Seckendorffschen Palais taufen. Die Existenz dieses Brunnens verdankt sich dem Umstand, dass im 16. Jh. ein spielerischer Geist in Altenburg geherrscht haben muss, gab ein Herr Hockendorff doch im Jahr 1509 die ersten Altenburger Spielkarten heraus, die Altenburger Jahresproduktion liegt heute bei ca. 45 Mio. Karten. Für Spielgerät war also gesorgt, als die Mitglieder der Brommeschen Tarockgesellschaft um 1810 das Skatspiel entwickelten. Seit 1927 ist das Internationale *Skatgericht* in Alten-

Abgüsse antiker Statuen sind im Altenburger Lindenau-Museum versammelt

burg ansässig. Es hilft zerstrittenen Spielern dabei, die Regeln auszulegen. Auf dem Weg vom Brühl hinauf zum Schlossfelsen passiert man das **Altenburger Landestheater** (Tickets Tel. 0365/8279105, www.tpthueringen.de), erbaut vom Architekten des Bayreuther Festspielhauses im Jahr 1871. Äußerlich erinnert es entfernt an die Dresdner Semperoper, im Inneren umgibt höfischer Prunk den Theaterliebhaber.

Nun folgt der Höhepunkt eines Altenburg-Besuchs, **Schloss Altenburg** auf seinem steilen Porphyrfelsen. Schon im 6. Jh. stand dort oben eine sorbische Festung, die deutsche Ritter 968 eroberten. Im 12. Jh. befand sich hier eine Kaiserpfalz, von der aus die neu eroberten Gebiete an Elster und Pleiße beherrscht wurden. Später wurde die Burg zur Residenz des Herzogtums Sachsen-Altenburg ausgebaut. Durch das barocke Triumphtor gelangt man in den Burghof, den Wohntrakt, Junkerei, der Flaschenturm, das Prinzenpalais und die Schlosskirche **St. Georg** umgeben. Der harmonische hochgotische Bau mit einem filigranen Kreuzsternnetzgewölbe im Chor wurde 1404–14 errichtet. Zur wertvollen barocken Innenausstattung zählt auch die Trostorgel (1735–38) auf der Nordempore.

Im Wohntrakt ist das *Schloss- und Spielkartenmuseum* (Tel. 03447/512712, Di–So 19–17 Uhr) untergebracht. Eine Ausstellung erinnert zudem an den spektakulären Altenburger Prinzenraub. In der Nacht vom 7. auf den 8. Juli 1455 hatte der Ritter Kunz von Kauffungen die damals dort weilenden 12- und 14-jährigen Söhne des sächsischen Kurfürsten Friedrich II. geraubt. Es heißt, es sei dabei um ausstehende Schulden gegangen. Die beiden Jungen Ernst und Albrecht wurden am 12. Juli in Chemnitz wohlbehalten ihren Eltern zurückgegeben, der Ritter dagegen in Freiberg enthauptet. Neuerdings wird die Episode bei *Festspielen* (www.prinzenraub.de) im Schloss inszeniert.

Den Schlosspark gestaltete ab 1826 Peter Joseph Lenné zum englischen Landschaftspark um. In ihm liegen das barocke Teehaus und die Orangerie.

Im Norden des Schlossparks schließen sich zwei Museen an. Zunächst kommt man zum **Mauritianum** (Parkstr. 1, Tel. 03447/2589, www.mauritianum.de, Di–Fr 13–17 Uhr, Sa–So 10–17 Uhr), einem Naturkundemuseum. Präparierte Tiere, großenteils aus Thüringen, bilden sein Herzstück.

Für Kunstkenner längst kein Geheimtipp mehr ist das **Lindenau-Museum** (Gabelentzstr. 5, www.lindenau-museum.de, Tel. 03447/895544, Di–Fr 12–18, Sa–So 10–18 Uhr) mit der Sammlung des Industriellen Bernhard August von Lindenau (1779–1854), der sie der Stadt Altenburg hinterließ. Diese ließ am Fuße des Schlossbergs 1874/75 einen Museumsbau nach Vorbild der Dresdner Gemäldegalerie errichten. Die Säle im Erdgeschoss zeigen eine *Abgusssammlung*, also Kopien von antiken Skulpturen sowie expressionistische Kunst, unter der die markanten Bilder von Conrad Felixmüller hervorzuheben sind. Im Obergeschoss ist eine Sammlung italienischer Tafelbilder aus dem 13. bis 16. Jh. zu sehen.

i Praktische Hinweise

Information

Altenburger TourismusInformation, Moritzstr. 21, 04600 Altenburg, Tel. 034 47/51 28 00, www.altenburg-tourismus.de

Hotels

******Am Rossplan**, Rossplan 8, Altenburg, Tel. 034 47/566 10, www.hotel-rossplan.com. Angenehmes Haus mit gutbürgerlichem Restaurant, unweit des Marktes.

Bernhard, Neue Sorge 5, Altenburg, Tel. 034 47/31 35 73. Sehr nette bequeme Pension direkt hinter dem Schloss.

Restaurants

Ratskeller, Markt 1, Altenburg, Tel. 034 47/31 12 26. Traditionsreiche Gewölbe im historischen Rathaus. Regionale Spezialitäten und gutbürgerliche Küche.

Zum Wildschütz, Erich-Mäder-Str. 31, Altenburg, Tel. 034 47/50 02 74. Fußläufig hinterm Schlosspark, exzellente Küche, besonders Wildgerichte; Mo–Di geschl.

Ganz dem Spieltrieb ist das Kartenmuseum im Altenburger Schloss gewidmet

36 Das Holzland

Waldreicher Landstrich – früher wie heute Zentrum der Holzverarbeitung.

Sanfte Hügel und weite Talgründe prägen das Holzland. Bis weit ins 20. Jh. hinein lebten die Menschen hier fast ausschließlich von der Holzverarbeitung, vom Schnitzen, Schreinern und Zimmern. Eine regionale Spezialität sind Leitern - noch heute stellen rund 20 Betriebe diese hölzernen Steighilfen her.

Größte Stadt des Holzlandes ist **Eisenberg** (11 500 Einw.). Wie Altenburg war es lange ein einfacher Ort, bis ein Herzog – in diesem Falle Christian von Sachsen-Eisenberg - es 1680 zur Residenzstadt seines allerdings recht kurzlebigen Herzogtums machte. Er ließ die mittelalterliche Festung zur *Christiansburg* – heute Landratsamt – ausbauen und eine famose barocke *Schlosskapelle* (April–Okt. Di–So 10–16, Nov.–März. Di–Fr 10–16, Sa–So 13–16 Uhr) anfügen. Von italienischen Baumeistern mit Stuck verziert, gleicht sie im Inneren einem Zuckerbäckerwerk. Der Herzog verstarb 1707 und hinterließ ein finanziell ruiniertes, dafür aber um ein Schloss reicheres Herzogtum, das 1714 in Sachsen-Gotha-Altenburg aufging.

Von Eisenbergs Vorort Kursdorf an der B7 führt ein reizender Wanderweg (8 km einfach) durch das Mühltal nach **Bad Klosterlausnitz**. Dort kann man die auf alten Grundmauern wieder errichtete Kirche des einstigen Augustiner-Chorfrauenstifts besuchen. Seit ihrer Rekonstruktion 1855–66 präsentiert sie sich als dreischiffige romanische *Pfeilerbasilika* (So

Töpfe, Kannen und Schalen aus der Töpferstadt Bürgel sind an ihrer blauen Farbe zu erkennen

9.30–18 Uhr, sonst Schlüssel im Café am Markt, Tel. 03 66 01/832 53). Aus der Ursprungskirche ist das romanische Kruzifix erhalten.

11 km westlich von Eisenberg, jenseits der A 9, liegt die **Töpferstadt Bürgel**. In ganz Thüringen kann man die typischerweise blaue Bürgler Gebrauchskeramik mit weißen Tupfen kaufen - wer sie vor Ort erstehen will, findet um dem Markt und in der Töpfergasse mehrere Töpfereien und Keramikgeschäfte. Mit der hiesigen Spezialität befasst sich auch das *Keramikmuseum* (Am Kirchplatz 2, Tel. 03 66 92/491 42, Di–So 11–17 Uhr), das einen Überblick über die Thüringer Tonwarenproduktion bietet.

Unterhalb von Bürgel, im Tal der Gleise, ragen die Mauern des romanischen **Benediktinerklosters Thalbürgel** (www.klosterkirche-thalbuergel.de, Di–So 11–17 Uhr) in den Himmel. Die Klosterkirche St. Maria und St. Georg entstand in ihrer heutigen Form erst in den 1960er-Jahren auf den Mauern des alten Gotteshauses aus benediktinischer Zeit.

Ganz im Süden des Holzlandes, etwa 10 km vom Hermsdorfer Autobahnkreuz entfernt, erinnert in **Renthendorf** die *Brehm-Gedenkstätte* (Tel. 03 64 26/222 16, tgl. 9–12, 13–17 Uhr) an die Naturforscherdynastie. Pfarrer Christian Ludwig Brehm (1787–1864) kam als Ornithologe zu akademischen Ehren, sein Sohn Alfred (1829–1884) blieb als Autor von *Brehms Tierleben* unvergessen.

i Praktische Hinweise

Information

Eisenberg-Information, Markt 26, 07607 Eisenberg, Tel. 03 66 91/734 54, www.stadt-eisenberg.de

Hotels

Zur Kanone, Dorfstr. 3, Tautenhain, Tel. 03 66 01/559 20, www.zur-kanone.de. Traditioneller Gasthof mit gut ausgestatteten Gästezimmern, 3 km östlich von Bad Klosterlausnitz.

Pfarrmühle, Mühltal 4, Eisenberg, Tel. 03 66 91/436 09, www.pfarrmuehle.de. Kleines Waldhotel neben einer alten Mühle mit einem hervorragenden Restaurant. Hausgebackenes Holzofenbrot, Spanferkel, alles ist frisch und lecker.

37 Gera

Von einer rauchenden Industriestadt zur attraktiven Gartenstadt.

Gera hat viele Gesichter: Moderne Geschäftsstraßen kontrastieren mit dem dörflichen Ambiente des kleinen Ortsteils Untermhaus, die barocke Orangerie in der zur Bundesgartenschau 2007 entstandenen Parklandschaft mit Industriebrachen, die vom Niedergang der Wirtschaft seit der Wende zeugen.

Geschichte Unter der Herrschaft des Quedlinburger Stifts, dem Otto III. die Gegend um Gera im Jahr 999 schenkte, entwickelte sich die Siedlung bis zum 13. Jh. zur Stadt. Schon um 1400 präsentierten die örtlichen Tuchhändler ihre Waren auf den Messen von Naumburg und Leipzig, und besonders im 16. und 17. Jh. zählte Gera zu den reichsten Städten des Heiligen Römischen Reiches Deutscher Nation.

Im Laufe der Jahrhunderte wechselte Gera immer wieder den Besitzer, geistliche Herren, sächsische Kurfürsten und der böhmische König lösten sich in der Lehensherrschaft ab. 1564 verlieh Böhmen Stadt und Land schließlich an Heinrich den Jüngeren Reuß, dessen Familie – ungezählten Erbteilungen zum Trotz - bis zur Aufhebung der Adelsherrschaft 1918 die Hoheit über die Region ausübte.

Im 19. Jh. erlebte Gera im Zuge der Industrialisierung ein stürmisches Wachstum, die Einwohnerzahl stieg rasant. Nach dem Zweiten Weltkrieg beschleunigte sich dieser Anstieg noch einmal, war Gera doch Zentrum der Textilindustrie, es gab große Maschinenbaukombinate und die Wismut, die im nahen Ronneburg nach Uran grub.

Heute hat Gera wie kaum eine andere Stadt Thüringens mit dem Strukturwandel seit der Wende zu kämpfen. Fast alle Industriebetriebe brachen zusammen, die Arbeitslosenquote stieg zwischenzeitlich auf fast 20% und die Bevölkerungszahl sank von 135 000 im Jahr 1989 auf nur noch gut 100 000 anno 2009.

Besichtigung Der Marktplatz bildet das attraktive Zentrum Geras, besonders belebt ist er an Markttagen (Di, Do, Fr 7–16, Sa 7–13 Uhr). Schmucker Blickfang ist das **Rathaus** 1 (16. Jh.) mit seinem fast 60 m hohen, sechseckigen *Turm* (Sa/So 13–16 Uhr). Dessen Eingang ziert reicher Figurenschmuck: Drei Ratsherren blicken vom Türbogen herab, das *Wappen der Reußen* (über dem Portal links) ist ebenso zu sehen wie die *Geraer Elle* (rechts vom Portal, auf Höhe der Tür), die über Jahrhunderte das verbindliche Maß in Mitteldeutschland bildete. Zweites schönes Renaissancegebäude am Markt ist die **Stadtapotheke** 2 (Nr. 8/9) mit ihrem markanten Erker.

Passagen verbinden den Markt mit Geras Haupteinkaufsstraße, der **Sorge** 3. Der kuriose Straßenname ist vom slawischen *Zarge* abgeleitet, der Bezeichnung für ›Siedlung am Rande der Stadt‹. Im Westen mündet die Shoppingmeile in die Schlossstraße, wo sich weitere Geschäfte befinden.

Am Schnittpunkt der beiden Straßen beherbergt ein repräsentativer, im 18. Jh. als Waisenhaus errichteter Barockbau das **Stadtmuseum** 4 (Museumsplatz 1, Tel. 0365/8381470, Di 13–20, Mi–Fr 10–17 Uhr, Sa/So 11–18 Uhr). Prähistorische Funde aus dem Stadtgebiet sind ebenso zu sehen wie frühe Tuchmacherarbeiten und Schätze aus der Zeit Geras als Residenzstadt.

Verlässt man den Markt über die Große Kirchstraße, so kommt man hinauf zum Nicolaiberg mit dem *Schreiberschen Haus* (Nikolaiberg 3, Di 13–20, Mi–Fr 10–17, Sa–So 11–18 Uhr) von 1686. Das älteste Bürgerhaus der Stadt beherbergt zwei

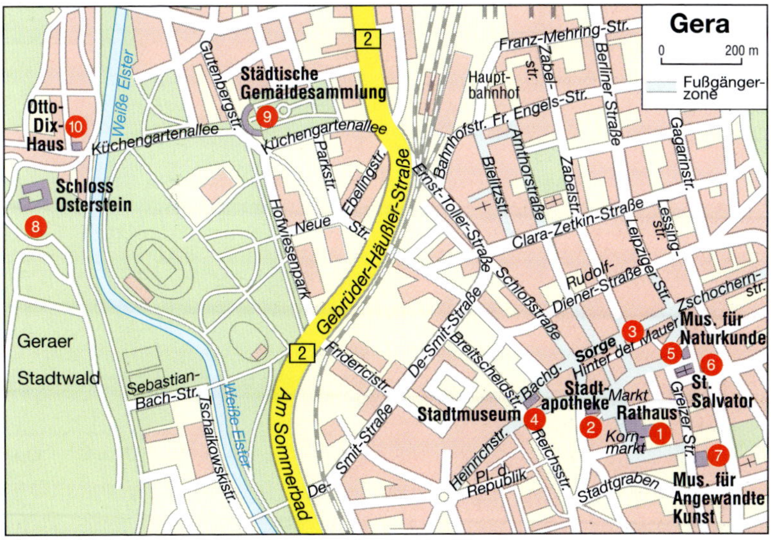

Nur der Bergfried (Mitte) blieb von Burg Osterstein oberhalb von Untermhaus erhalten

Museen. Die Schauräume des **Museums für Naturkunde** 5 präsentieren die unterschiedlichen Biotope Ostthüringens, etwa das Leben am und im Wasser der Plothener Teichplatte oder die Fauna rund um Jena.

Durch einen separaten Eingang kommt man in das *Höhler-Museum*. Höhler – eine regionale Wortschöpfung aus *Hohl* und *Keller* – sind eigentlich Bierkeller, die die Hausbewohner im 16.–18. Jh. unter ihren eigentlichen Kellern aushoben. Höhler 188, in dem sich das Museum befindet, ist mit 11 m Tiefe und 252 m² Fläche in verschachtelten ziegelgemauerten Gängen einer der größten. In dem Gemäuer erfährt man viel über die lange Bergbaugeschichte der Region, die Goldsuche im Saaletal und den Uranerzabbau der Wismut in Ronneburg [s. S. 108].

Auf dem Nikolaiberg steht auch die barocke Kirche **St. Salvator** 6, die als Grablege für die jüngere Linie des Hauses Reuß diente. 1903 entschloss sich die Gemeinde zur Umgestaltung des basilikalen Innenraums im Gewand des Jugendstils.

Das **Museum für Angewandte Kunst** 7 (Greizer Str. 37, Tel. 03 65/838 14 30, Di 13–20, Mi–Fr 10–17, Sa/So 11–18 Uhr) im Ferberschen Haus (ca. 1760) in unmittelbarer Nähe ist auf Kunsthandwerk des 20. Jh. spezialisiert

Residenz der fürstlichen Familie Reuß war seit den 1560er-Jahren **Schloss Osterstein** 8 am Steilhang jenseits der Elster. Ein schwerer Luftangriff während des Zweiten Weltkriegs legte es in Schutt und Asche, sodass nur noch der Bergfried zu sehen ist. Allerdings gibt es dort oben ein gut frequentiertes Ausflugslokal mit schönem Blick über Gera.

Da zwischen Schlossberg und Elster kein Platz für einen standesgemäßen Schlosspark zur Verfügung stand, ließen die Reußen ihn am jenseitigen, städtischen Ufer anlegen. Zur Bundesgartenschau 2007 wieder hergestellt, dient er nun als Stadtpark. In der elegant geschwungenen, barocken Orangerie von 1729 zeigt die **Städtische Gemäldesammlung** 9 (Küchengartenallee 4, Tel. 03 65/838 42 50, www.kunstsammlung-gera.de, Di 13–20 Uhr, Mi–Fr 10–17 Uhr, Sa–So 10–18 Uhr) Kunstwerke aus fünf Jahrhunderten, darunter ein Altarbild von Lucas Cranach d. Ä.

Unmittelbar unterhalb von Schloss Osterstein drängen sich die Häuser des beschaulichen Untermhaus zwischen Schlossberg und Elster. Dort lohnen die im 19. Jh. stark überformte gotische *Marienkirche* (15. Jh.) mit einem polychromen Flügelaltar (1443) und das **Otto-Dix-Haus** 10 (Mohrenplatz 4, Tel. 03 65/832 49 27, www.kunstsammlung-gera.de, Di 13–20, Mi–Fr 10–17, Sa/So 10–18 Uhr) einen Besuch. Zwei Räume sind eingerichtet wie zur Geburtszeit des Künstlers (1891–1969), und natürlich werden viele seiner Arbeiten gezeigt.

Praktische Hinweise

Information

Gera Tourismus, Heinrichstr. 35, Gera, Tel. 03 65/830 44 80, Fax 03 65/830 44 81, www.gera-tourismus.de.

Camping

*****Strandbad Aga**, Reichenbacher Str. 14, Aga (10 km nördl. von Gera), Tel. 03 66 95/202 09, www.thueringencamping.de.
Ein baumbestandener schöner Platz direkt an einem Badesee.

Hotels

******Penta Hotel Gera**, Gutenbergstr. 2a, Gera, Tel. 03 65/290 90, www.pentahotels.de. Modernes Großhotel mitten im Zentrum, Klimaanlage, Fitnessangebot, Whirlpool, Konferenzräume.

*****Central**, Gagarinstr. 64, Gera, Tel. 03 65/43 73 00. Komfortables Stadthotel fußläufig vom Zentrum, mit eigenem Parkplatz; gepflegtes italienisches Restaurant.

Restaurants

Ambiente, Schlossstr. 1, Gera, Tel. 03 65/552 46 89, www.ambiente-gera.de. Das helle Lokal inmitten der Fußgängerzone öffnet an schönen Tagen seine Terrasse.

1969, im Jahr seines Todes, malte Dix dieses ›Selbstporträt mit Marcella‹, seiner Enkelin

TOP TIPP **Lummersches Backhaus**, Gries 1, Gera, Untermhaus, 03 65/77 31 69 59. Stilvolles Feinschmeckerlokal mit hübscher Terrasse direkt am Fluss, im Haus des Hofbäckers Gottfried Lummer.

Rübezahl, Schloss Osterstein, Untermhaus, Tel. 03 65/832 12 31. Ausflugsgaststätte auf dem Burgberg oberhalb des Ortsteils Untermhaus; Ritterzimmer im Schloss, schöne Terrasse und noch schönerer Ausblick.

Im Frühjahr blühen ungezählte Tulpen auf dem Rasen vor der Orangerie in Geras Stadtpark

Gras ist gewachsen über die Wunden, die der Uranabbau der Landschaft um Ronneburg schlug

Auferstanden aus Ruinen – die Neue Landschaft Ronneburg

Ronneburg – das war bis zur Wende 1989 gleichbedeutend mit Wismut, der Gesellschaft, die den Uranerzbergbau der DDR betrieb. Bergleute holten den Brennstoff für Kernkraftwerke und Atombomben aus dem Boden und hinterließen eine verwüstete Landschaft. Kegelförmige Abraumkippen prägten bald die reliefarme Landschaft, die Arbeiter verdienten gut, ruinierten aber durch die Strahlenbelastung ihre Gesundheit.

Nach dem Ende des Uranabbaus investierten Bund und Land rund 5 Mrd. € in die Sanierung des Bergbaugebietes. So entstand bei Ronneburg zur Bundesgartenschau 2007 die **Neue Landschaft Ronneburg**. Über eine Million Kubikmeter Erdreich wurden dort bewegt, um die strahlende Abraummasse tief in alte Bergbaugruben zu versenken.

TOP TIPP

Der Landschaftspark erstreckt sich beiderseits des schmalen Flüsschens Gessen, dessen Taleinschnitt eine imposante, 240 m lange hölzerne Spannbandbrücke quert. Wegen ihrer Form trägt sie den Namen Drachenschwanz. Wo einst Bagger fuhren, blüht nun ein Rosengarten und wurden Streuobstwiesen gepflanzt. An die Bergbauzeit erinnern die Lichtenberger Kanten, die streng geometrischen Tagebauterrassen. Ein 20 m hoher Aussichtsturm bietet eine gute Übersicht über das gesamte Gelände.

Informationszentrum Ronneburg, Rosa-Luxemburg-Str., 07580 Ronneburg, Tel. 03 66 02/443 16, Fax 03 66 02/443 17

38 Weida

Trutzfeste der mittelalterlichen Vögte.

Über das waldreiche Hügelland zwischen Thüringer Wald, Fichtel- und Erzgebirge herrschten seit der ersten Hälfte des 12. Jh. wahre Karrieristen des Mittelalters. Während sich Welfen und Staufer um die Macht im Reich stritten, nutzte der Ministeriale Erkenbert (1090–ca. 1163) das Machtvakuum im Osten des Reiches, um sich selbst zum Vogt, also Verwalter, des ›Osterlandes‹ östlich von Elbe und Saale zu erklären. So erfolgreich festigten er und seine Nachfolger ihre Macht, dass Kaiser Friedrich Barbarossa schließlich nichts anderes übrig blieb, als ihn auch offiziell zum Vogt zu erklären. So ungewöhnlich war dieser Aufstieg, dass das Herrschaftsgebiet bis heute Vogtland heißt.

Der Stammsitz der Vögte, die **Osterburg** (Tel. 03 66 03/627 75, www.osterburg-vogtland.eu, Di–So 10–18 Uhr), ist mit ihrem gewaltigen, 54 m hohen Turm eine der spektakulärsten Burgen der Region. In dessen Inneren projizieren acht Beamer einen Film über das Vogtland an die Mauern. Im Vogelflug geht es darin über Wälder und Wiesen, zu Residenzen und Burgen. In den später zum Schloss umgebauten Burggemächern befindet sich das *Regionalmuseum*. Unterhalb des Bergfrieds schließt sich ein höfischer Lustgarten an.

Ausflug

Seit Jahrhunderten querten Händler in **Wünschendorf** etwa 6 km östlich von

Weida die Weiße Elster. Eigentlich nichts Ungewöhnliches – wenn nicht die 70 m lange und überdachte Brücke, die den Fluss im Ortsgebiet überwindet, aus Holz bestünde: Seit 1786 verbindet sie die Flussufer und noch heute erträgt sie selbst Autoverkehr.

Hat man die Brücke überquert, so befindet man sich in Veitsberg, dem ältesten Ortsteil Wünschendorfs. Unmittelbar neben der Brücke steht die zweischiffige Kirche **St. Veit** von 974. Während sie in weiten Teilen immer wieder umgebaut und erweitert wurde, zeigt die Taufkappelle noch Spuren der Romanik.

Folgt man der Straße noch etwas weiter ortsauswärts, so gelangt man zu den massiven, burgähnlichen Mauern von *Kloster Mildenfurth* (Besichtigung Tel. 03 66 03/882 45). 1193 gründete es der Weidaer Vogt Heinrich II. als Prämonstratenser-Chorherrenstift, nach der Reformation wandelten es die Landesherren in ein Jagdschloss um.

i Praktische Hinweise

Information

Weida-Info, Burgstr. 8, 07570 Weida, Tel. 03 66 03/611 96, www.weida.de

Restaurants

Wirtschaft zur Osterburg, Schlossberg 14, Weida, Tel. 03 66 03/624 85. Rustikales Lokal im Mittelalterstil in altem Tonnengewölbe.

Zyklopische Mauern umhüllen den Turm der Osterburg über Weida

39 Greiz

Die ›Perle des Vogtlands‹ – Stammsitz des Hauses Reuß.

Viel Platz hat Greiz nicht, um sich in seinem relativ engen, von der Weißen Elster durchflossenen Tal auszubreiten. Die waldreiche Umgebung – besonders im Norden gehen Stadt und Forst fast nahtlos ineinander über – lädt zu ausgedehnten Wanderungen ein. Zunächst gilt es jedoch, die schmucke Residenzstadt zu erkunden.

Geschichte Wahrscheinlich unterhielten schon slawische Stämme im 1. Jt. nach Chr. eine Wehranlage auf dem Greizer Burgberg, die erste urkundliche Erwähnung der Siedlung findet sich jedoch erst 1209.

Das Jahr 1306 bildet eine Zäsur in der Geschichte von Greiz: Damals wählte Heinrich II. Reuß von Plauen die Burg zur Residenz, was sie bis 1918 blieb. Wie im Falle von Gera [Nr. 37] erlebten die Reußen in Greiz zahllose Erbteilungen. 1564 mussten zwei reußische Brüder gar die Stadt untereinander aufteilen: Nach der Lage der jeweiligen Schlösser, einmal auf dem Burgberg, einmal in der Stadt, hießen die Linien Reuß-Obergreiz und Reuß-Untergreiz. Zeitweise gab es sogar eine Vorderschloss- und eine Hinterschloss-Linie – benannt nach ihren jeweiligen Räumen in der Residenz.

Erst 1768 vereinigten sich die beiden Familienzweige wieder. Seither war Greiz Sitz der Familie Reuß – Ältere Linie, im Gegensatz zur Jüngeren Linie in Gera.

Im 19. Jh. war es besonders die Textilindustrie, die für Aufschwung und Wachstum sorgte. Angesichts des tiefgreifenden Strukturwandels seit der Wende hat Greiz etwa ein Drittel seiner Bewohner verloren, statt 33 000 Menschen lebten hier 2008 nur noch 22 000.

Besichtigung Mittelalterliche Bauten sucht man in der Greizer Altstadt beinahe vergebens – auch wenn sich das 1840 erbaute **Rathaus** (Markt 1) in seiner neogotischen Gestalt und mit Wachturm recht mittelalterlich gibt. Ansonsten prägen seit dem Wiederaufbau im Jahrhundert nach dem verheerenden Stadtbrand von 1802 Klassizismus und Jugendstil die Häuser, vor allem in der **Markt-** und der **Burgstraße**. Letztere führt zur **Stadtkirche** (18. Jh.), in der sich die Grablege der reußischen Fürsten befindet. Am prunkvollsten ist der goldene Sarg des 1697 im Kampf gegen die Türken gefallenen Heinrichs IV.

In unmittelbarer Nachbarschaft der Kirche befindet sich das **Untere Schloss** (Burgplatz 12, Tel. 036 61/70 34 14, Di–So 10–17 Uhr). Dort wird die Geschichte des Hauses Reuß erzählt, es gibt eine Bauernstube, eine Textil-Schauwerkstatt sowie ein Biedermeierzimmer, in dem 1927 der letzte Greizer Reuße, Heinrich XXIV, verstarb.

Aufwendig herausgeputzt präsentiert sich die kopfsteingepflasterte Altstadt von Greiz

Gleich zwei Adelsresidenzen hat Greiz zu bieten: das Obere (links) und das Untere Schloss

Gegenstück zum Unteren Schloss ist das **Obere Schloss**, stadtbildbeherrschend auf seinem Bergsporn gelegen. Bis Mai 2009 soll es vollständig restauriert als Museum wiedereröffnen, Führungen organisiert die Tourist Information.

Nach Norden entlang der Weißen Elster erstreckt sich der im englischen Stil ab 1873 von Rudolph Reinecken gestaltete fürstliche **Landschaftspark**. Es gelang Reinecken, Fluss, Binsenteich und Park zu einer ästhetischen Einheit zu verbinden. Vom Steilhang 65 m höher schaut der Gasparinentempel (1822) herab, einer der schönsten Aussichtspunkte auf die Stadt.

Das **Sommerpalais** (www.sommerpalais-greiz.de, April–Sept. Di–So 10–17, Okt.–März Di–So 10–16 Uhr) am Parkrand ließ Heinrich XI. Reuß ab 1768 errichten. Bis heute beeindrucken die fürstlichen Repräsentationsräume, so der ausschweifend stuckierte Festsaal. Die einstige Sommerfrische der Reußen ist nun Heimat der *Staatlichen Bücher- und Kupferstichsammlung* sowie der Karikaturensammlung *Satiricum*, die regelmäßig kurzweilige Ausstellungen bestückt.

Ausflug

Bei Mylau, bereits in Sachsen, überspannt die **Göltzschtalbrücke** den gleichnamigen Fluss. Die 1846–51 als 574 m lange und 78 m hohe Eisenbahnbrücke wurde aus über 25 Millionen Ziegelsteinen zu einem imposanten, an ein römisches Aquädukt erinnerndes Bauwerk aufgemauert. Den besten Blick weisen die Mitarbeiter des Infopoints am Parkplatz 1 kurz hinter der Brücke, den man, von Greiz kommend, über die von der B 92 abzweigende Mylauer Straße erreicht.

Bereits seit 1180, als die ersten deutschen Siedler auf damals noch slawisches Gebiet vordrangen, wacht **Burg Mylau** (Febr.–Okt. Di–Do/Sa/So 10–16.30 Uhr) über das Göltzschtal. Die im Auftrag Kaiser Karls IV. ab 1367 angefügte Vorburg gehört zu den größten ihrer Art im Vogtland. Im Februar hallt während der *Mylauer Puppenfestspiele* (Buchung über Tourist Info, Tel. 037 65/39 28 08) Kindergelächter durch die Burg.

i Praktische Hinweise

Information

Tourist-Information Greiz, Burgplatz 12, Unteres Schloss, Tel. 036 61/68 98 15, Fax 036 61/70 32 91, www.greiz.de

Hotels

******Schlossberghotel**, Marienstr. 1–5, Tel. 036 61/62 21 23, Fax 036 61/62 21 66, www.schlossberghotel-greiz.de. Komfortables Luxushotel beim Oberen Schloss.

Restaurant

Parkschlösschen, Parkgasse 72, Tel. 036 61/45 51 12. Hübsches Restaurant direkt am Park, regionale Küche.

Das Eichsfeld und Nordthüringen

Sanft gewellte Hügel, naturbelassene Bäche, die sich durch blühende Wiesen und Weiden schlängeln prägen den Norden Thüringens. Dazwischen – Farbklecksen gleich – mittelalterliche Orte wie **Mühlhausen** mit ihren Stadtmauern, hohen Kirchtürmen und romantischen Dachlandschaften. Nicht weit von Mühlhausen entfernt beginnt der **Hainich**, größter geschlossener Laubwald Deutschlands. Wanderungen unter seinem Blätterdach sind ein Hochgenuss für jeden Naturliebhaber. Auch das **Kyffhäuser Gebirge** mit dem weithin sichtbaren, Kaiser Wilhelm gewidmeten Denkmal lädt zu ausgedehnten Touren.

Einen ganz eigenen Kulturraum bildet das **Eichsfeld**. Allen Einflüssen der Reformation und den kirchenfeindlichen Regimes des letzten Jahrhunderts zum Trotz haben sich in in **Heiligenstadt** oder um **Leinefelde-Worbis** volkstümlichen Katholizismus bewahrt, hat seine Palmsonntagsprozessionen durchgeführt, Johannisfeuer entzündet und farbenfrohen Kirmesfeste zelebriert. Heute ist dieses Festhalten an den Traditionen sein Kapital.

40 Heilbad Heiligenstadt

Hauptstadt des erzkatholischen Eichsfelds mit viel Tradition.

Sanfte Hügel und sattgrüne Wiesen umgeben Heiligenstadt (17 200 Einw.). Neben malerischen Fachwerkgassen und mittelalterlichen Kirchen gibt es ein modernes Kurzentrum mit reichhaltigem Behandlungsprogramm.

Geschichte Als die fränkischen Könige im 9. Jh. ihren Herrschaftsbereich immer weiter nach Osten ausdehnten, errichteten sie am Ort des heutigen Heiligenstadt einen Königshof. Um ihn entwickelte sich bald eine Siedlung, die im 11. Jh. an die Kurfürsten und Erzbischöfe von Mainz fiel. Nach und nach erwarben sie das gesamte Eichsfeld und ließen es ab 1540 von Heiligenstadt aus verwalten.

Nach 1518 erreichte die Reformation den Kurmainzer Besitz, in Heiligenstadt war es Thomas Müntzer, der die neue Lehre verbreitete. Mithilfe der Jesuiten gelang es den Mainzern aber ab 1575, die Reformation zurückzudrängen und ihr Land zu rekatholisieren.

Heiligenstadt und das gesamte Eichsfeld blieben bis zur von Napoleon erzwungenen Säkularisation, der Aufhebung der geistlichen Herrschaften im Jahr 1802, in kurmainzischem Besitz. Anschließend fiel es an Preußen und wurde nach dem Zweiten Weltkrieg durch den Eisernen Vorhang geteilt: die Heiligenstädter Hälfte kam zur DDR, die Region um Duderstadt zur Bundesrepublik.

Besichtigung Drei gotische Kirchen bestimmen die Silhouette von Heiligenstadt. Sein ehrwürdigstes Gotteshaus ist **St. Martin** (www.st-martin-heiligenstadt.de, tgl. 9–18 Uhr) am höchsten Punkt der Altstadt. Der Standort der ›Mutterkirche des Eichsfeldes‹ markiert den Siedlungskern von Heiligenstadt. Schon im 9. Jh. stand hier ein Gotteshaus, mit dem Bau der heutigen Kirche begann die Gemeinde im Jahr 1276. Bis 1485 entstand eine dreischiffige gotische Hallenkirche mit hohem, von einem spitz zulaufenden Dach gekrönten Turm. Am Hauptportal an der Westfront, das nur bei besonderen Kirchenfesten geöffnet wird, sind alle mit der Kirche verbundenen Heiligen versammelt, darunter der hl. Martin sowie

Zwischen Eichsfelder Heimatmuseum und der Kirche St. Marien erstreckt sich ein Barockgarten

die Stadtpatrone Justinus und Aureus. Die Innenausstattung wurde nach der Umwidmung zur evangelischen Stadtkirche im Jahr 1803 auf die katholischen Gotteshäuser der Umgebung verteilt. In der solchermaßen von Zierrat befreiten Kirche kommt die gotische Architektur bestens zur Geltung, von den schlanken, himmelwärts strebenden Pfeilern im Chor mit seinen schmalen Fenstern bis zur wundervollen Rosette in der Westwand.

Neben der Kirche steht das **Kurmainzische Schloss**, von dem aus die Mainzer Erzbischöfe das Eichsfeld verwalten ließen. Dort verrichtete auch Theodor Storm, der große norddeutsche Dichter, in seiner Heiligenstädter Zeit 1856–64 seinen Dienst als preußischer Amtsrichter. Das **Literaturmuseum Theodor Storm** (Am Berge 2, Tel. 036 06/61 37 94, http://stormmuseum.de, Di–Fr 9–12, 13–16, Sa/So 14–16 Uhr) in unmittelbarer Nähe führt kundig durch diesen Lebensabschnitt des Schimmelreiter-Verfassers. Ein eigener Raum ist Heinrich Heine gewidmet. Der aus einer jüdischen Familie stammende Dichter ließ sich 1825 im Alter von 27 Jahren vom evangelischen Pfarrer von Heiligenstadt taufen, um damit, wie er sagte ›sein Eintrittsbillett in die europäische Gesellschaft‹ zu lösen.

Folgt man der Gasse mit dem Literaturmuseum bergab, so kommt man zur Wilhelmstraße, der Einkaufsmeile Heiligenstadts. Nach wenigen Hundert Metern zweigt die Kollegiengasse von ihr ab, die rechter Hand ein nüchterner, aus roh behauenen Buntsandsteinen gemauerter Bau flankiert: das Kolleg der Heiligenstädter Jesuiten mit dem **Eichsfelder Heimatmuseum** (Kollegiengasse 10, Di–Fr 9–12.30 und 14–16.30, So 14–16 Uhr, Tel. 036 06/126 18). So zurückhaltend die Fassade, so barock prunkvoll präsentiert sich das Treppenhaus mit seinem reich stuckierten Gewölbe. Die Ausstellung des Museums zeigt Exponate der Eichsfelder Geschichte und Volkskultur, Keramik und Trachten sowie sakrale Kunstschätze. Zudem erinnert es an Tilman Riemenschneider, den großen Holzschnitzer, der 1462 in der Klausgasse in Heiligenstadt zur Welt kam.

Über den hübschen Barockgarten hinter dem Heimatmuseum erreicht man **St. Marien**. Baubeginn der gotischen Hallenkirche war um das Jahr 1300, ihren Abschluss fanden die Bauarbeiten 1420, als der überhöhte Ostchor geweiht wurde. Naiv und oft humoristisch sind in den Kapitellen, Schlusssteinen und Konsolen Bibelszenen dargestellt. An mehreren Stellen wurden gotische Fresken aus dem 16. Jh. frei gelegt. Bemerkenswert ist auch die polychrome Madonnenfigur *Maria im Elende* (1413) vor der südlichen Ostwand. Die achteckige frühgotische **St. Annenkapelle** vor dem Nordeingang der Marienkirche wurde als Friedhofskapelle erbaut.

Zurück auf der Wilhelmstraße kommt man zum Rathaus und dem Marktplatz, hinter dem sich **St. Ägidien** erhebt, die ab 1333 erbaute Kirche der Neustadt. Sie ist die dritte gotische Hallenkirche der Stadt; im Inneren verdient der Doppelgrabstein der Märtyrer Aureus und Justinus aus dem 14. Jh. Beachtung.

Seinem Beinamen Heilbad wird Heiligenstadt im Norden der Altstadt gerecht. Dort breitet sich der **Heinrich-Heine-Kurpark** aus, am Stadtrand erstreckt sich der sog. **Vitalpark** mit *Eichsfeld-Therme* (In der Leineaue 1, Tel. 036 06/66 39 33, tgl. 10–21 Uhr) und großem Kurhotel.

Ausflug

Wer auch immer im Mittelalter durch das Tal der Werra nach Eisenach reiste, musste an **Burg Hanstein** (Bornhagen-Rimbach, 20 km ab Heiligenstadt auf der B 80, Tel. 03 60 81/678 56, März–Nov. tgl. 10–18, Nov. tgl. 10–16, Dez.–Febr. Sa/So 10–16 Uhr) vorbei. Im Auftrag der Kurmainzer Erzbischöfe, denen die Burg seit 1209 gehörte, erweiterten sie die Herren von Hanstein ab 1308 zu einer durch vier Tore gesicherten und von zwei hohen Türmen überragten Festung. Vom Bergfried aus reicht der Blick weit über das Eichsfeld, bei gutem Wetter sogar bis zum Thüringer Wald. Nur etwa 10 km entfernt, bereits im Hessischen und auf der anderen Seite der Werra, sieht man die **Burg Ludwigstein** (Witzenhausen, Tel. 055 42/50 17 10, www.burgludwigstein.de, mit Jugendherberge und Gaststätte) zu der der schöne *Zwei-Burgen-Weg* (Auszeichnung X 7/X 5, 1,5–2 Std. einfach, Rückfahrt per Taxi, Tel. 055 42/55 65) hinüberführt. Was heute so romantisch wirkt, war im Mittelalter als Drohkulisse des hessischen Landgrafen gegen die Kurmainzer gedacht.

i Praktische Hinweise

Information

Tourist-Information Heilbad Heiligenstadt, Wilhelmstraße 50, 37308 Heiligenstadt, Tel. 036 06/67 71 41, www.heilbad-heiligenstadt.de

Hotels

****__Hotel am Vitalpark__, In der Leineaue 2, Heiligenstadt, Tel. 03606/66370, www.hotel-am-vitalpark.de. Großzügige Zimmer in einem Wellnesshotel auf dem neuesten Stand der Technik.

***__Stadthotel__, Dingelstädter Str. 43, Heiligenstadt, Tel. 036 06/66 60, www.stadthotel-heiligenstadt.de. Ruhiges Hotel in zentraler Lage; schöne alte Villa.

Am Jüdenhof, Am Jüdenhof 6, Heiligenstadt, Tel. 036 06/60 56 65. Traditionshaus mitten in der Altstadt, gepflegtes Hotelrestaurant.

Restaurant

Altstadtschenke Bürgerhof, Stubenstr. 24, Heiligenstadt, Tel. 036 06/61 91 42. Gutes alteingesessenes Lokal.

Klausenhof, Bornhagen, Tel. 03 60 81/614 22, www.klausenhof.de. Ritterlich bis rustikal sind Speisen und Ambiente im Wirtshaus unterhalb von Burg Hanstein.

41 Leinefelde-Worbis

Doppelstadt mit barocken Kirchenkostbarkeiten.

Zwischen den Hügelketten von Ohmgebirge und Dün liegen die beiden etwa 5 km voneinander entfernten Kleinstädte Leinefelde und Worbis.

Im alten Dorfkern von **Leinefelde**, an der Heiligenstädter Straße, findet sich in der Kirche *St. Maria Magdalena*, 1733 geweiht, einer der schönsten barocken Hochaltäre der Gegend. Er zeigt eine ausdrucksvolle Kreuzigungsgruppe. In einem Privatgarten in der Johann-Carl-Fuhlrott-Straße nördlich der Kirche entspringt übrigens eine der Quellen der Leine, der die Stadt ihren Namen verdankt.

Schmucke Fachwerkhäuser prägen den Rossmarkt von **Worbis**. Herausragende Bauten sind das *Alte Rentamt*, 1574 für den Landvogt der Mainzer Erzbischöfe erbaut, und das Haus Gülden Creutz mit dem *Heimatmuseum* (Ross-

Auf Burg Bodenstein kann man übernachten, auch Familienfreizeiten werden veranstaltet

markt 3, Tel. 036 05/20 00, bis Mitte 2009 geschl.). Besonderes Augenmerk wird dort auf die Alltagskultur des Eichsfelds gelegt, so führen Handwerker in die Kunst des Webens ein.

Schmuckstück des Rossmarkts ist die barocke Kirche *St. Nikolaus* von 1756, Der spätgotische Flügelaltar im Inneren zeigt die Passion Christi. Er stammt aus dem Zisterzienserkloster, von dem nur die ebenfalls barocke Klosterkirche *St. Antonius* (1670) am Untertor blieb. Alljährlich ist sie um den 13. Juni Ziel einer der traditionellen Eichsfelder Wallfahrten.

Ausflüge

Ein schöner Spaziergang führt von Worbis nach Norden zur **Burg Bodenstein** (5 km, im Sommer Café im Burghof, www.burg-bodenstein.de, Besuch auf Anmeldung Tel. 03 60 74/971 02). Während die Toranlage mit der Zugbrücke noch aus dem Mittelalter stammt, wurden die Wohnhäuser innerhalb der Ringmauer erst nach dem Dreißigjährigen Krieg erbaut. Den Herren von Wintzingerode, in deren Besitz die Burg von 1337 bis 1945 war, gelang es in der Zeit der Gegenreformation ab 1575, ihren protestantischen Glauben gegen die Mainzer Erzbischöfe zu verteidigen. Weil sich die Adelsfamilie ihre enge Bindung an den Protestantismus über die Generationen bewahrte, gelangte die Burg 1947 in den Besitz der evangelischen Landeskirche und beherbergt heute eine Familienferienstätte.

10 km von Worbis entfernt kreuzt die B 247 auf dem Weg nach Duderstadt bei **Teistungen** die ehemalige deutsch-deutsche Grenze. Hier erinnert das **Grenzlandmuseum Eichsfeld** (Duderstädter Str. 5, Teistungen, Tel. 03 60 71/971 12, www.grenzlandmuseum.de, Di–So 10–17 Uhr) an die langen Jahre der deutschen Teilung, an schikanöse Grenzkontrollen, den Schießbefehl und die Arbeit der Stasi. Der 4,7 km langer Grenzlandweg führt an erhaltenen Wachanlagen und Zäunen vorbei.

i Praktische Hinweise

Information

Eichsfeld-Tourismus, Rossmarkt 3, Worbis, Tel. 03 60 74/62 16 50, www.eichsfeld.de

Hotels und Restaurants

Deutsches Haus, Bahnhofstraße 16, Leinefelde, Tel. 036 05/51 23 53, www.hotel-deutscheshaus.com. Elegantes, familiär geführtes Haus, zentral aber ruhig, gepflegte Gastlichkeit.

Drei Rosen, Bergstr. 1, Worbis, Tel. 03 60 74/97 60, www.3rosen.de. Solide Zimmer und ein Restaurant, das auf Produkte regionaler Provenienz achtet.

Stadtumbau Ost – Zurück in die Zukunft

Thüringen schrumpft: Lebten 1988 noch über 2,7 Mio. Menschen auf dem Gebiet des Freistaats, so waren es 2007 nur noch knapp 2,3 Mio. In Leinefelde kann man Ursachen und Folgen dieser Entwicklung besichtigen – und Lösungsansätze erkunden.

In den 1960er-Jahren beschloss die DDR-Regierung, aus Leinefelde das Zentrum der ostdeutschen Textilproduktion zu machen. Die Bevölkerung wuchs rasant, nur um nach der Wende, mit dem Untergang der Textilindustrie, ähnlich schnell wieder zu sinken. Zurück blieben überdimensionierte Plattenbauten mit atemberaubenden Leerstandsquoten.

Für Leinefeldes Stadtväter galt es nun, das Verkleinern zu organisieren. Schon 1994 definierten sie Stadtteile, die erhalten, und solche, die entsiedelt werden sollten. Ihr Ziel: Leinefelde als Stadt mit geschlossener Innenstadt zu erhalten, Leerstand und Verwahrlosung zu vermeiden. Ganze Straßenzüge der Südstadt, des Leinefelder Plattenbauviertels, wurden zum Abriss freigegeben, andere Platten um mehrere Stockwerke reduziert und in kleinteiligere Reihenhäuser umgewandelt. Seither steigt die Zufriedenheit der Leinefelder mit ihrem Wohnumfeld, und die Abwanderung konnte zumindest verlangsamt werden. So könnte Leinefelde zum Modell für den Umgang mit sinkenden Einwohnerzahlen werden, auch für Städte im Westen Deutschlands, die in den nächsten Jahrzehnten angesichts sinkender Geburtenraten ebenfalls schrumpfen werden. Infos und Führungen:

Deutsches Plattenbauzentrum, Hahnstr. 2, Tel. 036 05/51 97 87

42 Mühlhausen

TOP TIPP *Stadt der Türme – Kirchen, Gassen und Plätze mit lebendigem Flair.*

Jede Gasse Mühlhausens atmet den Geist des Mittelalters, ein Stadtrundgang führt an trefflich renovierten Fachwerkhäusern und Kirchen vorbei. Ihren Türmen verdankt Mühlhausen seinen Beinamen ›Stadt der Türme‹.

Geschichte Anlässlich eines Aufenthalts König Ottos II. im Jahr 967 wird Mühlhausen (37 100 Einw.) erstmals als Ausstellungsort einer Urkunde erwähnt. 1198 wurde hier Philipp von Schwaben zum deutschen König gewählt. Im Mittelalter kam Mühlhausen an der Unstrut durch den Handel, die Tuchweberei und Waidanbau zu Wohlstand und avancierte zur Freien Reichsstadt. Um 1400 war die Stadt mit ihren 10 000 Einwohnern eine der Größten des Reiches. Während der Bauernkriege 1524/25 zählte Mühlhausen, wo der radikale Reformator Thomas Müntzer predigte, zu den Brennpunkten in Thüringen – und wurde vom siegreichen Adel entsprechend behandelt: Müntzer wurde vor den Stadttoren hingerichtet, die Reichsfreiheit aberkannt. Erst während des 19. Jh. erlebte die Stadt durch das stürmische Wachstum ihrer Textilindustrie einen enormen Aufschwung.

Besichtigung Den idealen Auftakt für eine Besichtigung Mühlhausens bildet ein Spaziergang auf der mittelalterlichen **Stadtmauer** (Am Frauentor, Tel. 036 01/856 60, April-Okt. Di-So 10–17 Uhr). Seit dem 13. Jh. umgibt sie die Stadt und vermittelt bis in die Gegenwart einen ausgesprochen wehrhaften Eindruck. Neun Türme der Wehranlage existieren noch, während andere im 19. Jh. in putzige Biedermeier-Lauben verwandelt wurden. Der Aufgang zur Mauer befindet sich im Rabenturm neben dem Frauentor.

Dort beginnt die Holzstraße, die direkt zur Kirche **St. Marien** (Steinweg, Di–So 10–17 Uhr) führt. Nach dem Erfurter Dom ist sie die zweitgrößte Hallenkirche Thüringens. Über dem Westwerk erhebt sich der erst 1903 vollendete neogotische Turm, den zwei kleinere Türme flankieren, der eine spätromanisch, der andere gotisch. Von der Fassade über dem Südportal des Querschiffs blicken Kaiser und Gefolge auf die Kirchenbesucher herab. Das Wüten der Bauern im Jahr 1525 über-

Vom Rabenturm blickt man über die Dächer von Mühlhausens Altstadt zur Kirche St. Marien

standen nur wenige Ausstattungsstücke, zu ihnen gehört die reizende Marienskulptur (1480) an einem der Vierungspfeiler. Gleichfalls aus der Zeit vor dem Bildersturm stammt die Predella des Hochaltars, deren Schnitzarbeit den Verrat des Judas an Jesus im Garten Getsemaneh zeigt. Da die Kirche heute auch als *Thomas-Müntzer-Gedenkstätte* dient, informiert eine Ausstellung über Leben und Theologie des radikalen Kirchenreformers.

An der Marienkirche beginnt der Steinweg, die von historischen Bauten flankierte Einkaufsstraße Mühlhausens. Sie endet an der gotischen **Allerheiligenkirche** (Unterer Steinweg, Mai–Okt. Di–So 10–17 Uhr). Eine Dauerausstellung zeigt dort Thüringer Kunst des 20. Jh.

Über Görmar - und Röblingstraße – ihr Name erinnert an den in Mühlhausen geborenen Erbauer der Brooklyn Bridge in New York – kommt man zur **Divi-Blasii-Kirche** am Untermarkt. Markant sind die kunstvollen achteckigen Türme über dem Westwerk. An der Orgel musizierte ab 1707 der junge Johann Sebastian Bach. Angesichts eines besseren finanziellen Angebots verließ er die Gemeinde jedoch schon nach einem Jahr wieder gen Weimar.

Auf dem Weg zurück ins Zentrum der Altstadt kommt man zur **Kornmarktkirche** (Di–So 10–17 Uhr) mit der Ausstellung *Mühlhausen 1525*. Sie stellt den Bauernkrieg in den Zusammenhang einer von Umbrüchen geprägten Zeit: Reformation und durch Bevölkerungswachstum ausgelöste Landverknappung, soziale Verwerfungen und ungleiche Verteilung des Wohlstands, so der Tenor der Schau, trugen zu seinem Ausbruch bei.

Hinter dem Kornmarkt steht das um 1300 erbaute und immer wieder erweiterte **Rathaus** (Ratsstraße, Mo–Fr 9–17, Sa/So 10–17 Uhr). Es kann mit einem Ratssaal aufwarten, dessen Holztonnengewölbe aus der ersten Bauphase stammt.

Der Neorenaissancebau eines ehemaligen Gymnasiums (1871) ist seit 1947 das Domizil des **Museums am Lindenbühl** (Kristanplatz 7, Di–So 10–17 Uhr). Es stellt die Stadt- und Regionalgeschichte dar und beleuchtet den Zeitraum zwischen Neolithikum und Altsteinzeit.

Klöster um Mühlhausen

Im 12. und 13. Jh. waren es vor allem Benediktiner- und Zisterziensermönche, die das waldreiche Land um Mühlhausen urbar machten. Zunächst ist da das **Benediktinerinnenkloster Zella** (12 km westlich, bei Struth, www.kloster-zella.de, Führungen auf Anfrage, Tel. 03 60 26/97 00). Die Wälder, die das Kloster inmitten einer kleinen Rodungsinsel umschließen, vermitteln bis in die Gegenwart der Eindruck, eine Einsiedelei zu besuchen. Im Zentrum der Wohn- und Wirtschaftsbauten mit Sandsteinsockel und Fachwerk steht die romanische Klosterkirche.

Die vielleicht spannendste Entdeckung ist **Kloster Volkenroda** (14 km östlich, www.kloster-volkenroda.de, Besichtigung auf Anfrage, Tel. 03 60 25/55 90). Nach der Wende 1989 kehrte mit der ökumenischen Jesus-Bruderschaft christliches Leben in seine alten Mauern zurück. Faszinierend ist der Kontrast zwischen der mittelalterlichen Bausubstanz und dem Christus-Pavillon, einem Stahl-Glaskonstrukt des Architekten Meinhard von Gerkan. Er kam nach der Expo 2000 aus Hannover nach Volkenroda.

Praktische Hinweise

Information

Tourist Information Mühlhausen, Ratsstr. 20, 99974 Mühlhausen, Tel. 036 01/40 47 70, www.muehlhausen.de

Camping

Am Schwanenteich, Popperöder Gasse 2, Mühlhausen, Tel. 036 01/40 12 40, www.campingplatz-am-schwanenteich.de. Gepflegter Platz, Volleyballplatz und Freibadnutzung inklusive.

Hotels

***Brauhaus zum Löwen**, Felchtaer Str. 2–4, Mühlhausen, Tel. 036 01/47 10, www.brauhaus-zum-loewen.de. Zentrales traditionelles Komforthotel mit sehr zuvorkommendem Service. Terrasse auf dem idyllischen Kornmarkt.

***Hotel an der Stadtmauer**, Breitenstr. 15, Mühlhausen, Tel. 036 01/465 00, www.hotel-an-der-stadtmauer.de. Familiäres Haus in ruhiger Seitenstraße.

Restaurants

Ammerscher Bahnhof, Ammerstr. 83, Mühlhausen, Tel. 036 01/87 31 32, www.ammerscherbahnhof.de. Traditionslokal mit großer Gaststube, Hausschlachtung.

Wirtshaus zur Antoniusmühle, Am Frauentor 7, Mühlhausen, Tel. 036 01/40 38 50, www.antoniusmuehle.de. Bodenständiges Restaurant mit Gewölbekeller, mittelalterlichem Ambiente, deftige Speisen.

Der von Hannover nach Volkenroda versetzte Christus-Pavillon will ein Ort der Besinnung sein

Festliche Abendstimmung am Friederikenschlösschen in Bad Langensalza

43 Bad Langensalza

Angenehmes Kurklima in der Rosenstadt mit liebevoll angelegten Gärten.

Bad Langensalzas (18 700 Einw.) Altstadt prägen einfallsreich verzierte Fachwerkhäuser, entlang der Stadtmauern begeistern mehrere, ganz unterschiedlich gestaltete Parks und Gärten.

Geschichte Der Handelsweg von Mainz nach Leipzig führte im Mittelalter entlang der Marktstraße durch das 932 erstmals erwähnte Bad Langensalza. Der Mantel der Geschichte streifte Bad Langensalza am 27. Juni 1866 während des Deutschen Krieges, in dem Preußen mit Österreich um die Vorherrschaft rang. In der Schlacht von Langensalza konnte sich das mit Österreich verbündete Hannover zwar behaupten, wenige Tage später musste König Georg V. aber doch vor der preußischen Übermacht kapitulieren.

Besichtigung Zwar zerstörte der Stadtbrand von 1711 die mittelalterliche Bausubstanz, doch entstanden beim Wiederaufbau nicht minder schöne Ackerbürger- und Handelshäuser. Auch das repräsentative, wenn auch für einen Barockbau eher schmucklose **Rathaus** von 1742 stammt aus der Zeit nach dem Brand. Allein der Turm überstand das Feuer. Täglich um 12 und 18 Uhr paradieren der Hochmeister des Deutschen Ordens Hermann von Salza, der Mediziner Christoph Wilhelm Hufeland und der Dichter Friedrich Gottlieb Klopstock am Giebel entlang, begleitet vom Rathausglockenspiel. Die ersten zwei wurden in Langensalza geboren, Klopstock arbeitete hier einige Jahre als Lehrer.

Die Marktkirche **St. Bonifatii** wartet mit dem höchsten aus Travertin aufgemauerten Kirchturm (Tel. 036 03/85 65 72, April-Okt. tgl. 14–16 Uhr) Deutschlands auf, immerhin 81 m reckt er sich in die Höhe. Die stattliche gotische Kirche präsentiert sich außen mit einer frischen Sandsteinfassade, das Innere harrt noch der 2009 beginnenden Sanierung.

In einem ehemaligen Augustinerkloster befindet sich das **Stadtmuseum** (Wiebeckplatz 6–7, Tel. 036 03/81 30 02, Di–Fr 10–12, 14–16, Sa 13–17, So 10–12, 13–17 Uhr). Es zeichnet die Ereignisse der Schlacht von Langensalza nach. Im *Arboretum* hinter dem Kloster erinnert ein neogotisches Denkmal an die Kämpfe.

Dass Bad Langensalza heute auch für seine Parks und Gärten bekannt ist, hat es der Rosenzucht zu verdanken. Sie floriert seit dem 19. Jh. und ab 1949 versorgte die Gärtnerische Produktionsgenossenschaft *Roter Oktober* – man beachte den sorgfältig ausgewählten Namen – die DDR mit Rosen. So lag es nahe, einen **Rosengarten** (Vor dem Klagetor 3, Tel. 036 03/81 49 34, Mai-Okt. 9–20, März/April, Nov./Dez. 9–18 Uhr) einzurichten. Tausende Rosenstöcke umgeben dort eine Teichlandschaft. Ein *Museum* (Mai-Okt. Di-So 10–17 Uhr) erklärt, wie die edlen Blumen gezüchtet werden.

Ein Spaziergang entlang des Baumkronenpfades im Hainich ist ein erhabenes Erlebnis

Nur durch die Winkelgasse vom Rosengarten getrennt ist der **Japanische Garten** (März–Dez. tgl. 9–18, Mai–Okt. bis 20 Uhr) an der Kurpromenade. Die asiatischen Vorbildern getreu nachgebildete Anlage schließt auch einen *Teepavillon* (Di–So 13–17 Uhr) ein. Ende April feiert man hier das Kirschblütenfest.

Ebenfalls an der Kurpromenade befindet sich das **Friederikenschlösschen**, das sich Friederike von Sachsen-Weißenfels 1749–51 als Witwensitz bauen ließ. Der kleine Schlosspark ist tagsüber geöffnet.

Nach der sächsischen Witwe ist auch die **Friederike Therme** (Böhmenstr. 5, Tel. 036 03/397 60, tgl. 9–22 Uhr) benannt. Hierher wird das schwefelhaltige Wasser gepumpt, dessen Quelle 1811 in einem Vorort entdeckt wurde und dem Bad Langensalza seinen Status als Kurort verdankt.

i Praktische Hinweise

Information

Touristinformation Bad Langensalza, Bei der Marktkirche 11, 99947 Bad Langensalza, Tel. 036 03/83 44 24, www.badlangensalza.de

Hotels

Residenz am Kurpark, Grabenweg 5, Tel. 036 03/81 00 51. Appartments mit voll ausgestatteten Küchen in einem wunderschönen Fachwerkhaus.

Bergstube, Bergstr. 7, Bad Langensalza, Tel. 036 03/84 69 80, www.bergstube.de. Kleines familiäres Haus in der Nähe der Bergkirche in der Altstadt. Gemütliches Restaurant, kleiner Biergarten.

Restaurants

Pane e Vino, Karlstr. 7, Bad Langensalza, Tel. 036 03/81 51 80. Urgemütliches toskanisches Lokal.

Hufelandhaus, Kornmarkt 8, Bad Langensalza, Tel. 036 03/84 20 64. Im Geburtshaus des Mediziners Hufeland gibt es heute Thüringer Küche und Wildspezialitäten.

44 Nationalpark Hainich

Über den Bäumen muss die Freiheit wohl grenzenlos sein ...

Dichte, schier undurchdringliche Buchenwälder bedeckten Deutschland noch vor 2000 Jahren vom norddeutschen Tiefland bis zu den Alpen. Wenig ist von diesem mitteleuropäischen Urwald geblieben, in Deutschland zählt der Hainich, dessen Herz auf 76 km^2 Fläche als Nationalpark geschützt ist, zu seinen letzten Resten. Hier leben Wildkatze und Hermelin, die unterschiedlichsten Fledermausarten, Turmfalke, Wachtelkönig und viele mehr. 800 Pflanzenarten, darunter allein 22 Orchideenarten sind im Hainich zu Hause. Für viele von ihnen ist das Totholz, das im Nationalpark nicht weggeräumt wird, die wichtigste Lebensgrundlage.

Viele Möglichkeiten gibt es, den Nationalpark zu erkunden. Von den Parkplätzen an seinem Rand starten abwechslungsreiche **Wanderwege**, die meist auch mountainbiketauglich sind. Von Bad Langensalza im Osten nach Creuzburg im Westen quert zudem ein ausgewiesener Fahrradweg den Park.

Erstaunliche Einblicke ins Blätterdach des Buchenwaldes ermöglicht der TOP TIPP **Baumkronenpfad** (Tel. 036 03/ 89 19 53; Zufahrt von der B 84 in Reichenbach über Craula zum Wanderparkplatz Thiemsburg; von dort 10 Min. zu Fuß, April–Okt. 10–19, Nov.–März 10–16 Uhr), der sich als 300 m langer Rundweg auf 10–24 m Höhe durch die Baumwipfel schlängelt. Am Wanderparkplatz Thiemsburg startet auch ein Waldlehrpfad.

Von Kammerforst aus, wo sich auch eine Nationalparkinformation (s. u.) befindet, kommt man zum Parkplatz Am Zollgarten. Dort beginnt der Wanderweg zum **Hünenteich** (ca. 6 km, 2 Std.). Die Route führt durch die unterschiedlichen Lebensräume des Hainich, durch verbuschtes Offenland, zu einem verlandenden, von duftender Minze bestandenen Teich und durch dichten Buchenwald. Auch der Saugrabenweg (10 km, 3 Std.) startet an diesem Parkplatz. Auf ihm erreicht man nach ca. 10 Minuten den **Wildkatzenkinderwald,** einen mit viel Liebe zum Detail gestalteten Abenteuerspielplatz.

i Praktische Hinweise

Information

Nationalpark-Information, Kammerforst, Straße der Einheit, Tel. 036 02/ 83 68 93, www.nationalpark-hainich.de

Hotels/Restaurants

Schloss Goldacker, Weberstedt, Tel. 03 60 22/99 94 04, schlossgoldacker.de. Liebevoll saniertes Schloss mit verwunschenen Zimmern und allem nötigen Komfort; 7 km von Bad Langensalza am Rand des Nationalparks.

*****Gasthof Alter Bahnhof**, Bahnhofstr. 69, Heyerode, Tel. 03 60 24/894 78, www.muehlhaeuser-werkstaetten.de. Attraktive Gaststätte mit Biergarten und Gästezimmern in ehemaligem Bahnhof; einige Ferienhäuser; Lage ca. 10 km nördlich des Nationalparks.

45 Nordhausen

Schon immer hieß es: ›Die allerbeste Medizin ist allzeit Nordhisser Branntewyn‹.

Nordhausen (45 000 Einw.) liegt im Westen der von Hainlaite im Süden, Kyffhäuser im Osten und Harz im Norden begrenzten Goldenen Aue, einer der fruchtbarsten Regionen Deutschlands. Angeb-

Roter Blickfang: Der Nordhäuser Roland wacht mit erhobenem Schwert vor dem Rathaus

Von altem Schrot und (Doppel)Korn: die Nordhäuser Traditionsbrennerei

lich verdankt sie ihren Namen der Farbe der ausgedehnten Weizenfelder, die die Landschaft im Sommer prägen.

Geschichte Schon im 8. Jh. befand sich in der Gegend von Nordhausen ein fränkischer Königshof, der um 910 unter dem späteren König Heinrich I. zur Burg befestigt wurde. In den folgenden Jahrhunderten wuchs eine Siedlung um die Burg heran, die Kaiser Friedrich II. schließlich 1220 zur freien Reichsstadt erhob. Als eine der ersten Städte des Reiches entschied sich der Rat 1524 für die Lehren Martin Luthers – nicht ganz uneigennützig, denn so konnte man Klosterbesitz innerhalb der Stadtmauern säkularisieren.

Bis 1802 wahrte Nordhausen seinen Status als Freie Reichsstadt, dann fiel es an Preußen. Im 19. Jh. wurde Nordhausen zum regionalen Wirtschaftszentrum. Wegen der Nähe zum KZ Mittelbau Dora, in dem Hitler die ›Vergeltungswaffe‹ V2 produzieren ließ, war Nordhausen 1945 Ziel verheerender Luftangriffe der Alliierten, die einen Großteil der Stadt zerstörten.

Nach dem Krieg siedelte die Regierung der DDR zahlreiche Kombinate in Nordhausen an, die allerdings zum Großteil dem wirtschaftlichen Umbruch nach der Wende 1989 zum Opfer fielen. Doch immerhin der Nordhäuser Doppelkorn wird bis heute in der Stadt produziert.

Besichtigung Nordhausens Altstadt präsentiert sich mit einer Reihe ansehnlicher Fachwerkhäuser aus mehreren Jahrhunderten, mit vielen Geschäften und Cafés. Ein Rundgang könnte am **Alten Rathaus** beginnen, dem stolzen Symbol reichsstädtischer Freiheit. Vor dem 1610 fertiggestellten Renaissancebau mit geschlossenen Arkaden steht ein rot gewandeter Roland (Kopie, Original im Neuen Rathaus). Er ersetzte 1717 einen arg ramponierten Vorgänger von 1441.

Vom Stolz der Nordhausener auf ihre reiche Wirtschaftsgeschichte zeugt auch das **Museum Tabakspeicher** (Bäckerstr. 20, Di–So 10–17 Uhr). All die unterschiedlichen Handwerke, denen die Bürger der Stadt über die Jahrhunderte nachgingen, von der Schneiderei bis zur Kautabakerzeugung, werden dort vorgestellt. In der nahen **Finkenburg** (Domstraße), einem repräsentativen gotischen Fachwerkständerbau von 1444, trafen sich die Gilden von Nordhausen.

Der Glockenschlag des nahen **Doms zum heiligen Kreuz** (Domstr. 5, www.dom-nordhausen.de, tgl. 9–16 Uhr) mag die Gilden ermahnt haben, nicht nur ans Geschäft zu denken. Er wurde ab 1227, nach der Umwandlung des Frauen- in ein Domherrenstift durch Friedrich II., in frühgotischem Stil umgebaut. Hoch ragen die Pfeiler, die das Kreuzgratgeölbe tragen, empor. Die Seitenwände des

Chores dekorieren die überlebensgroßen Stifterfiguren, nämlich König Heinrich I. und seine Frau Mathilde. Auch Otto der Große und dessen Sohn Otto II. samt seiner Gemahlin Theophanou stehen dort. Bemerkenswert ist auch das geschnitzte Chorgestühl aus der Zeit um 1400. Das Domreliquiar, ein Splitter vom Kreuz Christi in einem edelsteinbesetzten Schuckkreuz, ist nur an den Tagen um das Fest der Kreuzerhöhung (14. Sept.) zu sehen.

Sehr weltlich sind dagegen die Genüsse, die in der **Nordhäuser Traditionsbrennerei** (Grimmelallee 1, www.traditions brennerei.de, Mo-Fr 10–16 Uhr, Führungen Mo-Sa 14 Uhr) angeboten werden. Dort produzierte man bis vor einigen Jahren Kornbranntwein, mittlerweile wird er hier nur noch abgefüllt. Bei einer Führung wird die Technik der Destillation demonstriert, natürlich mit anschließender Verkostung und Verkauf.

Markant sind die beiden achteckigen, nach einem Blitzeinschlag im Dachteil unterschiedlich gestalteten Türme der Kirche **St. Blasii** (tgl. 15–18 Uhr) am Pferdemarkt, die ursprünglich aus dem 13. Jh. stammt. Eine Ergänzung des 16. Jh. ist die schön verzierte Kanzel von 1592.

Zurück in die Gegenwart führt das von einer parkähnlichen Gartenanlage umgebene **Kunsthaus Meyenburg** (Alexander-Puschkin-Str. 31, Tel. 036 31/88 10 91, Di–So 10–17 Uhr) am nördlichen Rand des Zentrums. In der Jugendstilvilla von 1907 werden Drucke und Grafiken von Feininger, Warhol, Miró und Penck gezeigt.

Leiden unter Tage: das Konzentrationslager Mittelbau-Dora

Gerade hatte in der Heeresanstalt Peenemünde die Serienfertigung der als **Terrorwaffe** konzipierten A4-Rakete (auch V2 genannt) begonnen, als alliierte Bomber sie im August 1943 durch einen Luftangriff wieder beendeten. Um vor künftigen Luftangriffen sicher zu sein, beschlossen SS und Rüstungsministerium, die Produktion der A4 künftig unter die Erde zu verlegen. Als geeignet erwies sich das Stollensystem von Kohnstein, das spätere Lager Dora. Innerhalb von nur drei Monaten verlegte die SS über 10 000 Häftlinge aus dem KZ Buchenwald in die Stollen, um sie bei deren Ausbau zur Waffenfabrik als **Zwangsarbeiter** einzusetzen. Im Frühjahr 1945 lebten insgesamt etwa 40 000 Häftlinge im Hauptlager Dora und dessen etwa 40 Außenlagern. Wie entsetzlich die Bedingungen dort waren zeigen schon die Todesraten: Monatlich starben etwa 500 Menschen an Hunger und Erschöpfung. Angesichts des raschen Vorrückens der Alliierten im April 1945 kam der Befehl zur ›Evakuierung‹: Mit völlig überfüllten Zügen oder auf mörderischen Fußmärschen trieb die SS die Häftlinge in die KZs von Bergen-Belsen und Sachsenhausen. Als Einheiten der III. US-Armee das Lager am 11. April 1945 erreichten, fanden sie nur noch einige hundert Häftlinge.

Die KZ-Gedenkstätte Mittelbau-Dora erinnert eindringlich an das Leiden der Häftlinge in den Rüstungsbetrieben. Die Ruinen der Außenanlagen mit Appellplatz, Resten der Baracken und der Hinrichtungsstätte lassen noch immer Schaudern. Teile der früheren Stollenanlagen unter Tage sind im Rahmen einer Führung zugänglich.

KZ-Gedenkstätte Mittelbau-Dora, Kohnsteinweg 20, 99734 Nordhausen, Tel. 036 31/495 80, Fax 036 31/49 58 13, www.dora.de, Okt.–März Di–So 10–16, April–Sept. bis 18 Uhr, Außenanlagen tgl. bis Sonnenuntergang

Gespenstisch muten die alten Stollen des KZ Mittelbau-Dora an

i Praktische Hinweise

Information

Stadtinformation, Markt 1, 99734 Nordhausen, Tel. 036 31/69 67 97, www.nordhausen.de

Hotels

**Am Stadtpark, Parkallee 8a, Nordhausen, Tel. 036 31/98 21 75, www.am-stadtpark-nordhausen.de. Freundliches Haus am nördlichen Stadtrand, Restaurant und Terrasse.

Pension Hildebrandt, Nordhäuser Str. 37, Nordhausen, Tel. 036 31/60 10 01, www.pension-nordhausen.de. Kleine familiäre Pension am Stadtrand.

Restaurants

Felix, Barfüßerstr. 12, Nordhausen, Tel. 036 31/60 22 00, www.felix-nordhausen.de. Galeriecafé und Restaurant in historischem Fachwerkensemble auf dem Sockel der alten Stadtmauer; internationale Küche; idyllischer Biergarten mit Blick.

46 Sondershausen

Im Lohwäldchen lag schon um 1800 die Musik in der Luft.

Zwischen den Höhenzügen von Hainleite und Windleite liegt Sondershausen (21 500 Einw.), ein typisches Thüringer Residenzstädtchen. Regiert wurde es seit 1356 von Angehörigen des Hauses Schwarzburg, einem der ältesten Adelsgeschlechter Deutschlands – und dem letzten, das nach der Revolution im November 1918 abdankte. Seit den 1890er-Jahren prägte der Kaliabbau das Wirtschaftsleben der Stadt. In fast 500 m Tiefe hatte der Dortmunder Unternehmer Brügman das vor allem zur Düngerherstellung verwendete Steinsalz gefunden. In den folgenden Jahrzehnten dehnte sich das Kalibergwerk immer weiter aus, bis fast die gesamte Stadt und das Umland auf einer Fläche von 25 km^2 untertunnelt waren. Seit der Wende wurden die Stollen zumindest unter Sondershausen wieder verfüllt, um ein Absinken der Stadt zu vermeiden.

In den fast 600 Jahren ihrer Regentschaft bauten die Schwarzburger ihr **Residenzschloss** (Tel. 036 32/62 24 20, Di–So 10–17 Uhr) auf einer Anhöhe über dem Markt immer weiter aus. Das *Schlossmuseum* präsentiert stolz den Reichtum der Fürsten, sortiert in 19 verschiedenen Sammlungen, die von der Biologie über die Keramik zu Grafiken, Handschriften, Numismatik und Uhren reichen.

Während die Weimarer Fürsten sich mit der Förderung des Geisteslebens einen Namen machten, schätzten die Schwarzburger besonders die Musik. Diese Tradition lebt in der *Landesmusikakademie Thüringen* fort, die den **Marstall** (Schloss 2, Tel. 036 32/66 63 26, www.landesmusikakademie-sondershausen.de) im Schlosspark als Schulungsgebäude nutzt. Das barocke **Achteckhaus** (1708) auf seiner Rückseite war einst Schauplatz höfischer Feierlichkeiten. Mittlerweile bildet es den formidablen Rahmen für Konzerte der Akademie und des überregional bekannten Loh-Orchesters. Es entstand aus der fürstlichen Hofkapelle und verdankt seinen Namen dem Loh-Wäldchen, in dem sein erstes Konzerthaus stand. Seine eigentliche Spielstätte ist das *Haus der Kunst im Loh*, weitere Konzerte finden im *Blauen Saal* des Schlosses statt.

Von der fürstlichen Residenz führt die Schlosstreppe hinab zum **Markt**. An ihrem Fuß steht die *Schlosswache*, ein in Schinkel-Manier errichteter klassizistischer Repräsentationsbau. Ihr Gegenüber, ebenfalls klassizistisch, aber bürgerlich-bescheiden, bildet das *Rathaus*. Fast die gesamte nördliche Marktseite nimmt schließlich das Prinzenpalais ein.

Auch die barocke **Trinitatiskirche** (tgl. 11–16 Uhr) von 1693 südlich des Marktes zeugt vom umfassenden Einfluss der Schwarzburger auf Sondershausen, befindet sich hier doch seit dem 19. Jh. in einer Seitenkapelle die Grablege der Fürstenfamilie. Der sog. *Herrschaftsstand*, von dem aus die Schwarzburger dem Gottesdienst folgten, ist auf der linken Seite des Kirchenschiffs erhalten.

Das bevorzugte Jagdrevier der Schwarzburger waren die Wälder um den Top Tipp **Possen** (mit dem Auto 6 km ab Zentrum Sondershausen über Erfurter und Greußer Str., Wanderweg 3,5 km ab Sondershausen-Possenallee, www.possen.de). Auf der flachen Bergkuppe verwandelten sie ein bereits bestehendes Jagdhaus in der ersten Hälfte des 18. Jh. in ein schmuckes *Schlösschen*, das seit 1781 der *Possenturm* ergänzt. Von dem achteckigen, 42 m hohen Fachwerkturm blickt man weit über die Landschaft. Wildgehege, Bärenzwinger, Vogelvolieren und Kinderspielplätze sowie ein großer Biergar-

Die Alte Wache am Markt markiert den Übergang von der Stadt zur fürstlichen Residenz

ten vor dem Schloss machen den Possen zu einem vielbesuchten Ausflugsziel.

Faszinierend ist ein Besuch des **Erlebnisbergwerks Glückauf** (Schachtstraße 20, Besuch nur auf Voranmeldung, Tel. 036 32/65 52 80, www.erlebnisbergwerk.com), dessen Stollen sich in einer Tiefe von bis zu 1050 m unter der Erde befinden. Sie sind bis zu 3 m hoch und breit genug, um sie mit LKWs zu befahren, man kann das weitläufige Gängenetz überdies mit dem Fahrrad oder der Grubenbahn erkunden. Konzerte in einem Saal tief unter der Erde, Laufveranstaltungen auf einem Rundkurs von 5,1 km Länge und sogar Mountainbikerennen werden dort veranstaltet. Weniger anstrengend ist eine Kahnfahrt auf dem unterirdischen See oder eine Fahrt auf der 52 m langen Tunnelrutsche mit 40° Gefälle.

i Praktische Hinweise

Information

Touristinformation ›Alte Wache‹, Markt 9, 99706 Sondershausen, Tel. 036 32/ 78 81 11, www.sondershausen.de

Hotels

*****Thüringer Hof**, Hauptstr. 30–32, Sondershausen, Tel. 036 32/65 60, www.thueringerhof.com. Zentrales Traditionshotel mit komfortabler Ausstattung.

*****Nucke**, Gerhard-Hauptmann-Str. 19, Sondershausen, Tel. 036 32/60 22 13, www.nucke.h-h-c.de. Ländliche Pension und Reiterhof in ruhiger Stadtrandlage mit komfortablen Zimmern; Café.

Restaurants

Jagdschloss, Schlossstr. 8, Possen, Tel. 03 62/542 00 02. Gaststätte im ehemaligen Jagdschloss auf dem Possen. Spanferkel, Wild und Fischspezialitäten.

47 Bad Frankenhausen

Erinnerung an aufständische Bauern und zwei große deutsche Kaiser.

Bad Frankenhausen (8700 Einw.) liegt am Südhang des Kyffhäuser Gebirges, des kleinsten deutschen Mittelgebirges. Seine Entstehung und frühen Wohlstand verdankt der Ort mehreren Solequellen, die hier zutage traten und wohl schon seit dem 9. Jh. zur Gewinnung von Salz genutzt wurden.

Wirklich Historisches trug sich in Frankenhausen allerdings nur einmal zu. Am 14. und 15. Mai des Jahres 1525 fand nämlich vor den Toren der Stadt die letzte Schlacht der Bauernkriege statt. Etwa 8000 schlecht bewaffnete Bauern standen einem bestens ausgerüsteten Ritterheer gegenüber, der Ausgang der Schlacht war entsprechend absehbar: Am Abend waren 5000 Bauern tot, ihr geistiger Anführer, der radikale Reformator Thomas Müntzer, wurde wenig später hingerichtet.

Die offizielle Geschichtsschreibung der DDR verklärte Müntzer in den 1970er-Jahren zum Helden. Er habe mit dem Bauernkrieg die ›frühbürgerliche Revolution‹ gegen Adel und Feudalismus angeführt, so den Übergang zum Frühkapitalismus beschleunigt und mit seinen Ideen dem real existierenden Sozialismus den Weg bereitet.

Ihm und dem Bauernkrieg zu Ehren erteilte das Kulturministerium der DDR im Jahr 1975 dem Künstler Werner Tübke (1929–2004) den Auftrag, ein großformatiges Monumentalgemälde mit dem Titel ›Die frühbürgerliche Revolution in Deutschland‹ zu schaffen. Nur für dieses 123 x 14 m große Bild wurde das **Panorama Museum** (Tel. 03 46 71/ 61 90, www.panorama-museum.de, April–Okt. Di–So 10–18, Nov.–März Di–So 10–17 Uhr) über Frankenhausen erbaut. Über ein Jahrzehnt, von 1976 bis 1987 brauchte Tübke, um ein in seiner Aussagekraft schier unerschöpfliches Werk fertigzustellen. So steht die Schlacht von Frankenhausen zwar im Zentrum des Geschehens, doch ansonsten weist das Gemälde weit über das 16. Jh. hinaus und behandelt allgemeingültige Triebfedern des Menschen wie Machtstreben oder Gier.

TOP TIPP

Bad Frankenhausen selbst strahlt rund um den Anger und die Einkaufsstraße Kräme das Flair eines ruhigen Kurorts aus. Zwei Reha-Kliniken und die **Kyffhäuser Therme** (August-Bebel-Platz 9, Tel. 03 46 71/ 51 23, www. kyffhaeuser-therme.de, tgl. 9–22 Uhr) mit ihrem Sole-Schwimmbecken sorgen für die nötige Infrastruktur.

Wer hier kurt, sollte sich Wanderungen im nahen Kyffhäuser Gebirge nicht entgehen lassen. Als Einstimmung kann man das **Kreisheimatmuseum** (Tel. 03 46 71/ 620 86, Di–So 10–17 Uhr) besuchen, das über Natur und Vergangenheit der Region, den Bauernkrieg sowie die Stadtgeschichte informiert. Es ist im 1533 durch Günther von Schwarzburg erbauten Schloss untergebracht, in dem die Frankenhausener Vögte, die Stadt und Umland für die Schwarzburger verwalteten, residierten. Vorher wohnten sie im **Hausmannsturm** aus dem 13. Jh. Seinen Namen verdankt er dem sog. Hausmann, dessen Aufgabe es war, die Stundenglocke zu läuten. Nicht weit entfernt neigt sich der Turm der hochgotischen **Oberkirche** (Weihe 1382) um 5,37 Grad und damit sehr bedenklich zur Seite. Angeblich ist er damit der schiefste Turm Deutschlands.

Ausflüge

Nur ein schmaler Damm verbindet die **Wasserburg Heldrungen** (10 km ab Bad

◁ *Die Detailfreude des Tübke-Gemäldes im Panorama Museum ist überwältigend*

Frankenhausen, heute Jugendherberge, Tel. 03 46 73/912 30, www.wasserburg-heldrungen.de, von außen ab 8 Uhr zugänglich, Führungen auf Anfrage) mit dem gleichnamigen Ort (2300 Einw.). Weil es im sumpfigen Helderbachtal an Bergen fehlte, wählten die Herren von Heldrungen um 1100 eine Insel in einem der vielen Seen als Standort für ihre Burg. Die heutige Anlage, die sich mit geschickt gestalteten Wassergräben und den wehrhaften Bastionen an französischer Festungsarchitektur orientiert, stammt aus dem 17. Jh.

TOP TIPP Nochmals 20 km weiter südlich zieht **Burg Weißensee** (auch Runneburg, Tel. 03 63 74/362 00, www.thueringerschloesser.de, Führungen April–Okt. Di–So 9.30–16.30, Nov.–März Di–Fr 9.30–15.30, Sa/So 13.30–15.30 Uhr) Besucher in ihren Bann. Der Thüringer Landgraf Ludwig II. der Eiserne ließ sie um 1160 auf halbem Weg zwischen seinen Festungen Neuenburg an der Unstrut und Wartburg errichten, der Legende nach auf Geheiß seiner Frau, der Landgräfin Jutta, der die Reise zwischen den beiden Domizilen zu beschwerlich war. Sowohl die Toranlage als auch Palas und Wohnturm am südlichen Rand der Anlage sind romanischen Ursprungs und stammen aus der ersten Bauphase. Noch bis Ende 2009 ist eine nachgebaute gigantische Steinschleuder, so wie sie zu Angriffszwecken im frühen 15. Jh. verwendet wurde, größte Attraktion der Burg. Dann soll sie andernorts wieder aufgestellt werden. Zu besonderen Anlässen wird vorgeführt, wie damit eine etwa 100 kg schwere Steinkugel rund 400 m weit geschleudert werden kann.

Bis heute umgibt ein Burggraben die Wasserburg Heldrungen

i Praktische Hinweise

Information

Kyffhäuser-Information, Anger 14, Bad Frankenhausen, Tel. 03 46 71/717 16, www.kyffhaeuser-tourismus.de

Hotels

***__Grabenmühle__, Am Wallgraben 1, Bad Frankenhausen, Tel. 03 46 71/798 82, www.gasthof-grabenmuehle.de. 1647 als Ölmühle erbautes Gemäuer, vollständig modernisiert, mit hübschem Garten; regionale Küche.

Alte Hämmelei, Bornstr. 33, Bad Frankenhausen, Tel. 03 46 71/51 20, www.alte-haemmelei.de. Familiäres Hotel in einem außerordentlich schmucken Fachwerkhaus.

Promenadenhof, Promenade 16, Weißensee, Tel. 03 63 74/22 20, www.promenadenhof.de. Schöner Hof in Fachwerk-Ziegelbauweise, gepflegte individuelle Zimmer, hervorragende Küche mit fantasievoller Zubereitung der Speisen.

Restaurants

Thüringer Hof, Am Anger 15, Bad Frankenhausen, Tel. 03 46 71/510 10, www.thueringer-hof.de. Traditionshaus mit bodenständiger Küche; auch Hotel.

Ackerbürgerhof, Kurstr. 18, Bad Frankenhausen, Tel. 03 46 71/631 30, www.ackerbuergerhof.de. Gemütliches altes Haus; regionale Spezialitäten, Wild aus dem Kyffhäuserwald.

Landgrafen-Schenke, Runneburg, Tel. 03 63 74/284 95. Burggasstätte, Café und Kneipe.

48 Kyffhäuser

Ein Kaiser schläft in Deutschlands kleinstem Mittelgebirge

Der Kyffhäuser ist das kleinste deutsche Mittelgebirge, von Nord nach Süd misst es 7 km, von Ost nach West 12 km. Großenteils ist es dicht bewaldet, nur an seinem Südhang präsentiert es sich baumlos: Hier ist der Untergrund stark verkarstet, sodass Wasser rasch abfließt und nur Steppenrasen gedeiht.

Auf den Ruinen der Reichsburg Kyffhausen entstand das gewaltige Kyffhäuser-Denkmal

Seine weit überregionale Bekanntheit verdankt das Gebirge der Kyffhäusersage, der zufolge der Stauferkaiser Friedrich Barbarossa in einer Höhle unter dem Gebirge bis zu jenem Tag schlafen soll, an dem er sein Volk aus größter Not erretten muss. Anfang des 19. Jh., als Napoleon das Heilige Römische Reich Deutscher Nation zerschlug und in Preußen einmarschierte, schien diese Rückkehr dringlicher denn je, und die Sage vom schlafenden Staufer gewann ungemein an Popularität. Als dann Deutschland unter Kaiser Wilhelm I. 1871 vereint war, sahen viele in ihm den neuen Barbarossa. So lag es nahe, am Schauplatz der Sage das

TOP TIPP

Kyffhäuser-Denkmal (Tel. 03 46 51/ 27 80, www.kyffhaeuser-denkmal.de, April–Okt. 9.30–18, Nov.–März 10–17 Uhr) für den ersten Kaiser des zweiten Deutschen Reiches zu errichten.

Daher steht nun dort, wo zu Zeiten Friedrich Barbarossas die mächtige Reichsburg Kyffhausen ins Land blickte, ein Denkmal für Kaiser Wilhelm I. Als Überwältigungsarchitektur könnte man bezeichnen, was der Baumeister Bruno Schmitz entwarf. Am Fuß des Denkmalturms sitzt rauschebärtig der schlafende Barbarossa, scheinbar aus einem Steinbruch herauswachsend. Über ihm steigt der Turm aus rötlichem Buckelquadermauerwerk empor, wie es auch die Reichsburg Kyffhausen prägte. Auf halber Höhe dann der Heros Wilhelm I., in Kriegsmontur und tapfer ins Feld reitend. Auf dem Turm thront weithin sichtbar die Kaiserkrone. Zu ihr kann man über 247 Stufen hinaufklettern, um weit ins Thüringer Becken und bis zum Harz zu blicken.

Der Kyffhäuserweg

Der **Kyffhäuserweg** (Rundweg, insgesamt 37 km, Start in Bad Frankenhausen am Anger) führt zu fast allen Höhepunkten des Mittelgebirges, durch Wälder und Magerrasen, zu Burgen und Pfalzen, bergauf und bergab. Eine besonders schöne Etappe verbindet die Barbarossahöhle mit dem Kyffhäuserdenkmal (12,5 km, ca. 4 Std., 350 Höhenmeter, Rückfahrt am Wochenende ca. 17.30 Uhr per Bus, Tel. 018 05/ 33 10, sonst Taxi, Tel. 01 72/348 47 45). Unterwegs übersteigt man den höchsten Berg des Kyffhäuser, den 473 m hohen Kulpenberg mit dem weithin sichtbaren Fernsehturm und kann die Burgruine Rothenburg (11. Jh.) mit einem trutzigen Bismarckturm erkunden.

Sowohl ober- als auch unterhalb des Monuments blieben Reste der **Reichsburg Kyffhausen** erhalten. Markant ist der Bergfried der *Oberburg*, zu dem man durch das romanische Erfurter Tor gelangt. In der Oberburg, in unmittelbarer Nähe des Eingangs zum Denkmal, befindet sich auch der 176 m tiefe Brunnen, der die Burgbewohner im Falle einer Belagerung mit Wasser versorgen sollte. Nahebei macht das *Burgmuseum* mit der Geschichte der Feste vertraut. Die *Unterburg* beeindruckt mit den Resten der 10 m hohen Ringmauer.

Etwa 5 km nordwestliche von Bad Frankenhausen entdeckten Bergleute auf der Suche nach Kupferschiefervorkommen 1865 in karstigem Gestein

TOP TIPP

die **Barbarossahöhle** (Rottleben, Tel. 03 46 51/54 50, www.hoehle.de, April–Okt. 10–17, Nov.–März 10–16 Uhr, stündlich Führungen). Sie ist etwa 800 m tief und 13 000 m² groß. Bizarre Gipsformationen am Deckengewölbe reflektieren im tiefgrünen Wasser unterirdischer Seen.

Die faszinierende Schlösserwelt Thüringens lädt zu verlockenden Ausflügen und zur Entdeckung fürstlicher Kunst, romantischer Burgen und Gartenparadiese ein

BURG RANIS

WILHELMSBURG SCHMALKALDEN

KLOSTERRUINE PAULINZELLA

RESIDENZSCHLOSS WEIMAR

SOMMERPALAIS GREIZ

Residenz der Fürsten von Schwarzburg-Rudolstadt; 1737 begonnenes Barockschloss anstelle älterer Burg; Dreiflügelanlage; Entwürfe von Knöffel und Krohne Thüringer Landesmuseum Heidecksburg

SCHLOSS HEIDECKSBURG IN RUDOLSTADT

STIFTUNG
THÜRINGER SCHLÖSSER UND GÄRTEN

Schloss Heidecksburg | Postfach 10 01 42 | 07391 Rudolstadt
Telefon (0 36 72) 4 47-0 | Telefax (0 36 72) 4 47-1 19
E-Mail: stiftung@thueringerschloesser.de

www.thueringerschloesser.de

Thüringen aktuell A bis Z

Vor Reiseantritt

ADAC Info-Service: Tel. 018 05/10 11 12, Fax 018 05/30 29 28 (0,14 €/Min.)

Unter dieser Telefonnummer können ADAC-Mitglieder auch kostenloses **Informations-und Kartenmaterial** anfordern.

ADAC im Internet:
www.adac.de
www.adac.de/reisefuehrer

Thüringen im Internet:
www.thueringen-tourismus.de

Informationen über Ferienregionen in Thüringen bieten:

Thüringer Tourismus GmbH,
Willy-Brandt-Platz 1, 99084 Erfurt,
Tel. 03 61/374 20, Fax 03 61/374 22 99

Tourismusverein Thüringer Wald e.V.,
Krankenhausstr. 12, 98693 Ilmenau,
Tel. 036 77/68 99 66,
www.thueringer-wald.com

Tourismusverein Südlicher Thüringer Wald, Sonneberger Str. 1, 98724 Neuhaus a.R., Tel. 036 79/77 52 82, Fax 036 79/77 53 54, www.suedlicher-thueringer-wald.de

Schneetelefon: 018 05/553 39 99 (0,14 €/Min.)

Allgemeine Informationen

Die **ThüringenCard** ermöglicht freien Eintritt zu über 200 Museen und Parks. Sie ist bei der Thüringer Tourismus (s.o.) erhältlich. Die ein Jahr lang gültige **Thüringer Wald Card** gewährt einen Preisnachlass auf etwa 375 Sehenswürdigkeiten. **Info:** Tel. 01 80/545 22 54, www.thueringer-wald-card.info. Erhältlich bei den meisten Fremdenverkehrsämtern.

Tourismusämter

Tourismusämter und Kurverwaltungen werden bei den jeweiligen Punkten unter *Praktische Hinweise* genannt.

Notrufnummer und Adressen

Einheitlicher Notruf: Tel. 112 (EU-weit, auch mobil: Polizei, Unfallrettung, Feuerwehr)

ADAC Pannenhilfe: Tel. 018 02/22 22 22 (0,06 €/Anruf), Mobil: Tel. 22 22 22

ADAC-VerkehrsService: Mobil Tel. 224 11, e-plus Tel. 114 11 (individuell, 1,10 €/Anruf plus Verbindungskosten), aus dem Festnetz: Tel. 090 01 12 24 11 (1,39 €/Min.)

ADAC Stau-Info: Mobil 224 99 (automatisch, 0,51 €/Anruf plus Verbindungskosten)

Österreichischer Automobil Motorrad und Touring Club
ÖAMTC Schutzbrief-Nothilfe:
Tel. 00 43/(0)1/251 20 00

Touring Club Schweiz
TCS Zentrale Hilfsstelle:
Tel. 00 41/(0)224 17 22 00

Anreise

Auto

In West-Ost-Richtung wird Thüringen im Norden von der A 38 (Südharzautobahn) von Göttingen nach Leipzig und im Süden von der A 4 Frankfurt a.M. – Dresden gequert. In Nord-Süd-Richtung schneidet die A 9 Berlin-Nürnberg Thüringen. Von der Südharzautobahn A 38 entsteht mit der A 71 eine Verbindungsstrecke nach Nordbayern, die zwischen Erfurt und dem südlichen Thüringer Wald bereits fertig gestellt ist und sich bei Suhl in eine Strecke nach Schweinfurt und eine andere nach Bamberg (A 73) verzweigt.

Bahn

Der ICE befährt die Strecke Frankfurt–Fulda–Eisenach–Erfurt etwa halbstündlich; die Nord-Süd-Verbindung von Berlin über Jena nach München wird etwa stündlich angeboten. DB und Privatbahnen erschließen auch kleine Orte.

Fahrplanauskunft:

Deutsche Bahn, Tel. 018 05/599 66 33 (0,14 €/Min.); Tel. 08 00/150 70 90 (sprachgesteuert, kostenlos vom Festnetz), www.bahn.de

Österreich
Österreichische Bundesbahn,
Tel. 05 17 17, www.oebb.at

Schweiz
Schweizerische Bundesbahnen,
Tel. 09 00 30 03 00, www.sbb.ch

Flugzeug

Der größte Flughafen Thüringens ist der Flughafen Erfurt-Bindersleben.

Info: Flughafenstr. 4, Tel. 03 61/656 22 00, www.flughafen-erfurt.de

Bank und Post

Bank

Banken sind in der Regel Mo–Fr 8.30–12.30 und 14–16 Uhr geöffnet.

Post

Öffnungszeiten sind meist Mo–Fr 8–12 und 14–18 Uhr, Sa 8–12 Uhr. In kleineren Orten übernehmen Agenturen in Lebensmittel- oder Schreibwarenläden die Postdienste.

Behinderte

Die **Grenzenlos-gGmbH** betreibt in Thüringen zwei auf Körperbehinderte spezialisierte Hotels:

******Schlosshotel Behringen***, Hauptstr. 98, 99947 Behringen, Tel. 03 62 54/850 90, Fax 03 62 54/85 09 49, www.schlosshotel-behringen.de

******Hotel Grenzenlos***, Jonny-Schehr-Str. 12, 99085 Erfurt, Tel. 03 61/60 13 26 00, Fax 03 61/60 13 26 01, www.grenzenlos-ggmbh.de

Im Nationalpark Hainich vermittelt der 3 km lange **Erlebnispfad Brunstal** Geh- wie Sehbehinderten an neun Stationen Informationen über den Wald (Beginn am Wanderparkplatz ›Fuchsfarm‹ bei Mülverstedt).

Infos: Magazin Thüringen – Urlaub ohne Grenzen, kostenlos beim Tourismus Service-Center Thüringen, Postfach 100519, 99005 Erfurt, Tel. 03 61/374 20, www.thueringen-tourismus.de

Einkaufen

Glas und Porzellan

Sitzendorfer Porzellanmanufaktur: Hauptstr. 26, 07429 Sitzendorf, Mo–Fr 10–18 Uhr, Sa–So 10–17 Uhr, Tel. 03 67 30/36 60

Volkstedter Porzellanmanufaktur: Breitscheidstr. 7, 07407 Rudolstadt, Mo–Fr 9–17 Uhr, Sa 10–15 Uhr, Tel. 036 72/48 02 17

Kahla Porzellan, Christian-Eckardt-Str. 38, 07768 Kahla, Mo–Sa 9.30–18 Uhr, Tel. 03 64 24/792 79

Weihnachtsland Lauscha, Straße des Friedens, Tel. 03 67 02/229 45. Herrliche Christbaumkugeln

Glas Creations – Firma Krebs-Glas, am Park 1, 98724 Ernstthal, Tel. 03 67 02/28 80, www.krebslauscha.de, Jan.–Juni Mo–Fr 10–16 Uhr, Sa–So 13–16 Uhr, Juli–Nov. Mo–Fr 10–17 Uhr, Sa–So 13–17 Uhr, Dez. tgl. 10–18 Uhr

Nahrungsmittel und Naturprodukte

Der **Haflinger Reiterhof Meura** (Ortsstraße 116, 98744 Meura, Tel: 03 67 01/311 51) verkauft Stutenmilch, Stutenmilchkosmetik und Stutenmilchlikör.

Naturprodukte und Lavendel-Spezialitäten bietet das **Lavendelparadies**, Untere Marktstr. 8, 07422 Bad Blankenburg, Tel. 03 67 41/578 88.

Kräuterliköre und besondere Öle findet man bei **Thüringer Olitäten,** Ortsstr. 2, 07426 Oberhain (westlich von Sitzendorf), Tel. 03 67 38/426 10, www.siegmundiner.de.

Gebranntes gibt es bei der **Lobensteiner Destillerie und Edelobstbrennerei Reising**, Teichdamm 8, 07356 Lobenstein, Tel. 03 66 51/21 14, www.destillerie-erlebnis brauerei.de.

Vollendeten Genuss versprechen die handgefertigten Pralinen der **Feengrotten-Chocolaterie** in Saalfeld, Feengrottenweg 1, 07318 Saalfeld, Tel. 036 71/457 90.

Andenken

Die blauen **Bürgler Töpferwaren** mit den weißen Punkten ist in allen gut sortierten Andenkenläden erhältlich. Um blaue Farbe geht es auch beim Blaudruck, der traditionell mit dem Farbstoff Waid hergestellt wurde. Die **Blaudruckwerkstatt** (Mühlburgweg 32, 99094 Erfurt-Hochheim, Tel. 03 61/225 24 30) stellt ihn noch im Originalverfahren her.

Essen und Trinken

Die Thüringer Küche ist deftig und gehaltvoll – so ist es der ländliche Brauch.

Als Getränke schätzen die Thüringer **Bier**, speziell das Bad Köstritzer Schwarzbier. An Saale und Unstrut werden seit jeher gute **Weißweine** angebaut, die zum Fisch vortrefflich munden. Der **Nordhäu-**

ser Doppelkorn ist ideal zur Verdauung nach einem schweren Mahl.

Thüringer Schwarzbierfleisch wird mit Schweinekamm, einer würzigen Schwarzbiersoße und **Thüringer Klößen** zubereitet. Für die Klöße hat jede Hausfrau ihr eigenes Rezept. Alle basieren auf mehligen Kartoffeln, nur Milch- und Salzmenge, Kochdauer und Formung variieren.

In Ostthüringen gibt es kein Fest ohne **Schmöllner Mutzbraten**, einen Spießbraten aus Schweinekamm. Traditionell wird er in so genannten Mutzbratenständen im Birkenholzrauch gegart, dazu isst man Brot und Sauerkraut.

Schon mancher Fremde wurde von **Thüringer Rostbrätl** verblüfft, weil er den Namen für eine einheimische Bezeichnung der Bratwürste hielt. In Wirklichkeit handelt es sich dabei um gegrillten Schweinekamm, der vorher eingelegt worden ist.

Für die **Thüringer Bratwürste** gibt es eine ähnliche Fülle an Rezepten wie für die Klöße. Alle basieren auf Schweinefleisch und einer kräftigen Kräuter-Würzmischung, die Zusammensetzung variiert je nach überlieferter Rezeptur. Gemeinsam ist allen eine Länge von mindestens 15 cm.

Nordöstlich von Ziegenrück erstrecken sich die *Plothener Teiche*. Mönche legten sie im Mittelalter an, bis heute werden dort **Forellen** gezüchtet.

Nordthüringen ist Zwiebelland. Heldrungen gilt als Zwiebelstadt und der Weimarer Zwiebelmarkt ist das größte Volksfest der Region. Dazu gehört natürlich ein traditioneller **Zwiebelkuchen**. Regionale Besonderheit ist eine Schicht Grießbrei, die ihn schön saftig hält. Auch **Zwiebelsuppe** steht im Herbst in Nordthüringen häufig auf der Speisekarte. **Suhler Dansch** besteht aus Kartoffeln und Zwiebeln, die gerieben und mit mit eingeweichtem Weißbrot vermischt in Fett ausgebacken werden.

Zu den traditionellen Speisen gehört die **Linsensuppe**, die mit Rotwurst süßsauer zubereitet wird. Auch der **Heldrunger Sauerbraten** hat eine süßsaure Soße. Im Eichsfeld wird der **Lammbraten** delikat zubereitet, mit Kräuterkruste in Rotweinsoße. Abschließen könnte man das Mahl dann mit einem würzigen **Ziegenkäse** aus dem Altenburger Land. Wer es eher süß liebt, der wird sich an **Mushörnchen** freuen, die besonders schmackhaft mit Pflaumenmus gefüllt werden. Zu Weihnachten gibt es **›Erfurter Schittchen‹**, die thüringische Variante des Christstollens.

Feiertage

1. Januar (Neujahrstag), Karfreitag, Ostermontag, 1. Mai (Maifeiertag), Christi Himmelfahrt, Pfingstmontag, 3. Oktober (Tag der deutschen Einheit), 31. Oktober (Reformationstag), 25./26. Dezember (1./2. Weihnachtsfeiertag).

Festivals und Events

Februar

Eichsfeld: *Fetter Donnerstag* (Donnerstag vor Karneval). Karnevalsbeginn

TOP TIPP **Wasungen:** *Wasunger Karneval* (Karnevalssamstag).

März

TOP TIPP **Eisenach:** *Sommergewinn* (um den 21.). Größtes Frühlingsfest Deutschlands.

April

Verschiedene Orte: *Thüringer Bachwochen* (www.thueringer-bachwochen.de).

Erfurt: *Töpfermarkt* (3. Wochenende).

Jena: *Thüringer Holzmarkt* (3. Wochenende)

Mai

Creuzburg: *Anpaddeln auf der Werra* (1. Mai). Eröffnung der Bootsaison für Kanusportler und Anfänger

Uhlstädt: *Flößerfest* (2009, 2011 ...). Wehrüberfahrt der Langholzflöße am Pfingstsonntag.

Weimar: *Frühjahrstage für zeitgenössische Musik* (www.via-nova-ev.de).

Juni

Bauerbach: *Sommertheater auf der Bühne des Schiller-Naturtheaters* (www.naturtheater-bauerbach.de)

Bad Sulza: *Salz- und Quellenfest* (letztes Wochenende). 10 000 Lichter im Kurpark erinnern an den Bergbau.

Eisfeld: *Kuhschwanzfest* (Dienstag nach Pfingsten). Historischer Wachaufzug und Mittelaltermarkt, Feuerwehrübung und Festumzug.

Erfurt: *Krämerbrückenfest* (drittes Wochenende). Thüringens größtes Altstadtfest rund um die Krämerbrücke.

Nordhausen: *Rolandsfest* (2. Wochenende). Das größte Volksfest der Region mit einem vielfältigen Bühnenprogramm an drei Tagen.

Ranis: *Thüringer Literatur- und Autorentage* (www.lesezeichen-ev.de).

Heiligenstadt: *Leidensprozession* (Palmsonntag).

Juli

Altenburg: *Altenburger Prinzenraub-Festspiele* (www.prinzenraub.de).

Bad Blankenburg: *Lavendelfest.* Innenstadtfest mit Tanz unter dem Lavendelkranz, verkaufsoffener Innenstadt.

Bad Langensalza: *Rosen- und Parkfest.*

Erfurt: *Sommertheater in der Barfüßerruine* (www.neues-schauspiel-erfurt.de).

Meiningen: *Hütesfest* (1. Wochenende). Stadtfest und Töpfermarkt: Meininger Stadtfest zu Ehren des thüringischen Kartoffelkloß (Hütes), der angeblich hier erfunden wurde.

Rudolstadt: *Tanz & Folkfest* (1. Wochenende). Größtes Folk-, Roots- und Weltmusik-Festival Deutschlands.

Schleusingen: (letztes Wochenende) Country-Festival am Bergsee Ratscher (www.countryfestival.eu).

Schmalkalden: *Schmalkalder Hirschessen.* historisches Fest mit Musik, Tanz, Kunsthandwerk und Gauklern.

Sondershausen: *Schlossfestspiele.* Oper mit dem Loh-Orchester (www.schloss festspiele-sondershausen.de).

Juli/August

Gera: *Höhlerbiennale* (Mitte Juni bis Oktober, 2009, 2011 ...). Kunst in den Gängen unter Gera (www.hoehlerbiennale.de).

Gotha: *Ekhof-Festival* (Juni/Juli/August). Theater des Barock (www.ekhof-festival.de)

Jena: *Kulturarena.* Konzerte, Theater und Filmvorführungen (www.kulturarena.de).

Meiningen: *Meininger Sommer* (Mitte Juli bis Anfang August). Theater, Oper, Artistik, Jazz und Pop.

August

Erfurt: *Domstufenfestspiele.* Musik und Theater auf der Treppe des Erfurter Doms.

Paulinzella: *Kulturfestival in der Klosterruine* (www.kulturfestival-paulinzella.de).

Verschiedene Orte: Thüringer Kammermusiktage (2. Monatshälfte, 2009, 2011 ... www.tkmt.de).

Ilmenau: *Kickelhahnfest* (letzter Sonntag im August).

Rudolstadt: *Rudolstädter Vogelschießen.* großer Jahrmarkt (letzte Augustwoche).

September

Apolda: *Kabarett-Tage*

Greiz: *Greizer Theaterherbst* (www.thea terherbst.de)

Meiningen: *Kleinkunsttage* (www.mei ninger-kleinkunsttage.de)

Weida: *Weidscher Kuchenmarkt* (1. Wochenende). Traditioneller Kuchenmarkt vor dem Rathaus.

Erfurt: *Bistumswallfahrt* (3. Sonntag)

Friedrichroda: *Ludowingerfest* (1. Wochenende). Mittelalterfest.

Heichelheim (bei Weimar): *Kartoffelfest* (2. Wochenende).

Jena: *Altstadtfest* (2. Monatshälfte).

Weimar: *Töpfermarkt* (1. Wochenende).

Oktober

Verschiedene Orte: *Güldener Herbst.* Festival für Alte Musik (www.amt-ev.de).

Gera: *Höhlerfest.* Geras Stadtfest.

Hildburghausen: *Theresienfest.* Ebenso wie das Münchner Oktoberfest ein Fest anlässlich der Heirat von Ludwig I. mit der Prinzessin Therese von Hildburghausen am 12. Okt. 1810.

Weimar: *Zwiebelmarkt* (2. Wochenende). Auf Thüringens bekanntestem Volksfest gibt es Heldrunger Zwiebelzöpfe.

November

Erfurt: *Martinsfest* (10. Nov.). Am Vorabend des Martinstages wird sowohl Stadtpatron Martin von Tours als auch Martin Luther gedacht.

Dezember

Lauscha: *Kugelmarkt* (erste zwei Wochenenden). Uriger Spezialmarkt mit einer großen Auswahl an handgefertigtem Christbaumschmuck.

Kinder

Im Nationalpark Hainich gibt es den **Wildkatzenkinderwald**, einen Abenteuerspielplatz mit liebevoll gestalteten Holzgeräten und Waldgeistern (Anfahrt von Norden über Kammerforst zum Parkplatz ›Am Zollgarten‹, www.nationalpark-hainich.de).

Sommerrodelbahnen

Am Pappenheimer Berg, Lauschaer Str. 41, 98724 Ernstthal am Rennsteig, Tel. 036 79/208 31, Apr.–Nov. tgl. 10–18 Uhr, außer bei Regen.

Saalburg, Am Kulmberg 1 a, 07929 Saalburg, Tel. 03 66 47/29 91 50, April bis Okt. tgl. 10–17 Uhr.

Allwetterrodelbahn ›Alpine Coaster‹, Panorama 1, 07422 Dittrichshütte, Tel. 03 67 41/570 02 58, April–Oktober tgl. 10–18 Uhr, November–März Mo–Sa 13–16 Uhr, So und in den Ferien 10–16 Uhr.

Erlebnisparks

Sandstein- und Märchenhöhle, Walldorf, An der Sandsteinhöhle 4, Tel. 036 93/899 10, www.sandstein hoehle.de, März–Nov. tgl. 10–16.30 Uhr, Juni–Aug. 10–17.30 Uhr.

Märchenwald Saalburg, Dornbachgrund 1, 07929 Saalburg, Tel. 03 66 47/ 222 18, www.maerchenwald-saalburg.de, 15. März–31. Okt. 9–18 Uhr.

Märchenpark Heilbad Heiligenstadt, An der Leineaue 1, 37308 Heilbad Heiligenstadt, Tel. 036 06/67 71 41, www.maerchen-thueringen.de, Mai–Okt. 10–19 Uhr.

Klima und Reisezeit

Innerhalb des Freistaats gibt es große klimatische Unterschiede. Während das Thüringer Becken zu den niederschlagsärmsten Gebieten Deutschlands gehört und sehr warm ist, regnen sich die von Südwesten kommenden Wolken am Thüringer Wald ab, sodass das Wetter dort recht unbeständig sein kann.

Klimadaten Erfurt

Monat	Luft (°C) min./max.	Sonnen-std./Tag	Regen-tage
Januar	-4/ 1	1,6	7
Februar	-3/ 2	2,6	7
März	-1/ 7	3,6	8
April	3/ 12	5,1	9
Mai	7/17	6,6	10
Juni	10/20	6,8	10
Juli	12/22	7,1	8
August	12/22	6,6	9
September	9/18	5,2	8
Oktober	5/13	3,7	6
November	1/ 6	2	7
Dezember	-2/ 3	1,4	7

Sport

Angeln

Wer in den Gewässern Thüringens angeln will, braucht einen Fischereischein und eine Angelkarte und muss sich an die Thüringer Fischereiverordnung halten. Angelkarten gibt es bei den jeweiligen Tourismusämtern. *Info:*

Verband für Angeln und Naturschutz Thüringen e.V., Lauwetter 25, 98527 Suhl, Tel. 036 81/30 88 76 und 036 81/30 56 45, Fax 036 81/30 88 76, www.anglertreff-thueringen.de.

Baden

Die größten Seen sind durch das Aufstauen der Saale entstanden, besonders der Bleichlochstausee und der Hohenwarte-Stausee sind große Freizeitseen. Darüber hinaus gibt es mehr als 20 Erlebnisbäder, etwa in Mühlhausen, Bad Langensalza, Bad Frankenhausen oder Bad Sulza.

Ballonfahren

Ballon-Jäger, Kurze Seite 4, 98587 Herges-Hallenberg: Tel. 03 68 47/328 81, www.ballonjaeger.de.

Ballonabenteuer Schoko, Tino und Claudia Scholz, Fedor-Flinzer-Str. 31, 08468 Reichenbach, Tel. 037 65/699 02, www.schokoweb.de. Startplätze in Göpfersdorf, Gera, Greiz und Jena.

Ballonteam Reiche, Langer Damm 11, 99631 Weißensee, Tel. 03 63 74/205 81, Fax 03 63 74/205 82, www.ballonteam-reiche.de. Startplätze in Weißensee und Erfurt.

Gleitschirm- und Drachenfliegen

Flugsportservice & Flugsportschule KipkAIR, Wacholderweg 4, 07745 Jena, Tel. 036 82/91 91 41, 0179/539 45 67, www.kipkair.com; Abflugbasis: die Flugplätze von Crawinkel und Jena-Schöngleina.

Jenair-Paragliding, Saalbahnhofstraße 10, 07743 Jena, Tel. 036 41/82 59 00, 0172/ 360 96 29, Fax 036 41/42 02 93, www.jenair.de; Abflugbasis: Flugplatz Jena-Schöngleina.

Golf

Einige 9–Loch- und eine 18–Loch-Anlage zeigen, dass der Golfsport auch in Thüringen Fuß zu fassen beginnt:

Golfclub Eisenach, Am Röderweg 3, 99819 Wenigenlupnitz, Tel. 03 69 20/718 71,

Fax 036 29 20/719 19, www.golf-eisenach.de. 9–Loch-Anlage, östlich von Eisenach, Spielbedingungen: Platzreife und Mitgliedschaft in einem Golfclub; 4-Loch-Kurzplatz, der ohne Patzreife bespielt werden kann.

Golfclub Weimar/Jena 1994 e.V., Münchenroda 29, 07751 Jena, Tel. 036 41/42 46 51, Fax 036 41/42 46 53, www.golfclub-jena-weimar.de. 9-Loch-Anlage, Spielbedingungen: Platzreife und Mitgliedschaft in einem Golfclub.

Thüringer Golfclub ›Drei Gleichen‹, Gut Ringhofen, 99869 Mühlberg, Tel. 03 62 56/869 83, Fax 03 62 56/869 85, www.thueringer-golfclub.de. 18–Loch-Platz, Spielbedingungen: Platzreife, DGV-Ausweis bzw. Mitgliedschaft in einem vom DGV anerkannten Verein, mindestens Hcp -54; 6-Loch-Übungsplatz, der ohne Platzreife bespielt werden kann.

Klettern

Im Thüringer Wald gibt es einige gute Kletterfelsen. Von **Tabarz** aus erreicht man den *Lauchagrund* nach nur wenigen Kilometern Richtung Süden. Anspruchsvoll ist die Route ›Dire Straits‹ am Teufelsgrad. Südlich von **Tambach-Dietharz** kommt man über Forststraßen (keine Autos) nach ca. 10 km zum Falkenstein im *Schmalwassergrund*. Relativ leicht ist das ›Wandl‹. Das *Hülloch* (in Tambach-Dietharz zunächst dem Schild ›Talsperrenverwaltung‹, dann der Wanderwegausschilderung ›Hülloch‹ folgen), ein weit über 20 m langes Felsdach, hält einige Routen in den oberen Schwierigkeitsgraden bereit, so z.B. die ›Lagrima‹ mit dem Schwierigkeitsgrad 10.

Da es während der Vogelbrutzeit an einigen Felsen zu Sperrungen kommen kann, sollte man sich vorab über die aktuelle Situation informieren. *Info:*

Thüringer Bergsteigerbund, Johannesstr. 2, Erfurt, Tel. 03 61/211 35 20, www.dav-erfurt.de, Buch SteinReich – Kletter- und Boulderführer Thüringen, Hocke/Uhlig, Geoquest Verlag, 2008.
Es gibt auch **Hochseilgärten**, einer der schönsten ist das RennsteigOutdoorCenter, 96520 Steinach, Tel. 07 00/77 00 77 11, www.roc-team.de.

Laufen

In Thüringen findet auf dem Rennsteig jedes Jahr im Mai der mit ca. 15 000 Teilnehmern größte Landschaftslauf Mitteleuropas, der **GutsMuths-Rennsteiglauf** statt. Es können unterschiedliche Strecken gelaufen werden: der Supermarathon über 72,7 km ab Eisenach, der Marathon über die nicht ganz originale Distanz von 43,5 km ab Neuhaus am Rennweg oder der Halbmarathon über 21,1 km ab Oberhof. Alle Strecken enden in Schmiedefeld. *Info:*

Rennsteiglauf GmbH, Schmückestraße 74, 98711 Schmiedefeld a.R., Tel. 067 82/612 37, www.rennsteiglauf.de

Mountain-Bike

Für Mountainbiker gibt es in den Thüringer Mittelgebirgen viele reizvolle Strecken. Eine echte Herausforderung ist der **Rennsteig-Wanderweg** (168,3 km, 3480 Höhenmeter), über Stock und Stein. Einfacher zu fahren ist der **Rennsteig-Radweg** (s.u.), der für Mountainbiker aber nicht so attraktiv ist. Genauso schön sind Touren in der Rhön, z.B. der **Rhön-Rennsteig-Weg** (98 km, 2170 Höhenmeter, kein Rundkurs), der Rhön und Thüringer Wald miteinander verbindet; anspruchsvolle Touren gehen auf den Dolmar nordöstlich von Meiningen, beispielsweise der **Rennsteig-Dolmar-Weg** (94 km, 2200 Höhenmeter, Rundkurs); ebenfalls empfehlenswert ist die **Pfad-Finder-Tour** (46 km, 1140 Höhenmeter, Rundkurs) rund um Frauenwald.

Nordic-Walking

Nordicaktiv Zentrum Brotterode, www.nordic-aktiv-zentrum.net, vier Nordic-Walking-Strecken in drei Schwierigkeitsgraden.
Nordic-Walking-Park Tabarz, www.tabarz.de, fünf Strecken, Informationstafel am Parkplatz des ›Hotel Wiesenhaus‹ in der Lauchagrundstraße.

Nordic-Walking-Park ›Goldene Aue‹ bei Heringen (nördl. von Sondershausen); zwei gut ausgeschilderte Wege (www.tourismus-goldeneaue.de). Anfang und Ende der Strecken ist der ausgeschilderte Wanderparkplatz am ›Eichentalsweg‹ in Heringen.

DSV Nordicaktiv Walking Zentrum Thüringer Vogtland, sechs ausgeschilderte Strecken zwischen zwei und 18 km; Startpunkte sind Weißendorf und das Seehotel (jeweils mit Stockverleih und Umkleide) und Zadelsdorf; großes Kursangebot. (www.nowapark.de; Tel. 036 41/47 37 65)

Grenzlinien als Wanderwege: Rennsteig und Grünes Band

Erstmals im Jahr 1330 erwähnt eine Urkunde den **Rynnestig**, zugleich als **Handelsweg** und als Grenzlinie zwischen Thüringen und Franken. Im Laufe der Jahrhunderte verlor er beide Funktionen – und wurde im 19. Jh. als Wanderweg wiedergeboren. Denn im Jahr 1830 vermaß der Straßenbauer Julius von Pläckner den Rennsteig von Hörschel an der Werra im Nordwesten bis Blankenstein an der Saale im Südwesten und teilte seine 168 km in 5 Tagesetappen ein. Der 1892 gegründete Rennsteigverein veranschlagt für eine *Runst* – so nennen seine Mitglieder die Komplettbeschreitung des Rennsteiges – sechs Etappen.

Der mit einem weißen R markierte Weg führt auf dem Kamm des Thüringer Waldes entlang. Dabei gibt es einige kräftige Steigungen zu überwinden. Bei Hörschel geht es auf ca. 190 m Höhe los, **Pläckners Aussicht** an der höchsten Stelle des Rennsteigs liegt neun Meter unterhalb der höchsten Erhebung des Thüringer Waldes, dem Großen Beerberg mit 982,9 m.

Nicht ganz so lang wie beim Rennsteig soll es dauern, bis Wanderer die einstige innerdeutsche Grenze erkunden können. Weil sie bis 1989 Sperrgebiet war, entwickelte sich dort ein **Grünes Band** mit reicher Flora und Fauna. Bis Ende 2009 werden zwischen Mödlareuth nördlich von Hof und Stockheim südlich von Sonneberg dreizehn Wander- und Fahrradrouten ausgewiesen, die ihren Verlauf immer wieder kreuzen. Gute Ausgangspunkte für die Erkundung des Grünen Bandes sind das *Deutsch-Deutsche Museum Mödlareuth* (Mödlareuth 13, Tel. 092 95/13 34, www.moedlareuth.de, März–Okt. Di–Fr 9–18, Nov.–Febr. Di–Fr 9–17 Uhr) und das *Haus des Volkes* (Bahnhofstr. 25, Probstzella, Tel. 03 67 35/460 57, Mo–Fr 16–22, Sa 14–22, So 11–22 Uhr) mit der Ausstellung ›Lebenslinie Todesstreifen‹. *Infos zu Rennsteig und Grünem Band:*

Regionalverbund Thüringer Wald e.V., Krankenhausstr. 12, 98693 Ilmenau, Tel. 036 77/68 99 60, www.thueringer-wald.com

Nordic-Fitness Park am Rennsteig (www.vesser.de); vier Routen mit insgesamt 60 km Strecke, gute Ausschilderung; Einstiegspunkte in Vesser und in Suhl am Ringberg-Resort-Hotel (Ringberg 10, 98527 Suhl).

Radwandern

Der **Unstrut-Radweg** (178 km, www.unstrut radweg.de) folgt dem Fluss von der Quelle im Eichsfeld bei Kefferhausen bis zur Mündung in die Saale bei Naumburg. Der **Werratal-Radweg** (www.werratal.de) führt über 200 km durch Thüringen, von den beiden Quellen am Rennsteig bis nach Kloster Veßra im Landkreis Hildburghausen. Der **Gera-Radweg** (75 km, www.geraradweg.de) verläuft von der Quelle im Thüringer Wald bis zur Mündung in die Unstrut bei Gebesee. Der **Ilmtal-Radwanderweg** (125 km, www.ilmtal-radwanderweg.de) begleitet den Fluss von Frauenwald im Thüringer Wald (Quelle) bis zur Mündung in die Saale in Ostthüringen, nahe Großheringen. Der **Saale-Radwanderweg** (427 km, davon 198 in Thüringen, www.saale-radwanderweg.de) folgt der Saale von Sparnberg oder Blankenstein aus bis nach Saalburg. Der **Elsterradweg** (ca. 74 km, www.elsterradweg.de) führt von Greiz-Sachswitz bis Crossen durch Thüringen.

Anspruchsvoller sind der **Rennsteig-Radwanderweg** (195 km, www.rennsteig.de), der auf dem Kamm des Thüringer Waldes von Eisenach bis Blankenstein verläuft und die **Thüringer Städtekette**, die auf 225 km sieben der schönsten Thüringer Städte zwischen Altenburg und Eisenach verbindet.

Reiten

Haflinger Reiterhof Meura, Ortsstraße 116, 98744 Meura, Tel. 03 67 01/311 51, Fax 03 67 01/311 52, www.haflinger-in-meura.de

Reiterhof Nucke, Gerhard-Hauptmann-Str. 19, 99706 Sondershausen, OT Stockhausen, Tel. 036 32/60 22 13, Fax 036 32/60 22 73, www.nucke.h-h-c.de.

Landgasthof Reiterhof Probstei-Zella, 99826 Frankenroda, Tel. 03 69 24/419 76, Fax 03 69 24/418 74, www.zella.de.

Gestüt Umlauf, Hofegasse 2, 99713 Bellstedt, Tel. 03 60 20/723 24, 01 71/423 78 95, www.gestuet-umlauf.de. Schönes Gut mit 60 Pferden und eigener Reithalle.

Reit- und Kutschtouristik, Friedrichstraße 19–21, 98594 Friedrichroda, Tel. 036 23/20 04 29 (Friedrichroda) und 03 68 42/52 98 98 (Oberhof), www.reitundkutsch.de. Kutschwagenfahrten, Pferdeschlittenfahrten und Wanderritte.

Wandern

Der bekannteste Wanderweg Thüringens ist der **Rennsteig** mit 168 km Länge. Der **Goethewanderweg** von Ilmenau nach Stützerbach, der mit einer Länge von 20 km eine Tagestour ist und die **Gipfelwanderung** von der Wegscheide zwischen Schmiedefeld und Suhl bis Goldlauter, die auf 30 km sieben Gipfel miteinander verbindet, sind ähnlich schön. Der **Kyffhäuserweg** (ca. 22 km) im Kyffhäusergebirge oder der **Vogtland Panoramaweg** (220 km, 12 Etappen) sind ebenfalls vorzüglich ausgeschildert.

Info: Landesvermessungsamt Thüringen, 1:25 000 und 1:50 000, erhältlich im örtlichen Buchhandel oder beim Landesvermessungsamt. Auch die Touristen-Informationsämter geben Wanderkarten aus.

Wassersport und Wasserwandern

Werra (www.werratal.de) und Unstrut (www.blaues-band.de/unstrut) eignen sich bestens zum **Kanu-** und **Kajakfahren**, während die Saale an Bleilochtalsperre und Hohenwartetalsperre auch das Segeln ermöglichen.

Kanureich Henfstädt, Mittlere Dorfstr. 3, 98660 Henfstädt (bei Themar an der Werra), Tel. 03 68 73/696 71, www.kanureich.de.

Kanustation Rastplatz Döbritschen (in Zusammenarbeit mit Saale-Unstrut-Tours aus Naumburg), Saale, 07774 Camburg, Tel. 01 60/34 34 875, www.saalerastplatz.de/Kanustation. Paddeln durch Auen, Canyons mit steilen Kalkwänden und vorbei an Weinbergen.

Werratal-Tours Roth & Krause, Teichhof 1, 99830 Treffurt, Tel. 03 69 23/503 75, www.werratal-tours.de.

Kanustation Schleuse Ritteburg, Oberdorf 50, 06556 Ritteburg, Tel. 034 66/32 23 32, www.pension-schleuse.de. Kanufahren auf der Unstrut. Sehr abwechslungsreicher Flussverlauf, mal durch Wiesen, dann wieder durch enge Sandsteinberge.

Wassertouristik Camburg, Naumburger Str. 21, 07774 Camburg, Tel. 03 64 21/235 89. Floßfahrten auf der Saale zwischen Camburg und Großheringen, am Wochenende zu festen Terminen, ansonsten nach Vereinbarung.

Uhlstädter Touristische Saaleflößerei GbR, Weinbergstraße 196c, 07407 Uhlstädt-Kirchhasel, Tel. 03 67 42/623 46. Floßfahrten auf der Saale, Buchung im Voraus notwendig.

Wintersport

Thüringen bietet dank seines Netzes von mehr als 200 Loipenkilometern und rund 1800 km Skiwanderwegen ideale Voraussetzungen vor allem für **Langläufer**. Skikurse bieten:

Oberhof: Ski- und Snowboardschule Gerd Armbruster, Breitscheidstr. 27, 98559 Oberhof, Tel. 03 68 42/528 00, www.skischulprofis.de.

Tabarz: Sport-Hellmann, Lauchagrundstr. 13, 99891 Tabarz, Tel. 03 62 59/508 52, www.sport-hellmann.de.

Schlittschuhfreunde finden Eisbahnen z.B. in Ilmenau (Eisbahn Hammergrund, Tel. 036 77/89 42 27), Sonneberg (Eiswelt im Sonnebad, Tel. 036 75/406 66 60, www.sonnebad-sonneberg.de) und Waltershausen (Freizeitzentrum Gleisdreieck, Tel. 036 22/90 20 27, www.freizeitzentrum-waltershausen.de) sowie im Eisportzentrum Erfurt (Arnstädter Str. 53, Tel. 03 61/655 46 95, www.gunda-niemann-stirnemann-halle.de).

Schlittenfahren kann man z.B. in Masserberg am Ortsausgang Fehrenbach; in Oberhof an der ›Alten Golfwiese‹; in Schmiedefeld am Kurpark; in Stützerbach am Schlossberg, abends auch mit Flutlicht; in Suhl-Vesser, Trusetal und in Wurzbach am Skilift Strecken präpariert.

Eine **Bobbahn** mit Eiskanal für die öffentliche Nutzung gibt es in Oberhof. Thüringer Wintersportzentrum Oberhof, Jägerstraße 10, 98599 Oberhof, Tel. 03 68 42/ 52 08 10, www.bob-icerafting.de.

Snowtubing ist in Siegmundsburg ›An der dünnen Fichte‹ möglich, mit Lift und einer 200 m langen Piste.

In Lauscha werden auf der Marktiegelschanze Kurse im **Skispringen** (Tel. 03 67 02/212 73, www.wsv08lauscha.de) angeboten.

Statistik

Lage: Thüringen hat eine Fläche von 16 172 km². Es grenzt an Bayern, Hessen, Sachsen-Anhalt, Niedersachsen und Sachsen. Der höchste Punkt Thüringens ist mit 938 m der Große Beerberg, der niedrigste liegt auf 114 m am Unstrutflutgraben bei Wiehe. Die Nord-Süd-Ausdehnung beträgt 160 km, die West-Ost-Ausdehnung 198 km.

Verwaltung: Der Freistaat Thüringen besteht aus 17 Landkreisen und sechs kreisfreien Städten (Erfurt, Gera, Jena, Weimar, Eisenach und Suhl). Landeshauptstadt ist Erfurt.

Einwohnerzahl: In Thüringen lebten Ende 2008 2,3 Mio. Menschen. In der Zeit von 1990 bis 2006 ist die Bevölkerungszahl um 11,5 % zurückgegangen und auch für die kommenden Jahrzehnte wird ein kontinuierlicher Bevölkerungsrückgang vorausgesagt, der besonders die ländlichen Gebiete betrifft.

Wirtschaft: Anfang der 1990er Jahre erlitt die Wirtschaft Thüringens einen dramatischen Einbruch, der einen tiefgreifenden Strukturwandel zur Folge hatte. Zumindest im verarbeitende Gewerbe mit der Automobilindustrie in Eisenach, der optischen Industrie in Jena und der Ernährungswirtschaft kehrte Thüringen aber mittlerweile auf den Wachstumspfad zurück. Daneben sind Kleinindustrien wie die Porzellanherstellung oder Waffenbau, Solartechnik und Biotechnologie von Bedeutung.

Politik: In Thüringen stellt die CDU seit der Wiedervereinigung den Ministerpräsidenten. Es gab 1990, 1994, 1999 und 2004 Landtagswahlen, bei denen die CDU immer zwischen 40 und 50 % der Stimmen bekam. Die zweitstärkste Kraft war bei den ersten beiden Landtagswahlen die SPD, bei den letzten beiden die PDS/Die Linke. Bei Kommunalwahlen erringt die NPD regelmäßig beängstigende Erfolge.

Unterkunft

Camping

In Thüringen gibt es über 60 Campingplätze. Eine detaillierte Beschreibung vieler dieser Plätze bietet der jährlich aktualisierte ADAC Camping Caravaning Führer, Band Deutschland/Nordeuropa, der im Buchhandel oder bei den ADAC-Geschäftsstellen erhältlich ist. Besitzer von Wohnmobilen informiert der ADAC-Stellplatzführer.

Jugendherbergen

Wer Mitglied im Deutschen Jugendherbergswerk (DJH) oder in einem anderen Verband der International Youth Hostel Federation (IYHF) ist, kann unabhängig vom Alter in einem der 34 Häuser in Thüringen übernachten.

Deutsches Jugendherbergswerk Thüringen, Carl-August-Allee 13, 99425 Weimar, Tel. 036 43/85 00 00, Fax 052 31/ 74 01 49, www.djh-thueringen.de.

Hotels

Neben einem breiten Angebot von Unterkünften mit einfachem Komfort hat sich für eine Vielzahl von Häusern ein solides Drei-Sterne-Niveau durchgesetzt.

Wanderheime

Im Thüringer Wald heißen Wanderheime Hütten oder Bauden. Über das Fremdenverkehrsamt Brotterode (www.brotterode.com) kann man sie für den gesamten Rennsteig zentral buchen.

Verkehrsmittel

Bahn

Die Deutsche Bahn bietet das **Thüringen-Ticket** an; es gilt wochentags ab 9 Uhr bis 3 Uhr des folgenden Tages, am Wochenende von 0 Uhr bis 3 Uhr des folgenden Tages in allen Nahverkehrszügen der DB, es gilt auch auf den von Strecken privater Betreiber.

Bus

Die Linien sind meist nach Landkreisen organisiert und nicht in einem Verkehrsverbund zusammengeschlossen, d.h. jede einzelne hat ihre eigenen Fahrkarten.

Der **Rennsteig-Bus** befährt die Strecken Oberhof–Schmiedefeld–Frauenwald und Ilmenau–Schmiedefeld–Frauenwald–Suhl.

Mehr erleben, besser reisen!

	■ Reiseführer	■ plus	■ Audio
Ägypten	■	■	
Algarve	■		
Allgäu	■	■	
Alpen – Freizeitparadies	■***		
Amsterdam	■	■	■*
Andalusien	■	■	
Australien	■	■	
Bali & Lombok	■		
Baltikum	■	■	
Barcelona	■	■	■
Berlin	■	■	■
Berlin englisch edition		■	
Bodensee	■	■	
Brandenburg	■	■	
Brasilien	■		
Bretagne	■	■*	
Budapest	■	■	
Bulg. Schwarzmeerküste	■		
Burgund	■		
City Guide Germany	■**		
Costa Brava und Costa Daurada	■		
Côte d'Azur	■	■	
Dänemark	■	■	
Deutschland – Die schönsten Autotouren		■	
Deutschland – Die schönsten Orte und Regionen	■***		
Deutschland – Die schönsten Städtetouren	■***		
Dominikanische Republik	■		
Dresden	■	■	■
Dubai, Vereinigte Arab. Emirate, Oman	■	■	
Elsass	■	■	
Emilia Romagna	■		
Florenz	■	■	■
Florida	■	■*	
Franz. Atlantikküste	■	■	
Fuerteventura	■	■	
Gardasee	■	■	
Golf von Neapel	■	■	
Gran Canaria	■	■	
Hamburg	■	■	■
Harz	■	■	
Hongkong & Macau	■		
Ibiza & Formentera	■		
Irland	■	■	
Israel	■		
Istanbul	■	■*	
Italien – Die schönsten Orte und Regionen	■***		
Italienische Adria	■	■	
Italienische Riviera	■	■	
Jamaika	■		
Kalifornien	■	■*	
Kanada – Der Osten	■	■	
Kanada – Der Westen	■	■	
Karibik	■	■*	
Kenia	■	■	
Korfu & Ionische Inseln	■	■	
Kreta	■	■	
Kroatische Küste – Dalmatien	■	■	
Kroatische Küste – Istrien und Kvarner Golf	■	■	
Kuba	■	■	
Kykladen	■		
Lanzarote	■	■	
Leipzig	■	■	■
London	■	■	■
Madeira	■	■	
Mallorca	■	■	
Malta	■	■	
Marokko	■		
Mauritius & Rodrigues	■		
Mecklenburg-Vorpommern	■	■	
Mexiko	■		
München	■	■	■
Neuengland	■		
Neuseeland	■		
New York	■	■	■
Niederlande	■	■	
Norwegen	■	■	
Oberbayern	■	■	
Österreich	■	■	
Paris	■	■	■
Peloponnes	■		
Piemont, Lombardei, Valle d'Aosta	■	■	
Polen	■	■	
Portugal	■	■	
Prag	■	■	■
Provence	■		
Rhodos	■	■	
Rom	■	■	■
Rügen, Hiddensee, Stralsund	■	■	
Salzburg	■	■	■*
St. Petersburg	■	■	
Sardinien	■	■	
Schleswig-Holstein	■	■	
Schottland	■	■	
Schwarzwald	■	■	
Schweden	■	■	
Schweiz	■	■	
Sizilien	■	■	
Spanien	■	■	
Südafrika	■	■	
Südengland	■	■	
Südtirol	■	■	
Sylt	■	■	
Teneriffa	■	■	
Tessin	■		
Thailand	■	■	
Thüringen	■	■*	
Toskana	■	■	
Tunesien	■	■	
Türkei – Südküste	■	■	
Türkei – Westküste	■	■	
Umbrien	■		
Ungarn	■	■*	
USA – Südstaaten	■		
USA – Südwest	■	■*	
Usedom	■	■	
Venedig	■	■	■*
Venetien & Friaul	■	■	
Wien	■	■	■
Zypern	■	■	

* in Vorbereitung
** 6,95 € (D) – 7,15 E (A) – 12,80 sFr
*** 9,95 € (D) – 10,30 € (A) – 18,90 sFr

■ ADAC Reiseführer
144 bzw. 192 Seiten, je Band
6,50 € (D), 6,70 € (A), 12,– sFr.

■ ADAC Reiseführer plus
(mit Extraplan)
144 bzw. 192 Seiten, je Band
8,95 € (D), 9,20 € (A), 16,80 sFr.

■ ADAC Reiseführer Audio
(mit Extraplan und Audio-CD)
144 oder 192 Seiten, je Band
9,95 € (D), 10,30 € (A), 18,90 sFr.

Mehr erleben, besser reisen … mit ADAC Reiseführern!

Register